ATRIUM

Andrea Busfield

MAUERTÄNZER

Aus dem Englischen von
Cornelia Holfelder-von der Tann

Roman

Atrium Verlag · Zürich

Deutsche Erstausgabe
1. Auflage

Die Originalausgabe erschien 2009 unter dem Titel
Born under a Million Shadows bei Doubleday,
an imprint of Transworld Publishers, London

Aus dem Englischen von Cornelia Holfelder-von der Tann
Umschlag: Rothfos & Gabler, Hamburg
Umschlagmotiv: © Steve McCurry / Magnum Photos / Agentur Focus
Satz: hanseatenSatz-bremen, Bremen
Druck und Bindung: CPI Clausen & Bosse, Leck
Printed in Germany
ISBN 978-3-85535-043-8

www.atrium-verlag.com

Für meine Mutter, meinen Dad
und meine Schwester

ERSTER TEIL

I

Ich heiße Fawad, und meine Mutter sagt, ich bin im Schatten der Taliban geboren.

Mehr sagte sie nicht, und ich sah vor mir, wie sie einen Schritt aus der Sonne ins Dunkle machte, sah sie in einem Winkel kauern, um den Bauch, in dem ich war, zu schützen, weil da ein Mann mit einem Stock stand, bereit, mich auf die Welt zu prügeln.

Aber dann wurde ich größer und merkte, dass ich nicht als Einziger in diesem Schatten geboren worden war. Da waren zuerst mal mein Cousin Jahid und das Mädchen Jamilla – wir nahmen zusammen die Ausländer auf der Chicken Street aus –, und dann war da noch mein bester Freund Spandi.

Bevor ich ihn kannte, war Spandis Gesicht von Sandmücken zerstochen worden, und das Einjahresgeschwür hatte auf seiner Wange einen faustgroßen Krater hinterlassen. Das störte ihn aber nicht weiter und uns auch nicht, und während wir Übrigen in der Schule waren, verkaufte er fetten Ausländern Spand, was der Grund dafür war, dass wir ihn Spandi nannten, obwohl er eigentlich Abdullah hieß.

Ja, wir alle waren in der Zeit der Taliban geboren, aber wenn ich meine Mutter davon sprechen hörte, waren da immer nur Männer, die Schatten warfen, deshalb denke ich, wenn sie je schreiben gelernt hätte, wäre sie vielleicht Dichterin geworden. Stattdessen war es Allahs Wille, dass sie die

Böden der Reichen fegte, für ein paar Afs, die sie in ihren Kleidern versteckte und über Nacht bewachte.

»Diebe sind überall«, zischte sie dann, ein zorniges Flüstern, das ihre Augenbrauen über der Nase zusammenzog. Und natürlich hatte sie recht. Ich war ja einer von ihnen.

Damals sah es niemand von uns als Diebstahl. Wie Jahid, der sich mit so was auskannte, erklärte: »Es ist die gerechte Verteilung des Reichtums.«

»Teilen«, ergänzte Jamilla. »Wir haben nichts, sie haben alles, aber sie sind zu habgierig, um armen Leuten wie uns zu helfen, so wie es im Koran steht, also müssen wir ihnen helfen, gut zu sein. Man kann sagen, sie bezahlen uns für unsere Hilfe. Sie wissen es nur nicht.«

Natürlich zahlten die Ausländer nicht alle ohne ihr Wissen für unsere »Hilfe«. Manche gaben uns auch einfach Geld, die einen gern, andere aus schlechtem Gewissen, wieder andere, um uns loszuwerden, was aber nicht funktionierte, weil ein Grüppchen schnell vom nächsten abgelöst wird, wenn Dollar die Straße entlangspazieren. Aber es machte Spaß. Geburt im Schatten hin oder her, jetzt verbrachten Jahid, Jamilla, Spandi und ich unsere Tage in der Sonne und damit, den Reichtum der Leute umzuverteilen, die gekommen waren, um uns zu helfen.

»Das nennt sich Wiederaufbau«, erklärte uns Jahid eines Tages, als wir auf dem Bordstein saßen und auf einen Unimog warteten, auf den wir aufspringen konnten. »Die Ausländer sind hier, weil sie unser Land zerbombt haben, um die Taliban zu töten, und es jetzt wiederaufbauen müssen. Das hat das Weltparlament befohlen.«

»Aber warum wollten sie die Taliban töten?«

»Weil die mit den Arabern befreundet waren und ihr König Osama bin Laden ein Haus in Kabul hatte, wo er seinen vierzig Ehefrauen Hunderte von Kindern machte. Die Amerikaner hassten bin Laden, und sie wussten, er fickte seine Frauen so gründlich, dass er eines Tages eine ganze Armee von Männern haben würde, Tausende, wenn nicht sogar Millionen, also jagten sie einen Palast in ihrem Land in die Luft und schoben es ihm in die Schuhe. Dann kamen sie nach Afghanistan, um ihn, seine Frauen und Kinder und alle seine Freunde zu töten. Das nennt man Politik, Fawad.«

Jahid war wohl der gebildetste Junge, den ich je kannte, weil er immer die weggeworfenen Zeitungen las, die wir auf der Straße fanden. Und er war auch der beste Dieb, den ich je kannte. An manchen Tagen ergatterte er bündelweise Dollar, indem er den Ausländern in die Taschen griff, während wir Kleineren sie bis aufs Blut nervten. Aber wenn ich im Schatten geboren war, dann war Jahid unter dem Blick des Teufels selbst zur Welt gekommen, denn er war unglaublich hässlich. Seine Zähne waren bräunliche Stummel, und ein Auge tanzte nach seiner eigenen Melodie, rollte in seiner Höhle herum wie eine Murmel in einer Schachtel. Außerdem war eines seiner Beine so lahm, dass er es zwingen musste, mit dem anderen Schritt zu halten.

»Er ist ein dreckiger kleiner Dieb«, sagte meine Mutter immer. Aber sie hatte ja kaum je ein gutes Wort für irgendjemanden aus der Familie ihrer Schwester. »Halte dich von ihm fern … er setzt dir nur Dummheiten in den Kopf.«

Wie sich meine Mutter vorstellte, dass ich mich von Jahid fernhalten sollte, ist mir schleierhaft. Aber das ist oft das Problem an Erwachsenen, sie verlangen Unmögliches und machen einem dann das Leben zur Hölle, wenn man ihnen nicht gehorchen kann.

Tatsache ist, dass ich nicht nur mit Jahid unter einem Dach lebte, sondern auch mit seiner fetten Kuh von Mutter, seinem Esel von Vater und noch zweien ihrer schmuddeligen Kinder, Wahid und Obaidullah.

»Alles Jungen«, verkündete mein Onkel immer stolz.

»Und alle hässlich«, murmelte meine Mutter dann und zwinkerte mir dabei zu, weil es grundsätzlich so war: wir gegen sie. Und wenn wir auch nichts hatten, sahen unsere Augen doch wenigstens in dieselbe Richtung.

Zu siebt teilten wir uns vier kleine Zimmer und ein Loch draußen im Hof. Nicht leicht also, mich von Cousin Jahid fernzuhalten, wie es meine Mutter verlangte. Nicht mal Präsident Karzai hätte das hingekriegt. Aber meine Mutter hatte es nicht so mit Erklärungen, also sagte sie mir nie, wie ich es machen sollte. Eine Zeitlang hatte es meine Mutter überhaupt nicht mit dem Reden.

Ganz selten sah sie von ihrer Näherei auf, um von dem Haus in Paghman zu sprechen, das wir mal gehabt hatten. Ich war zwar dort geboren, aber wir waren geflüchtet, bevor sich die Bilder in meinem Kopf festsetzen konnten. Also zog ich meine Erinnerungen aus den Worten meiner Mutter, sah den Stolz in ihren Augen, wenn sie Zimmer mit bemalten Wänden und dicken, tiefroten Sitzkissen beschrieb, Vorhänge vor Glasfenstern, eine Küche, so sauber, dass man vom Fußboden hätte essen können, und einen Garten voller gelber Rosen.

»Wir waren nicht reich wie die Leute in Wazir Akbar Khan, Fawad, aber wir waren glücklich«, erklärte sie mir dann. »Das war natürlich lange, bevor die Taliban auftauchten. Und jetzt! Sieh uns doch an! Wir haben nicht mal mehr einen Baum, an dem wir uns erhängen könnten.«

Ich kannte mich da nicht so aus, aber es war ziemlich offensichtlich, dass meine Mutter deprimiert war.

Sie sprach nie von der Familie, die wir verloren hatten,

nur von dem Haus, das uns einst geschützt hatte – nicht besonders wirksam allerdings. Nachts jedoch hörte ich sie manchmal den Namen meiner Schwester flüstern. Dann streckte sie die Arme nach mir aus und zog mich an sich. Daher weiß ich, dass sie mich lieb hatte.

In diesen Situationen, wenn wir fast wie ein einziges Wesen auf den Kissen lagen, die uns tagsüber als Sitzgelegenheit dienten, brannte ich darauf zu reden. Ich fühlte, wie sich die Wörter in meinem Kopf drängten, nur darauf lauerten, aus meinem Mund zu schlüpfen. Ich wollte alles wissen, über meinen Vater, über meine Brüder, über Mina. Ich wollte sie unbedingt kennenlernen, wollte, dass sie in den Worten meiner Mutter wieder lebendig würden. Aber sie flüsterte immer nur den Namen meiner Schwester, und aus Feigheit schwieg ich, weil ich Angst hatte, wenn ich etwas sagte, würde es den Zauber durchbrechen, und sie würde sich von mir wegdrehen.

Wenn es hell wurde, war meine Mutter schon auf und gerade dabei, ihre Burka überzuziehen. Wenn sie aus dem Haus ging, rief sie mir noch eine Liste von Anweisungen zu, die immer mit »Geh in die Schule!« begann und mit »Halt dich von Jahid fern!« endete.

Im Großen und Ganzen versuchte ich ja, diese Anweisungen zu befolgen, aus Respekt vor meiner Mutter – uns Afghanen sind unsere Mütter wertvoller als alles Gold, das im Keller des Präsidentenpalastes lagert –, aber es war nicht leicht. Und wenn ich auch wusste, dass sie mich, wenn ich ungehorsam wäre, nicht schlagen würde – im Gegensatz zu Jahids Vater, der anscheinend das gottgegebene Recht zu haben glaubte, mir an jedem Tag, den die Sonne werden ließ, Ohrfeigen zu verpassen –, würde sie doch diesen

Blick haben, diese Enttäuschung in den Augen, die da wohl schon sein musste, seit ich aus dem Schattendunkel gekrochen war.

Ich bin noch ein Junge, aber mir war schon klar, dass unser Leben schwer war. Nur war es für mich immer so gewesen, ich kannte nichts anderes. Meine Mutter dagegen, mit ihren Erinnerungen an tiefrote Kissen und gelbe Rosen, war in einer Vergangenheit gefangen, von der ich kaum etwas wusste, also verbrachte ich meine Tage meistens damit, von außen in ihr Gefängnis hineinzugucken.

So war es schon, solange ich denken konnte, und doch will ich glauben, dass sie mal glücklich war, dass sie mit meinem Vater an den klaren Wassern des Qagha-Sees lachte, dass ihre grünen Augen, die Augen, die ich geerbt habe, liebevoll lächelten, während ihre kleinen Hände, weich und sauber, mit dem Saum eines goldenen Schleiers spielten.

Meine Mutter war einmal sehr schön, das erzählte mir meine Tante in einem überraschenden Anfall von Redseligkeit. Aber dann senkte sich der Schatten herab, und obwohl meine Mutter das nie sagte, vermutete ich, dass sie mich dafür verantwortlich machte. Ich war eine Erinnerung an eine Vergangenheit, die sie in die blumenlose Hölle des Hauses ihrer Schwester getrieben hatte, und nach allem, was ich wusste, hasste meine Mutter ihre Schwester noch mehr als die Taliban.

»Sie ist nur neidisch!«, schrie meine Mutter einmal so laut, dass es meine Tante im Nachbarzimmer hören musste. »Sie war immer schon neidisch – neidisch auf alles an mir, darauf, dass ich einen gebildeten Mann geheiratet habe, auf unser glückliches Leben damals ... aber ich denke schon lange nicht mehr dran, mich dafür zu entschuldigen. Es ist nicht meine Schuld, dass Allah ihr ein Gesicht wie eine geplatzte Wassermelone gegeben hat und den passenden Körper dazu!«

»Weiber. Die sind von Natur aus so«, erklärte mir Jahid eines Nachmittags, als wir wieder mal vor dem Geschrei und den umherfliegenden Beschimpfungen flüchteten, um im Stadtzentrum die Ausländer von ihrem Reichtum zu befreien. »Nichts tun sie lieber, als miteinander zu streiten. Wenn du älter bist, wirst du's besser verstehen. Weiber sind kompliziert, sagt mein Vater.«

Und vielleicht hatte Jahid ja recht, aber bei dem Streit gerade eben, bei dem auch sein Vater lautstark mitgemischt hatte, war es um Geld gegangen. Meine Tante wollte, dass wir Miete zahlten, aber uns reichte das Geld kaum für die Kleider am Leib und das Essen im Magen. Die paar Afs, die meine Mutter mit Putzen verdiente, und die paar Dollar, die ich auf der Straße ergatterte, waren alles, was wir hatten.

»Wenn du deiner Mutter ein bisschen mehr von deinen Dollar abgeben würdest, wäre sie vielleicht nicht so sauer auf meine Mutter«, sagte ich, was offensichtlich der falsche Vorschlag war, denn Jahid boxte mir an den Kopf.

»Hör mal zu, du kleiner Scheißer, meine Mutter hat deiner Mutter ein Dach überm Kopf gegeben, als ihr nicht wusstet, wohin. Ihr kommt einfach zu uns, bettelt wie Zigeunerpack, zwingt uns, euch unser Zimmer zu überlassen und eure verdammten nichtsnutzigen Mägen zu füllen. Was glaubst du, wie das für uns war? Wenn wir nicht so gute Muslime wären, würde deine Mutter jetzt deinen Arsch an jeden verflixten Homo verscherbeln, der gerade vorbeikommt. Du willst helfen? Dann geh und verkauf deinen verdammten Arsch! So ein hübscher Junge wie du müsste doch genug Afs ranschaffen können, um die Weiber bei Laune zu halten.«

»Ach ja?«, fauchte ich zurück. »Und vielleicht würden sie ja genauso viel Geld zahlen, um den Eselsarsch, den du als Gesicht hast, nicht sehen zu müssen!« Und damit rannte ich weg, während mein Cousin mir Verwünschungen hinterherschrie, in denen es um Kamele und Schwänze ging, und wütend sein lahmes Bein mitzog.

An dem Tag rannte ich weg von Jahid, immer weiter, bis ich dachte, meine Beine würden den Geist aufgeben.

Als ich im Cinema-Park ankam, war ich völlig außer Atem, und ich merkte, dass ich weinte. Die Tränen galten meiner Mutter, und sie galten Jahid. Ich war gemein gewesen. Das wusste ich. Mir war klar, warum er sein Geld sparte, warum er es unter der Mauer vergrub, wenn er glaubte, dass niemand hinguckte: Er wollte eine Ehefrau.

»Eines Tages werde ich die schönste Frau Afghanistans heiraten«, prahlte er immer. »Wartet nur. Ihr werdet sehen.« Und dafür brauchte er das Geld – mit diesem Gesicht würde er einen irren Brautpreis zahlen müssen, um seinen Traum wahr machen zu können. Zumal er auch nicht gerade auf seine anziehende Art setzen konnte, um eine Frau herumzukriegen. Er hatte die schmutzigste Ausdrucksweise, die ich je gehört hatte, schlimmer noch als die der Nationalpolizisten, die auf allen Plätzen des Zentrums herumstanden, Verwünschungen brüllten und Bestechungsgeld forderten – selbst von verkrüppelten Bettlern. Das Einzige, was Jahid hätte retten können, war die Schule, wo er sich als überraschend gut entpuppt hatte. Er hatte sich ins Lernen gestürzt, wie es nur ein Junge ohne Freunde tun kann. Aber die Hänseleien und die Schläge, die er Tag für Tag einstecken musste, hatten ihn schließlich vertrieben, und er war immer härter und roher geworden.

Es kann schwer sein, in meinem Land zu leben, wenn man arm ist, aber noch schwerer ist es, wenn man arm und hässlich ist. Und jetzt war Jahid wie ein Stein, ein Stein, der wusste, dass er nie eine Frau finden würde, die ihn freiwillig heiratete, höchstens eine, deren Vater sie ihm für den richtigen Preis geben würde.

»Hey, Fawad, komm mit in die Chicken Street.«

Durch die Tränen sah ich Jamilla vor mir stehen, die Sonne um ihren Körper wie das Licht eines Engels. Sie war klein, genau wie ich. Und sie war hübsch.

Jamilla fasste mich an der Hand, und ich rappelte mich auf und trocknete mir das Gesicht mit dem Ärmel.

»Jahid«, sagte ich als Erklärung. Jamilla nickte. Sie redete nicht viel, aber das würde wohl noch kommen, wenn Jahid in Sachen Frauen recht hatte. Und sie war meine Hauptkonkurrentin auf der Chicken Street: Sie erntete die ausländischen Männer ab, die unter dem Blick ihrer großen braunen Augen dahinschmolzen, und ich erntete die Frauen ab, die sich in meine großen grünen Augen verliebten. Wir waren ein gutes Team, dessen Einkünfte hauptsächlich davon abhingen, wer gerade vorbeikam, also machten wir, wenn wir gleichzeitig arbeiteten, halbe-halbe.

Am besten war es natürlich freitags. Da war schul- und arbeitsfrei, und die Ausländer kamen und stiegen aus ihren Geländewagen, um Kabuls Touristenviertel nach Souvenirs aus dem »kriegsgebeutelten« Afghanistan abzugrasen: Schmuckkästchen aus Lapislazuli, aus Pakistan importiertem Silberschmuck, Pistolen und Messern, die angeblich noch aus den Kriegen gegen die Engländer stammten, Pakuls, Patus, Wolldecken, Teppichen, Wandbehängen, Tüchern in leuchtenden Farben und blauen Burkas. Natürlich hätten sie das alles, wenn sie zwanzig Minuten weitergegangen wären, im Gewimmel des Basars am Kabul-Fluss fürs halbe Geld bekommen, aber die Ausländer waren zu ängstlich oder zu faul, um den Weg auf sich zu nehmen – und zu reich, um sich Gedanken wegen der paar Dollar zu machen, von denen die meisten einheimischen Familien eine Woche hätten leben können. Doch wie Jahid erklärt hatte: Ihre Faulheit war gut fürs Geschäft, und die Chicken Street war ihr Mekka.

Neben den Leuten von den Hilfsorganisationen beugten sich hier und da auch weißgesichtige Soldaten über die Ladentische von Silberschmuckläden, auf der Suche nach Ringen und Armbändern für die Frauen, die sie in ihrem Land zurückgelassen hatten. Die meisten waren riesige Männer mit riesigen Maschinenpistolen, Panzerwesten und schüsselförmigen Helmen. Sie kamen in Vierer- oder Fünfergruppen, und einer blieb immer draußen auf der Straße stehen, um Ausschau nach Selbstmordattentätern zu halten. »Amerika gut!«, riefen wir dann, ein Trick, der uns jedes Mal ein paar Dollar eintrug. Sobald wir das Geld in der Hand hatten, verzogen wir uns ein Stück die Straße hinunter – nur für den Fall, dass da wirklich irgendwo ein Selbstmordattentäter war.

Den meisten anderen Ausländern lag allerdings nicht so viel an Amerika, also wandten wir andere Taktiken an, um an ihre Dollar zu kommen, folgten ihnen, während sie von Laden zu Laden gingen, und riefen alles, was wir an Englisch konnten. »Hallo, Mister! Hallo, Missus! Wie geht es Ihnen? Ich bin Ihr Leibwächter! Nein, hier entlang, ich finde für Sie guten Preis!«

Und wir fassten sie an den Händen und zogen sie in ein

Geschäft, wo wir ein paar Afs Provision kassieren konnten. Die meisten von uns arbeiteten für vier oder fünf Ladenbesitzer, bekamen aber nur Geld, wenn wir Kunden anschleppten. Das bedeutete: Wenn die Ausländer nicht so wollten wie wir, folgten wir ihnen in die Läden, machten *tsss, tsss* und schüttelten besorgt den Kopf, wobei wir allerdings immer gut aufpassten, dass uns der Ladenbesitzer nicht sah. »Nein, Missus, er ist Dieb, Preis sehr schlecht. Sie kommen, ich zeige Ihnen guten Preis.« Dann führten wir sie in die Läden, die uns bezahlten, und sagten dem Inhaber, was der Konkurrent verlangt hatte, damit er beim Feilschen einen etwas niedrigeren, aber immer noch gewinnbringenden Ausgangspreis nennen konnte.

Während die Ausländer dann den Preis um ein paar Dollar herunterhandelten, kamen die alten Frauen, die ebenfalls ihr Revier in der Chicken Street hatten, aber kein Englisch konnten, um sich in Ladeneingänge zu stellen, die schmutzigen Hände auszustrecken, Ellbogen zu umklammern und ihre Burkas nasszuweinen. Sie gehören alle zu einer Familie, aber das wissen die Ausländer nicht. Wenn eine Frau nach der anderen in Tränen ausbrach und um Geld für ihr armes todkrankes Baby flehte, wurde es den Fremden gewöhnlich zu viel, und sie stiegen wieder in ihre Wagen und versuchten, unseren Blicken auszuweichen, während ihre Fahrer Gas gaben, um sie schleunigst von unserer Armut weg und in ihr privilegiertes Leben zurückzubringen.

Doch wenn dann die Land Cruiser mit quietschenden Reifen die Chicken Street hinter sich ließen und in den verstopften Straßen von Shar-e Naw landeten, war da Spandi, der mit seinen schwarzen Fingern an die Seitenscheibe klopfte und den Leuten die rauchende Blechbüchse mit jener Kräutermischung hinstreckte, die wir »Spand« nennen und die, wenn sie verbrennt, so unglaublich stinkt, dass es angeblich böse Geister vertreibt. Das war eindeutig der schlimmste Job, den jemand wie wir machen konnte, denn der Rauch setzt sich einem in die Haare und dringt einem in Augen und Brust, und man sieht schließlich aus wie der leibhaftige Tod. Aber man macht ganz gut Geld dabei, denn selbst wenn die Touristen nicht abergläubisch sind, ist es doch schwer, einen Jungen mit einem aschgrauen Narbengesicht am Wagenfenster zu ignorieren.

An einem guten Tag auf der Chicken Street brauchten wir nicht zu tricksen. Die Ausländerfrauen übergaben uns gern ihre Tüten und Taschen, während sie mit den ungewohnten Kopftüchern kämpften, und dann schleppte ich ihre Einkäufe, bis sie für diesen Tag genug hatten, und bekam manchmal volle fünf Dollar für meine Plackerei. Jamilla lächelte nur nett und bekam genauso viel, ohne was zu tragen.

»Und wie heißt du?«, fragten die Frauen langsam. Hübsche weiße Gesichter mit lächelnden roten Lippen.

»Fawad«, sagte ich dann.

»Du kannst sehr gut Englisch. Gehst du zur Schule?«

»Ja. Schule. Jeden Tag. Ich mag sehr.«

Und das stimmte, wir gingen alle zur Schule – selbst die Mädchen, wenn ihre Väter sie ließen –, aber die Schultage waren kurz und die Ferien lang, ganze Monate im Winter und im Sommer, wenn es zu kalt oder zu heiß war, um zu lernen. Und unser Englisch hatten wir ausschließlich von der Straße. Es war leicht aufzuschnappen, und die Ausländer liebten es, uns Sachen beizubringen.

Selbst wenn Jahid recht hatte und sie gekommen waren, um unser Land zu zerbomben und dann wieder aufzubauen, mochte ich diese Fremden mit den verschwitzten weißen

Gesichtern und den dick gefüllten Taschen doch ganz gern – was auch gut so war, denn als ich an jenem Tag ins Haus meiner Tante zurückkam, erfuhr ich, dass wir von jetzt an bei drei Ausländern wohnen würden.

2

Wir brauchten nicht lange, um aus dem Haus meiner Tante auszuziehen, da unser ganzer Besitz in einer Wolldecke, ein paar Kleidungsstücken und einem Koran bestand. Wir hätten ja noch ein paar Sachen mehr mitgenommen, aber meine Tante war anscheinend der Meinung, dass die wenigen Töpfe und Pfannen, die wir im Laufe der Jahre angesammelt hatten, jetzt ihr gehörten.

Zum Glück war meiner Mutter an diesem Tag nicht nach Streiten zumute. Sie spuckte ihrer Schwester nur vor die Füße, schlug ihre Burka herunter und zog mich aus der Tür.

»Wiedersehen, Jahid!«, rief ich zurück.

»Wiedersehen, Fawad jan!«

Ich sah mich um, erstaunt über das liebevolle »jan« hinter meinem Namen, und sah gerade noch, wie mein Cousin sich etwas aus dem gesunden Auge wischte.

»Vergiss uns nicht, Eselsvotze!«

Diese blitzartig hingeworfene extra Nettigkeit trug ihm eine ebenso blitzartige Ohrfeige von der fetten Hand seiner Mutter ein.

Es dauerte zwei volle Stunden, zu Fuß von Khair Khana am Rande der Stadt nach Wazir Akbar Khan, dem Viertel, wo unser neues Zuhause lag, zu kommen, und in dieser Zeit gelang es mir immerhin, aus meiner Mutter herauszukriegen, dass wir bei zwei Frauen und einem Mann wohnen würden. Sie sagte, sie kenne nur den Namen einer der Frauen, die uns eingeladen habe. Georgie. Offenbar wusch meine Mutter seit Wochen Georgies Wäsche.

Ich konnte nicht fassen, dass sie nie etwas davon gesagt hatte.

»Aber warum hast du ihre Sachen gewaschen?«, fragte ich.

»Für Geld, was glaubst du denn?«

»Warum wäscht sie ihre Sachen nicht selbst?«

»Ausländerinnen wissen nicht, wie das geht. Sie brauchen Maschinen, um ihre Wäsche zu waschen.«

»Was für Maschinen?«

»Waschmaschinen.«

Das klang unglaublich, aber meine Mutter würde niemals lügen. Okay, sie redete nicht viel, aber wenn sie etwas sagte, war es immer die Wahrheit. Und ich wusste, dass die Ausländer Ungläubige waren, also musste ich annehmen, dass sie nicht nur dazu verdammt waren, in der Hölle zu schmoren, sondern obendrein nicht mal mit jenen simplen Fähigkeiten ausgestattet worden waren, die gewöhnliche Afghanen wie wir besaßen.

»Kann sie nähen?«

»Nein.«

»Kochen?«

»Nein.«

»Hat sie einen Ehemann?«

»Nein.«

»Wundert mich nicht.«

Meine Mutter lachte und zog mich im Gehen an sich. Ich sah auf, konnte aber ihr Gesicht durch das Netzgitter der Burka nicht erkennen. Also fasste ich ihre Hand fester, und meine Ohren glühten beim Gedanken, dass ich sie zum Lächeln gebracht hatte.

Dieser Tag entwickelte sich in einem unglaublichen Tempo zum schönsten meines Lebens.

Wenn ich auch keine richtigen Erinnerungen daran hatte, wie es gewesen war, bevor wir im Haus meiner Tante gewohnt hatten, wusste ich doch, dass meine Mutter seit unserer Flucht aus Paghman unglücklich war. Eingesperrt in einem Zimmer mit einem dünnen Teppich, der einen kaum vor der Kälte des rauen Zementbodens schützte, hatten wir als geduldete Gefangene unterm Dach meiner Tante gelebt, geschlafen und gegessen. Auch die Toilette war für meine Mutter eine einzige Qual gewesen, denn sie war ständig beschmutzt von vier achtlos zielenden Jungen und einem Mann, dessen Darminhalt so breiig war wie der einer geschlachteten Ziege, und dazu hatten uns immerfort Krankheiten geplagt, von Malaria im Sommer bis zur Grippe im Winter, neben den Würmern und Krankheitskeimen, die dauerhaft in unseren Innereien hausten. Und doch hatten wir so tun müssen, als wären wir dankbar, weil wir in der Nacht, in der wir alles verloren hatten, von meiner Tante aufgenommen worden waren.

Jedes Jahr starben um uns herum Leute an Krankheiten, durch Raketenangriffe, vergessene Minen, Bisse von großen und kleinen Tieren, ja, sogar am Hunger. Selbst wenn man etwas zu essen hatte, war nicht garantiert, dass man den Tag lebend überstehen würde. Mutter kochte unsere Mahlzeiten auf einem alten Gaskocher, der in der Ecke unseres Zimmers stand und jeden Moment in die Luft fliegen und uns den Kopf abreißen konnte. Das war der Frau von Haji Mohammed drei Häuser weiter passiert. Sie kochte gerade in der Küche Kichererbsen, als der Kocher in einem Feuerball explodierte. Sie hatten Wochen gebraucht, um das Blut und die Gehirnmasse von den schwarzen Überresten der Küche zu kratzen. Noch heute sind die Wände dieses Hauses zerschossen von umherfliegenden Kichererbsen, und Haji Mohammed isst nur noch Salat, Obst und Nan-Brot. Alles, was nicht gekocht werden muss. Aber Allah sei trotzdem Dank, denn er hat ihm eine zweite Frau geschickt – und sogar eine, die jünger ist als die erste.

»Und wie hast du sie kennengelernt?«

»Wen?«

»Die Ausländerin, Georgie.«

»Ich habe sie gefunden.«

»Was heißt ›gefunden‹? Wie hast du sie gefunden?«

»Ach, Fawad! So viele Fragen! Ich habe an Türen geklopft und Arbeit gesucht, und sie hat mir welche gegeben. Dann hat sie mir noch mehr Arbeit gegeben, und dann hat sie uns eingeladen, zu ihr zu ziehen. Okay?«

»Okay.«

Während wir, immer um die Hundehaufen und Schlaglöcher herum, durch die Straßen wanderten und meine Mutter sich weigerte, mehr dazu zu sagen, wie es zu unserem plötzlichen Marsch in die Freiheit gekommen war, versuchte ich mir diese mysteriöse Georgie vorzustellen, die meine Mutter gefunden hatte. Im Geist sah ich eine lächelnde Frau mit langem goldenem Haar unter einem Baum in Wazir Akbar Khan stehen, mit verlorenem Gesichtsausdruck, in den Armen einen Haufen dreckiger Wäsche, die sie nicht waschen konnte, weil sie keinen Schimmer hatte, wie sie das anstellen sollte. In meinem Kopf sah sie aus wie die Frau in *Titanic*. In Wirklichkeit sah sie afghanischer aus als ich.

Nachdem wir kurz vor dem Massoud-Platz links eingebogen waren, überquerten wir drei Straßen, in denen Betonbarrieren zu beiden Seiten riesige Häuser schützten, die über hohe Mauern mit Stacheldrahtspiralen lugten. Männer mit Gewehren standen alle zehn Schritt Wache und beäugten uns argwöhnisch, als wir weiter ins Wohngebiet der Reichen vordrangen. Schließlich machten wir vor einem großen grünen Metalltor Halt. Ein weiterer Wächter in einem hellblauen Hemd und schwarzen Hosen trat aus einem weißen Holzhäuschen neben dem Tor und begrüßte meine Mutter. Dann öffnete er die kleine Seitentür und rief etwas nach drinnen. Als wir eintraten, kam eine Frau auf uns zu. Ihr Haar war so lang und dunkel wie das meiner Mutter. Sie trug ein weißes Hemd über Bluejeans und sah ziemlich hübsch aus.

»Salam aleikum, Mariya!«, sagte die Frau mit singender Stimme und ergriff dabei die Hand meiner Mutter.

»Waleikum salam«, antwortete meine Mutter.

»Wie geht's? Was macht die Gesundheit? Alles in Ordnung? Wie war der Weg hierher? Keine Probleme?«

Während meine Mutter ihre Antworten herunterratterte, starrte ich die Frau an, die wohl Georgie sein musste, verblüfft, dass sie eine unserer Sprachen sprach und nicht nur Männerkleidung trug, sondern auch so groß war wie ein Mann.

»Und dieser hübsche Junge muss dein Sohn Fawad sein. Guten Tag, Fawad. Willkommen in deinem neuen Zuhause.«

Ich streckte ihr die Hand hin, und Georgie schüttelte sie. Ich versuchte zwar, etwas zu sagen, aber mein Mund hinkte ein paar Schritte hinter meinem Denken her, und ich brachte einfach nichts heraus.

»Ach, er ist wohl ein bisschen schüchtern. Bitte, kommt doch herein.«

Meine Mutter ging ein Stück in den vorderen Garten und

schlug dann ihre Burka zurück. Zuerst dachte ich, dass sie ängstlich aussah, was mich auch nicht gerade beruhigte. Aber dann merkte ich, dass sie nur auch nicht wusste, was sie sagen sollte.

Schweigend folgten wir Georgie zu einem kleinen Gebäude schräg rechts vom Tor.

»Das ist jetzt euer Haus, Fawad. Ich hoffe, es wird dir gefallen.«

Georgie zeigte auf das Gebäude und bedeutete uns, ihr hinein zu folgen. Was wir auch taten.

Drinnen waren zwei Zimmer, getrennt durch ein kleines sauberes Duschbad mit Toilette. Als sie die Tür zum ersten Zimmer öffnete, sah ich zwei Betten mit zusammengefalteten Decken darauf. Die Decken steckten noch in ihren Plastikhüllen und sahen nagelneu aus. Im anderen Zimmer waren drei längliche Sitzkissen, ein kleiner Tisch, ein elektrischer Ventilator und ein Fernseher – ein richtiger echter Samsung-Fernseher! Und er sah aus, als könnte er sogar funktionieren! Mein ganzes Leben hatte ich von einem eigenen Fernseher geträumt. Bei diesem Anblick fühlte ich Tränen wie Stecknadeln in meinen Augen.

»Kommt«, sagte Georgie lächelnd. »Lasst eure Sachen hier, dann führe ich euch erst mal ein bisschen herum.«

Mein erster Tag in unserem neuen Zuhause war ein einziger Wirbel aus Bildern, Gerüchen und Geräuschen. Da waren unser Haus und noch ein größeres, wo Georgie und ihre Freunde im Obergeschoss wohnten. Da war eine Küche von der Größe des Vorgartens, in der meine Mutter, wie ihr erklärt wurde, hauptsächlich arbeiten würde, und da war ein Wohnzimmer mit einem weiteren Fernseher (viel größer als unserer), einer Musikanlage und einem Poolbillard-

Tisch. Hinterm Haus war ein großer Rasen, umrahmt von Rosensträuchern. Als ich die Rosen ihre wunderhübschen Farben in der Sonne zur Schau tragen sah, hüpfte mein Herz beim Gedanken, dass meine Mutter jetzt wieder von solcher Schönheit umgeben sein würde.

Doch dann sah ich inmitten all dieser Schönheit einen Mann stehen, obenherum so nackt wie Pir der Verrückte, der im Shar-e Naw-Park mit den Hunden spielte, und ich machte mir jetzt ernsthaft Sorgen um den Ruf meiner Mutter. Der Mann hielt in der einen Hand einen langen Stock, in der anderen eine Flasche Bier und zwischen den Zähnen eine Zigarette. Mit dem Stock hatte er versucht, einen kleinen Ball in ein auf dem Boden liegendes Glas zu schlagen, wie es aussah, nicht mal mit Erfolg.

»Hallo, ich bin James«, rief er, und als er aufsah, ertappte er uns dabei, wie wir ihn anstarrten.

Er schlenderte heran und streckte meiner Mutter die Hand hin. Wie es sich gehörte, ergriff sie sie nicht, sondern beschränkte sich auf ein Winken. Georgie sagte in scharfem Ton etwas auf Englisch, und der Mann lachte unbekümmert, ehe er nach seinem Hemd langte, das über der Lehne eines weißen Plastikstuhls hing.

»Das ist James«, erklärte Georgie. »Er ist Journalist, also verzeiht bitte seine Manieren.«

Als James sich angezogen hatte, kam er wieder zu uns und sagte etwas, was ich nicht richtig verstand, ehe er die rechte Hand ausstreckte, um mir durchs Haar zu wuscheln. Ich schüttelte den Kopf, schlug seine Hand weg und sah ihn warnend an, um ihm zu bedeuten, dass diese Art Freundlichkeit nicht erwünscht war, doch er ballte die Hand zur Faust, boxte mir leicht ans Kinn und fing an zu lachen. Georgie sagte wieder etwas, und James hob die Arme, als ergäbe er sich, legte sich dann die rechte Hand aufs Herz und lächelte mich an. Es war ein aufrichtiges Lächeln, das halbmondförmige Dellen um seine Mundwinkel machte, und ich akzeptierte es, indem ich zurücklächelte. In dem Moment wusste ich, dass ich diesen James mochte. Er war groß und dünn und hatte einen dunklen Bart. Er hätte problemlos als Afghane durchgehen können, wenn er es nur schaffen würde, seine Kleider anzulassen.

Ich hörte hinter uns das Tor aufgehen, und eine Frau kam mit schnellen Schritten auf uns zu. Sie guckte ärgerlich und ein bisschen verwirrt, aber als Georgie mit ihr redete, lächelte sie und winkte.

»Unsere letzte Mitbewohnerin«, erklärte Georgie. »Das ist May, sie ist Ingenieurin.«

May begrüßte uns mit einem Händedruck. Sie war klein, mit gelbem Haar, das unter einem grünen Kopftuch hervorguckte. Sie hatte Pickel im Gesicht und ebenfalls kein bisschen Ähnlichkeit mit der Frau in *Titanic*. Der Mann namens James reichte ihr sein Bier, was sie auch noch zu freuen schien. Und obwohl ich nicht hinzusehen versuchte, bemerkte ich doch, dass sie unter ihrem blauen Hemd die riesigsten Brüste hatte, die mir je begegnet waren. Ich fragte mich, ob James sie schon mal gesehen hatte.

»Wir sind hier alle ganz umgänglich und locker, also betrachtet diesen Ort bitte als euer Zuhause, solange ihr möchtet«, sagte Georgie.

Meine Mutter bedankte sich und führte mich wieder in unsere Zimmer – weg von den Fremden, die uns in ihr Haus eingeladen hatten, und weg von Mays Brüsten. Doch in den nächsten Tagen hielt ich, während meine Mutter wusch und kochte und überhaupt alles machte, was die Ausländer nicht zu können schienen, ein wachsames Auge auf unsere neuen Hauswirte. Obwohl ich froh war, hier zu sein, musste ich doch meine Mutter beschützen, und um das zu können, musste ich wissen, mit wem und womit ich es zu tun hatte. Meine Hauptsorge war der nackte Journalist.

Zum Glück waren Haus und Grundstück so angelegt, dass ich so ziemlich alles unbemerkt beobachten konnte. Von dem überdachten Gang hinterm Haus aus hatte ich den Garten im Blick, durch die hohen Fenster bekam ich, wenn es draußen dunkel war und drinnen Licht brannte, hervorragend mit, was sich im Erdgeschoss tat, und von den hohen Mauern und Balkonen aus konnte ich auch im Obergeschoss einiges sehen. Ab und zu erwischte mich meine Mutter dabei, wie ich die Fremden ausspähte, und dann schüttelte sie den Kopf, doch ihre Augen wirkten zwar verwundert, aber nicht weiter beunruhigt. Sie lachte jetzt auch öfter – vor allem, wenn einer der Wächter, Shir Ahmad, aus seinem Häuschen hereinkam, um seine Teekanne aufzufüllen.

Ich nahm mir vor, mehr über Shir Ahmad herauszufinden, sobald ich mit den Ausländern fertig war.

Vor lauter Spionieren kam ich in den ersten Wochen nach unserem Umzug nach Wazir Akbar Khan gar nicht in die Chicken Street, obwohl ich es kaum erwarten konnte, Jahid von unserem Fernseher zu erzählen und Jamilla zu schildern, was es in unserem neuen Zuhause alles zu sehen und zu hören gab. Ich ging von der Schule direkt nach Hause, setzte mich in die Küchentür, schwatzte mit meiner Mutter, während sie ihre Arbeit machte, und wartete, dass Georgie, James und May von da, wo sie tagsüber waren, zurückkamen.

»Woher kann Georgie Dari?«, fragte ich meine Mutter, während sie Kartoffeln fürs Abendessen schälte.

»Von ihren Freunden, nehme ich an.«

»Sie hat afghanische Freunde?«

»Offenbar. Gibst du mir mal den Schmortopf da, Fawad?«

Ich langte nach dem eisernen Ding, fischte mit dem Finger eine tote Fliege heraus und reichte es ihr.

»Hast du diese Freunde mal gesehen?«, fragte ich und machte es mir wieder auf der Küchenschwelle bequem.

»Einmal, ja.«

»Was sind das für Leute?«

»Afghanen.«

»*Das* weiß ich.«

Meine Mutter lachte und warf die geschälten Kartoffeln in den Topf. »Es sind Paschtunen«, erklärte sie schließlich. »Aus Jalalabad.«

»Oh, dann hat sie also Geschmack.«

»Ja.« Meine Mutter lächelte und setzte dann etwas rätselhaft hinzu: »Na ja, mehr oder weniger.«

»Was heißt ›na ja, mehr oder weniger‹?«

»Sie sind nicht … wie soll ich sagen? Sie sind nicht die Sorte Freunde, die ich mir für dich wünschen würde.«

»Warum nicht?«

»Weil du mein Junge bist und ich dich lieb habe. Das reicht jetzt, Fawad. Geh und mach deine Hausaufgaben zu Ende.«

Weggeschickt und wieder einmal in der Luft hängend, weil meine Mutter in Rätseln sprach, ging ich in mein Zimmer, um die Multiplikationstabellen, die wir an diesem Tag aufgekriegt hatten, zu üben. Ich sagte mir, so wie ich das mit dem Schatten der Taliban schließlich kapiert hatte, würde ich eines Tages wohl auch dahinterkommen, was es mit Georgies Na-ja-Freunden auf sich hatte. Ich war allerdings schon mal froh, dass sie Paschtunen waren wie ich. Wenn sie Hazara gewesen wären, hätten sie ihr längst die Brüste abgeschnitten.

Da wir im Haus eine Wasserleitung hatten, brauchte ich nicht mehr die mühseligen Gänge zum nächsten öffentlichen Wasserhahn zu machen, um mich dort mit anderen Kindern und dreckigen Hunden um einen Eimer voller Flüssigkeit zu streiten, der fünf Minuten reichen würde. Mein einziger Job war es im Grunde, abends, wenn ich meine Hausaufgaben gemacht hatte, mit einer Handvoll Afs zum Bäcker zu laufen und fünf heiße, frische lange Brote zu holen.

Ansonsten bestand mein Leben hauptsächlich darin, auf die Ausländer zu warten.

Georgie kam normalerweise als Erste nach Hause, und oft erlaubte sie mir, bei ihr im Garten zu sitzen, während sie ihren Kaffee trank. Meine Mutter war zwar immer dazu eingeladen, setzte sich aber kaum je zu uns. Sie hatte sich rasch mit einer Frau angefreundet, die drüben auf der anderen Straßenseite der Frau eines Beamten aus dem Innenministerium den Haushalt führte. Sie hieß Homeira und war ziemlich dick, woraus ich schloss, dass sie gut bezahlt wurde. Ich war froh, dass meine Mutter eine Freundin gefunden hatte, deshalb war ich nicht eifersüchtig, wenn sie einen Großteil ihrer Zeit damit verbrachte, in unserem Zimmer oder drüben im Haus des Beamten mit Homeira zu reden. Ja, ich war nicht nur froh, ich hatte das Gefühl, dass ein Wunder passiert war. Es war, als ob jemand einen geheimen Schlüssel im Kopf meiner Mutter gedreht und einen lang angestauten Strom von Worten freigesetzt hätte.

Das Allererstaunlichste jedoch war, dass meine Mutter mich allein zu Haus ließ und nichts dagegen hatte, dass ich bei den Ausländern saß, solange ich ihnen »nicht lästig wurde«. Vielleicht dachte sie ja, es wäre gut für mein Englisch, obwohl James kaum je da war, May immer nur zu weinen schien und Georgie und ich normalerweise Dari miteinander sprachen.

Bei diesen kurzen Unterhaltungen erfuhr ich, dass Georgie aus England kam, dem Land, in dem London liegt. Sie war schon ewig in Afghanistan und wohnte seit zwei Jahren bei James und May, weil sie Freunde geworden waren und James die Miete brauchte. Sie arbeitete für eine Hilfsorganisation und verdiente ihren Lebensunterhalt damit, Ziegen zu kämmen, und da sie das Land kannte und viel herumgereist war, hatte sie jede Menge afghanischer Freunde. Darin und in vielem anderem unterschied sie sich von den meisten Ausländern, denen ich je begegnet war, und ich glaube, ich verliebte mich sofort in sie. Sie war nett und lustig, und sie schien gern mit mir zusammen zu sein. Außerdem war sie auch sehr schön, mit dickem, fast schwarzem Haar und dunklen Augen. Ich hoffte, sie eines Tages zu heiraten – natürlich erst, wenn sie das Rauchen aufgegeben hatte und zum einzig wahren Glauben übergetreten war.

Die Ingenieurin, May, kam gewöhnlich als Zweite nach Hause und verschwand dann meist nach einer kurzen Begrüßung in ihrem Zimmer. Georgie erzählte mir, sie sei aus Amerika, im Auftrag eines Ministeriums hier und »im Moment gerade ein bisschen unglücklich«. Mehr sagte sie dazu nicht, und ich fragte auch nicht weiter. Es gab Mays Tränen etwas Geheimnisvolles, was mir gefiel.

James kam in der Regel als Letzter, und mindestens zweimal die Woche kam er sehr spät, torkelte gegen die Wände und sang vor sich hin. Je besser ich ihn kennenlernte, desto überzeugter war ich, dass er mit Pir dem Verrückten verwandt sein musste.

»Er hat sehr viel zu tun«, erklärte mir Georgie, »vor allem mit den Frauen.«

Dabei lachte Georgie, und ich fragte mich, wie in aller Welt diese Frauen von ihren Ehemännern die Erlaubnis bekamen, so spät abends noch mit einem Mann zusammenzuarbeiten, der seine Brustwarzen aller Welt zeigte, als wären sie Kriegsorden.

»Was tut er denn mit ihnen?«, fragte ich, worauf Georgie noch lauter lachte. Es war ein kräftiges Lachen, tief und hallend wie Sommerdonner.

»Fawad«, sagte sie schließlich, »das fragst du wohl besser deine Mutter.«

Und damit war das Thema beendet.

Und weil es bei Erwachsenen immer so ist, dass sie einen abwimmeln, wenn es gerade interessant wird, blieb mir nichts anderes übrig, als meine eigenen Nachforschungen fortzusetzen – das, was meine Mutter wohl »Schnüffelei« genannt hätte.

Jede Menge Versuche und Fehlschläge lehrten mich, dass die beste Zeit, meine neuen Freunde zu beobachten, nachts war, wenn drinnen Licht brannte, draußen Dunkelheit herrschte und alle glaubten, ich schliefe. Zum Glück erleichterte mir meine Mutter das nächtliche Spionieren dadurch, dass sie beschlossen hatte, im Fernsehzimmer zu schlafen, was hieß, dass ich zum ersten Mal im Leben ein eigenes Schlafzimmer hatte. Das gab mir jede Freiheit, meine neue Umgebung und ihre seltsamen ungläubigen Bewohner zu erkunden.

Gelegentlich sah meine Mutter ungefähr eine Stunde, nachdem ich das Licht ausgemacht hatte, noch mal in mein

Zimmer, was mich beim ersten Mal total überraschte: Ich hatte mich gerade hinausschleichen wollen. Aber es war eine von diesen warmen Überraschungen, bei denen einem die Zehen kribbeln und das Herz sich anfühlt, als ob es innendrin blutete, denn in der Annahme, ich schliefe, küsste sie mich sachte auf die Wange, bevor sie wieder in ihr Zimmer ging, überzeugt, dass ich sicher in meine Träume eingesponnen war. Was ich natürlich nicht war. Nach dieser ersten süßen Überraschung gewöhnte ich mir an, eine gute Stunde zu warten, bevor ich in meine Schuhe schlüpfte und meinen Abenteuern entgegenging.

An Mauern gedrückt und in Büsche geduckt, lauschte ich magischen geheimnisvollen Gesprächen, die zu Gelächter explodierten, wenn Georgie, James und May mit weißgesichtigen Freunden um den Gartentisch saßen. Natürlich verstand ich kaum ein Wort, aber das hieß nur, dass da jetzt ein Geheimcode war, den zu entschlüsseln ich lernen musste.

Ich fühlte mich wirklich, als hätte man mich aus den Flammen der Hölle geklaubt und ins Paradies versetzt. In diesen ersten Wochen war ich nicht einfach nur Fawad aus Paghman, ich war Fawad der Geheimagent. Zu der Zeit wimmelte es in Kabul von Spionen – Briten, Pakistanis, Franzosen, Italienern, Russen, Indern und riesenhaften Amerikanern, die alle lange Bärte trugen, um möglichst afghanisch auszusehen. Mein Auftrag vom Präsidenten war simpel: herauszufinden, wer im Haus als Spion tätig war und für wen.

Während ich durch die drückende Hitze jener Kabuler Sommernächte schlich und kroch, hüllte ich meine Abenteuer in Schichten von Träumen und Heldengeschichten. Ich legte mir Fluchtrouten zurecht und brütete komplizierte Pläne aus, um unentdeckt all meine sorgsam gesammelten Informationen an meine Kameraden im Palast weitergeben zu können. Ich lebte in einer Welt zukünftigen Ruhmes, sah mich als Nationalhelden, weil ich schon als Junge so viel gute Arbeit geleistet hatte.

»Er war noch so jung!«, würden die Leute sagen, wenn sie den Geschichten meiner Erfolge lauschten.

»Ja, aber er war ein wahrer Afghane«, würde ihnen Präsident Karzai erklären und dabei breit lächeln, weil er derjenige gewesen war, der mich mit dieser Aufgabe betraut hatte.

»So mutig! So furchtlos!«, würden sie staunen. »Er muss Eier haben wie Ahmad Shah Massoud.«

»Größer!«, würde der Präsident berichtigen. »Der Junge war ein Paschtune!«

Um meine Mission zu erfüllen, hielt ich in einem roten Notizbuch, das mir Georgie geschenkt hatte, damit ich schreiben üben konnte, jede Aktivität der Ausländer genauestens fest. Da James kaum je da war und Georgie zu schön, um für den Feind zu arbeiten, beschloss ich, mich auf May zu konzentrieren.

Sobald meine Mutter im Bett war, schlich ich mich aus meinem Zimmer und stieg auf die Mauer des »Geheimganges«. Von hier aus konnte ich die Tür zu Mays Schlafzimmer sehen, an der eine lange Wolljacke hing. An der hinteren Zimmerwand befand sich eine Holztafel, wo eine Sammlung Fotos festgepinnt war. Vermutlich waren es Schnappschüsse von ihrer Familie, denn die in verschiedensten Posen geknipsten Leute waren allesamt klein und gelbhaarig, aber in meiner Fantasie gehörten sie zu einem terroristischen Netzwerk, das von den pakistanischen Schweinen unterstützt wurde. Der ISI, der pakistanische Geheimdienst, wusste, dass die afghanische Regierung niemals eine Amerikanerin verdächtigen würde, seine üblen Machenschaften zu verfolgen. In so was waren diese Kerle listig wie der Teufel selbst. Doch nicht listig genug für Fawad – den geheimen Beschützer Afghanistans.

Leider schien May jedoch gerade eine tiefe Krise durchzumachen. Die meiste Zeit verkroch sie sich einfach in ihrem Zimmer. Und wenn sie nicht auf ihrem Zimmer war, schrie sie in ihr Handy. Und wenn sie nicht in ihr Handy schrie, war sie unten und stocherte lustlos in dem Essen herum, das meine Mutter den ganzen Tag über zubereitet hatte, oder, schlimmer noch, sie heulte. Es ist zwar nie angenehm, eine Frau heulen zu sehen, aber Mays Gesicht sah dabei eher wütend als traurig aus, was ich ziemlich verwirrend fand. Ich hielt May, ehrlich gesagt, für etwas verrückt, und am Ende der zweiten Woche beschloss ich, mich nicht länger um ihre Spionagetätigkeit für die Pakistanis zu kümmern, sondern meine Zeit darauf zu verwenden, einen Blick auf ihre Brüste zu erhaschen.

Bei dieser neuen Mission gab es allerdings ein kleines Problem. Von der Mauer aus konnte ich nur ein Drittel von Mays Schlafzimmer sehen, und es war nicht das Drittel, in dem sie sich auszog. Während ich darauf wartete, dass das Licht im Zimmer meiner Mutter ausging, dachte ich gründlich über diese Situation nach, und schließlich war mir klar, dass meine einzige Chance darin bestand, von der Mauer auf ihren Balkon hinüberzuspringen. Das hieß, eine Kluft von etwa einem Meter zu überwinden und möglichst nicht an den dazwischenliegenden Abgrund zu denken.

Zwei Wochen Undercover-Operation hatten mich gelehrt, dass das Brummen des Generators, der jede zweite Nacht, wenn die Stromversorgung eine Pause einlegte, dem Haus das Licht lieferte, alle Geräusche, die ich beim Herumklettern machte, mühelos überdeckte. Ich brauchte also keine Angst zu haben, dass May mich hörte, selbst wenn ich in den Tod stürzte. So weit unbesorgt, erklomm ich die Mauer gegenüber von ihrem Balkon und konzentrierte mich ganz auf das Gitter vor mir. Zwölf Stäbe. Ich musste nur springen und einen davon packen.

Ich atmete fünfmal tief durch, schloss die Augen, betete zu Allah und stieß mich mit aller Kraft, die in meinen Beinen steckte, von der Mauer ab. Plötzlich, fast als hätte ich noch gar nicht beschlossen zu springen, krachte mein Kopf gegen das Balkongitter, und durch ein Wunder hatten meine Hände zwei Stäbe zu fassen bekommen.

Da mein benommener Kopf noch nicht ganz begreifen konnte, dass ich es geschafft hatte, musste ich erst ein paarmal durchatmen, um mein hämmerndes Herz zu beruhigen. Ich brauchte nur noch die Beine auf die Kante zu schwingen und mich auf den Balkon hochzuziehen, und die Geheimnisse von Mays Ballonfigur würden sich mir enthüllen. Ich würde ihre Brüste sehen, vielleicht sogar noch mehr. Wenn ich richtig Glück hatte, vielleicht sogar ihre …

»Ä-hem.«

Ein Geräusch ließ mich zusammenfahren. Es klang wie ein Husten und schien von unten zu kommen.

»Ä-ä-hem.«

Da war es wieder.

Langsam und in der abwegigen Hoffnung, dass es nur Einbildung gewesen war, blickte ich schräg rechts unter mich und sah James dort stehen, den Kopf schütteln und den gestreckten Zeigefinger schwenken. Ich sah noch mal auf das helle Licht, das aus Mays Schlafzimmer drang, dann wieder auf James hinab. Er war nicht weggegangen, wie es die Höflichkeit erfordert hätte. Er wartete offensichtlich darauf, dass ich irgendwas tat.

»Salam aleikum.« Ich lächelte gequält.

Ich ließ die Gitterstäbe los, fiel ihm vor die Füße und rollte mich noch im Landen eng zusammen, um mich gegen die unausbleiblichen Schläge zu schützen. Nach einigen Sekunden Stille, die mir jedoch mindestens so lang vorkamen wie die Hälfte meines jungen Lebens, hörte ich ein weiteres Hüsteln. Ich blickte auf und sah James lächeln. Seine Augen glänzten wie Glas, und er schwankte ein bisschen. Dann deutete er mit dem Kinn in Richtung Garten und winkte mir, ihm zu folgen.

Ich war alles andere als scharf darauf, befand aber, dass ich besser daran tat, die Prügel möglichst weit vom Haus entfernt einzustecken – wo die Wahrscheinlichkeit geringer war, dass meine Mutter Zeugin meiner Schande wurde und mich hinterher noch ihrer persönlichen Art von Folter unterzog. Also folgte ich James, den Kopf mannhaft erhoben, zu den Plastikstühlen, die geisterhaft im Dunkel des Gartens standen.

Wortlos bedeutete er mir, mich zu ihm zu setzen. Er griff neben sich, zog eine Flasche Bier aus einer Packung, schlug den Kronkorken an der Tischkante ab und hielt mir die Flasche hin.

Es war natürlich ein Trick, aber ich nahm sie trotzdem.

James langte nach einer weiteren Flasche, öffnete sie auf die gleiche Art, stieß damit an die Flasche, die ich in der Hand hielt, und nuschelte etwas, das ich nicht verstand. Sein Atem roch nach altem Käse.

Ich beobachtete ihn vorsichtig, wagte mich nicht zu rühren, aber er zeigte durch eine Handbewegung an, dass ich trinken solle. Also trank ich.

Das Bier schmeckte zuerst widerlich, sprudelig und bitter wie schlecht gewordenes Pepsi, aber offensichtlich war das hier meine Strafe, und es war immer noch besser als Stockschläge, also nahm ich noch einen Schluck, dann einen weiteren, noch einen und noch einen.

Im Nu war mein Kopf ganz taub. Eine Wärme, die anders war als die Nachthitze, strömte durch meinen Körper, stieg in meinen Adern bis in meine Wangen empor und bewirkte, dass sich meine Augen ganz leuchtend anfühlten. Alles um mich herum schien durch eine unsichtbare Decke gedämpft, und James sprach in einer Sprache, die ich nicht verstand. Als ich weitertrank, fing auch ich an zu reden. Ich konnte nicht anders, die Worte stürzten einfach aus meinem Mund, als ob sie einen Berg hinunterrannten und übereinanderpurzelten. Keiner von uns wusste, was der andere sagte, so viel war klar, aber das schien nichts auszumachen. Es fühlte sich an wie das beste Gespräch, das ich je gehabt hatte. Ja, James schien mich wirklich zu verstehen.

Am Ende meiner zweiten Flasche erzählte ich ihm alles über Jahid und Jamilla und meinen besten Freund Spandi. Ich verriet ihm die Geheimnisse unserer Arbeit, gestand, wie wir immer an Lastwagenhecks hängend durch die Stadt fuhren und wie wir einmal Pir den Verrückten schlafend im Park gefunden und ihm Matsch in die Hose gesteckt hatten, damit er beim Aufwachen dachte, er hätte sich vollgeschissen.

Und als es immer später wurde und die Welt von den Rändern her verschwamm, gestand ich, dass ich May heimlich beobachtet hatte. Als ich ihren Namen sagte, wackelte James mit den Händen vor seiner Brust, vollführte mit Bierflasche und Zigarette große Kreise und lachte. Ich lachte mit, wenn ich auch nicht genau wusste, worüber, und gleich darauf sprang James von seinem Stuhl auf, klopfte mir auf den Rücken, stieß seine Flasche klirrend gegen meine und wuschelte mir durchs Haar, was mich jetzt nicht mehr zu stören schien.

Doch dann endete alles so plötzlich, wie es begonnen hatte.

Wie ein Hund, den ein Autoscheinwerfer erfasst hat, drehte James sich um und erstarrte, die Hand mit der Bierflasche erhoben. Alles um uns herum schien stillzustehen, selbst die Luft, die wir atmeten, und ich verfolgte gebannt, wie die Asche seiner Zigarette zu Boden schwebte und wie ein ganzes Stück vor ihm eine dunkle Gestalt auftauchte. Sie sah irgendwie aus wie Georgie.

Sie starrte uns an und schien gar nicht gut gelaunt.

Da sie nur ein langes schwarzes T-Shirt trug, waren ihre Beine nackt, und ihr dunkles Haar zuckte um ihren Kopf wie ein Nest von wütenden Schlangen. Sie sah noch magischer aus als sonst, zornig und wundervoll. Ich dachte, von ihrer dunklen, grimmigen Schönheit müsste mein Herz zerspringen. Vielleicht war es ja der Schock ihres plötzlichen Auftauchens, keine Ahnung, oder der Anblick ihrer bloßen Beine oder das Hämmern in meiner Brust oder das Gewicht von tausend Kamelen, das plötzlich an meinem Kopf zog, aber genau in diesem Moment beugte ich mich auf meinem Stuhl vor und kotzte auf meine Schuhe.

3

Der Tag, nachdem ich meine Schuhe vollgekotzt hatte, war wohl der schlimmste meines Lebens. Na ja, der schlimmste nicht. Aber schon verdammt schlimm.

Meine Kehle war ganz wund, trocken und zugeschwollen, mein Magen schmerzte, fühlte sich leer und faulig an, meine Haut war feuchtkalt, in meinem Kopf hämmerten eine Million Stahlschmiede, und meine Mutter hatte, obwohl Freitag war und niemand arbeitete, noch vor dem Mittag einen Job für mich gefunden – wieder so ein Beispiel für die übernatürlichen Dinge, die Mütter vollbringen können, wenn ihre Augen vor Zorn lodern. Von jetzt an würde ich nach der Schule zwei Stunden den Gehilfen für Pir Hederi spielen, einen Ladenbesitzer, der so alt war wie das Königsgrab und dessen Augen milchig weiße Schleier verdeckten.

Ich war mehr als sauer.

»Wenn du dich nicht benehmen kannst, musst du eben Geld verdienen«, erklärte meine Mutter sachlich. »Und von jetzt an wirst du dich von James fernhalten. Hast du mich verstanden?«

Ich stöhnte. Es war genau wie mit Jahid.

»Wie soll ich das machen?«, wimmerte ich.

»Wie ist mir egal, mach es!«

Meine Mutter war unmöglich. Noch unmöglicher als all die Warlords, die dieses Land zu übernehmen versuchten, und die waren schon so ziemlich das Unmöglichste, was man sich denken konnte. Zum Glück hatte Georgie ihr nur gesagt, dass ich Bier getrunken hatte. Wenn sie gewusst hätte, dass ich auch noch einen Blick auf Mays Brüste zu werfen versucht hatte, bevor ich abgestürzt und dem Bier verfallen war, hätte sie mich auf der Stelle in eine Madrasa verfrachtet.

»Alkohol zu trinken ist gegen den Islam«, erinnerte sie mich. »Jetzt wirst du im Höllenfeuer für deine Sünden büßen müssen. Du bist wahrscheinlich noch nicht mal zehn, Fawad. Wenn du so weitermachst, wirst du ewig in den Flammen schmoren, zusammen mit all diesen gottlosen Ausländern!«

»Ich wusste nicht, dass es Bier war!«, schrie ich zurück.

»Da! Das sind schon wieder zehn Jahre Hölle fürs Lügen und noch mal fünf dafür, dass du deine Mutter angebrüllt hast. An deiner Stelle wäre ich jetzt still.«

»Aber …«

»Aber! Aber! Kein Aber mehr! Geh mir aus den Augen, bevor ich es mir anders überlege und dich doch schlage!«

Ich schüttelte langsam den Kopf. Offenbar hatte Jahid doch recht. Mit Frauen konnte man nicht vernünftig reden, schon gar nicht mit der eigenen Mutter.

Ich verzog mich aus der Küche in Richtung Garten, um dem Donnerwetter zu entfliehen, das ich meiner Meinung nach nicht verdient hatte. Ich war doch schließlich noch ein Junge. Was war mit James? Er hatte mich doch dazu gebracht, die Sünde zu begehen, und er war ein erwachsener Mann. Würde ihn jemand zwingen, bei dem blinden Hederi zu arbeiten, für eine Handvoll Afs, die man ebenso leicht im Rinnstein der Chicken Street finden konnte? Garantiert nicht. Und das war nun das neue demokratische Afghanistan!

Die ganze abgrundtiefe Ungerechtigkeit wurde mir vor Augen geführt, als ich um die Ecke bog, um im Garten Zuflucht zu suchen, und James, meinen Verderber, mit seinem Laptop dort sitzen sah, eine Sonnenbrille auf der Nase. Seine Stirn sah aus, als ob ein großes Gewicht von oben darauf drückte und die Haut in tiefe Falten quetschte.

»Na, toll«, brummelte ich, machte kehrt und ging in mein Zimmer.

Niedergeschlagen kroch ich in mein Bett, um das Elend wegzuschlafen, das über meine Haut krabbelte wie eine Läuseplage.

Pir Hederis Laden lag an der Ecke von Straße 15, an einer Kreuzung mit Kreisverkehr und ganz in der Nähe der britischen Botschaft. Er war ein einziges Chaos: übervolle Regale mit Konservendosen, auf dem Fußboden gestapelte Kartons, aus denen Wischlappen, Handtücher und andere Haushaltswaren quollen, und Kisten mit Obst, das seine besten Zeiten hinter sich hatte, sich aber anscheinend trotzdem noch verkaufte. An meinem ersten Arbeitstag erklärte mir Pir Hederi, ich hätte den Job bekommen, weil er seinen »Bastard von Neffen« habe feuern müssen, da der ihm immer Kartons und Stühle in den Weg gestellt habe, nur um ihn drüberfallen zu sehen. Und außerdem war der Neffe angeblich ein Dieb gewesen.

»Komm bloß nicht auf Ideen, Junge«, warnte er mich. »Ich mag ja keine Augen mehr haben, aber sehen kann ich trotzdem.«

Er zeigte mit der knotigen Hand auf die Türöffnung, wo ein Hund, so groß wie ein Esel, Wache stand und mich ansah, als wäre ich sein heutiges Abendessen.

»Wie heißt er?«, fragte ich und behielt dabei die bedrohliche Bestie sorgsam im Blick. Das Vieh war genauso alt und hässlich wie sein Besitzer, mit grauen Stummelohren, die es als ehemaligen Kämpfer auswiesen.

»Wer?«

»Der Hund.«

»Hund.«

»Ja, der Hund.«

»Hund. Er heißt Hund.«

»Ah.«

Obwohl er so gruselig aussah und offensichtlich wenig Fantasie hatte, erwies sich Pir Hederi doch bald als ziemlich lustig. Und soweit ich erkennen konnte, brauchte er meine

Hilfe gar nicht. Wenn jemand hereinkam und Rasierschaum wollte, erhob sich der Alte von seinem Stuhl vor dem Zigarettentresen, schlurfte in die hintere rechte Ecke, griff ins zweitunterste Fach und kehrte mit der richtigen Sprühdose zurück. Wenn ein paar nichtsnutzige Kinder hereinkamen und etwas zu klauen versuchten, verstellte ihnen Hund den Weg und knurrte und grollte, mit gesträubtem Rückenfell und schleimigen Sabberfäden am Maul, bis die Möchtegerndiebe sich in die Hosen pissten und nach ihren Müttern jammerten. Um heil aus dem Laden zu kommen, mussten sie Pir fünfzig Afs zahlen.

Nein, er brauchte mich wirklich nicht. Ich hatte das Gefühl, dass Pir ein einsamer alter Mann war, der nur jemanden zum Reden wollte. Also verbrachte ich die erste Woche hauptsächlich damit, ihm Tee einzuschenken, auf den Pepsi-Kisten zu sitzen und trockene Kichererbsen zu essen, während er seine Gedanken und Kriegserinnerungen ausbreitete. Seine Geschichten entfachten meine Fantasie.

»An dem Tag verloren wir viele gute Männer«, sagte er eines Nachmittags, nachdem er mir wieder mal von seiner Zeit bei den Mudschaheddin erzählt hatte. Ich nickte verstehend, machte dann *Mm-hm*, als mir wieder einfiel, dass er mich ja nicht wirklich sehen konnte. Sechzig Mann waren sie an jenem Tag gewesen, alle Paschtunen, alle »der Sache der Freiheit verschrieben« und bis an die Zähne bewaffnet mit Kalaschnikows und Panzerfäusten. Sie hatten gerade am helllichten Tag einen russischen Stützpunkt nördlich von Kunar angegriffen. »Hunderte feindlicher Soldaten starben dabei«, sagte Pir, »überrascht durch unsere Tollkühnheit und dumpf im Kopf vom lebenslangen Wodkatrinken. Außerdem überzogen wir sie mit einem Hagel von Panzerfaustgeschossen und einem Sturm von Kugeln, abgefeuert von Männern, die nichts zu verlieren und alles zu gewinnen hatten.« Es war ein legendärer Sieg der Mudschaheddin, erklärte er mir, ein Triumph, von dem noch jahrelang an den Lagerfeuern gesungen werden würde. Und so schnell, wie sie aus dem Nichts aufgetaucht waren, um die Hölle über die Russen hereinbrechen zu lassen, verschwanden sie auch wieder, »wie Geister, die wieder in der Landschaft aufgehen«.

Aber sie waren nicht ungestraft davongekommen.

In den Bergen von Nuristan, auf dem Weg in versteckte, in den Fels gehöhlte Lager, gerieten die Mudschaheddin in einen Schneesturm, der an ihren Kleidern riss und an ihrer Haut zerrte. Im Tosen des Windes hörten sie den Hubschrauber nicht, der über ihre Köpfe hinwegfegte und gleißendes Licht abwarf, um ihren Weg zu markieren. Während sie um ihr Leben rannten, verfolgte sie die russische Luftwaffe immer weiter, bis in die Nacht, und trieb sie schließlich in eine enge Schlucht, wo ihnen bereits fünfhundert russische Soldaten auflauerten. Die Mudschaheddin hatten keine Chance, schafften es aber irgendwie, sich aus der Schlucht hinauszukämpfen, um sich dann im Schutz eines kahlen Waldes zu zerstreuen, in eisige Gebirgsbäche zu werfen und unter meterhohem Schnee einzugraben.

»Ja, an jenem Tag haben wir viele tapfere Männer verloren«, seufzte Pir. »Und auch die meisten unserer Zehen …«

Ich sah auf Pirs rissige Füße. Alle zehn Zehen guckten unter den Lederriemen hervor, mit dicken gelben Nägeln.

»Sind Sie davon blind geworden? Vom Kämpfen im Dschihad?«

»Du liebe Güte, nein«, brummte er. »Mein Augenlicht habe ich am Tag meiner Heirat verloren. Da habe ich meine Frau zum ersten Mal gesehen, und sie war so hässlich, dass meine Augen für immer den Dienst verweigerten.«

Pir ließ mich normalerweise so um halb sechs abends gehen. Wenn ich es richtig abpasste, war ich ungefähr dann an der großen Durchgangsstraße, wenn Georgie nach Hause gebracht wurde, und konnte mit ihr mitfahren. Wie die meisten Ausländer hatte sie einen eigenen Fahrer, Massoud, was ich dafür, dass sie ihr Geld nur mit Ziegenkämmen verdiente, ganz schön luxuriös fand.

»Das sind nicht einfach irgendwelche Ziegen«, erklärte mir Georgie eines Tages, als ich lachend gesagt hatte, sie sei wohl die reichste Ziegenhirtin Afghanistans. »Es sind Kaschmirziegen.«

»Na und? Eine Ziege ist eine Ziege und dazu da, gegessen oder von einem Buzkashi-Spieler übers Spielfeld geschleift zu werden! Was ist an einer blöden Kaschmirziege schon so Besonderes?«

»Die Wolle, Schätzchen. Die ist sehr teuer. Für Pullover oder Schals aus Kaschmirwolle würden die Frauen im Westen fast schon ihre Seele verkaufen. Und dein Land hat das Glück, dass es hier mit das feinste Kaschmir der Welt gibt.«

»Warum sind dann nicht alle Ziegenhirten reich?«

»Na ja, die meisten Ziegenhalter wissen gar nicht, was sie da Wertvolles haben, deshalb lassen sie das Kaschmir einfach ausfallen oder scheren es mit dem übrigen Ziegenhaar ab und werfen es weg. Das Wertvolle ist nämlich das weiche Unterfell der Ziege, und das muss man herauskämmen, um es gesondert zu gewinnen. In ungewaschenem Rohzustand bringt es bis zu zwanzig Dollar pro Kilo.«

»Hey, nicht schlecht.«

»Nicht schlecht, aber auch nicht so gut, wie es sein könnte.«

»Nein?«

»Nein. Noch nicht.« Georgie lächelte und hob die Augenbrauen, als würde sie mir gleich ein großes Geheimnis verraten. »Selbst wenn die Ziegenhalter wissen, was sie an dieser Wolle haben, sammeln sie sie doch nur. Dann wird sie nach Iran, Belgien oder China gebracht, dort mit minderwertiger Wolle gemischt und manchmal wieder reimportiert, was völlig verrückt ist. Wenn wir aber die Voraussetzungen dafür schaffen könnten, die Wolle hier in Afghanistan zu behandeln und sie so gut zu machen, wie es nur geht, dann wären eure Ziegenhalter hier wirklich reiche Leute. Na ja, verglichen mit jetzt jedenfalls. Außerdem würde es Arbeitsplätze schaffen und sich zu einer richtigen Industrie entwickeln. Und deshalb bin ich hier in eurem Land, um den Leuten genau dabei zu helfen.«

Georgie lehnte sich in ihrem Autositz zurück und schien sehr zufrieden mit sich.

Ich persönlich fand das als Geheimnis nicht gerade umwerfend, aber dass sie den armen Ziegenhirten beibringen wollte, wie sie reich werden konnten, gefiel mir. Die meisten Leute kommen nur nach Afghanistan, um selbst reich zu werden. Oder noch reicher.

»Nimmst du mich irgendwann mal mit?«, fragte ich. »Zu den Ziegen?«

»Ja, natürlich, wenn deine Mutter einverstanden ist.«

»Sie wird schon nichts dagegen haben«, sagte ich. »Außer, du nimmst James auch mit, dann könnte es ein bisschen schwieriger werden.«

Georgie lachte. »Ja, da hast du wohl recht. Er ist bei ihr im Moment nicht so beliebt, was?«

Nein, dachte ich. Ganz und gar nicht.

Seit der bewussten Nacht redete meine Mutter nicht mehr mit James. Manchmal brachte sie es nicht mal über sich, ihn anzugucken, was ein bisschen peinlich war, weil er dazu übergegangen war, ihr jeden Tag Blumen mitzubringen, als eine Art Friedensgabe. Dummerweise hatten ihm diese kleinen Aufmerksamkeiten einen Feind eingetragen – Shir Ahmad. Wenn der Wächter nicht dreihundert Dollar im Monat bekommen hätte, hätte er James sicher schon längst ermorden lassen.

Shir Ahmad musste sich wohl irgendwann in meine Mutter verliebt haben, als ich gerade nicht hingeguckt hatte – oder als ich mit anderweitigen Beobachtungsaktionen beschäftigt gewesen war. Es hatte vermutlich damit zu tun, dass sie immer noch sehr schön war, und er tat mir ein bisschen leid – solange er sie nicht anrührte. Meine Mutter lachte über seine Witze, machte ihm Tee und kochte ihm Essen, schien ihre Zeit aber lieber mit Homeira von der anderen Straßenseite zu verbringen. Also blieb Shir Ahmad nichts anderes übrig, als sich allein mit seinem hoffenden Herzen herumzuschlagen – und James drohend anzustarren, wenn er wieder mit einem unerwünschten Blumenstrauß nach Hause kam.

Überhaupt war in dieser Zeit der einzige Mensch, der mit James reden durfte und anscheinend auch wollte, May, die jetzt aufgehört hatte zu heulen und sich stattdessen betrank. Ich weiß nicht, was schlimmer war. Ihr Gesicht war jedenfalls immer noch rot und verquollen.

»Was ist denn mit May los?«, fragte ich Georgie eines Tages im Auto.

»Wie meinst du das?«

»Sie lacht jetzt immer.«

»Na ja, ist doch besser als Heulen, oder?«

»Weiß nicht. Und ich glaube, James ist sich da auch nicht so sicher.«

Georgie lächelte und sah mich an. »Ja, in letzter Zeit scheint sie tatsächlich mehr mit ihm zusammen zu sein.«

»Sie möchte seine Freundin werden«, erklärte ich wissend, aber Georgie schüttelte nur den Kopf und lachte laut.

»Das glaube ich nicht, Fawad. Sie ist … wie nennt man das auf Dari? Sie gehört zu den Frauen, die Frauen lieber mögen als Männer.«

Diese schockierende Eröffnung ließ mein Herz einen Schlag aussetzen, und ein klebriges Prickeln an den Schläfen sagte mir, dass mir dort Schweiß ausbrach.

»Was heißt *mögen?*«, flüsterte ich und sprach zwar von May, dachte aber an meine Mutter und ihre vielen Besuche drüben auf der anderen Straßenseite.

»So wie Ehemänner ihre Frauen mögen … die Sorte Mögen«, erklärte Georgie augenzwinkernd. Offensichtlich hielt sie meine Bestürzung für Verblüffung.

Ich nickte lässig, um zu zeigen, dass ich ein Mann von Welt war, aber ihre Worte hallten in meinem Gehirn wie ein Todesurteil. *So wie Ehemänner ihre Frauen mögen … wie Ehemänner ihre Frauen mögen* … Das konnte nicht wahr sein. Es war unglaublich. Es hieß nicht nur Reden. Es hieß Küssen und *alles.*

Als mir die volle Bedeutung dieser Worte bewusst wurde und sich der ganze Horror meiner Zukunft vor meinem inneren Auge auftat, wurde mir klar, dass ich drastische Maßnahmen ergreifen musste, und zwar schnell.

Ich musste meine Mutter zwingen, Shir Ahmad zu heiraten.

»Bist du nicht noch ein bisschen jung, um nach einer Frau Ausschau zu halten?«

Pir Hederi wandte mir seine weißen Augen zu. Wir saßen nebeneinander vor dem Laden und genossen den warmen Windhauch, der unseren Gesichtern das Ende des Sommers verkündete.

»Es ist nicht für mich«, stellte ich richtig, leicht angewidert bei der Vorstellung.

»Für wen dann?«

»Für jemanden – einen Mann.«

Seit der schockierenden Entdeckung, dass meine Mutter womöglich eine Frau war, die andere Frauen mochte, hatte ich alles versucht, um sie dazu zu bringen, sich in Shir Ahmad zu verlieben, aber nichts schien zu fruchten.

Als Erstes hatte ich die seltenen Momente, in denen uns meine Mutter allein ließ, dazu genutzt, James zu überreden, seine Blumen dem Wächter zu geben, damit der sie dann weitergab. Anfangs hatten beide Männer gezögert, weil ihnen die Vorstellung, dass ein Blumenstrauß zwischen ihnen die Hand wechselte, gar nicht gefiel, aber als ich dann in einer Mischung aus Gesten und englischen Brocken erklärte, dass meiner Mutter vielleicht wohler dabei wäre, Geschenke eines Ausländers über einen Afghanen entgegenzunehmen, erklärten sie sich zu einem Versuch bereit. Doch obwohl meine Mutter die Blumen jetzt annahm und in alten Kaffeegläsern an den Fenstern aufstellte, schien sie immer noch nichts mit Shir Ahmad zu tun haben zu wollen, was über ein paar Worte bei der Übergabe von Teekannen und Essenstellern hinausging.

Mein nächster taktischer Zug war es, Shir als interessanten Mann hinzustellen. »Oh, dieser Shir! So ein witziger Mensch!«, rief ich und lachte mich kaputt über irgendwelche Geschichten oder Witze, die er nie erzählt hatte – nur um die Neugier meiner Mutter zu wecken. »Hör dir das an!«, befahl ich ihr eines Abends, als ich bei ihr saß, während sie eins von Georgies weißen Hemden in einer Schüssel mit Seifenlauge wusch. »Einmal schlief ein Irrer an der Straße ein. Er hatte nagelneue Stiefel an. Ein Mann kam vorbei und beschloss, dem schnarchenden Irren die Stiefel zu klauen. Vorsichtig zog er dem Mann die Stiefel aus und dafür seine alten Schuhe an. Kurz darauf kam ein Auto die Straße entlang und hielt vor dem Irren an. Der Fahrer weckte ihn und sagte: ›Nimm deine Füße von der Straße, damit ich vorbeifahren kann.‹ Da guckte der Irre auf seine Füße und sagte: ›Fahr nur vorbei, Bruder. Das sind nicht meine Füße!‹« Ich schlug mir auf die Schenkel, warf wiehernd den Kopf in den Nacken und wartete, dass meine Mutter mitlachte. Aber sie tat es nicht. Sie sah mich nur an und fragte: »Hast du wieder Bier getrunken?«, ehe sie sich erneut auf Georgies seifige Kleidungsstücke konzentrierte.

Als die Witze nichts nützten, machte ich mich daran, mir aus den kurzen Gesprächen, die Shir Ahmad und ich führten, wenn ich von der Schule nach Hause kam, die Fäden seines Lebens zusammenzuklauben.

»Er hatte mal eine Frau«, erklärte ich meiner Mutter, nachdem ich alle Fakten gesammelt und zu etwas zusammengefügt hatte, das vielleicht mehr aus ihm machen würde als nur einen Mann, der am Tor stand.

»Wer?«

»Shir Ahmad.«

Mutter ließ das Messer sinken, mit dem sie gerade das Fleisch eines unserer afghanischen Fettschwanzschafe klein schnitt.

»Ach, ja?«, fragte sie. »Wo ist sie abgeblieben?«

»Das ist eine traurige Geschichte, Mutter. Eine sehr traurige.«

»Mach's nicht so dramatisch, Fawad.«

Sie wandte sich wieder dem rohen Fleisch zu und säbelte weiter.

»Okay«, sagte ich schnell, weil ich Angst hatte, ihre Aufmerksamkeit jetzt schon zu verlieren, »aber sie ist wirklich traurig.«

Ich sah sie streng an, um sie daran zu erinnern, dass eine gute Muslimin mehr Mitgefühl haben sollte.

»Shir hat mir erzählt, er hat schon ganz jung geheiratet, ein noch jüngeres Mädchen aus seinem Dorf, und er hat seine Frau sehr geliebt. Jeden Tag brachte er ihr Blumen.« Ich sagte das Wort »Blumen« mit besonderer Betonung und beobachtete meine Mutter genau, aber sie zuckte mit keiner Wimper. »Okay, er brachte ihre also jeden Tag *Blumen* und sang ihr jeden Abend etwas vor, während sie das Essen machte. Sie hatten nicht viel, weil Shir nur einen kleinen Job beim Landwirtschaftsministerium hatte, wo er lernte, den ganzen Papierkram richtig abzulegen. Er war nämlich gebildet. Er konnte lesen und schreiben, so kam er an den Job beim Ministerium, wo man mit Zahlen umgehen können muss. Also, jedenfalls, Shir und seine Frau wollten eine große Familie haben. Sie wollten mindestens fünf Söhne und fünf Töchter, aber als dann das erste Kind kam – es war ein Junge –, blieb es in Shirs Frau stecken. Zwei volle Tage versuchten die Frauen aus dem Dorf, das Kind aus ihrem Bauch zu ziehen, und das ganze Haus war nass von ihrem Blut und Shirs Tränen. Die ganzen zwei Tage wich er nicht von der Seite seiner Frau, saß immer bei ihr, hielt ihre Hand und drückte ihr kalte, feuchte Lappen auf die Stirn. Dann, am frühen Morgen des dritten Tages, zogen die Frauen Shirs Frau endlich das Baby aus dem Leib. Aber der kleine Junge war schon tot, und als ihn die Frauen herauszogen, nahm dieses tote kleine Baby den letzten Lebensatem seiner Mutter mit.«

Als ich mit meiner Geschichte zu Ende war, unterbrach meine Mutter ihre Arbeit, um sich mit dem Rücken der

Hand, die das Messer hielt, ein paar Haarsträhnen aus dem Gesicht zu wischen.

»Wir wissen alle, was Leid ist«, sagte sie ruhig. »Schließlich sind wir hier in Afghanistan.«

Als sie sich wieder dem Fleisch zuwandte, holte mein Verstand endlich meinen Mund ein, und ich schämte mich schrecklich. Plötzlich war mir klar, dass ich sie an all das erinnert hatte, was sie mit ganzer Kraft zu vergessen suchte. Es war so dumm von mir, und auf dem Weg in mein Zimmer boxte ich mich selbst. Zu Recht. Doch nach meiner Geschichte, die mehr oder weniger wahr war, lächelte meine Mutter Shir Ahmad immer etwas freundlicher an, wenn sie ihn sah, was gut war, aber doch nicht der Durchbruch, den ich mir erhofft hatte. Und sie verbrachte immer noch viel zu viel Zeit mit der Frau, die drüben auf der anderen Straßenseite arbeitete.

Ich beschloss, Rat zu suchen.

»Geld«, erklärte Pir Hederi, während er seine Zähne mit einem ausgefransten Zweigstückchen reinigte. »Das ist das Einzige, was Frauen wollen und was sie verstehen. Geld und vielleicht noch Gold. Das mögen sie anscheinend auch.«

Ich dachte ein Weilchen darüber nach, konnte mir aber nicht vorstellen, dass Shir Ahmad eins von beidem in größeren Mengen besaß. Er war viel zu mager. In Afghanistan gilt: Je reicher der Mann, desto dicker der Bauch.

»Ich glaube, er ist eher arm als reich«, gestand ich.

»Dann ist er aufgeschmissen«, brummte Pir und tätschelte dabei Hunds Kopf. Hund klopfte mit seinem schweren Schwanz auf den Boden, erhob sich dann, kam zu mir herüber und stupste mit der Schnauze gegen meine Hände. Nachdem ich ein paar Wochen im Laden gearbeitet hatte, ohne irgendeinen Versuch zu machen, seinen Herrn zu bestehlen oder zu verletzen, kamen Hund und ich allmählich prima miteinander aus.

In dem Moment hielt Georgies Geländewagen vor uns. Sie kam jetzt oft nach der Arbeit vorbei, um zu gucken, ob ich mitfahren wollte, und obwohl das nur eine Kleinigkeit war, ließ es doch meinen Kopf vor Stolz schwellen. Georgie öffnete ihre Wagentür, stieg aber nicht aus.

»Salam aleikum, Pir Hederi. Wie steht's? Sind Sie wohlauf? Was macht die Gesundheit? Ist alles in Ordnung? Geht es Ihnen gut?«

Während Pir antwortete, dass alles zum Besten stehe, dass er wohlauf sei und sich bester Gesundheit erfreue, dass alles in Ordnung sei und es ihm gut gehe, nahm ich meine Schulbücher, streichelte Hund noch mal zum Abschied und hüpfte ins Auto.

»Nicht vergessen, Fawad!«, rief mir Pir hinterher. »Geld und Gold! Geld und Gold!« Er lachte keckernd, wie es alte Leute tun, stand auf und ging wieder in den Laden. Hund tappte hinter ihm her.

»Was war das denn?«, fragte Georgie, als ich es mir neben ihr bequem machte.

»Ach, nichts«, log ich. »Er ist verrückt.« Was stimmte.

»Verständlich. Und? Wie war es in der Schule?«

»Ganz okay. Unser Lehrer ist tot umgefallen.«

»Machst du Witze?«

»Nein, es stimmt wirklich. Eben stand er noch vorn und schrieb Paschtu-Wörter an die Tafel, die uns die Amerikaner geschenkt haben, und plötzlich liegt er am Boden, mausetot.«

»Das ist ja schrecklich, Fawad. Alles okay mit dir?« Georgie griff nach meiner Hand.

»Ja. Es war richtig interessant. Im Fallen ist der Lehrer

mit dem Kopf an einen Tisch geschlagen, und aus einer Platzwunde neben seinem Ohr kam Blut, das auf dem Boden ein kleines Bild ergeben hat. Wie eine Karte von Afghanistan. Findest du das nicht interessant? Hast du so was schon mal gesehen?«

Georgie schüttelte den Kopf. Ihr Haar war mit einem dunkelbraunen Tuch bedeckt, das genau die Farbe ihrer Augen hatte, und ich fand sie schöner denn je. Wenn ich sie jemals heiraten wollte, ging mir auf, würde ich sehr, sehr reich sein müssen, vielleicht sogar der reichste Mann Afghanistans.

»Warum mögen Frauen Geld so gern?«, fragte ich und drehte mich zum Seitenfenster, um die Röte zu verbergen, die ich in meine Wangen steigen fühlte.

»Wer hat das denn gesagt?«, fragte Georgie.

»Pir Hederi. Er sagt, Frauen mögen nur Geld und Gold.«

»Oh, das war's also, was er gerufen hat.« Sie lächelte. »Ich glaube, über Frauen hat Pir Hederi trotz seines Alters noch eine Menge zu lernen.«

»Ehrlich?«, fragte ich fast schon flehend, weil dann ja vielleicht doch noch Hoffnung für Shir Ahmads bisher vergebliche Liebe zu meiner Mutter bestand.

»Ja, ehrlich. Geld ist zwar ganz nützlich, aber es gibt doch wesentlich wichtigere Dinge im Leben, Gesundheit zum Beispiel oder wahre Liebe.«

»Heißt das, du könntest jemanden lieben, der arm ist?«

»Klar könnte ich das.« Georgie lachte und schnippte ihren Zigarettenstummel zum Wagenfenster hinaus.

»Sogar einen Ziegenhirten?«

»Na ja, einen Ziegenhirten vielleicht nicht«, gestand sie. »Die riechen meistens ein bisschen streng. Wie ihre Ziegen. Aber, ehrlich, so wichtig ist Geld nicht. Mag schon sein, dass sich einige Frauen von Geld, Gold und Macht angezogen fühlen, aber wesentlich mehr Frauen finden Persönlichkeit und einen guten Charakter – und einen angenehmen Geruch – viel wichtiger, um einen Mann als Ehemann in Betracht zu ziehen. Warum fragst du?«

»Ach, nicht so wichtig«, log ich wieder. »Ich dachte nur, du würdest vielleicht eines Tages …«

Während sich meine Gedanken sammelten, um das, was ich so lange in meinem Herzen verborgen hatte, in Worte zu fassen, klingelte Georgies Handy.

»Sorry, Fawad jan«, unterbrach sie mich, um abzunehmen.

»Schon gut«, log ich abermals.

»Hallo?«

Ich hörte eine Männerstimme am anderen Ende. Und schlimmer noch, ich hörte die Stimme das Wörtchen »jan« gebrauchen.

»Khalid!«, rief Georgie, und ihr Gesicht hellte sich auf eine Art und Weise auf, wie ich es noch nie gesehen hatte. »Wo bist du? Was? Nein, ich bin schon fast zu Hause. Wir biegen gerade in unsere Straße ein. Hey! Bis gleich!«

Als Massoud bremste, klappte Georgie ihr Handy zu und sprang schon aus dem Auto, bevor die Räder richtig still standen. Ich beugte mich auf meinem Sitz vor, um zu gucken, zu wem sie da rannte.

Vor dem Haus parkten drei große Land Cruiser, umgeben von mindestens fünfzehn bewaffneten Wächtern. Zwei standen auf der gegenüberliegenden Straßenseite, andere vor und hinter den Wagen, und die übrigen scharten sich um einen großen Mann in einem himmelblauen Salwar Kamiz und einer grauen Weste, passend zu seinem Pakul.

Ich dachte, dass er entweder gerade verhaftet wurde oder einen Privatkrieg anfangen wollte.

Als Georgie auf ihn zulief, so flink und leichtfüßig wie eine Katze, erschien ein breites, freundliches Lächeln auf seinem Gesicht. Er ergriff ihre Hand und nahm sie zwischen seine beiden Hände, ehe er Georgie ins Haus führte. Unser Haus.

Ich schnappte mir meine Bücher und verabschiedete mich mit einem hastigen Gemurmel von Massoud, besorgt, dass ich etwas verpassen könnte, und gekränkt, weil Georgie sich nicht mal umgesehen hatte, ob ich ihr auch folgte. Beim Anblick dieses Mannes hatte sie mich völlig vergessen. Plötzlich fühlte ich mich klein und kindlich. Selbst die Armee von Wächtern ignorierte mich, als ich den beiden hinterherlief. Jetzt, wo ihr Boss weg war, schwatzten die Männer miteinander und zündeten sich Zigaretten an. Es fühlte sich an, als ob ich gar nicht vorhanden wäre. Ich war ein Niemand, ein winziger, unbedeutender Niemand, um den sich niemand kümmerte, ja, den niemand auch nur sah, was ja toll ist, wenn man ein Spion ist, aber ich war ja nicht wirklich ein Spion. Ich war nur ein Junge, der in eine Frau namens Georgie verliebt war.

Ich betrat den vorderen Garten und sah, dass der Mann immer noch ihre Hand hielt. Ich spürte, wie mir Dolche ins Herz stachen und Zorn meinen Magen füllte. Der Mann schien sich für irgendetwas zu entschuldigen.

»Du musst dich mehr um mich kümmern«, hörte ich Georgie zu ihm sagen.

»Das werde ich tun. Versprochen. Verzeih mir«, antwortete er.

Seine Stimme war tief und passte zu dem kräftigen Gesicht, das von dickem dunklem Haar und einem ordentlich gestutzten schwarzen Bart umrahmt war. Er hatte dicke dunkle Augenbrauen. Er sah aus wie ein afghanischer Filmstar, und dafür hasste ich ihn.

Indem ich das Tor hinter mir zuknallte, riss ich sie aus ihrer innigen Begrüßung. Georgie streckte die jetzt wieder freie Hand aus, um mich dem Mann vorzustellen. Er hieß Haji Khalid Khan, und an ihrem Verhalten merkte ich, dass sie trotz allem, was sie gesagt hatte, in jemanden verliebt war, der nicht nur sehr reich war, sondern auch – wie man an den vielen Leibwächtern sah, die jetzt um unser Haus herumwimmelten – mächtig genug, um eine Menge Feinde zu haben.

4

Der Herbst hier in Kabul ist meine Lieblingsjahreszeit. Nach der Gluthitze des Sommers entspannt sich die Luft, und durch die Stadt weht jetzt ein kühler Wind, der den Geruch von Holzfeuern und Kebab mit sich trägt. Die Nacht kommt früh, verschluckt den Tag, wenn er kaum richtig begonnen hat, und eine Million Gasbrenner und Einzelglühbirnen in Containerläden, die sich die Straßen entlangziehen, erleuchten die ganze Stadt wie ein einziges riesiges Hochzeitsfest.

Ich weiß, für die meisten Leute ist der Frühling die Zeit des Neuanfangs, dann, wenn die Frauen den Winterschmutz aus ihren Häusern verjagen, wenn die Pflanzen aus ihrem Versteck kommen und die Tiere Junge kriegen, aber für mich ist es der Herbst, der neue Versprechen flüstert.

Da es während des heiligen Ramadan passierte, der Zeit, in der die Erwachsenen Allah durch Fasten und Beten näher kommen, war es im Herbst, dass die Taliban schließlich die Kontrolle über Afghanistan aufgaben. In einer Novembernacht flohen sie einfach in Pick-ups und gestohlenen Autos aus der Hauptstadt, während die Kämpfer der Nordallianz von der Shomali-Ebene heranrumpelten, um Kabul kampflos einzunehmen. Am Tor der Stadt, wo der Hügel sanft abfällt, sah ich von Spandis Haus aus zu, wie sich Tausende von Männern in Uniform oder Salwar Kamiz in kleinen Grüppchen versammelten, träge an den Panzerfahrzeugen und Jeeps lehnten, mit denen sie gekommen waren, die Gewehre lässig über der Schulter. Es hatte mehr von einem riesigen Picknick als von einem Krieg, als die hiesigen Männer aus ihren Häusern kamen, um den neuen Herren Afghanistans anzubieten, was sie an Essen und Wasser besaßen.

Als Spandi, Jahid und ich dort am Fenster saßen – nur einen Fünf-Minuten-Spaziergang von den essenden, rauchenden, lachenden Soldaten entfernt –, gestanden wir alle, dass wir mächtig enttäuscht waren, weil es keine Kämpfe gegeben hatte. Wochenlang hatten die Taliban übers Radio Beschimpfungen und Drohungen ausgespuckt und gelobt, bis zum letzten Mann gegen die Nordallianz und ihre ungläubigen Unterstützer zu kämpfen. Doch als es dann so weit war, rannten die Taliban davon wie feige Hunde und überließen es den Arabern und Pakistanis, ihre selbstmörderischen Vorstellungen vom Krieg in die Tat umzusetzen.

»Wir sollten runtergehen und sie willkommen heißen«, schlug Jahid vor, während wir das Gewimmel der Schattengestalten beobachteten, die sich vor dem Scheinwerferlicht ihrer Fahrzeuge abzeichneten.

»Gute Idee«, sagte ich. »Los, kommt.«

»Nicht so schnell, Leute«, bremste uns Spandi, dessen Gesicht damals noch nicht ganz so grau war wie jetzt. »Die wahren Absichten eines Mannes erkennt man nicht in einer Nacht.«

Ich sah Spandi fast schon staunend an. Das war das Weiseste, was ich je jemanden hatte sagen hören.

Mit einem verlegenen Lächeln setzte er hinzu: »Das hat mein Vater gesagt.«

»Dein Vater sollte fürs Genieministerium arbeiten!«, rief ich lachend, weil Spandis Vater hundertprozentig recht hatte.

Meine Mutter erklärte mir, am Anfang, als die Taliban von Süden heranmarschierten, um Kabul in Besitz zu nehmen, seien sie als Retter empfangen worden. Die Hauptstadt war nach dem Abzug der Russen ein Trümmerhaufen, weil die siegreichen Mudschaheddin aufeinander losgegangen waren wie Hunde, die sich um ein Stück Fleisch zanken – wobei dieses Fleischstück Kabul war. Im Chaos des Bürgerkrieges war die Kriminalität überall: Läden mussten Sonderabgaben zahlen, Häuser wurden ihren Besitzern weggenommen, Menschen wurden ermordet, ihre Töchter vergewaltigt. Doch als die Taliban kamen, hörte das alles auf. Die Ordnung wurde wiederhergestellt, und dafür waren die Menschen dankbar. Doch wie Spandis Vater sagte: Die wahren Absichten eines Mannes erkennt man nicht in einer Nacht, und im Laufe der Jahre zeigten die Taliban ihre wahre Natur. Sie untersagten es den Frauen zu arbeiten, ließen die Mädchen nicht mehr zur Schule gehen, streiften durch die Straßen und schlugen Leute mit Stöcken, warfen Männer mit kurzen Bärten ins Gefängnis, verboten Musik und das Steigenlassen von Drachen, hackten Hände ab, zerquetschten Menschen unter Mauern und erschossen Leute im Fußballstadion. Sie hatten Afghanistan vom Krieg befreit, sperrten aber unser Volk in eine Religion ein, die wir so nicht mehr anerkannten. Und erst die warmen Herbstwinde wehten sie schließlich davon.

»Die Taliban waren Mistkerle«, erklärte Pir Hederi, während ich die Kisten mit Obst und schimmelndem Gemüse daraufhin durchsah, was sich noch bis zum nächsten Tag retten ließ. »Und dumm wie Kuhscheiße dazu. Die meisten waren kleine Leute aus kleinen Dörfern, hatten nie lesen und schreiben gelernt. Teufel noch mal, selbst die Anführer waren Analphabeten.«

»Können Sie lesen und schreiben?«, fragte ich, während ich den Schimmel von einer Kartoffel schabte und sie in die Verkaufskiste warf.

»Nein, Fawad, ich bin blind.«

»Oh, klar, tut mir leid.«

»Daran ist nur die Frau schuld.«

»Aber wie haben sie es dann geschafft, Afghanistan zu beherrschen«, fragte ich, »wenn sie so dumm waren?«

»Über die Angst«, brummelte Pir, während er sich den trockenen Staub aus der Nase bohrte. »Deine Mutter hat recht: Als sie kamen, waren alle mehr oder weniger begeistert. Das Land war von Warlords, die nur ihre eigenen Taschen füllen wollten, in Grund und Boden gebombt, und die Menschen hatten Angst und waren es leid, Angst zu haben. Und plötzlich erschienen diese Kämpfer aus Kandahar, versprachen Ordnung, predigten den Islam und hängten Kinderschänder auf. Wer hätte sie da nicht willkommen geheißen?«

»Wen?«, fragte Spandi, der aus dem Dunkel auftauchte, die rauchlose Blechdose an den Bund seiner Jeans gehakt.

»Die Taliban«, antwortete ich.

»Ah, diese Mistkerle.«

Pir fing an zu keckern. »Du sagst es, Junge. Komm, setz dich her.«

Spandi zog eine Kiste herbei und streifte seine Schuhe ab. Er besuchte uns regelmäßig im Laden, seit er mich vor ein paar Wochen zufällig am Ende der Straße getroffen hatte, als ich gerade Abfälle in einen Graben kippte. Er war da auf dem Weg nach Old Makoyan, der Wohnsiedlung, in die sein

Vater und er nach dem Sturz der Taliban gezogen waren. In ihrer Glanzzeit waren die Blocks von Old Makoyan der Stolz der Stadt gewesen, aber jetzt waren sie nur noch ein Slum, ein neues Loch, in das die Verlorenen Kabuls fallen konnten. Doch sie lagen näher am Zentrum als Khair Khana, was es leichter machte, Arbeit zu finden.

»Also, wo war ich?«, fragte Pir, während er auf wundersame Weise eine Dose Pepsi herausgriff und sie Spandi reichte.

»Die Leute hießen die Taliban willkommen, weil sie Kinderschänder aufhängten und vom Islam redeten«, sagte ich.

»Ah, ja, der Islam«, seufzte er und nickte nachdenklich. »Natürlich war es eine sehr strenge Auslegung der Scharia, die sie predigten, und es bedeutete die Wiedereinführung öffentlicher Hinrichtungen und Züchtigungen. Drachen wurden verboten, ebenso Fernsehen und Musik. Man durfte nicht mal mehr bei Sportveranstaltungen klatschen – wobei ich sowieso nie sehen konnte, wer gewann. Schließlich verboten sie sogar die Neujahrsfeiern. Das Einzige, was wir noch durften, war, in den Park zu gehen und an den Blumen zu riechen. Verdammte Homosexuelle. Aber am schlimmsten war es für die Frauen.«

»Ich weiß«, unterbrach ihn Spandi. »Mein Vater kannte eine Frau, der von der Religionspolizei alle Finger abgehackt wurden, nur weil sie sich die Nägel lackiert hatte.«

»Seht ihr!«, rief Pir. »So waren sie!«

»Aber warum haben sie das getan?«, fragte ich, weil ich nicht verstehen konnte, wie man jemandes Mutter die Finger abhacken konnte, nur wegen einem bisschen Nagellack.

»Angeblich taten sie's, um die Ehre der Frauen zu schützen. Aber in Wahrheit haben sie's deshalb getan, weil sie durch und durch Mistkerle waren. Was glaubt ihr denn, warum jeder, der irgendjemand war, nach Pakistan fliehen wollte?«

»Die Pakistanis sind auch alle Mistkerle«, murmelte Spandi.

»Auch das stimmt, Junge«, räumte Pir ein. »Aber sie boten den Leuten wenigstens einen gewissen Lebensstandard. Trotz der ganzen Versprechungen ist dieses Land unter den Taliban vor die Hunde gegangen. Es gab kaum noch etwas zu essen, fast kein sauberes Wasser mehr und noch weniger Arbeit. Der Staat war ein Trümmerhaufen, und die ganze verdammte Maschinerie war kurz davor, endgültig stehenzubleiben. Und wisst ihr, was da passiert ist? Während die Lebensmittelpreise in schwindelnde Höhen stiegen und das Lebensniveau so tief sank, dass man die Sonne nicht mehr sehen – oder in meinem Fall fühlen – konnte, ging der Planungsminister der Taliban, ein gewisser Qari Din Mohammed, hin und erklärte der Welt, wir bräuchten keine internationale Hilfe, weil ›wir Muslime glauben, dass Gott der Allmächtige jeden auf die eine oder andere Weise ernährt‹. Quatsch! Gott hatte genug damit zu tun, uns überleben zu lassen.«

Gott, Afghanistan und die Taliban waren komplizierte Themen, wenn sie sich miteinander verknüpften, und nicht leicht auf die Reihe zu kriegen, schon gar nicht für einen Jungen, denn letztlich lief es darauf hinaus: Ein guter Muslim sollte niemals die Wege des Allmächtigen infrage stellen. Ein guter Muslim vertraut darauf, dass Gott für alles sorgt, und selbst wenn Gott das nicht tut, vertraut der gute Muslim darauf, dass der Hunger, der Tod, der Krieg und die Krankheit, die sein Haus heimgesucht haben, allesamt zu Gottes Plan gehören. Und wenn man von dieser Gewissheit ausging, folgte daraus, dass der Planungsminister der Taliban recht hatte und sein Regime ebenfalls Teil des göttlichen Plans für Afghanistan war. Und das ist kein schlechtes Argument, wenn man ein Land übernimmt.

»Taliban« heißt so viel wie »Religionsstudenten«, deshalb muss es leicht gewesen sein, gewöhnliche Muslime auf dem Land, die nicht lesen und schreiben konnten, davon zu überzeugen, dass die Befehle, die die Taliban ausgaben, direkt aus dem Koran kamen. Wenn im Koran steht, dass Mädchen nicht zur Schule gehen dürfen, wie kommt dann ein einfacher Bauer dazu, das Wort Gottes infrage zu stellen? Wobei meine Mutter sagt, dass im Koran nichts dergleichen steht. Ich weiß zwar nicht, wo sie das hernimmt, wenn sie doch selbst nicht lesen kann, aber sie scheint sich da ziemlich sicher. Trotzdem, wenn Taliban einem Mann, der nie zur Schule gegangen ist, sagen, dass es so geschrieben steht, wie könnte der Mann dann dieser ganzen Gelehrtheit und damit Gott selbst widersprechen? Er muss es einfach hinnehmen. Und deshalb ist die beste Waffe des afghanischen Volkes gegen die Taliban oder irgendeine andere schreckliche Macht, die beschließen könnte, Afghanistan zu übernehmen, nun mal Bildung. Jedenfalls hat mir das Ismerai erklärt.

Ismerai war die zuletzt aufgetauchte Person in meinem Leben, und er war Haji Khalid Khans Onkel.

»Wenn man lesen und schreiben und den Tatsachen selbst nachgehen kann, ist es leichter, die Wahrheit Gottes zu erkennen«, erklärte er, während er auf einer Wolldecke auf unserem Rasen lagerte und tief an seinen Händen sog, die eine afghanische Zigarette umhüllten. »Bildung ist der Schlüssel zu einer erfolgreichen Zukunft Afghanistans, Fawad, denn sie bekämpft Unwissenheit und Intoleranz und eröffnet Möglichkeiten. Wenn ein Mann Wissen besitzt, besitzt er auch Macht – die Macht, qualifizierte Entscheidungen zu treffen, die Macht, Wahrheit von Lüge zu unterscheiden, und die Macht, sein Geschick in Übereinstimmung mit Gottes Willen zu gestalten. Er ist stärker als der Unwissende, dem nichts anderes übrig bleibt, als blind das angebliche Wissen anderer zu akzeptieren. Apropos blind …« Ismerai hielt inne, um einen riesigen Rauchring auszublasen. »Deinem Freund, Pir Hederi, würde ich raten, in Zukunft ein bisschen besser aufzupassen, was er über die Taliban sagt. Jeder Mann kann seinen Bart abrasieren und seinen Turban ablegen, aber das heißt noch nicht, dass er ein anderer Mensch ist.« Er nahm einen weiteren Zug von seiner Zigarette und setzte geheimnisvoll hinzu: »Wir sind nicht allein.«

Ich nickte und wiederholte die Worte in meinem Kopf, damit ich sie mir merken konnte. »Okay, ich werde es Pir Hederi sagen«, versprach ich, weil ich zu Ismerai aufblickte und dem, was er sagte, vertraute. Außerdem rauchte er Drogen, und obwohl meine Mutter das missbilligte, fand ich, dass es ihn witzig und interessant machte.

Ismerai und Haji Khalid Khan kamen oft gemeinsam zu Besuch, da Georgie anscheinend mit der ganzen Familie befreundet war. Sie hatte mir erzählt, sie kenne Hadji Khalid Khans Brüder und Vettern und sogar seine Kinder, und mir war jetzt klar, warum sie nie die Zeit gefunden hatte, Wäsche waschen zu lernen. Sie hatte viel zu viel damit zu tun, Afghanen zu sammeln.

Seit dem Tag, an dem Hadji Khalid Khan in mein Leben getreten war, mit seiner Armee von Leibwächtern und seinen beidhändigen Begrüßungen, war mein Verhältnis zu Georgie bestenfalls höflich. Wir redeten ab und zu, aber im Ganzen war ich verschlossen, und Georgie unternahm nichts dagegen. Wir entfernten uns voneinander, und obwohl es von mir ausging, konnte ich es nicht ändern. Ich fühlte mich verraten. Ich fühlte mich von ihr fallengelassen. Zuerst ermutigt und dann fallengelassen.

Georgie musste mitbekommen, dass ich sauer war, denn wenn sie mich bei Pir Hederi abholen wollte, erfand ich immer irgendeine Ausrede oder erklärte, ich hätte noch zu tun, nur um nicht mit ihr nach Hause zu fahren. Und meine Hand ließ ich sie auch nicht mehr halten. »Ich bin kein Kind mehr!«, hatte ich sie das letzte Mal, als sie danach griff, angeschrien, und ich wusste, es hatte sie verletzt, denn sie hatte leise gesagt: »Fawad, ich habe dich nie, niemals, wie ein Kind behandelt.«

»Du hast meiner Mutter gesagt, dass ich Bier getrunken habe!«, hatte ich sie angezischt.

»Okay, bis auf dieses eine Mal«, hatte sie eingeräumt und war dann weggegangen, und ich hatte mich bei aller Wut ganz scheußlich gefühlt, weil sie ja im Grunde nichts dafür konnte und nur mein eigener Kopf schuld war.

»Sie ist eine feine Frau, Junge«, erklärte mir Ismerai tadelnd, als wir im Garten saßen und noch eine Stunde miteinander verbrachten, nachdem Hadji Khalid Khan mit Georgie ins Haus gegangen war, um weiß Gott was mit ihr zu machen.

»Ich hab nichts gegen sie gesagt«, fauchte ich.

»Nein«, gab er zu, »aber dein Verhalten spricht für sich, und das ist kein gutes Benehmen gegenüber jemandem, der als Gast in unserem Land ist und, mehr noch, als Freund.«

Und natürlich hatte er recht. Ich war eifersüchtig ohne irgendein Recht, eifersüchtig zu sein. Ich hätte mich freuen sollen, Georgie glücklich zu sehen. Aber das war schwer, und das Lächeln, das jetzt immer um ihre Lippen spielte, ärgerte mich. Ich war sauer, dass sie jetzt am späten Nachmittag ihren Kaffee mit Haji Khalid Khan trank, wo sie ihn doch immer mit mir getrunken hatte, und ich war außer mir vor Zorn, dass sie jetzt mindestens zweimal die Woche über Nacht wegblieb, weil ich wusste, sie war bei ihm.

»Deine Zeit kommt schon noch, Junge«, sagte Ismerai, »aber nicht mit Georgie.«

Und da begriff ich, dass er tief in mein Herz geblickt hatte und alles wusste.

Trotz der Kränkung, die in meinem Inneren schmerzte wie ein langsam gelb werdender Bluterguss, war es schwer, Haji Khalid Khan nicht zu mögen.

»Er ist ein Charmeur«, gab meine Mutter zu, als wir über Georgies Freund sprachen. »Er könnte die Vögel aus ihren Nestern herabschwatzen, dieser Mann.«

»Shir Ahmad redet mit den Hunden auf der Straße«, warf ich ein.

»Das ist nicht ganz dasselbe«, erwiderte sie.

»Was meinst du dann?«

»Das wirst du bald genug herausfinden, Fawad, denn wenn ich mich nicht irre, hast du diese Gabe ebenfalls – auch wenn du im Moment nur in der Lage zu sein scheinst, einem Esel die Hinterbeine wegzuschwatzen. Aber das kommt noch, Junge. Es wird kommen.«

Meine Mutter wandte sich wieder ihrer Arbeit zu, und ich konnte allein weiterrätseln, was es mit meiner zukünftigen Gabe und meiner gegenwärtigen, mir bislang unbekannten Gabe, Esel zu verkrüppeln, auf sich hatte.

Aber es war nicht Haji Khalid Khans Talent mit Worten, das meine Wut langsam zerstreute, auch wenn er lustig war und für einen so bedeutenden Mann erstaunlich nett und freundlich. Nein, meine Gefühle begannen an jenem

Freitag umzuschwenken, als Spandi zum Mittagessen zu uns kam. Es war Georgies Idee gewesen, ihn einzuladen, und mir war klar, dass sie es vor allem meinetwegen vorgeschlagen hatte.

Wir alle – meine Mutter und ich, Georgie, James, May, Ismerai, Spandi und Haji Khalid Khan – saßen draußen im Garten und tranken grünen Tee. Obwohl uns ein kalter Wind in die Finger biss, genossen wir noch den letzten Herbst, ehe uns ein weiterer Winter im Haus einsperren würde. Auf einer tiefroten Decke saßen wir in einem unregelmäßigen Kreis, und die Erwachsenen feuerten fröhliche Geschichten in die Runde. Georgie und Haji Khalid Khan machten die Dolmetscher, was sie als irgendwie weltläufiger und weltkundiger von uns Übrigen abhob und stärker als Paar hervortreten ließ. Außer mir schien das niemanden zu stören, also versuchte ich, meinen Ärger zu verbergen, wenn Georgie die Hand auf Haji Khalid Khans Knie legte oder ihm sanft die Schulter streichelte, während sie aufstand, um uns Tee nachzuschenken.

Denn nicht nur Georgies Stimmung hatte sich durch Haji Khalid Khans Erscheinen verändert – alle wirkten irgendwie anders in Gegenwart dieses eleganten Mannes, der sich wie ein König kleidete und nach teurem Parfüm roch. Seine Besuche holten jeden aus seinem eigenen Leben heraus, vereinten uns in gemeinsamem Lachen und geteilter Fröhlichkeit wie eine Familie. Natürlich passierte das nicht jeden Tag, aber solange Haji Khalid Khan in Kabul war, versammelten sich alle Bewohner des Hauses mindestens einmal die Woche um ihn, und wenn es einen besonderen Grund gab, so wie jetzt Spandis Mittagessensbesuch, auch öfter.

An diesem Nachmittag, nach einem üppigen Mahl aus

Hammelkebab, Curryhuhn, Kabuli Palau und warmem Nan – alles von Haji Khalid Khan und Ismerai mitgebracht –, saßen wir einfach nur bis zum Abend gemütlich da und tranken aus dampfenden Bechern mit grünem Tee, den meine Mutter gemacht hatte. Obwohl sie ein Stückchen hinter uns auf einem der Plastikstühle saß, war meine Mutter doch ebenso Teil der Gruppe wie jeder auf unserer Decke und lauschte ebenfalls lachend den hin und her fliegenden Geschichten.

James, der sich ein Sitzkissen mit May und eine afghanische Zigarette mit Ismerai teilte, bestritt den größten Teil der Unterhaltung, da er erst kürzlich aus Bamiyan zurückgekehrt war. Er sagte, er habe die riesigen Löcher gesehen, wo vorher zwei gewaltige Buddhas gesessen hätten, und erzählte uns, ein paar internationale Firmen suchten nach Möglichkeiten, das jahrtausendealte Geschichtsmonument, das die Taliban in die Luft gesprengt hatten, wiedererstehen zu lassen.

»Unter anderem war die Rede von einer Lasershow«, berichtete er. »Dahinter steckt der Gedanke, die Buddhas in 3D dorthin zu projizieren, wo sie waren. Ganz hübsche Idee, aber dafür bräuchten sie einen verflixt großen Generator.« Er lachte.

»Für mich ist das eine absurde Geldverschwendung«, erklärte May und rümpfte die Nase. »Die Leute können sich kaum selbst ernähren, wollen aber Millionen für eine Luxus-Lightshow raushauen.«

»Aber wenn diese ›Luxus-Lightshow‹ Touristen anlockt, würde es doch Arbeitsplätze schaffen und Geld bringen und den Leuten damit die Möglichkeit geben, sich selbst zu ernähren«, argumentierte James, der immer in allem das Gute sah, sogar in May.

»Tourismus!«, entgegnete sie. »Ich glaube nicht, dass Afghanistan dafür bereit ist. War es nicht der Tourismusminister, der von Pilgern auf der Haddsch ermordet wurde?«

»Das ist ein paar Jahre her«, warf Georgie ein.

»Glaubt ihr etwa, dass die Situation jetzt besser ist?«, schrie May schon fast. »Die Taliban sind wieder da, der Süden ist total den Bach runtergegangen, die Korruption ist allgegenwärtiger denn je, und der Einfluss der Regierung reicht kaum noch über Kabul hinaus.«

»Die Taliban sind wieder da?«, fragte ich Georgie, erschrocken über dieses Bröckchen Information, das ich eindeutig verstanden hatte.

Ich saß neben ihr, und sie berührte sanft mein Haar. Zum ersten Mal seit Langem entzog ich mich nicht.

»Nicht ganz, Fawad«, beruhigte sie mich. »Richtig ist nur, dass sie in manchen Gegenden gegen die Regierung und die internationalen Truppen kämpfen. Kein Grund zur Sorge.«

»Aber warum sind sie wieder da?«

Georgie sah Haji Khalid Khan an, der sich daraufhin in meine Richtung beugte.

»Sie waren nie ganz weg«, sagte er. »Manche von ihnen haben sich im Gebirge an der pakistanischen Grenze versteckt, andere einfach in ihren Städten und Dörfern.«

»Mach dir wegen der Taliban nicht zu viele Gedanken«, schaltete sich Ismerai ein. »Die sind im Moment nicht unsere größte Sorge. Afghanistans Hauptproblem ist die Einmischung von außen. Leute spielen Spiele in unserem Land, und das macht es derzeit immer schwerer, Freund und Feind zu unterscheiden.«

»Was für Spiele?«, fragte ich. »Und wer spielt sie?«

Georgie warf Haji Khalid Khan einen weiteren Blick zu,

offenbar in der Hoffnung, ich sähe es nicht, und er klatschte in die Hände.

»Genug jetzt«, befahl er mit einem sanften Grollen in der Stimme, das vom jahrelangen Rauchen kam. »Das sind Fragen für Politiker, nicht für ehrliche, normale Leute wie uns.«

Ismerai lachte. »Das stimmt allerdings, Haji Sahib. Dabei fällt mir ein Witz ein. Georgie, übersetzt du für unsere ausländischen Gäste? Haji möchte sich vielleicht nicht über seine Freunde lustig machen.«

»Haben Politiker Freunde?«, fragte sie, und die Dari Sprechenden unter uns lachten.

»Ein Bus voller Politiker fährt die Landstraße entlang«, begann Ismerai. »Plötzlich, in der Nähe eines Dorfes, kommt der Bus von der Straße ab und kracht gegen einen Baum. Ein Bauer, der auf seinem Feld gearbeitet hat, kommt herbei. Als er den zerquetschten Bus und die Politiker sieht, nimmt er seine Schaufel und begräbt die Politiker allesamt. Ein paar Tage später kommt ein Polizeibeamter vorbei und sieht den Bus, der gegen den Baum gekracht ist. Der Polizist fragt den Bauern, der wieder wie üblich auf seinem Feld arbeitet, wann denn der Unfall passiert sei. Vor ein paar Tagen, sagt der Bauer. Der Polizist fragt ihn, wer denn in dem Bus gesessen habe, und der Bauer sagt, dass die Insassen Politiker waren und dass er sie begraben hat. Der Polizist fragt, ob jemand den Unfall überlebt habe. Der Bauer antwortet grinsend: ›Schon möglich. Ein paar von ihnen haben behauptet, sie seien noch am Leben, aber wir wissen doch beide, wie Politiker lügen.‹«

Wir klatschten alle, aber am längsten und am lautesten lachte Spandi. Er wälzte sich regelrecht vor Lachen, und ich fragte mich, ob es daher kam, dass er so nah bei Ismerais brennender Zigarette gesessen hatte. Während mein Freund sich wieder einzukriegen versuchte, liefen ihm die Tränen herunter, und er musste sie mit dem Handrücken wegwischen, was schwarze Flecken auf seinem Gesicht hinterließ.

Plötzlich hörte Haji Khalid Khan auf zu klatschen und sah ihn mit ernsten dunklen Augen an.

»Du verkaufst Spand, wenn ich's richtig sehe?«, fragte er mit neutraler Stimme.

»Ja, Haji, das stimmt«, antwortete Spandi, und seine Schultern lockerten sich, da der Lachanfall jetzt vorbei war.

»Das ist harte Arbeit, Junge«, räumte Ismerai ein und sog wieder den süßlich riechenden Rauch seiner Zigarette ein, eher er diese an Haji Khalid Khan weiterreichte, der sie nickend entgegennahm.

Der große Mann beugte sich zu seinem Onkel hin und flüsterte ihm etwas ins Ohr. Ismerai lächelte, stand auf und ging wortlos davon und zum Tor hinaus. Keiner von uns fragte, was er vorhatte, denn in Afghanistan stellt man keine Fragen. In Gegenwart von Männern hat ein Junge einfach nur dazusitzen, zu beobachten und zu lernen. In unserem Land gibt es viele Regeln, aber die Regel des Nichtfragens lernt man schnell.

Etwa eine halbe Stunde später, nachdem auch noch James und sogar May Witze erzählt hatten – von denen ich einige nicht besonders komisch fand, weil darin weder Irre noch Esel vorkamen –, kam Ismerai mit einer langen Kette aus Karten zurück, die von einer Plastikumhüllung zusammengehalten wurden und Werbung für Firmen wie Roshan, AWCC und Areeba machten. Haji Khalid Khan reichte Spandi die Kette und eine kleine Tasche. In der Tasche waren Dutzende jener Karten, die die Leute kauften, um auf ihren Handys telefonieren zu können. Jede Karte hatte auf der Rückseite eine bestimmte Nummer, die man freikratzen und dann in sein Handy eingeben musste. Der Handel mit diesen Karten war in Afghanistan ein Riesengeschäft, denn selbst wenn man kaum etwas zum Anziehen hatte, besaß man doch garantiert ein Handy.

»Die sind für dich«, erklärte Haji Khalid Khan meinem Freund. »Von jetzt an verkaufst du diese Karten, und für jede Karte, die du verkaufst, kannst du einen Dollar behalten. Der Rest gehört mir. Okay?«

Spandi guckte auf die Karten in der Tasche neben sich, die roten Augen weit aufgerissen, und nickte dann.

»Danke«, sagte er leise.

»Gern geschehen, Junge«, erwiderte Haji Khalid Khan, und Georgie legte ihm sanft die Hand aufs Knie und lächelte. Ja, wir lächelten alle, und in dem, was Haji Khan getan hatte, erkannte ich etwas von dem Mann, in den sich Georgie verliebt hatte, denn Spandi die Möglichkeit zu geben, einen anderen Job zu machen als den mit seiner Blechdose, war wohl die gütigste Tat, die ich je erlebt hatte. Ich war gar nicht drauf gekommen, sonst hätte ich ja vielleicht Georgie dazu bringen können, Spandi einen anderen Job zu vermitteln, irgendwas ohne den giftigen Rauch, der seine Lunge verstopfte und ihm in den Augen brannte. Aber Haji Khalid Khan hatte durch das Schwarz hindurchgeschaut und den Jungen gesehen. Er hatte ihm eine zweite Chance gegeben, und ich schämte mich dafür, dass ich so blind gewesen war. Aber ich war auch ein bisschen stolz darauf, dass ich Spandi immerhin mit seinem neuen Boss zusammengebracht hatte.

Und da begann mein Zorn von mir abzufallen.

Kurz nach acht, als die Erwachsenen alle wieder ihrer getrennten Wege gegangen waren – James und May in eine der vielen Bars von Kabul, meine Mutter in ihr Zimmer, um auf Tolo TV die jüngste Folge einer hysterischen indischen Seifenoper zu gucken, und Georgie und Ismerai mit in Haji Khalid Khans Haus –, marschierten Spandi und ich zu der Müllhalde, die jenseits vom Massoud-Platz stinkende, krank machende Schwaden verströmte. Wortlos sah ich zu, wie er die Blechbüchse vom Hosenbund loshakte, noch einmal ansah und dann so weit, wie es seine dünnen Arme schafften, auf den Müllhaufen warf. Seite an Seite verfolgten wir, wie die Dose von einem alten Benzinkanister abprallte und dann in der Masse aus verrotteten Nahrungsmitteln und sonstigem Abfall verschwand.

Ich guckte Spandi an und sah, wie sich seine Lippen lautlos bewegten. Plötzlich wandte er sich mir zu und fragte: »Du weißt, wer der Freund von deiner Freundin ist, oder?«

»Sie ist nicht *meine Freundin*.« Ich lachte und boxte ihn in die Magengrube, jetzt, wo die Feierlichkeit der Zeremonie durchbrochen war.

»Wie du meinst«, sagte Spandi und boxte mich wieder. »Dann eben der Freund von dieser Freundin von dir.«

»Falls du Haji Khalid Khan meinst, ja – wer der ist, weiß ich.«

»Wer denn?«, fragte Spandi herausfordernd.

»Er ist ein Geschäftsmann aus Jalalabad. Er importiert Diesel und Butterfett aus Pakistan und Toyota-Ersatzteile aus Japan.«

»Na klar tut er das.« Spandi lachte und patschte mir auf den Rücken. »Herrgott, Fawad! Das ist Haji Khan! *Der* Haji Khan – die Geißel der Taliban, der Sohn eines der berühmtesten afghanischen Mudschaheddin und jetzt einer der größten Drogenhändler des Landes. Er *ist* Haji Khan, Fawad. Ich hab ihn auf den ersten Blick erkannt. Und er trinkt in eurem Haus Tee und schläft mit deiner Freundin!«

5

Für zwei Dinge sind die Afghanen berühmt: fürs Kämpfen und für den Anbau von Schlafmohn. Und obwohl die internationale Gemeinschaft alles tut, um beidem ein Ende zu machen, scheinen wir doch im einen wie im anderen besser denn je.

Nachdem die Taliban 2001 geflohen waren, war überall die Rede von »Demokratie«, und binnen weniger Jahre hatte jeder das Recht zu wählen, durften Frauen ins Parlament einziehen, wurden Gesetze gemacht, um die Unschuldigen zu schützen, durften Mädchen wieder in die Schule gehen, schien alles, was unter unseren vorherigen Führern unrecht gewesen war, zurechtgerückt. Doch in dieser ganzen Aufregung vergaßen offenbar alle, dass Afghanistan bereits Regeln hatte, ein Rechtssystem, das Tausende von Jahren alt war und genauso Teil unseres Lebens wie die Berge des Hindukusch, und obwohl »Demokratie« allgemein als etwas Gutes galt, blieb es doch dabei, dass jemand, der einen Mord begangen hatte, dafür in gleicher Münze bezahlen musste. In Afghanistan gibt es Blutfehden, die schon über Generationen gehen, wobei es in beiden Familien schon so viele Tote gab, dass keiner mehr weiß, wer angefangen hat.

Und obwohl die Regierung allen befohlen hat, zum Wohl des Landes ihre Waffen abzugeben, scheint es doch niemand eilig zu haben, das wirklich zu tun – weil sich hier immer alles so schnell ändert. Also kämpfen die wichtigen Männer im Norden und Westen immer noch um Gebiete und um Macht, schießen Armeekommandeure im Osten weiter auf Pakistanis, die sich ungebeten auf unseren Grund und Boden schleichen, halten im Süden die Kämpfe der Taliban gegen Afghanen und Ausländer an. Und auf den Straßen prügeln die Erwachsenen Jungen, und die Jungen prügeln kleinere Jungen, und alle prügeln Esel und Hunde.

Und in der Zwischenzeit wachsen die Opiumpflanzen immer weiter und weiter und weiter. In der Zeitung steht, dass es dieses Jahr eine Rekordernte gab, die Afghanistan zum größten Opiumerzeuger der Welt macht. Meine Mutter sagt, jeder sollte sich bemühen, in irgendwas der Beste zu sein, aber ich glaube nicht, dass sie dabei an so was denkt. Ich glaube, sie meint Mathe oder religiöse Studien.

Ich weiß ja nicht viel, aber ich weiß, dass Kämpfen etwas Schlechtes ist, weil dabei Menschen sterben oder Körperteile verlieren und weil es die Frauen zum Weinen bringt, und ich weiß, dass es unrecht ist, Schlafmohn anzubauen, weil der Westen sagt, dass es unrecht ist, und Präsident Karzai es deshalb auch sagt. Also ist es bestimmt nicht kindisch oder egoistisch von mir, wenn ich sage, dass Haji Khalid Khan – oder Haji Khan, wie ich ja jetzt weiß – mit seiner kriegerischen Vergangenheit und seinen Taschen voller Opiumgeld wohl nicht der richtige Mann für eine in Kabul lebende Engländerin ist, die ihren Lebensunterhalt damit verdient, Ziegen zu kämmen.

Wie ich das allerdings Georgie beibringen soll, ist eine ganz andere Frage. Wie meine Mutter mal sagte und Pir Hederi am eigenen Leib erfahren musste: Liebe macht blind.

»Kann es sein, dass Haji Khan aus Shinwar kommt und nicht aus Jalalabad?«, fragte ich Georgie, während sie auf den Stufen des Hauses ihren Kaffee trank. Es war jetzt kalt, und sie war in einen weichen grauen Patu gehüllt, ein Abschiedsgeschenk ihres Freundes, bevor er in den Osten gefahren war.

»Ja, das stimmt«, gab sie zu. »Aber er hat ein Haus in Jalalabad und ist meistens dort. Warum fragst du?«

»Ach, nur so«, murmelte ich, schlang die Arme um den Oberkörper und setzte mich neben sie.

»Hier, schlüpf da drunter.« Georgie rückte näher an mich heran, legte mir den Patu um Rücken und Schultern. Er enthielt die Wärme ihres Körpers und den Duft ihres Parfüms. »Besser?«

»Ja, danke. Kalt, was?«

»Ja, wirklich«, gab sie mir recht, und ich kaute auf der Unterlippe, weil ich nicht wusste, wie ich anfangen sollte, und schon gar nicht, ob Georgie den Patu wieder wegziehen würde, wenn ich es tat.

»Was ist los?«, fragte sie schließlich, nachdem wir fast eine Minute schweigend dagesessen hatten. »Du siehst so ernst aus.«

»Ach, ja? Na ja, bin ich vielleicht auch«, sagte ich. »Es ist nur, weil – weil ich gehört habe, dass in Shinwar viel Schlafmohn wächst.«

»Im Moment nicht, wir haben Winter.« Sie lachte.

»Das weiß ich.« Ich lachte mit, froh, dass ich das Thema endlich angeschnitten hatte. »Aber sonst. Shinwar ist berühmt für seinen Schlafmohn.«

»Ja, das mag stimmen«, räumte Georgie ein. »Und was willst du damit sagen?«

»Nichts«, sagte ich achselzuckend. »Ich dachte nur, ich sprech's mal an.«

»Warum? Weil du glaubst, Khalid hätte mit dem Opiumgeschäft zu tun?«

Georgie drehte den Kopf und sah mich an. Zu meiner Erleichterung wirkte sie nicht ärgerlich, aber es schien mir dennoch das Beste, die Frage zu überhören.

»Pass mal auf«, sagte sie. »Ich weiß, viele Leute glauben, Khalid hätte mit Drogen zu tun, weil er ein reicher Mann ist, aber das stimmt nicht – dass er mit Drogen zu tun hat, meine ich, reich ist er natürlich. Khalid hasst Drogen. Er sagt, sie halten die Leute in der Armut gefangen, schädigen den Ruf des Landes und finanzieren den Aufstand, der Afghanistan wieder zu zerstören droht. Er hasst sie, Fawad, hasst sie von ganzem Herzen.«

»Aber woher weißt du, dass er die Wahrheit sagt?«, fragte ich.

Georgie griff nach dem Päckchen Zigaretten zu ihren Füßen, nahm eine heraus und zündete sie an.

»Na ja, aus einer ganzen Reihe von Gründen«, erklärte sie und blies einen dünnen Rauchstrahl aus. »Ich weiß, dass er im Osten mehrere Projekte unterhält, um Bauern zu helfen, etwas anderes zu tun, als Schlafmohn anzubauen, indem er sie beispielsweise mit Obst- und Olivenbäumen und Saatgut für Weizen und Parfümpflanzen ausstattet. Aber vor allem weiß ich es, weil ich ihm vertraue.«

Georgie schaute weg, trank von ihrem Kaffee und zog tief an ihrer Zigarette. Ich blickte auf meine Füße und beobachtete aus dem Augenwinkel, wie sie sich langsam mit einer blassen Hand durchs Haar fuhr, um es sich aus dem Gesicht zu streichen. Im Kontrast zum Schwarz ihres Haars und dem Grau des Patu wirkte ihre Haut frostweiß, und unter ihren Augen waren dunkle Ringe.

»Bist du müde?«, fragte ich.

»Ein bisschen, ja«, antwortete sie, und ihre Lippen dehnten sich zu einem leichten Lächeln.

Ich nickte. »Ich auch«, sagte ich, was nicht stimmte, aber ich wollte nicht, dass sie sich allein fühlte. Haji Khan war jetzt schon eine Woche weg, so plötzlich aus unserem Leben verschwunden, wie er aufgetaucht war, und ich dachte mir, dass sie ihn vermisste.

»Ich kenne Khalid jetzt drei Jahre«, sagte Georgie, als hätte sie meine Gedanken gelesen. »Ich würde es merken, wenn er mich anlügen würde.«

»Ich hab nicht gesagt, dass er lügt.«

»Nein, nicht direkt jedenfalls, also danke dafür.«

Ich zog die Füße unter den weichen Patu.

»Aber ... wieso bist du dir so sicher, dass er's nicht tut?«

»Wieso?«, fragte sie mit einem sehr afghanischen Achselzucken, das sie fast als eine von uns auswies. »Weil ich's bin.«

Nach ein paar Sekunden, in denen zwischen ihren Augenbrauen eine Falte erschien, als ob sie angestrengt überlegte, sagte sie: »Das ist genauso, wie wenn jemand sagt, dass er oder sie einen liebt. Wie kann man sich sicher sein, dass dieser Mensch das nicht nur so sagt, sondern es wirklich ernst meint? Man schaut ihm in die Augen. Ich meine, man schaut wirklich hin, ganz tief, und dann weiß man im Herzen, ob es die Wahrheit ist. Ich liebe Khalid. Er würde mich nie belügen. Okay«, Georgie lachte, ein tonloses kleines Lachen, das wie ein Versuch klang, »er ist vielleicht nicht der beste Freund der Welt – er verschwindet von jetzt auf gleich und ruft mich manchmal wochenlang nicht an, und was ich auch tue, um ihn zu erreichen, ich schaffe es nicht –, aber trotzdem weiß ich, dass er mich liebt, und genauso, wie ich das weiß, weiß ich auch, dass er nichts mit Schlafmohn zu tun hat. Also, beruhigt dich das?«

Nicht besonders, dachte ich, nickte aber trotzdem. Und fühlte Schmerz in meinem Herzen. Ich hatte Georgies munteres Geplauder schon seit Tagen nicht mehr gehört. Sie sah müde aus, das Leuchten in ihren Augen war matt geworden, und ich hatte den Verdacht, dass Haji Khan wieder mal von jetzt auf gleich verschwunden war und sich nicht mal die Mühe machte, sie anzurufen.

Es war wohl nicht der richtige Moment zu fragen, ob er wegen seiner Drogengeschäfte weggemusst hatte.

Vielleicht hatte Georgie ja recht, und Haji Khan schmuggelte keine Drogen außer Landes, aber auf der anderen Seite war sie eine verliebte Frau und nicht ganz zurechnungsfähig. »Die Liebe macht uns alle zu Narren«, hatte Shir Ahmad mal geseufzt, als wir meiner Mutter nachguckten, wie sie zu Homeira hinüberlief. Da Liebe außerdem auch noch blind machte, fragte ich mich, warum irgendwer so viel Energie darauf vergeudete, ihr nachzujagen. Aber was ich jetzt brauchte, waren Fakten, keine poetischen Seufzer.

Mein erster Gedanke war, mit James zu reden, weil er doch Journalist war und garantiert wusste, wer in diesem Land was machte. Aber obwohl mein Englisch inzwischen ziemlich gut war, reichte es für dieses Thema doch nicht aus, und James' Dari ging auch jetzt noch kaum über »Salam aleikum« hinaus. Mit May zu reden kam nicht infrage, weil wir immer noch keine richtigen Freunde geworden waren und ich das Gefühl hatte, dass sie nicht nur keine Männer mochte, sondern auch keine Jungen – vielleicht, weil wir, wenn es Allahs Wille war, eines Tages Männer sein würden. Und Pir Hederi war zwar blind, aber vielleicht doch nicht so weise, wie es sich für einen Blinden gehört. Ich hatte ihn im Verdacht, zum Ausgleich für das Dunkel, in dem er lebte, seine Geschichten farbig auszuschmücken.

Ich beschloss, mit Spandi zu reden. Schließlich war er derjenige gewesen, der behauptet hatte, Haji Khan sei ein Drogenbaron, und das musste er ja wohl irgendwoher haben. Also verließ ich zum ersten Mal in all den Monaten Wazir Akbar Khan und marschierte quer durch die Innenstadt, um in die Chicken Street zu kommen.

Irgendwas an der Chicken Street ist einfach magisch, aber ich weiß nicht genau, was. Ich konnte es nie genau festmachen. Vielleicht sind es ja all die vielen Geräusche und Bilder und Gerüche – die Anpreisungsrufe der Ladenbesitzer, die über das gereizte Hupen der Autofahrer hinweg um Aufmerksamkeit buhlen, die Menschenmassen, die zusammen mit den Autos und Handkarren die Straßen verstopfen, die Zornexplosionen, wenn Fahrzeuge das Einbahnsystem ignorieren, das Plappern der Kinder, die die Touristen nerven, die Kebabschwaden, die vom Cinema-Park herüberwehen –, oder es ist einfach nur das ganze wunderbare wimmelnde Chaos, das diesen kleinen Winkel von Kabul zum Leben erwachen lässt wie ein riesiges, sich schlängelndes Tier.

Wenn das Parlament das Gehirn der Hauptstadt ist – Gott steh uns bei –, dann ist die Chicken Street ihr Herz.

Nur eins ist noch besser als die Chicken Street, und das ist die Chicken Street vor Weihnachten, dem Fest, mit dem die Ausländer die Geburt ihres Propheten Jesus feiern. Für drei Wochen legt sich dann fast schon etwas Heiliges über diesen Ort. Geld wandert leichter von Hand zu Hand, Bettlerinnen kriegen ihren Anteil an verkrumpelten Afs, noch ehe sie dazu kommen, von ihren sterbenskranken Babys zu reden, Läden leuchten warm im frühen Abenddunkel, volle Einkaufstüten hängen an den Armen von Leuten, die an ihre

Familien denken, wütende Ausbrüche weichen rasch fröhlichem Lächeln, und Lachen schallt über die Gehwege und aus den Hauseingängen, wenn der Menschenschwarm vor einem plötzlichen Schneesturm flüchtet oder sich seinen Weg über die Müllhügel zu beiden Seiten der Straße sucht. Das ist die Chicken Street von ihrer allerbesten Seite, und es war toll, wieder dort zu sein. Es fühlte sich an, wie nach Hause zu kommen.

»Fawad!«

Jamilla kam auf mich zugerannt und begrüßte mich mit einer Umarmung, für die sie noch vor ein paar Jahren in einem Gefängnis für gefallene Mädchen gelandet wäre. Ihr Gesicht war gerötet von der Kälte, und ihre Augen leuchteten.

»Wo warst du? Wir haben dich vermisst!«

»Ich euch auch«, überschrie ich den Lärm aus Rufen, Hupen und dem Brummen von Generatoren.

Und das stimmte, ich hatte Jamilla vermisst. Okay, mein Denken war mit den Ereignissen in meinem neuen Leben und den unerwarteten Problemen, die sie mit sich brachten, mehr als beschäftigt gewesen, aber ein wahrer Afghane vergisst seine Vergangenheit nie. Deshalb sind wir so gut darin, Feindschaft aufrechtzuerhalten.

»Ich hab dir so viel zu erzählen, Jamilla!«

»Ein paar Sachen weiß ich schon.« Sie lächelte. »Spandi hat mich informiert. Anscheinend arbeitest du jetzt für einen Blinden, deshalb willst du nichts mehr von uns wissen!«

»Das stimmt nicht«, protestierte ich. »Ich hatte nur so viel zu tun!«

»Ich weiß, Fawad, keine Sorge, war nur ein Witz. Ich freu mich für dich, ehrlich.«

Jamilla fasste mich an der Hand und führte mich im Zickzack um die Erwachsenenbeine herum, bis an den Durchgang zu einem kleinen Geschäftsinnenhof, wo wir uns immer getroffen hatten, um Geschichten und Informationen auszutauschen und unser bisschen Essen zu teilen.

»Fawad, du dreckiger kleiner Bastard!«

Als wir in den Hof traten, erhob sich Jahid aus der Hocke und kam zu uns, um mich zu umarmen.

»Ich hab einen Fernseher!«, teilte ich ihm mit.

»Verpiss dich, du Lügner!«

»Nein, stimmt wirklich! Und bei uns im Haus wohnt ein Mädchen mit Brüsten, so groß wie die Kuppel der Abdul-Rahman-Moschee!«

»Das ist nicht wahr!«, schrie er und schlug sich an die Stirn. »Es gibt keine Gerechtigkeit auf dieser Welt. Hier bin ich, bestens gerüstet, um es den Weibern richtig zu besorgen, und Allah in seiner Weisheit schickt die tollsten Titten der Stadt einem verdammten Homo wie dir!«

Jahid boxte mir auf den Arm, aber nur im Scherz. Wir machten einen kleinen Ringkampf und fielen in die zum Verkauf ausgehängten Tücher, die die Wände um uns herum mit ihren bunten Farben schmückten, was uns der Händler mit ein paar gar nicht scherzhaften Ohrfeigen vergalt.

Es war ein tolles Gefühl, wieder hier zu sein, wieder den Spaß und die Rohheit der Straße zu kosten. Mir war gar nicht klar gewesen, wie sehr ich die Chicken Street und alle dort vermisste – sogar Jahid.

Als wir tiefer in den Hof hineingingen, um dem Tücherverkäufer zu entkommen und uns auf die dreckigen Stufen eines geschlossenen Krimskramsladens zu setzen, erzählte mir Jahid, seine Mutter wirke ganz deprimiert, jetzt, wo wir weg seien und sie niemanden mehr zum Herumschreien habe. Und dann sagte er, dass er bald aus der Chicken Street herauskommen werde: Sein Vater habe sich an jemanden gewandt, der ihm noch einen Gefallen schulde, und der habe ihm, Jahid, einen Job bei der Stadtverwaltung besorgt, da er ja lesen und schreiben könne. Dort würden sie ihn dafür ausbilden, etwas Nützliches zu tun, hätten sie gesagt – wenn er erst mal die Kunst des Teemachens beherrsche.

»Es ist ein guter Job«, erklärte er und setzte sich gerader auf, als ich es je bei ihm gesehen hatte. »Eine tolle Chance für mich.«

»Bestimmt«, sagte ich, aufrichtig erfreut. »Gratuliere, Jahid. Ehrlich.«

»Ja«, sagte Jahid nickend. »Ja, klar, danke.« Und er boxte mir wieder auf den Arm.

Jamilla war es leider nicht so gut ergangen, seit ich weg war. Ich bemerkte ein altes blaues Mal unter ihrem linken Auge, und sie erklärte, eine der Bettlerinnen habe ihr im üblichen Gerangel, um an die Brieftasche eines Ausländers zu kommen, den Ellbogen ins Gesicht gerammt.

»Es wird anders hier«, sagte sie. »Es ist jetzt wie mit der Mafia. Wenn man nicht zu ihrer Familie gehört, ist man geliefert. Ich bin heute nur hier, weil Weihnachten kommt und genug für alle da ist – und weil Jahid und Spandi hier sind.«

Ich sah Jamilla genauer an und bemerkte erst jetzt, dass die Farbe des Spaßes aus ihren Wangen gewichen war, als ob sie plötzlich älter und müder wäre. Ich beschloss, Pir Hederi zu bitten, ihr einen Job im Laden zu geben.

»Und wo ist Spandi?«, fragte ich.

»Am anderen Ende der Straße, seine Karten verkaufen«, erklärte Jamilla. »Er sieht so viel besser aus, seit ihn dein Freund Haji Khan von seiner Blechdose befreit hat.«

»Ja, verdammt, Fawad«, mischte sich Jahid ein. »Haji Khan. Du spielst jetzt echt mit den großen Jungs.«

»Kennst du ihn?«, fragte ich.

»Klar … na ja, nicht persönlich, aber ich hab von ihm gehört. Er ist ein wahrer afghanischer Held!«

»Kein Drogenhändler also?«

Jahid zuckte die Achseln. »Zeig mir einen reichen Mann in Afghanistan, der nicht in Drogengeschäfte verwickelt ist. Aber das macht ihn doch nicht zu einem schlechten Menschen, oder? Dieser ›Stoppt den Drogenanbau‹-Scheiß ist doch das Problem des Westens, nicht unseres. Es sind doch ihre Leute, die sich das Zeug spritzen und sich gegenseitig mit AIDS anstecken. Wir versuchen doch nur, über die Runden zu kommen.«

»Woher weißt du, dass Haji Khan im Drogengeschäft ist?«, fragte ich Spandi, als wir von der Chicken Street nach Hause gingen.

»Hab ich gehört.«

Spandi zählte im Gehen seine Dollar, trennte sein Geld und das von Haji Khan und steckte die Scheine in verschiedene Taschen. Er sah gesünder aus, sauberer und jünger. Wenn da nicht sein von der Sandmückenkrankheit zerfressenes Gesicht gewesen wäre, hätte man ihn jetzt fast schon als gut aussehend bezeichnen können.

»Mein Vater hat mit Leuten aus dem Osten zu tun, ein paar Lastwagenfahrern, die Diesel über die Grenze bringen. Sie sind ziemlich oft in Jalalabad, und ich hab sie ein, zwei Mal über Haji Khan reden hören.«

»Und die sagen, er ist ein Drogenhändler?«

»Ja, sagen sie, aber das ist nur ein Gerücht. Er ist noch nie verhaftet worden oder so was.«

»Und was glaubst du?«

»Ich?« Spandi zuckte die Achseln. »Ich glaube, es ist

schwer, einen Mann zu verhaften, der für sein Land gekämpft hat – und dabei seine Familie verloren hat.«

»Wovon redest du?«

»Mein Vater sagt, Haji Khan war mal mit einer tollen Frau verheiratet, aber der ISI hat sie und ihre älteste Tochter getötet, hat sie einfach im Bett erschossen.«

»Nein!« Ein Anfall von Schuldgefühl wühlte in mir, als ich mir Haji Khan vorstellte, wie er sich über das beugte, was noch von seiner Frau und seiner Tochter übrig war, und Dunkel und Tod ihn mit Tränen überschwemmten. »Warum sollten sie so was tun?«

»Er hat damals gegen die Taliban gekämpft, Fawad. Wahrscheinlich sollte es eine Warnung sein, aber in dem Fall haben sie sich böse geschnitten, denn danach kämpfte er wie ein Wahnsinniger. Mein Vater sagt, einige seiner Missionen von Peschawar aus sind legendär, weil sie eigentlich selbstmörderisch waren, aber ich vermute mal, nach dem, was passiert war, war es Haji Khan egal, ob er stirbt. Wahrscheinlich war ihm alles egal.«

An der Ecke zur britischen Botschaft in Wazir verabschiedete ich mich von Spandi, um noch bei Pir Hederi im Laden vorbeizuschauen und ihn zu bitten, Jamilla einen Job zu geben. Er sagte, er werde drüber nachdenken, obwohl Frauen, ganz gleich, wie jung oder alt, für jeden Afghanen, der seine fünf Sinne beisammen habe, nichts als ein Fluch seien, und ich dankte ihm, denn ich wusste, dass er Jamilla helfen würde, weil er sonst gleich Nein gesagt hätte.

Auf dem langen Fußmarsch nach Hause, vorbei an den großen Häusern der Mitarbeiter von Hilfsorganisationen, Minister und Geschäftsleute und den von Lachen erfüllten libanesischen und indischen Restaurants, dachte ich an Jamilla und stellte mir vor, wie sie sich freuen würde, wenn ich ihr das mit dem Job bei Pir Hederi erzählen würde. Und als ich mich unserem Haus näherte, dachte ich, wie es für Haji Khan gewesen sein musste, nach Hause zu kommen und seine Familie im ewigen Schlaf vorzufinden, die Leichen nass von Blut.

Ich konnte seinen Schmerz schon fast fühlen.

Wenn Ausländer in unser Land kommen, schwärmen sie komischerweise immer von seiner »atemberaubenden Schönheit« und seinen »edlen und tapferen« Menschen, aber die Realität Afghanistans ist genau das: Leid und Tod. Es gibt unter uns keinen, der nicht auf irgendeine Art davon betroffen wäre. Von den Russen über die Mudschaheddin bis zu den Taliban: Der Krieg hat uns unsere Väter und Brüder genommen, die Hinterlassenschaften des Krieges nehmen uns unsere Kinder, und als Ergebnis des Krieges sind wir bettelarm. Die Ausländer können sich also ihr Gerede von der wunderschönen Landschaft und der traditionellen Freundlichkeit sonst wohin stecken, denn jeder von uns würde das alles auf der Stelle für einen Augenblick des Friedens eintauschen. Es ist höchste Zeit, dass das Leid, das sich auf unserem Grund und Boden eingenistet hat, seine Sachen packt und verschwindet, um jemand anderen zu terrorisieren.

Als ich zum Haus kam, brannte dort überall Licht, und durchs hintere Fenster sah ich, wie May und James buntes Papier an den Wänden befestigten. Aus der Küche roch es stark nach Alkohol, und als ich reinging, um nachzuschauen, stand da meine Mutter und rührte in einem großen Topf mit einer heißen roten Flüssigkeit, in der Orangen und Kräuter schwammen. Aus dem Radio schallte ein Liebeslied auf Hindi, und sie tanzte bei der Arbeit.

»Ist das Alkohol?«, fragte ich streng, und meine Mutter hielt erschrocken inne.

»Es ist nur verboten, ihn zu trinken, Fawad, nicht drin zu rühren.«

Sie fing an zu lachen, und ich fragte mich, ob sie unter der Wirkung der Dämpfe stand, so wie Spandi durch den Rauch von Ismerais Zigarette in seltsame Zustände versetzt worden war.

»Fawad, mein Junge!« James kam munter in die Küche. Er hatte Flitter im Haar. »Komm, hilf mit!«, befahl er mir.

Ich folgte ihm ins große Wohnzimmer, wo jetzt von den Wänden und der Decke ein Chaos von zerrissenem Papier hing. In einer Ecke war ein kleiner Plastikbaum aufgestellt worden, und auf jedem freien Fleckchen der Fensterbänke, Tischplatten und Schränke standen Kerzen. May saß jetzt auf dem Fußboden neben dem holzbeheizten Bukhari, um sich zu wärmen, während sie Papierstreifen aneinanderklebte. Als ich hereinkam, lächelte sie, was nur bestätigte, was ich schon wusste: dass alle verrückt geworden waren.

»Wo ist Georgie?«, fragte ich James, bevor er mich mit hineinziehen konnte.

Er zeigte nach oben und machte ein gespielt-trauriges Gesicht. Ich nickte und ging hinaus. Ich musste ihr zeigen, dass ich jetzt auf ihrer Seite war. Und auf der von Haji Khan.

Obwohl ich das obere Stockwerk noch nie gesehen hatte – na ja, jedenfalls nicht von drinnen –, marschierte ich, nachdem ich die Treppe hinaufgestiegen war, geradewegs zu Georgies Tür. Ich hatte einen guten Orientierungssinn, und in den ersten Wochen hatte ich in dem Notizheft, das sie mir geschenkt hatte, einen Plan vom Haus gemacht.

Ich klopfte sachte an und wartete.

»Wer ist da?«, rief sie durch die geschlossene Tür.

»Fawad!«, rief ich zurück.

Ich hörte, wie im Zimmer Schubladen geöffnet und wieder zugemacht wurden. Dann, nach kurzer Stille, ging die Tür auf, und da stand Georgie, die aussah, als wäre sie gerade erst aufgewacht. Das Haar hing ihr ins Gesicht, sie war ungeschminkt und hatte den Pullover verkehrt herum an.

»Fawad!«, sagte sie, sichtlich überrascht.

»Tut mir leid, wenn ich störe, Georgie.«

Sie zuckte die Achseln und öffnete die Tür weiter, um mich hereinzulassen. Dabei sah ich ein großes Foto von Haji Khan auf ihrem Nachttisch stehen.

Ich schüttelte den Kopf, um ihr zu bedeuten, dass ich nicht reinkommen wollte. Behutsam griff ich nach ihrer Hand, die wie tot an ihrer Seite hing, und sagte: »Keine Sorge, Georgie. Er wird dich anrufen.«

Dann machte ich kehrt und ging wieder nach unten, um James beim Dekorieren zu helfen.

6

Der Geburtstag des Propheten Mohammed (Friede sei mit ihm) nennt sich Mawlid al-Nabi, und wir feiern ihn am zwölften Tag des Mondmonats Rabi al-Awwal, obwohl die Schia ihn fünf Tage später begehen. An diesem Tag kocht man Reis und sammelt Milch und Butter. Dann besucht man seine Nachbarn und teilt mit ihnen, was man hat, auch mit denen, die man nicht leiden kann. Wenn man jemanden findet, der ärmer ist als man selbst, teilt man auch mit diesem Menschen das Essen. Am Nachmittag gehen die Männer und die älteren Jungen zu Fuß in die Moschee zum Beten, während alle Autos da, wo sie geparkt sind, stehenbleiben und Fernseher und Radios schweigen. Da es zugleich auch der Todestag des Propheten ist, wird weder gelacht noch geweint, weil wir froh sind, dass er gekommen ist, und traurig, dass er wieder gegangen ist. Deshalb verbringen wir den Tag hauptsächlich damit, seiner zu gedenken.

Was wir aber im Unterschied zu den Ausländern nicht tun, ist, vom Aufstehen bis zu dem Moment, in dem wir ins Bett – oder in James' Fall auf die Treppe – fallen, Alkohol zu trinken. Und nachdem ich das erste Mal miterlebt habe, wie sie den Geburtstag von Jesus feiern, ist mir klar, warum sie zwei arbeitsfreie Tage brauchen, um sich davon zu erholen.

Jesus – oder, wie wir ihn nennen, Isa – ist einer der wichtigsten Propheten, aber er ist nicht Gottes Sohn, wie die Ausländer glauben, er war nur einer seiner Verkünder. Es stimmt zwar, dass Isa mit Gottes Erlaubnis viele Wunder vollbracht hat – Dinge wie Tote zu erwecken, einen Vogel aus Ton zu erschaffen oder schon in der Wiege zu sprechen –, aber am Kreuz gestorben ist er nicht. Er wurde vielmehr zu Gott emporgehoben, damit er eines Tages auf die Erde zurückkehren kann, um das Böse zu bekämpfen.

Als Muslim respektiere ich den Jesus der Ausländer, und es gefällt mir, dass sie seinen Geburtstag feiern, auch wenn sie vieles durcheinanderbringen. Aber was ich kaum fassen konnte, war, dass ich meine Freunde an einem so wichtigen Tag in ihrem Kalender kein einziges Mal von Jesus sprechen hörte. James rief zwar einmal »Herrjesses!«, als er auf der Treppe ausrutschte, aber das gilt wohl nicht wirklich als Gedenken.

Um zehn Uhr morgens an dem Tag, den sie »Weihnachten« nennen, klopfte Georgie an unsere Tür und bestand darauf, dass meine Mutter und ich den Fernseher Fernseher sein ließen und in ihren Teil des Hauses kamen. Sie trug einen weiten Pyjama mit einem grünen Patchworkmuster, den ich viel angemessener fand als viele ihrer normalen Kleidungsstücke, und ihr Haar war zu einem kunstlosen Pferdeschwanz zurückgebunden. Ihre Wangen waren rot.

»Fröhliche Weihnachten!«, begrüßte sie uns laut auf Englisch und umarmte meine Mutter und mich herzlich.

»Fröhliche Weihnachten!«, rief ich zurück, während meine Mutter verlegen kicherte und nach einem Tschador griff, um ihr offenes schwarzes Haar zu bedecken, damit wir, wie uns geheißen, Georgie ins Haus folgen konnten.

Als wir durch die Tür des Wohnzimmers traten, prallten wir gegen eine Wand von Lärm, der aus der Stereoanlage kam, und sahen James und May nah beim Bukhari auf dem Fußboden sitzen, umgeben von halb ausgepackten Geschenken. Sie winkten uns, uns dazuzusetzen. James trug schmutzige Jeans und einen knallroten Pullover, und May war in eine Bettdecke gewickelt. Vor ihnen standen Packungen mit Orangensaft und eine Flasche Champagner – ein Festgetränk, das, wie mir James erklärte, aus Frankreich kam. Georgie goss meiner Mutter und mir je ein kleines Glas Orangensaft ein und mischte ihren eigenen mit der sprudelnden Flüssigkeit aus der Champagnerflasche.

»Fröhliche Weihnachten!«, sagte James lächelnd und erhob sein Glas. Alle taten es ihm nach, also folgten meine Mutter und ich ihrem Beispiel und sahen uns dabei kichernd an.

»Oh, ist die himmlisch«, quietschte May mitten in unsere Verlegenheit hinein. Sie hielt eine schwere Halskette aus unregelmäßigen Stücken von tiefrotem Stein hoch.

»Ich dachte, die passt zu deinen Augen«, witzelte James, und May stürzte sich auf ihn und nahm ihn in den Schwitzkasten. Während sie ihn zu Boden rang, entblößte sie versehentlich einen weißen Oberschenkel mit kleinen Dellen, und ich guckte schnell weg, fast schon froh, dass ich ihre Brüste nie zu sehen gekriegt hatte. Am falschen Körper kann Haut etwas Beängstigendes sein.

»Und das ist für dich, Mariya.«

Georgie überreichte ihr ein in *Sada-e Azadi*-Zeitungspapier eingewickeltes Päckchen. Meine Mutter packte es so langsam und vorsichtig aus, als ob allein schon das Papier mehr als einen Monatslohn wert wäre (was es, wie ich wusste, nicht war, weil es von internationalen Soldaten alle zwei Wochen gratis verteilt wurde), und zum Vorschein kam ein wunderschöner goldener Schal mit eingewebten Wirbeln aus Silberfäden.

»Danke«, sagte meine Mutter schüchtern auf Englisch. Sie nahm ihren abgetragenen Tschador ab und legte sich das Farbgefunkel übers Haar. Ich fand, sie sah einfach toll aus, wie meine kühnsten Vorstellungsbilder von jener Zeit, als mein Vater noch da war, um ihre Schönheit zu preisen und ihr den Weg des Lebens gehen zu helfen. Man vergisst leicht, wie schön die eigene Mutter ist, wenn man von den exotischen Farben und Gerüchen ausländischer Frauen umgeben ist, aber tatsächlich war sie immer noch von einer unglaublichen Schönheit, mit olivfarbener Haut, tiefgrünen Augen und Haaren, in die man sich einhüllen konnte. In einer anderen Zeit und an einem anderen Ort hätte sie eine berühmte Schauspielerin oder Sängerin sein können.

»Und das ist für dich, Fawad ...«

Georgie stand auf, nahm mich an die Hand und führte mich in die Küche. Als wir aus dem Zimmer gingen, kamen die anderen hinterher, auch meine Mutter. Mir war ganz komisch im Magen, weil ich plötzlich im Mittelpunkt der Aufmerksamkeit stand.

An der Küchentür blieb Georgie stehen, ließ meine Hand los und bedeutete mir mit einer Kopfbewegung vorzugehen. Als ich die Küche betrat, starrte mich von der Arbeitsfläche der bleiche, gerupfte Arsch eines mächtigen Huhns an. Verwirrt drehte ich mich um, um mich zu bedanken. Vielleicht war es ja eine besondere Ehre, zum Geburtstag des Propheten Jesus einen toten Vogel geschenkt zu bekommen. Doch dann sah ich etwas anderes, etwas Glänzendes, Freiheit Verheißendes, neben einem Schrank an der Wand lehnen. Es war ein Fahrrad, ein funkelnagelneues Fahrrad.

Ich traute meinen Augen nicht, und obwohl ein Teil von mir hinrennen und es anfassen und in den Vorgarten hinausrollen und damit losradeln wollte, um es all meinen Freunden zu zeigen, wagte ich doch nicht zu glauben, dass es wirklich ein Geschenk für mich war. Es war einfach zu schön, um wahr zu sein. Aber als ich mich zu Georgie umdrehte, nickte sie mit einem so übertriebenen Grinsen, dass ich wusste, es war meins.

Ich hatte ein eigenes Fahrrad!

»Fröhliche Weihnachten!«, rief James hinter Georgie und hob sein Glas an den Mund.

»Ja, fröhliche Weihnachten, Fawad«, wiederholte Georgie, und neben ihr stand meine Mutter, Freudentränen in den Augen.

Befangen ging ich zu »meinem Fahrrad«. Der Anblick blendete mich regelrecht. Es war toll, es war fantastisch, es glänzte wie neues Geld und war rot wie Blut – und hatte, wie ich bei genauerem Hinsehen feststellte, fünf Gänge.

»Danke, Georgie«, stammelte ich. »Danke. Vielen, vielen Dank.«

»Gern geschehen, Fawad. Es ist ein Geschenk von uns allen – sogar von May«, setzte sie augenzwinkernd hinzu.

»Lass mal anfassen.« Pir Hederi erhob sich von seinem Stuhl, um mit den Händen den Lenker zu befühlen. Er machte *Mmmm* und schnalzte und nickte. »Das ist ein feines Gerät, Fawad, gratuliere.«

»Danke«, sagte ich und brachte das Fahrrad vor Hund in Sicherheit, der die Reifen beschnüffelte und schon in Position ging, mein Weihnachtsgeschenk durch Bepinkeln zu begrüßen. »Ich hab mir gedacht …«

»Vorsicht, Junge«, knurrte Pir. »Denken ist so ziemlich der gefährlichste Zeitvertreib in Afghanistan!«

»Ja, klar. Also, ich hab mir gedacht, jetzt, wo ich ein Fahrrad habe, könnten wir doch eine Art Lieferservice einrichten. Sie wissen schon, Bestellungen annehmen und so, und dann kann ich die Lebensmittel oder was den Kunden ins Haus bringen.«

»Ein Lieferservice?« Pir zuckte die Achseln, wälzte den Gedanken in seinem Kopf und kostete die Möglichkeiten, die dieser Vorschlag barg, indem er sich die trockenen Lippen leckte. »Bei den vielen Ausländern hier in der Gegend – das könnte sogar funktionieren.«

»Klar«, sagte ich und setzte dann etwas leiser hinzu: »Aber das hieße natürlich, dass ich nicht mehr so viel im Laden wäre, und … na ja, Sie bräuchten dann vielleicht …«

»Ein bisschen zusätzliche Hilfe?«, beendete Pir den Satz für mich. »Zum Beispiel so eine kleine Schlampe von Mädchen, die du zufällig kennst?«

»Wie gesagt, Jamilla kann lesen und schreiben, und wenn die Leute anrufen, kann sie die Bestellungen für Sie aufnehmen. Und außerdem kann sie auch Tee machen und den Laden ein bisschen aufräumen und …«

»Okay«, sagte Pir und schnitt mir mit einer Handbewegung das Wort ab, »sie kann kommen.«

»Toll!«

»Unter einer Bedingung: Du lässt mich mal auf diesem Fahrrad fahren.«

»Aber Sie sind doch blind!«, protestierte ich.

»Nur gut!« Er lachte. »Dann sehe ich die Gefahr nicht kommen!«

Eine halbe Stunde musste ich es ertragen, mit anzusehen, wie Pir Hederi mein neues Fahrrad zu Schrott zu fahren drohte, indem er, gestützt von dem kleinen Schuhputzer von nebenan und einem Geldwechsler von gegenüber, die Straße rauf- und runterschwankte, begleitet vom Applaus und den Zurufen einer kleinen Zuschauerschar und Hunds verwirrtem, aufgeregtem Bellen. Erst als ihn schließlich ein besonders gemeines Schlagloch zu Fall brachte, gab er auf. Er lachte wie ein Irrer, während er sich den Schweiß und den Dreck von der Stirn wischte.

Ich versuchte, mit den übrigen Zuschauern mitzulachen, war aber, ehrlich gesagt, sauer.

Ich hob mein Fahrrad auf und untersuchte es auf Schäden. Es hatte einen kleinen Kratzer am Rahmen, was mich ärgerte, aber es war wohl ein geringer Preis dafür, dass Jamilla sich nicht länger von Zigeunerinnen schlagen lassen musste. Und als ich zwanzig Minuten später in der Chicken Street ankam, hätte das Lächeln, das auf ihrem Gesicht erschien, als ich ihr die Neuigkeit überbrachte, ein Dutzend Kratzer aufgewogen.

»Du willst mich veräppeln!«, rief sie, als ich großartig verkündete, dass ich ihr einen Job in Pir Hederis Laden besorgt hätte.

»Nein, es stimmt wirklich. Der Lohn ist nicht so toll, nicht wie das Geld, das sich hier herumtreibt, aber wenigstens bist du in Wazir die Zigeunerinnen los.«

»Du bist mein Held, Fawad!«

Jamilla umschlang mich und drückte mir einen Kuss auf die Wange, was zwar ungehörig war, aber gar nicht übel. Wo wir gerade dabei sind: Irgendwann, das war mir bewusst, würde ich klarstellen müssen, dass wir jetzt nicht verlobt waren oder so was.

Bei Mädchen muss man da aufpassen.

Jamilla hintendrauf, sauste ich nach Old Makoyan, um Spandi abzuholen. Georgie hatte mir aufgetragen, meine Freunde zum Weihnachtsessen mitzubringen, und ich wollte, dass sie kamen, bevor die Ausländer allzu betrunken waren. Als ich gegangen war, hatten sie gerade die zweite Champagnerflasche geleert, und im Kühlschrank wartete noch eine.

Nach fünfzehn Minuten rasanter Fahrt durch Shar-e Naw, über den Jalalabad-Kreisverkehr und die Brücke, die sich über den schlammigen Kabul-Fluss spannt, wobei wir eine Million Mal nur knapp dem Tode unter den Rädern eines gelben Corolla-Taxis entgingen, holperten wir schließlich über die kaputten Wege der aus einem Dutzend heruntergekommener Wohnblocks bestehenden Siedlung. Die Luft war von Schwatzen erfüllt, und von den meisten Bäumen, die einen weiteren Winter überstanden hatten, ohne in Brennholz verwandelt zu werden, ging ein Gewirr von alten Seilen aus, die an Balkonen festgeknotet und mit nassen Wolldecken, Salwar Kamiz, farbigen T-Shirts und steif gefrorenen Kleidern beflaggt waren.

Als wir vor Block 4 anhielten, sahen wir Spandi im Halbdunkel des Eingangs stehen und allem Anschein nach gerade mit einem etwas kleineren Jungen irgendein Geschäft abwickeln. Als er uns bemerkte, klopfte er dem Jungen auf die Schulter, kam dann herbei und begrüßte uns mit einem verlegenen Schulterzucken.

»Er arbeitet für mich«, erklärte er und deutete mit dem Kinn auf den Jungen. »Ich gebe ihm eine Handvoll Telefonkarten, und für jede verkaufte Karte darf er fünfzig Cent behalten.«

»Oh, der große Geschäftsmann!« Jamilla lachte.

»Irgendwo muss man ja anfangen.« Spandi grinste. »Für jede Karte, die er verkauft, kriege ich einen halben Dollar, und der Rest geht an Haji Khan. Das heißt, ich verdiene nicht nur an meinen eigenen Karten, sondern auch an denen, die ich gar nicht selbst verkaufe. Und außerdem werde ich auf diese Art mehr Karten los. Man glaubt es nicht, aber die Dinger gehen weg wie heiße Bolani. Letzte Woche habe ich fünfzig Dollar verdient.«

»Woher weißt du, dass der Junge nicht mit den Karten verschwindet und das Geld selbst behält?«, fragte ich, beeindruckt, aber immer misstrauisch – wie jeder vernünftige Afghane.

»Er ist der Sohn meiner Tante«, erklärte Spandi. »Und außerdem habe ich ihm gesagt, Haji Khan reißt ihm den Kopf ab, wenn er uns bescheißt.«

Als wir bei mir zu Hause ankamen – Jamilla und ich auf dem Stahlross, während Spandi neben uns herrannte, was eine ganz schöne Leistung war, wo er doch in seinem Leben schon so viel Spand eingeatmet hatte –, merkte ich, dass wir Besuch hatten. Es war keine übersinnliche Wahrnehmung oder was – die drei gepanzerten Land Cruiser und die Horde von Leibwächtern auf der Straße sagten alles.

Kaum dass wir uns die Schuhe ausgezogen hatten und zum Vordereingang hineingingen, war beschämend offensichtlich, dass nicht nur das Haus im Chaos versank, sondern auch die meisten anwesenden Personen die Kontrolle über sich verloren hatten: James, Ismerai und Haji Khan waren in einer Haschischwolke verschwunden und überbrüllten die Stereoanlage, aus der dieselben Songs wie am Morgen schallten, mit Witzen über Kandaharis und Esel, und May und Georgie saßen betrunken in der Küche und gackerten haltlos, während meine Mutter in das riesige Huhn schnitt und dabei ein immer betrübteres Gesicht machte. Der Vogel, der vor wenigen Stunden noch ein picklig-weißer roher Klumpen Fleisch gewesen war, war jetzt außen schwarz und innen rosa. Was laut den Frauen ein schlechtes Zeichen war.

»Er braucht wahrscheinlich noch eine Stunde«, meinte May.

»Er braucht nicht noch eine Stunde, er braucht eine verflixte Beerdigung!«, erwiderte Georgie.

Sie wandte sich uns zu, hieß Spandi und Jamilla im Haus willkommen und wünschte ihnen fröhliche Weihnachten.

»Es tut mir ja so leid, Fawad«, sagte sie zu mir. »Ich wollte deiner Mutter heute wirklich freigeben, aber ganz offensichtlich ist Kochen nicht mein Ding.«

Meine Mutter lachte – ein echtes, von tief drinnen kommendes fröhliches Glucksen, wie ich es noch nie gehört hatte. »Ich bin mir ziemlich sicher, dass es Haji Khan nicht so sehr um Ihre Kochkünste geht«, sagte sie.

»Mutter!«, rief ich, entsetzt über das, was sie da so offensichtlich andeutete, noch dazu vor meinen Freunden. Wenn ich es nicht besser gewusst hätte, hätte ich gedacht, sie wäre betrunken.

Wobei außer mir niemand schockiert schien. Alle lachten über ihren Scherz, sogar May, die ganz passabel Dari sprach und deren Humor offenbar mit der Zahl der im Haus herumstehenden leeren Champagnerflaschen und Bierdosen zugenommen hatte.

»Ach, na ja!«, rief Georgie aus und rammte ein großes Messer in die Brust des zweifarbigen Vogels. »Da ist wohl nichts mehr zu machen. Khalid! Du musst einen kleinen Ausflug zu Afghan Fried Chicken machen!«

An den Tagen vor Weihnachten hatte Georgie elend ausgesehen – blass und unglücklich – und immer ein Handy mit sich herumgetragen, das nie klingelte. Jetzt glühte ihre Haut, ihre Augen leuchteten, und sie hatte ein fast schon dümmliches Dauerlächeln im Gesicht.

Den ganzen Nachmittag und bis spät in den Abend hinin klebte Haji Khan die meiste Zeit an ihrer Seite und war witzig und liebevoll, und wenn ich mich auch genau wie alle anderen darüber freute, dass er wieder da war, verblüffte es mich doch, dass ein paar Minuten Nettigkeit und Zärtlichkeit ausreichten, um wochenlanges Schweigen wettzumachen. Es schien ein ziemlich guter Deal, wenn man der Mann in der Beziehung war. Aber ich hatte ja schon gehört, dass Liebe nun mal so sei, dass sie alles verzeihe. Und das stimmte wohl wirklich. Man braucht ja nur mal unser geliebtes Afghanistan zu nehmen, dieses Land, das uns nichts gebracht hat als Tod und Elend. Trotzdem weinen wir wegen seiner Schönheit und besingen seine Grausamkeit wie liebeskranke Teenager. Wir verzeihen ihm alles, und ich nehme an, Haji Khan war Georgies Afghanistan.

Natürlich ist die Liebe keine Krankheit, die nur Frauen befällt, um das zu erkennen, brauchte man nur Shir Ahmad anzugucken. Er und unser anderer Wächter, Abdul, waren eingeladen worden, mit uns zu essen und zu trinken, während Haji Khans Männer das Haus in eine Festung verwandelten.

Shir Ahmad saß meiner Mutter schräg gegenüber, und ich sah, wie schwer es ihm fiel, den Blick nicht immer zu ihr hinüberwandern zu lassen. Meine Mutter hingegen war kühl und distanziert, schien seine Anwesenheit nach der ersten Begrüßung gar nicht mehr zu bemerken. Aber mir fiel doch auf, dass sie gerader saß als sonst und aufgehört hatte, mit den anderen Frauen zu lachen. Und als Ismerai und Haji Khan Gedichte vorzutragen begannen, nahmen Mutters Wangen ein bisschen Farbe an.

Die Dichtkunst und unsere Liebe zu ihr ist mit das Verrückteste an Afghanistan. Männer in diesem Land würden ohne Bedenken jemandem eine Kugel in den Kopf jagen, Eltern ihre Töchter für einen Eimer Sand in die Ehe verkaufen, und jeder würde auf den Leichnam eines Feindes scheißen, wenn er den Hauch einer Chance dazu hätte, aber beim Klang eines gut geschriebenen Verses wird ein Afghane schwach wie eine Frau. Wenn ein Gedicht zu Ende ist, schütteln sie die Köpfe, sitzen noch mindestens fünf Minuten still da und starren in die Ferne oder auf den Boden, als sähen sie dort ihr eigenes Herz, von den Worten aufgerissen, seine Scham und seinen Schmerz der Welt offenbaren.

Einer der berühmtesten paschtunischen Dichter ist Rahman Baba, auch die Nachtigall Afghanistans genannt. Er zählt zu den bekanntesten und geachtetsten Afghanen, und obwohl er schon dreihundert Jahre tot ist, gedenken die Leute seiner und halten Zeremonien zu seinen Ehren ab, und in jeder Schule hängt mindestens ein Bild von ihm. Die Legende besagt, er habe seine Gedichte in den Schlamm des Bara-Flusses geritzt, was sicher dazu beiträgt, dass er so beliebt ist, weil er demnach genauso arm war wie wir.

Doch dass die Afghanen Gedichte so lieben, liegt meiner Meinung nach daran, dass sie ihnen den Glauben an die Liebe und an deren alles verändernde Macht geben – so wie sie Georgies Tränen in Lächeln verwandelten und Shir Ahmads Blut in Wasser.

Vor Kurzem bekam ich in der Schule die Hausaufgabe, ein Gedicht auswendig zu lernen. Spandi und ich diskutierten eine Weile über das Gedicht, aber obwohl wir uns wirklich bemühten, darin irgendeinen Grund zu finden, die Dichtkunst so zu lieben wie die Männer, die wir kannten, kamen wir doch zu dem Schluss, dass es von Homos geschriebener Mist war. Wir hassten Homos. Und wir hassten Gedichte, vor allem von Homos geschriebene.

Doch als Ismerai und Haji Khan, die für so harte Männer eine Menge Homogedichte zu kennen schienen, auf unserer Weihnachtsparty die Bühne für sich beanspruchten, lagen ihnen die Frauen praktisch zu Füßen – obwohl meine Mutter die Einzige war, die Paschtu sprach. Doch das ist die Magie unserer Sprache: Man könnte ein Gedicht über einen verfaulenden Katzenarsch schreiben, und es würde klingen wie warmer Honig.

Natürlich waren die Ausländer betrunken, was sicher sein Teil dazu beitrug, und sie waren erfüllt von der Wärme der Zufriedenheit, nachdem sie sich das Fett der AFC-Hühner von den Fingern geleckt hatten, um Haji Khans Geschenke auszupacken. James hatte er eine Flasche Whisky geschenkt, die der Journalist seither die ganze Zeit in den Armen wiegte. May hatte sich aus ihrer Decke gewickelt und trug jetzt ein tiefblaues Kuchi-Kleid aus Samt, und Georgie hatte etwas Goldglänzendes um den Hals und einen blumenförmigen Ring am Finger. Zu unserer Überraschung – da es ja eigentlich nicht unser Fest war – hatte Haji Khan auch die Muslime im Haus nicht vergessen. Meine Mutter bedachte er großzügig mit einem schönen roten Teppich für ihr Zimmer, Shir Ahmad und Abdul überreichte er neue Stiefel, und Jamilla, Spandi und mir gab er Umschläge mit Geld, was ebenso schrecklich wie aufregend war, da diese Umschläge, während die Erwachsenen sich gegenseitig anschmachteten, Löcher in unsere Taschen brannten und wir nichts anderes im Kopf hatten, als hier herauszukommen und nachzusehen, wie viel es war.

Schließlich endete die Party, als die Uhr zehn schlug, mit einem Haufen total erledigter Erwachsener: May stürzte nach oben, um sich im Bad zu übergeben, James fiel auf die Treppe und schlief ein, und Georgie, Spandi und Jamilla verschwanden mit Ismerai und Haji Khan zur Haustür hinaus. Während meine Mutter aufräumte und den laut schnarchenden James mit einer Wolldecke zudeckte, schlüpfte ich in den Garten hinaus, um noch ein letztes Mal mein Fahrrad zu betrachten und die Dollar in meiner Tasche zu zählen. Haji Khan hatte hundert Dollar in Zehnerscheinen in den Umschlag getan – mehr, als ein Nationalpolizist im Monat verdiente! Und obwohl mir, als ich ins Bett ging, das Verhältnis der Ausländer zu Jesus immer noch nicht klarer war, hoffte ich doch, dass sie zu seinem nächsten Geburtstag noch hier waren.

Als ich in meinem Zimmer lag, blickte ich noch mal zurück auf diesen Tag in seiner ganzen Farbigkeit und mit all seinen Überraschungen – einen Tag, an dem die Reichen mit den Armen zusammensaßen, die Ungläubigen mit den Gläubigen, die Ausländer mit den Afghanen, die Männer mit den Frauen und die Kinder mit den Erwachsenen. So wie die Welt sein könnte, wenn sich die Menschen nicht gegenseitig in Regeln und Gesetze und Angst einschnüren würden. Waren wir wirklich so verschieden? Wenn man einem Jungen ein Fahrrad schenkt, wird er glücklich sein, egal, ob er Muslim, Christ oder Jude ist. Und wenn man jemanden wirklich gern hat, spielt es keine Rolle, ob dieser Mensch Afghane oder Brite ist.

Aber das Leben verläuft nicht gradlinig, und so wie einem unerwartetes Glück den Tag mit Freude erfüllen kann, ist auch das Unglück meist nur einen Herzschlag entfernt. Am Tag nach Weihnachten ging meine Mutter ihre Schwester besuchen, und meine Tante vergalt diese Freundlichkeit damit, dass sie sie umzubringen versuchte.

7

Dichtes Dunkel war um mein Bett, als ich aus dem Bad unserer Wohnung einen dumpfen Plumps hörte. Ich horchte angestrengt, um herauszukriegen, was da los war, aber es kam nichts mehr. Ich muss aber gespürt haben, dass etwas nicht stimmte, denn ich schwang die Beine unter der warmen Decke hervor, schlüpfte in meine Plastikpantoffeln und ging hinaus.

Durch die Badtür hörte ich deutliche Würgegeräusche, beängstigend heftig, und dann lautes, schmerzliches Stöhnen.

»Mutter?« Ich klopfte sachte an. »Mutter? Ich bin's, Fawad.«

Ich hörte, wie meine Mutter aufzustehen versuchte, aber ein Wimmern begleitete die Anstrengung, und mit einem weiteren dumpfen Plumps fiel sie wieder zu Boden.

»Mutter, bitte!«

Ich drückte die Klinke. Die Tür ging gerade so weit auf, dass ich sehen konnte, wie sie am Boden kauerte, über das Loch unserer Toilette gebeugt, die Arme an den Bauch gepresst. Ihr Kleid war beschmutzt, und der Gestank von Erbrochenem und Durchfall schlug mir entgegen.

»Nein, Fawad!«

Ihre Stimme war schrecklich rau und brüchig, und ich machte die Tür schnell wieder zu, gefangen zwischen dem Drang zu helfen und dem Wunsch des Sohnes, seiner Mutter die Beschämung zu ersparen.

»Ich hole Hilfe!«, rief ich und rannte ins Haupthaus, um Georgie zu alarmieren.

Ohne anzuklopfen, stürzte ich in ihr Zimmer und zerrte an den Decken, unter denen sie lag.

»Bitte, Georgie, bitte«, flehte ich. »Meine Mutter! Steh auf!«

Es kam als Schrei aus meinem Mund, und Georgie fuhr hoch und strampelte schnell die Decken von sich. Mit zwei Schritten war sie an ihrer Schlafzimmertür und zog sich den langen Morgenrock über, der dort hing.

»Was ist? Was ist mit deiner Mutter?«, fragte sie, während sie mich an die Hand nahm und zur Tür hinauszog.

»Ich weiß nicht, aber sie ist sehr krank. Oh, Georgie, ich glaube, sie stirbt.«

Ich brach in Tränen aus. Ich wollte nicht heulen, aber es war einfach alles zu viel. Sie dort am Boden liegen zu sehen, ihr hübsches Gesicht kreideweiß, ihre Kleider schwarz besudelt. Meine Mutter durfte mich nicht verlassen, nicht auch noch sie. Ich liebte sie viel zu sehr. Sie war alles, was ich auf der Welt hatte.

»May!«, rief Georgie, als wir die Treppe hinunterrannten. »May, wir brauchen dich!«

May und James stürzten aus ihren Zimmern, verschlafen und erschrocken. James hatte ein langes Holzscheit in der Hand.

»Mariya, sie ist krank«, erklärte Georgie.

»Scheiße. Okay, ich komme«, sagte May.

»Ich auch, ich ziehe mir nur was über«, sagte James.

»Nein! Es geht nicht, dass du Mariya so siehst«, blaffte Georgie und drehte sich abrupt zu ihm um. »Zieh dich an und kümmere dich um Fawad.«

»Ich will mitkommen«, protestierte ich, aber Georgie war schon am Fuß der Treppe und auf dem Weg zur Tür.

Ich rannte ihr nach und holte sie gerade in dem Moment ein, als sie unsere Badtür aufdrückte. Sie hielt inne, als sie das verkrümmte, besudelte Etwas sah, das meine Mutter war.

»O Gott, Mariya …«

»Georgie, bitte«, bettelte meine Mutter und versuchte, vom Boden hochzukommen, sank aber wieder hin. »Bitte, der Junge, mein Junge darf mich nicht so sehen.«

Meine Mutter weinte, und ihr Körper, der im Zwielicht des anbrechenden Tages winzig aussah, wurde von Würgen und Schluchzen geschüttelt. Ich streckte ihr die Hände entgegen.

»Bitte, Mutter, bitte hör auf …«

Georgie schob mich sachte von der Tür weg und in die Arme von James, der inzwischen aus dem Haupthaus herübergekommen war. May war auch da und hatte eine kleine schwarze Tasche bei sich.

»Deine Mutter kommt schon wieder in Ordnung, Fawad«, sagte May auf Englisch. »Wir kriegen das in den Griff, keine Angst.«

May küsste mich auf die Wange und ging zu Georgie, die jetzt einen Streifen Stoff vom Saum ihres langen Nachthemds abgerissen hatte und ihn am Waschbecken mit kaltem Wasser tränkte, um meiner Mutter den Schweiß von der Stirn zu wischen.

Die nächsten zwei Stunden rannten Georgie und May zwischen unserem Haus und dem Haupthaus hin und her, um zu tun, was ihrer Meinung nach verhindern würde, dass meine Mutter in den Tod entglitt. Sie hatten meine Mutter entkleidet, ihre Sachen in die Mülltonne im Hof gesteckt und James angewiesen, sie zu verbrennen. Dann schickten sie ihn Mineralwasser kaufen, nachdem sie ihre eigenen Vorräte aufgebraucht hatten. May hatte in der Küche das saubere Wasser mit Salz und Zucker gemixt und so Unmengen eines salzig-süßen Gebräus hergestellt, das meine Mutter trinken sollte.

»Deine Mutter braucht viel Wasser, um die ganze Flüssigkeit zu ersetzen, die sie verloren hat«, erklärte May, während sie ein weiteres Glas vollgoss.

»Was hat sie denn?«, fragte ich, während ich jetzt das Gebräu selbst mixte, nachdem May mir gezeigt hatte, wie – einen halben Löffel Salz und vier Löffel Zucker pro Glas.

»Ich bin mir nicht sicher, Fawad, aber ich glaube, es könnte Cholera sein. Ich habe schon mal Cholerafälle gesehen, in Badakshan, und die Symptome deiner Mutter scheinen mir ziemlich ähnlich.«

»Was ist Chol … Chol …?«

»Cholera«, wiederholte May.

»Was ist Cholera?«, probierte ich es noch mal, und die harten Laute in meinem Mund fühlten sich gar nicht gut an.

»Es ist eine Krankheit, die durch Bakterien verursacht wird – durch Krankheitskeime«, erklärte May. »Wenn ich recht habe, wird deine Mutter wieder gesund, Fawad, aber wir müssen sie rehydrieren und so schnell wie möglich ins Krankenhaus bringen. Georgie hat Massoud angerufen, und er ist unterwegs.«

»Sie wird doch nicht sterben, oder?«

»Nein, Fawad.« May beugte sich herab und nahm mein Gesicht zwischen ihre Hände. »Deine Mutter wird nicht sterben, das verspreche ich dir, aber sie ist sehr krank, und du musst jetzt ein tapferer kleiner Junge sein, okay?«

»Okay.«

In diesem Land gibt es eine Million Dinge, die einen töten können – Menschen und Waffen sind nur die Spitze eines Riesenberges –, und eins davon ist die Cholera.

Nachdem meine Mutter, auf dem Rücksitz von Massouds Wagen liegend und von Georgie und May begleitet, in ein deutsches Krankenhaus im Westen der Stadt gebracht worden war, versuchte mich James mit dem einzigen Mittel, das er kannte, von meinen Ängsten abzulenken – indem er meinen Kopf mit Wissen über die Krankheit füllte. Er klappte seinen Laptop auf, rief etwas auf, was sich Wikipedia nannte, und tippte das Wort »Cholera« ein. Eine ganze Seite voller Wörter in blauen Buchstaben erschien, und James las sie mir langsam vor.

Letztlich lief es darauf hinaus, dass Cholera etwas Schreckliches war. Ich verfluchte das Unglück, das meine Mutter ereilt hatte, und bat Allah, eine Million Krankheiten über meine Tante hereinbrechen zu lassen, die ja wohl meine Mutter infiziert haben musste, weil sie selbst so dreckig wie ein Abtritt war. Klar, sie konnten sich nicht leiden, aber meine Mutter mit Essen umzubringen, war unverzeihlich.

Laut Wikipedia war die Cholera in Ländern wie Afghanistan weit verbreitet, und zu den Symptomen gehörten schlimme Muskel- und Magenkrämpfe, Erbrechen und Fieber. »In einem gewissen Stadium«, las James vor und übersetzte die Worte gleichzeitig in eine Sprache, die ich verstehen konnte, »wird die wässrige Scheiße des Kranken fast klar, mit kleinen weißen Dingerchen drin, wie Reiskörner. Wenn es sehr schlimm ist, kann die Haut des Kranken blauschwarz werden, die Augen sinken ein, und die Lippen werden ebenfalls blau.«

Ich rief mir das Gesicht meiner Mutter vor Augen. Es hatte zwar seine bräunliche Farbe verloren, war aber nicht blau geworden, was mir eine gewisse Hoffnung gab. Ihre Scheiße hatte ich allerdings nicht genauer untersuchen können.

»Im Allgemeinen«, fuhr James fort, »muss man dem Kranken, um ihn zu retten, so viel Wasser zu trinken geben, wie er verloren hat.«

Das erklärte, warum May meiner Mutter genug Flüssigkeit verabreicht hatte, um ein Kamel zu ersäufen. Während ich James das alles vom Bildschirm seines Computers ablesen hörte, entwickelte ich einen ganz neuen Respekt vor der gelbhaarigen Männerhasserin. May hatte meiner Mutter das Leben gerettet. Ich stand jetzt in ihrer Schuld.

8

»Du bist lesbisch, stimmt's?«

Als ich das sagte, verschluckte sich May an ihrem Kaffee, atmete im falschen Moment ein und prustete gleich darauf milchig braune Flüssigkeit durch die Nase aus.

Es war kein schöner Anblick.

»Mann, du nimmst kein Blatt vor den Mund, was?«

Sie hustete die Frage hervor, wischte sich dann die Nase mit dem Ärmel ihres Oberteils. Ihre Wangen waren rot geworden. Ich sah sie verwirrt an.

»Ich wollte sagen, du hast keine Angst zu sagen, was du denkst«, erklärte sie, als sie durch die Tränen, die ihr in die Augen gestiegen waren, meine Ratlosigkeit sah.

Ich zuckte die Achseln. »Wenn ich nicht frage, wie soll ich dann was lernen?«, fragte ich.

»Ja«, schnaubte May, »da ist was dran.«

Sie suchte die Papiere zusammen, die sie am Schreibtisch vor dem Fenster gelesen hatte, und legte sie als ordentlichen Stapel vor sich hin, ehe sie mir ihre volle Aufmerksamkeit zuwandte. Ich saß auf dem Boden und versuchte, den Text der neuen Nationalhymne in meinen Kopf zu kriegen – eine der Aufgaben, die uns die Schule gegeben hatte, ehe sie über die Winterzeit zugemacht hatte. Da die Hymne so lang war wie der Koran, war das nicht leicht.

»Um deine Frage zu beantworten, ja, ich bin lesbisch«, gab May zu.

Sie sprach die Wörter langsam und mit deutlichen Pausen aus und beäugte mich misstrauisch. Ich nickte nachdenklich und wandte mich wieder dem vor mir liegenden Heft zu.

»Warum?«, fragte ich ein paar Sekunden später.

May schüttelte den Kopf und blinzelte. »Ich weiß nicht, warum, ich bin's einfach. Das ist nichts, was man sich aussucht, man ist es oder ist es nicht. Und ich wusste schon sehr früh, dass ich's bin.«

»Aber wie willst du einen Ehemann finden, wenn du nur Frauen liebst?«

»Fawad, ich werde nie einen Ehemann haben.«

»So übel siehst du doch gar nicht aus.«

»Bitte?«

May guckte schockiert, und ich war verdutzt, dass sie schockiert war, denn ich hatte sie öfters in den Spiegel gucken sehen, den James immer benutzte – den im Flur, der die Gesichter länger machte, als sie wirklich waren –, also musste sie's doch wissen.

»Ich meine, du bist nicht so schön wie Georgie«, erklärte ich. »Aber es ist ja auch nicht jeder Mann so schön wie Haji Khan.«

»Wie ich aussehe, ist doch nicht relevant, Fawad. Relevant ist – der Punkt ist«, erläuterte sie schnell, als sie mich mit einem weiteren neuen Wort kämpfen sah, »dass ich keinen Ehemann *will*.«

»Aber wie willst du je Kinder haben, wenn du nicht heiratest?«

»Um Kinder zu haben, braucht man keinen Ehemann«, sagte sie kopfschüttelnd.

»May«, erwiderte ich freundlich und schüttelte jetzt selbst den Kopf. »Ich finde, dass du sehr gescheit bist und eine Menge Sachen weißt, zum Beispiel, wie du meiner Mutter das Leben retten konntest, aber das ist wirklich das Dümmste, was ich je von dir oder irgendjemandem gehört habe.«

May lachte. Es machte ihr Gesicht fast schon ein bisschen hübsch.

»In unserer Kultur ist alles ganz schön anders, junger Mann. In Amerika kann ich Kinder adoptieren – ungewollte Babys zu mir ins Haus nehmen und in Liebe großziehen. Du siehst, so nötig ist es also nicht, einen Ehemann zu haben.«

»Aber jede Frau will doch heiraten«, wandte ich ein.

»Ach, ja?« May hielt kurz inne, um verschütteten Kaffee vom Schreibtisch zu wischen, ehe sie zögernd zugab: »Na ja, vielleicht hast du ja recht. Weißt du, Fawad, ich werde dir jetzt ein kleines Geheimnis verraten: Ich hatte gehofft, dieses Jahr noch zu heiraten, aber leider hat es nicht geklappt.«

»Wirklich?«

»Ja, wirklich.« May beugte sich über den Schreibtisch, wobei ihre Brüste auf der polierten Platte auseinanderquollen wie geplatzte Sitzkissen. Sie sahen weich und wunderbar aus. »Vielleicht erinnerst du dich: In der Zeit, als du hierherkamst, war ich ein bisschen unglücklich. Na ja, das kam daher, dass die Frau, die ich liebte, mir gerade gesagt hatte, sie wolle mich jetzt doch nicht mehr heiraten. Anscheinend hatte sie in Amerika jemand anderen kennengelernt. Einen Mann, wie sich herausstellte.«

»Tut mir leid …«

»Ist schon okay«, sagte May.

»Nein, ich wollte sagen, tut mir leid, aber das verstehe ich nicht. Du sagst, du wolltest *eine Frau* heiraten. Wie soll das gehen?«

»Oh«, erwiderte May lächelnd, »das geht durchaus. In manchen Gegenden von Amerika können Männer Männer heiraten und Frauen Frauen.« Sie stand von ihrem Stuhl auf, um ihre Kaffeetasse in die Küche zu bringen, und patschte mir im Vorbeigehen scherzhaft auf den Kopf. »Das ist eine der tollen Errungenschaften der Demokratie«, setzte sie lachend hinzu. Dann ging sie hinaus und ließ mich sprachlos zurück.

Ich hatte ja immer schon gewusst, dass der Westen voller verrückter Ideen war, dass zum Beispiel Wissenschaftler dort erklärten, wir stammten alle von Affen ab, aber das hier war wirklich unglaublich. Ich beschloss, sobald ich die Nationalhymne gelernt hatte, einen Brief an Präsident Karzai zu schreiben, um ihn zu warnen. Es gab offenbar so was wie zu viel Demokratie, und das musste er wissen.

Im deutschen Krankenhaus bestätigten die Ärzte mit den

weißen Kitteln Mays Vermutung, dass meine Mutter Cholera hatte. Und sie bestätigten auch, dass sie wieder gesund werden würde. Dank der speziellen Flüssigkeit, die meine Mutter getrunken hatte, war sie nicht in einen Schock verfallen, was, wie man mir erklärte, die größte Gefahr für sie gewesen war. Dennoch bestanden die Ärzte darauf, dass sie eine Nacht dort blieb, um sich von den Strapazen zu erholen.

Während dieser schrecklichen vierundzwanzig Stunden wurde außerdem vereinbart, dass meine Mutter, wenn sie aus dem Krankenhaus kam, eine Woche bei Homeira und deren Familie in Qala-e Fatullah wohnen würde. Homeiras Arbeitgeber drüben auf der anderen Straßenseite war so gütig gewesen, ihr die Woche freizugeben, damit sie sich um meine Mutter kümmern konnte – wenn James auch behauptete, das habe nichts mit Güte zu tun, nur mit der Angst, sich von armen Leuten Krankheiten zu holen.

»Zu mir nach Hause fährt man nur zehn Minuten, also kannst du uns jederzeit besuchen kommen«, sagte Homeira zu mir, als sie da war, um ein paar Sachen von meiner Mutter zu holen. »Meine Kinder würden sich sehr freuen, dich kennenzulernen.«

»Okay«, sagte ich, obwohl ich nicht in der Stimmung war, neue Freundschaften zu schließen, und lieber bei den Freunden bleiben wollte, die ich schon hatte.

Georgie sagte, im Krankenhaus habe sich meine Mutter heftig dagegen gesträubt, mich allein zu Hause zu lassen – bis sie schließlich vor Erschöpfung eingeschlafen sei. Aber Georgie und May hatten ihr versprochen, auf mich aufzupassen und nicht nur dafür zu sorgen, dass ich mich wusch, meine Gebete einhielt und meine Hausaufgaben machte, sondern auch ein Auge auf James zu halten und ihn notfalls aus dem Haus zu verbannen.

Ich hatte ein bisschen Mitleid mit James, der aufrichtig gekränkt schien, weil ihm niemand zutraute, sich um einen Jungen zu kümmern. Wenn er sich dieser Beaufsichtigung nicht unterworfen hätte, wäre ich mit Sicherheit zu meiner Tante geschickt worden – die dann garantiert auch mich noch umzubringen versucht hätte.

Also wurde an diesem Nachmittag, nachdem meine Mutter im Krankenhaus aufgenommen worden war und May sich zu ihrer eigenen Krankheit bekannt hatte, mein Bett vorübergehend in James' Zimmer gebracht und im rechten Winkel zu seinem aufgestellt.

Das Zimmer war ein einziges Chaos, bis zum letzten Fleckchen voll mit Zeitungsstapeln, dreckigen Kleidungsstücken und Büchern. An der Wand, wo jetzt mein Bett hinsollte, hing ein ähnliches Brett wie in Mays Zimmer, aber an diesem hier waren keine Familienfotos befestigt, sondern nur Zettel, auf denen vor allem Telefonnummern zu stehen schienen. Außerdem steckte in dem Brett auch noch ein großes Messer. Ich hatte James damit schon seine Fingernägel sauber machen sehen.

Als Georgie und James sich abmühten, mein Bett in die Zimmerecke zu kriegen, wollte ich helfen, indem ich das andere Bett weiter zur anderen Wand hinschob. Dabei rutschte eine Zeitschrift aus den zerwühlten Laken, fiel auf den Boden und klappte in der Mitte auf. Auf den Seiten war eine blondhaarige Frau mit Seifenschaum auf riesigen nackten Brüsten.

Georgie und James starrten auf die Zeitschrift, als ob gerade jemand eine Handgranate ins Zimmer geworfen hätte. Mindestens drei Sekunden standen sie wie gelähmt da, guckten auf die nackte Frau, sahen erst sich und dann mich an, starrten wieder auf die Zeitschrift. Ich bückte mich, um sie aufzuheben, aber das schien beide schlagartig wieder zu sich zu bringen, und während Georgie »Nein!« schrie, stürzte James vorwärts, kam mir zuvor, schnappte sich das Ding und steckte es in seinen Hosenbund, unter seinen Pullover.

»Recherchen, Fawad, Recherchen«, erklärte er.

»Für deine viele Arbeit mit den Frauen?«, fragte ich, weil mir Georgies Worte wieder einfielen und ich jetzt plötzlich verstand, was damit gemeint war.

Nachmittags, wenn Georgie mit ihrer Arbeit fertig war und Pir Hederi mit mir, fuhren wir meistens zu Homeiras Haus, um eine Stunde mit meiner Mutter zu verbringen. Der erste Besuch begann steif und unsicher, aber weil ich so froh war, sie lebend zu sehen, brach ich in Tränen aus, als sie die Arme nach mir ausstreckte, und weil sie meine Mutter war, weinte sie ebenfalls.

Obwohl meine Mutter besser aussah als zuletzt und viel, viel sauberer, war ihr Gesicht doch immer noch blass, und sie wirkte richtig zerbrechlich im Vergleich zu ihrer Freundin, die so dick war wie Ibrar der Bäcker aus der Flower Street. Doch trotz meines tief sitzenden Misstrauens gegenüber dicken Leuten, das wohl vom langen Zusammenleben mit meiner Tante kam, mochte ich Homeira. Sie war üppig und lustig und lächelte viel, wie es die meisten Leute tun, wenn ihre Mägen gefüllt sind. Außerdem faszinierten mich ihre Hände, die ziemlich viele Ringe gefangen zu halten schienen – als ob kleine Fleischgebirge die goldenen Täler an ihren Fingern einzwängten. Sie konnte die Ringe unmöglich abkriegen, also mussten sie wohl dran bleiben, bis Homeira starb oder ihr jemand die Finger abschnitt – vielleicht die Taliban, wenn sie zurückkamen.

Homeiras Mann war genauso faszinierend fett. Wenn ich die Augen halb zukniff, als ob ich in die Sonne blickte, konnte ich deutlich erkennen, wie sich die eigentliche Form seines Gesichts aus den Speckfalten hervorzukämpfen suchte. Es war, als sähe man einen Mann in einer Fettschicht ertrinken.

Kein Wunder, dass Homeira und ihr Mann sechs dicke Kinder hatten – ein Sortiment Bäuche, die auf pummeligen Beinen durchs Haus watschelten. Es waren nette Kinder, die ihr Spielzeug problemlos teilten, und es tröstete mich sehr, meine Mutter inmitten einer so großen Familie zu sehen, in einem Haus, das von Leben und munterem Geplapper erfüllt war. Und es erleichterte mich auch, dass sie offensichtlich nicht in Gefahr war, zu verhungern.

Zu meiner Überraschung stellte ich fest, dass Georgie und ich nicht der einzige Besuch meiner Mutter waren. Zweimal in fünf Tagen ertappte ich Shir Ahmad dabei, wie er gerade aus dem Haus kam. Er winkte mir verlegen zu, als wir uns auf der Straße begegneten.

Wir würden wohl bald mal ein Gespräch von Mann zu Mann führen müssen.

Doch obwohl ich froh war, dass meine Mutter ausnahmsweise mal umsorgt wurde, fand ich es richtig schwer, ohne sie auskommen zu müssen. Ich sagte nichts, weil May gesagt hatte, ich müsse tapfer sein, und nach den Tränen beim ersten Besuch weinte ich auch nicht mehr. Aber sie war nun mal meine Mutter, und ich vermisste sie so sehr, dass da jetzt immer ein pochender Schmerz in meinem Inneren war. In meinem ganzen Leben war ich noch nie ohne meine Mutter gewesen. Abends, wenn ich ins Bett ging, breitete ich ihren Tschador und ihren Duft über meinem Kopfkissen aus und betete zu Allah, dass sie mich genauso vermisste wie ich sie, und dass sie nicht beschließen würde, bei Homeiras dicker Familie zu bleiben.

Während ich darum kämpfte, mit dieser ungewohnten Einsamkeit zurechtzukommen, spürte ich, dass es Georgie ähnlich ging. Am Tag nach Weihnachten war Haji Khan nach Dubai abgereist, um, wie er ihr erklärte, »etwas Geschäftliches zu regeln«, und hatte versprochen, sie anzurufen. Wie üblich verbrachte Georgie die folgenden Tage mit dem Handy in der Hand und wartete, dass er sein Versprechen einlöste.

Also – weil Gott für alles sorgt – klammerten wir uns an diesen Winterabenden aneinander, zusammengeschweißt durch die gleiche Situation.

Aber nicht nur Georgie und ich vermissten meine Mutter und Haji Khan, auch James und May fiel die Umstellung schwer. Unsere Familie der Mutterlosen, Ehemannlosen und – in zwei Fällen – Ehefraulosen aß jetzt praktisch jeden Abend etwas, das sich Nudeln nannte – dünne Stäbchen aus getrocknetem Teig, die aus einer Packung kamen, gewürzt mit einer Soße aus Wasser und Pulver. Zuerst fand ich es ja ganz okay, aber nach dem vierten Abend wusste ich, dass es nicht gerade das war, was unsere Lehrer als »ausgewogene Ernährung« bezeichnet hätten.

Also war es fast schon eine Erlösung, als mir Georgie mitteilte, dass wir eine Party zur Feier der Neujahrsnacht machen würden – der Neujahrsnacht der Ausländer, nicht meiner. Wie man es erwarten würde, wenn ein Haus gerade beinah vom Tod heimgesucht worden wäre, waren sich, als wir auf den langen Sitzkissen im Wohnzimmer saßen und darüber diskutierten, alle einig, dass es eine ruhige Angelegenheit werden sollte. Während wir die verschiedenen Möglichkeiten durchsprachen, war es fast wie eine Mini-

Schura – ein Ältestenrat –, nur ohne die Bärte natürlich. Ich fühlte mich unglaublich erwachsen. Georgie erklärte, sie wolle lieber etwas Ruhigeres, weil ihr »nicht nach einer großen Sache« sei. May gestand, sie könne »die Hälfte der Arschlöcher, die über die Feiertage hierbleiben, sowieso nicht leiden«, und James schloss sich dem Plan nur deshalb an, weil er ohnehin von den Frauen überstimmt worden wäre – und wohl auch um zu zeigen, dass er ein verantwortungsbewusster Erwachsener sein konnte. »Ja, stimmt«, murmelte er. »Wir müssen ja an den Jungen denken.« Da niemand für »eine große Sache« war, wurde beschlossen, dass jeder, der wollte, einen Gast einladen konnte und das Essen bei dem libanesischen Restaurant in der Straße bestellt werden sollte.

Am Abend der Neujahrsnacht legten wir eine große Platte auf den Poolbillard-Tisch und schmückten sie mit Kerzen. May und Georgie hatten sich aus ihren Büros sechs Stühle ausgeborgt und sie auf einem Toyota-Pick-up, der Massouds Bruder gehörte, nach Hause gebracht.

Während Georgie die acht Kerzen auf unserem neuen »Tisch« anzündete und James in einer Schüssel etwas aus Alkohol mixte, das er »Bowle« nannte, traf unser erster Gast ein. Er hieß Philippe und war ein Freund von May. Er war dünn wie ein Bleistift, mit unzusammenhängenden Bartflecken, die sich vergeblich mühten, sein spitzes Gesicht zu bedecken. Er trug den afghanischen Salwar Kamiz und einen Pakul. Als er hereinkam, verdrehte James die Augen.

»Er ist Franzose und erst zwei Monate in Afghanistan«, flüsterte er mir zu, als ich wegen der zu kurzen Hosen und der schlecht gerollten Mütze des Mannes kicherte.

Philippe ignorierte James und kam auf mich zu, um mir die Hand zu geben.

»Salam aleikum. Wie es geht? Welches ist Name, das du hast?«, sagte er auf Dari zu mir.

»Ich spreche englisch«, erklärte ich auf Englisch.

James lachte laut auf, obwohl ich es nicht witzig gemeint hatte. Ich wollte nur freundlich sein, da der Mann ein Gast in unserem Haus war. »Du bist richtig, Junge!«, rief er und nahm mich dann in den Schwitzkasten, während May ihren Freund ins Wohnzimmer führte und »Kinder!« über ihre Schulter schnaubte.

Etwa zwanzig Minuten später tauchte unser nächster Besuch auf, diesmal war es James' Gast und – was niemanden überraschte – eine Frau. Im Gegensatz zu dem Franzosen, der nichts zur Party mitgebracht hatte, erschien sie mit einer Flasche Wein und einer Dose Schokoladenkekse, die sie Georgie überreichte. Sie hieß Rachel und kam aus einem Land namens Irland. Vielleicht war sie ja hübsch, aber das war schwer zu sagen, weil sie ihr Gesicht aus irgendeinem Grund unter einer Maske von Make-up versteckt hatte, mit der keine afghanische Braut mithalten konnte.

»Du siehst, äh, fantastisch aus«, sagte James, als er sie zur Begrüßung auf die Wange küsste, wobei Glitzer in seinem Bart hängen blieb.

»Wirklich?«, fragte Rachel. »Es war ganz schön schwierig, mich zurechtzumachen. Der Strom ist ausgefallen, und der Generator hatte kein Diesel mehr. Ich musste es bei Kerzenlicht machen! Kaum zu glauben, oder?«

»Doch«, gestand May, die gerade in die Küche kam, um Philippes bereits leeres Glas wieder mit Bowle zu füllen.

Rachel kicherte, aber ihre Stimme klang ängstlich. »Ich wollte mir einfach ein bisschen Mühe geben – ein Hauch von Festlichkeit und so.«

»Du siehst göttlich aus«, beruhigte sie James.

»Sie sieht verflixt noch mal aus wie Ziggy Stardust«, murmelte May vor sich hin.

»Ziggy wer?«, flüsterte ich Georgie zu.

»Sch-scht«, sagte sie und reichte mir ein Glas Orangensaft. »May ist nur gemein.«

Für die Neujahrsnacht der Ausländer war ich zu Georgies Ehrengast erklärt worden, obwohl es, da ich ja ebenfalls im Haus wohnte, auch umgekehrt hätte sein können. Im Laufe des Abends wurde immer deutlicher, dass wir die Einzigen auf der Party waren, die mit allen auskamen.

Es fing ja ganz gut an, dank dem Essen aus der Taverne du Liban, das ein voller Erfolg war. Binnen einer Stunde hatten wir das ganze Fatousch, das Taboulé, acht kleine, mit Kartoffeln und Spinat gefüllte Teigtaschen, eine Platte Fleischbällchen mit Joghurt und Hummus dazu, zwölf Spieße mit Huhn und Lammfleisch sowie einen kleinen Berg luftiger weißer Pittabrote verdrückt. Am Ende hatte ich das Gefühl, gleich zu platzen. Ich stellte mir vor, dass Homeiras Familie wohl jeden Abend so speiste.

Philippe und Rachel aßen allerdings nicht mal halb so viel wie wir, obwohl sie nicht im Haus wohnten und nicht eine knappe Woche von wässrigen Nudeln gelebt hatten. Der Franzose entschuldigte seinen mangelnden Appetit damit, dass sein Magen nicht ganz in Ordnung sei. Aber ich glaubte ihm nicht. Er war während des Essens kein einziges Mal auf die Toilette gerannt, also kam ich zu dem Schluss, dass es wohl eher damit zu tun hatte, dass sein Mund mit dem Gratis-Alkohol beschäftigt war, den meine Freunde bereitgestellt hatten, und dass er pausenlos redete.

Auch Rachel verbrachte einen großen Teil des Abends damit, in ihrem Essen herumzustochern, aber ich merkte, dass es bei ihr daran lag, dass sie nervös war, denn sie spielte die ganze Zeit mit ihrem Haar. Und ich bemerkte auch, dass ihre Augen jedes Mal, wenn sie James ansah, untertassengroß wurden. Dafür mochte ich sie, und ich hoffte, dass James sie auch mochte. Im Kerzenschein des Zimmers sah ihr Make-up viel hübscher aus als im hellen generatorbetriebenen Licht der Küche, und ihre Stimme war sanft wie Sommerregen, wenn sie etwas sagte, was nicht oft vorkam, weil uns der Franzose mit seinem Gerede über sich selbst gar keinen Raum ließ.

Während Philippe immer weiter- und weiterredete, sah ich, wie James immer ärgerlicher wurde. Man merkte es leicht, wenn er sauer war, weil er dann dauernd seinen Nacken rieb, als ob er dort einen Schmerz wegmassieren wollte, und mit dem Zeigefinger schnell und heftig seine Zigarettenasche abklopfte.

»Ich meine, es ist einfach unmöglich, hier irgendwas zügig getan zu kriegen«, sagte Philippe. »Diese Leute sind so faul.«

»Leute wie Fawad zum Beispiel?«, fragte James, wobei er den Kopf schief legte und die linke Augenbraue hochzog, was ihm etwas Erstauntes, aber auch leicht Bedrohliches gab.

»Äh, nein, der ist doch offensichtlich noch ein Junge.«

»Ach. Dann vielleicht Leute wie seine Mutter, die Frau, die sechzehn Stunden am Tag für uns arbeitet? Oder wie die Wächter, die unser Leben schützen, für einen Lohn, für den man nicht mal das Kostüm bekommen würde, das Sie da tragen?«

»Das reicht, James«, warnte ihn May leise.

James antwortete mit einem ärgerlichen Blick, ließ sich aber nicht bremsen.

»Oder meinen Sie vielleicht die Brotbäcker, die vom Morgengrauen bis in den Abend in der Gluthitze ihrer Backhäuser schuften, oder die Schuhputzer, die jeden Tag hier an unserer Ecke stehen, in der Hoffnung, ein paar Afs zu verdienen, oder die Metallschweißer mit ihrer vernarbten Haut und ihren versengten Augen oder …«

»Es reicht, habe ich gesagt!« May schlug so heftig mit der Faust auf den Tisch, dass wir alle zusammenfuhren – vor allem Rachel.

»Na ja«, sagte James und hob gespielt-kapitulierend Stimme und Hände, »wenn Philippe erst mal länger als acht Wochen hier ist, mag er ja vielleicht in der Position sein, sich über die Defizite eines anderen Volkes auszulassen.«

Danach schwiegen erst mal alle betreten, selbst ich, denn James hatte sich zwar für Afghanen wie mich stark gemacht, aber er war auch unhöflich zu einem Gast gewesen, und das war genauso schlimm, wie jemandes Mutter eine Hure zu nennen oder sogar als solche zu benutzen.

»Ich bin übrigens schon zehn Wochen hier«, sagte Philippe schließlich.

Wir sahen ihn alle an, unsicher, ob das als Witz gemeint war oder nicht. Georgie fing an zu lachen, und langsam fielen die anderen ein, selbst James, der nickte und sein Glas erhob, um damit ans Glas des Franzosen zu stoßen.

Als das Mahl verspeist war und Philippe so ungefähr sein eigenes Körpergewicht in Alkohol zu sich genommen hatte, standen wir alle sechs vom Tisch auf, um es uns auf den langen Sitzkissen in der anderen Hälfte des Zimmers bequem zu machen. James nahm zwei Flaschen Rotwein mit und setzte sich neben Rachel, die so erfreut aussah wie ein Junge, der gerade ein Fahrrad zu Weihnachten gekriegt hat. Georgie und May setzten sich rechts und links neben mich wie Leibwächter. Georgie war einfach nur wie immer, aber bei

May hatte ich das Gefühl, dass sie mich jetzt mit anderen Augen sah. Ich fragte mich, ob sie versucht hätte, mich zu adoptieren, wenn meine Mutter nicht am Leben geblieben wäre.

Die nächste halbe Stunde langweilte uns Philippe weiter mit Geschichten über sich selbst, aber James schien das jetzt nichts mehr auszumachen. Er nickte ab und zu, lehnte sich auf den Kissen zurück und ließ sich näher an Rachel heransinken. Ich fand, sie gaben ein hübsches Paar ab.

Als Philippe zu einer weiteren Geschichte über seine Zeit in einem Land namens Sudan ansetzte, nutzte Rachel die Chance zu flüchten. Sie stand auf, entschuldigte sich, dass sie ihn unterbrach, und fragte, wo die Toilette sei. Als sie draußen war, redete Philippe über etwas, das sich Solarenergie nannte. Ich hatte keine Ahnung, was das war, und wollte es auch gar nicht herausfinden. Da auch sonst niemand nachfragte, nahm ich an, dass es allen so ging.

Als Rachel nach zehn Minuten immer noch nicht aus dem Bad zurück war, ergriff auch Georgie die Gelegenheit, Philippe zu entkommen, indem sie nach ihr sehen ging – und da war die Party plötzlich so gut wie vorbei.

»Rachel will gehen«, sagte Georgie leise, als sie ein paar Sekunden später den Kopf zur Tür hereinsteckte. James stand auf, und wir folgten ihm.

Im hellen Licht des Flurs sahen wir Rachel in ihren Mantel schlüpfen. Die Make-up-Maske, die ihr Gesicht bedeckt hatte, war abgewaschen, und stattdessen war da jetzt gerötete Haut. Es sah aus, als hätte Rachel geweint. Ich guckte Georgie an, weil ich nicht wusste, was los war, und sie zeigte auf die Lampe und den Spiegel und zog eine schockierte Grimasse. Da fiel mir wieder ein, dass Rachel sich ja im Dunkeln zurechtgemacht hatte, und ich begriff, dass sie wohl auf dem Weg ins Bad ihr geschminktes Gesicht zum ersten Mal richtig gesehen hatte. Sie tat mir leid. So übel hatte sie im Kerzenschein gar nicht ausgesehen.

Rachel zog sich die Handschuhe an, bedankte sich hastig bei Georgie und May für die Einladung und tat so, als wollte sie gehen, weil ihr nicht gut war.

»Rachel, bleib doch noch ein bisschen, vielleicht geht es dir ja in ein, zwei Minuten wieder besser«, versuchte James sie umzustimmen, aber sie sah ihn kaum an. Ihr Blick huschte immer wieder zur Haustür, als könnte sie gar nicht schnell genug hier wegkommen.

»Nein, ich muss wirklich gehen«, sagte sie, und als sich ihre Blicke schließlich doch trafen, wurden ihre rötlichen Wangen knallrot, und Tränen verschleierten ihre Augen.

Georgie drückte sie, und bevor James sie zum Tor brachte, trat auch May auf sie zu, um sie zu umarmen. Als May wieder ins Wohnzimmer ging, sah ich ihr an, dass sie sich für ihre spöttischen Bemerkungen von vorhin schämte.

Nachdem Rachel hinausgegangen und in ihren wartenden Wagen gestiegen war, schien niemand mehr in der Stimmung zum Feiern, nur noch zum Trinken. Und als wie von Zauberhand eine weitere Flasche Wein aus der Küche erschien, war das offenbar das Signal für mich, ins Bett zu gehen. Georgie nahm mich an die Hand und führte mich hinauf ins James' Zimmer.

»Tja, das war ja wohl eine ziemliche Katastrophe, was?«, sagte sie, als sie hereinkam, um sich noch ein bisschen auf mein Bett zu setzen.

»Das Essen war gut«, erklärte ich, weil ich wenigstens etwas von diesem Abend retten wollte, um sie aufzuheitern.

»Ja, das Essen war gut, da hast du recht. Wie immer.«

Georgie beugte sich vor und gab mir einen Kuss auf die Wange, ehe sie flüsterte: »Ein gutes neues Jahr, Fawad. Möge es dir alles bringen, was du dir wünschst.« Dann stand sie auf und knipste das Licht aus.

Als sie die Tür hinter sich zumachte, sprach ich ein kurzes Gebet zu meinem Gott und bat ihn, auch Georgies Träume wahr werden zu lassen.

In meinem Kopf, hinter meinen Augen, war ein Strom von Farbe, ich sah hässliche Risse am Himmel, sah lodernde Wolken von Schwarz und Rot in riesigen, gierigen Wirbeln um Raum kämpfen. Ich fühlte den ganzen Zorn der Welt im Wind und rannte zu einem Busch, um Deckung zu suchen, aber ich hatte Mühe vorwärtszukommen, und die Nacht riss ihn weg, ehe ich ihn erreichte, also rannte ich bergab, purzelte durch das hohe Gras, als meine Füße den Halt verloren, kullerte durch Halme, die das Dunkel schwarz färbte. Ich wusste, ich musste fliehen, aber meine Hände verfingen sich, und ich bekam sie nicht wieder frei, bis dann das Licht kam, um mich ins Tal davonzutragen.

Hoch am Himmel sah ich Adler über mir kreisen, paarweise herabstoßen auf etwas Braunes, das auf dem Boden lag. Ich kam auf die Beine und sah, dass ich Rachels Handschuhe trug.

Langsam ging ich auf das braune Etwas zu, und im Näherkommen erkannte ich, dass es etwas Totes war. Zuerst hielt ich es für ein Schaf, aber dann sah ich, dass es dafür zu groß war, und jetzt kniete dort Georgie neben dem Etwas, in der Hand ihren großen Ziegenkamm. Sie fuhr damit durch das Haar des toten Wesens und lächelte, also lächelte ich zurück.

»Willst du mir helfen?«, fragte sie.

»Okay«, sagte ich lächelnd.

Aber als ich mich näher heranbeugte, um das tote Etwas zu kämmen, sah ich langes schwarzes Haar, das seinen Rücken bedeckte, und ich bekam es mit der Angst.

»Mach nur«, ermutigte mich Georgie, also beugte ich mich darü-

ber und teilte das Haar. Darunter war das Gesicht einer Frau, und es war das Gesicht meiner Mutter.

Ich warf den Kamm weg und wich zurück.

»Verlass mich nicht, mein Sohn«, jammerte sie.

Sie kroch auf Händen und Knien auf mich zu. Ihre Finger griffen nach mir, aber sie waren verfault und schwarz, und Fliegen umschwirrten sie, nährten sich von ihrem Verfall. Sie stürzte auf mich zu, und ich schrie.

Im Zimmer war es pechschwarz, und ich hörte James neben mir im Dunkeln schnarchen. Die Lichter waren aus, und der Generator schwieg.

Ich brauchte Wasser, war aber zu verängstigt, um aus dem Bett zu steigen. Das Gesicht meiner Mutter stand noch deutlich vor mir, und es war so kalt im Zimmer, dass ich meinen eigenen Atem sah. Meine Augen waren klebrig vom Schlaf, und meine Kehle war so eng, als ob mein Körper mich erwürgen wollte.

Ich brauchte Wasser.

»James?« Meine Stimme klang schwach, als ob sie woanders herkäme. »James?«

Als er nicht antwortete, griff ich mir das Messer, das in der Holztafel an der Wand über meinem Bett steckte, und schlüpfte unter der Decke hervor. Ich fuhr in meine Plastikpantoffeln und ging zur Tür.

Draußen war alles dunkel, und die Nacht erschuf undeutliche schwarze Formen, die wussten, dass ich Angst hatte. Ich tastete mit den Füßen, fand die Treppenstufen und bewegte mich langsam in Richtung Küche, jetzt mithilfe eines schwachen Lichtschimmers, der aus dem Wohnzimmer drang, wo die Kerzen immer noch brannten. Die winzigen Flammen färbten dort, wo das Licht durch die Türritzen kroch, die Luft rot. Es war ein flackerndes, tanzendes Licht, pulsierte im Rhythmus der Stimmen, die von der anderen Seite herkamen. Und als ich mit einem halben Ohr hin hörte, beschleunigte sich mein Herzschlag, weil ich wusste, da stimmte etwas nicht.

Ich sah meine Hände an die Tür fassen und sie aufdrücken.

»Nein, du verdammter Idiot. Ich sagte doch Nein!«

Sie wehrte sich, und er lag auf ihr, hielt sie nieder, weil die Kraft seiner Hände zu groß war, sein Körper zu schwer. Er erdrückte sie.

»Komm schon, tu nicht so, du willst es doch.«

Die Stimme war heiser und schwerfällig, aber ich hörte es, wie ich es schon mal gehört hatte, und ich sah, wie er ihre Arme in die Sitzkissen presste, während die Flammen um sie herumtanzten und sie beide in Orange tauchten: Er, der darum rang, sie in seine Gewalt zu bekommen, Flackern, das an seinen Füßen leckte, und in dem Flackerlicht das schreckliche Schwarz seiner Augen und das Weiße ihrer Augen, als sie beide den Kopf drehten und herübersahen.

Um mich herum verwandelte sich die Luft in Schreien. Es klang wie die Hölle, als es durch den Hass und die Angst drang, die in meinem Blut loderten wie Feuer. Dann brach der Zorn als das Geheul einer Million Tiere aus meinem Mund, und weil ich es nicht wieder geschehen lassen konnte, nicht noch mal, nicht diesmal, stürzte ich vorwärts und holte aus, fühlte das Messer in etwas Weichem versinken, als ich mich mit aller Wucht auf ihn warf.

Aber die Schreie waren immer noch da, bohrten sich in meinen Kopf.

Ich trat um mich, um den Lärm und die Angst abzuschütteln, aber jetzt waren da noch mehr Schreie, und sie waren anders als meine, und ich sah die Flammen lachen, und die dunklen Schattenrisse von tausend Schrecken umringten mich, und dann war sie da, und sie erstickte das Feuer, indem sie mich in ihre Arme schloss, mich in ihren Duft hüllte.

Durch das Chaos in meinem Kopf erkannte ich Georgie, und ich verschmolz mit ihr, als sie meinen Kopf an ihrem Körper barg, und ließ sie ihre Liebe in mich hineinatmen. Sie sagte, ich bräuchte keine Angst zu haben, und ich spürte die Wärme ihrer Hände auf meinem Haar, und es fühlte sich gut an, aber irgendwo weiter weg hörte ich einen Mann brüllen.

»Er hat mir in den Hintern gestochen! Der verdammte kleine Scheißkerl hat mir in den Hintern gestochen!«

Er hatte einen französischen Akzent.

9

Ich glaube nicht, dass an mir irgendwas Besonderes ist. Ich bin nicht umwerfend hübsch, aber ich bin auch nicht so hässlich wie Jahid. Ich bin nicht der Gescheiteste in meiner Klasse, aber ich bin auch nicht dumm wie ein Esel. Ich bin nicht der schnellste Läufer, ich bin nicht der beste Witzeerzähler, ich bin nicht der beste Kämpfer, und ich weiß zwar, dass ich Sachen erlebt habe, die ein Junge in meinem Alter nicht erlebt haben sollte, aber auch das ist nichts Besonderes.

Mein Vater wurde getötet, meine Brüder sind tot, und meine Schwester ist verschwunden. Aber in Afghanistan erntet man damit nur ein »Na und?«.

Spandis Mutter ist im Kindbett gestorben, sein Schwesterchen, das sie zur Welt zu bringen versuchte, starb mit ihr, und ab dem Alter von zwei Jahren hat Spandi nie wieder die Wärme seiner Mutter oder den Trost ihrer Liebe gefühlt. Er hat nicht einmal ein Foto von ihr als Erinnerung, nur das Bild in seinem Kopf, das immer weiter verblasst, je größer er wird.

Jamillas Eltern leben beide noch, aber ihr Haus ist unter die Schreckensherrschaft der Drogen geraten. Irgendwann mal nahm ihr Vater Arbeit auf den Schlafmohnfeldern an und verfiel dem getrockneten Blütenharz, das er sich während der Ernte von den Fingern leckte. Jetzt hungert er Tag und Nacht nach der Droge, während seine Familie nach Essen hungert. Und wenn er auch tagelang wegbleibt, kommt er doch irgendwann wieder nach Hause, auf der Suche nach Geld, und wenn er keins findet, kriegen seine Frau, Jamilla und ihre beiden älteren Schwestern seine Fäuste zu spüren.

Gleichzeitig sind die Waisenhäuser von Kabul voller Kinder, deren Eltern getötet wurden.

Keiner von uns ist also was Besonderes. Wir tragen nur verschiedene Versionen derselben Geschichte mit uns herum.

Und doch: Als ich am Morgen nach dieser Schreckensnacht die Augen aufschlug und May und Georgie im Bett neben meinem liegen sah, während James, in eine Decke gewickelt, auf dem Fußboden schnarchte, fühlte ich mich endlich mal irgendwie besonders.

Umso geknickter war ich, als ich Sekunden später die Matratze unter mir berührte und feststellen musste, dass ich ins Bett gepinkelt hatte.

10

Jalalabad ist die Hauptstadt der Provinz Nangahar im Osten Afghanistans, und solange die Leute denken können, kommen die Reichen von Kabul in diese Stadt, um der Kälte des Winters zu entfliehen.

Georgie und ich wollten allerdings nicht nur raus aus der Kälte, sondern aus allem.

Angesichts der Tatsache, dass meine Mutter immer noch auf die Pflege in Homeiras Haus angewiesen war, und meines Messerangriffs auf Philippe hatten meine Freunde befunden, ich bräuchte einen »Tapetenwechsel.«

»Er hat nur im Spaß mit May gekämpft«, erklärte Georgie, während wir uns durch die sieben Schwestern mühten, die schneebedeckten Berge auf dem Weg von der Hauptstadt in die warmen Täler des Ostens. »Er wollte ihr nicht wirklich etwas tun.«

»Bist du sicher?«

»Ja, Fawad, bin ich.«

Obwohl die Bilder in meinem Kopf etwas anderes sagten, war da drinnen doch alles so verschwommen, dass ich gar nichts mehr klar sehen konnte, und wenn Georgie sagte, dass es so gewesen war, musste es wohl so gewesen sein.

»Tut mir leid«, murmelte ich. »Wusste ich nicht.«

»Du brauchst dich nicht zu entschuldigen«, sagte sie und wuschelte mir durchs Haar. »Woher hättest du das wissen sollen? Philippe hatte viel zu viel getrunken und May auch. Aber ich versichere dir, sie sind wirklich sehr gut befreundet und würden sich nie etwas tun. Und an dem Ganzen sind wohl wir schuld, May, James und ich, nicht du. Wir hätten dir gegenüber sensibler sein müssen, Fawad, jetzt, wo deine

Mutter nicht da ist. Also haben wir uns zu entschuldigen. Es war gedankenlos von uns.«

Georgie zog mich eng an ihre Seite – die sich ein bisschen knochig anfühlte – und hielt mich fest, soweit es die Fahrerei erlaubte. Den Rest der Zeit flogen wir hinten im Wagen herum wie zwei Bienen in einer Flasche, da die Straße zerbröckelte und immer steiniger wurde.

Die Fahrt von Kabul nach Jalalabad war ganz schön interessant, und wenn meine Gedanken nicht so mit den Schrecken der Nacht beschäftigt gewesen wären, die immer wieder auf mich einstürzten, und wenn mein Kopf nicht dauernd gegen die Seitenscheibe geknallt wäre, weil uns die Straße hin und her schleuderte, hätte ich sie richtig genossen, denn sie führte uns durch die Bilder von einer Million Malern und durch noch mehr Geschichten. Vier Stunden fuhren wir, durch die hohen Berge, die den Kabul-Fluss schützen, vorbei an dem Kommandoposten, wo der Warlord Zardad einen Soldaten als Kettenhund gehalten und mit den Hoden seiner Feinde gefüttert hatte, über die kleine Brücke, wo 2001 vier ausländische Journalisten ermordet worden waren, dann hinab nach Surobi und seinen schimmernden See entlang, in sanften, von leuchtend grünen Feldern gesäumten Kurven, wo wir Kuchi und Kamele und dunkle Wolken aus Fettschwanzschafen überholten, dann, wieder dem Fluss folgend, zu den Fischrestaurants von Durunta und durch den von Russen erbauten Tunnel, der an einem Stausee verläuft und nach Jalalabad hineinführt.

Es war meine erste richtige Reise aus Kabul heraus – da Ferienreisen bei Leuten, die kaum genug zu essen haben, nicht gerade üblich sind –, und die ständig wechselnde Aussicht war mehr als beeindruckend, aber ich war einfach zu aufgewühlt, um sie zu genießen. Das, was ich Philippe angetan hatte, tat mir aufrichtig leid, und ich schämte mich dafür, weil ich wusste, dass sich sein Bild von afghanischer Gastfreundschaft ganz schön verändert haben musste, jetzt wo ihm einer von uns ein Messer in den Hintern gerammt hatte.

Es war wirklich unverzeihlich.

May hatte mir erzählt, dass Philippe am nächsten Tag in die italienische Notfallambulanz in Shar-e Naw gegangen war, wo sie die Wunde mit einer Reihe von Stichen genäht hatten. Außerdem hatte er etwas gekriegt, was sich »Tetanusspritze« nannte.

James dagegen hatte den Tag hauptsächlich mit Lachen zugebracht.

Als wir in Jalalabad ankamen, war es später Nachmittag, und wir fuhren geradewegs ins Herz der Stadt, die im Unterschied zum wintergrauen Kabul immer noch gelb leuchtend im staubigen Sonnenlicht lag. Hier drängten sich mehr Esel und Karren in den Straßen als in der Hauptstadt, und überall wimmelte es von kleinen Tuk-Tuks, Autorikschas im pakistanischen Stil, blau lackiert und mit farbenfrohen Bildern von Blumen und Frauenaugen geschmückt.

Wir zwängten uns hupend durch den Verkehr und bogen schließlich in ein Seitensträßchen ein, einen zerfurchten Fahrweg, der zu etwa zehn hinter hohen Mauern liegenden Häusern führte. Ungefähr in der Mitte hielten wir vor Haji Khans Haus, einer großen weißen Villa, die in einem grünen Garten stand und aussah, als könnte hier König Mohammed Zahir Shah wohnen, wenn er noch Geld hätte.

Als unser Land Cruiser in die Einfahrt fuhr, erwartete uns Ismerai bereits auf den Eingangsstufen des Hauses. Er sprach in ein Handy, das er zuklappte, als wir ausstiegen, und nachdem er uns mit einem warmen Händedruck und einem breiten Lächeln begrüßt hatte, führte er uns nach drinnen.

Der Anblick blendete mich regelrecht. Durch eine große, zweiflüglige Holztür, vor der eine Reihe Sandalen bereitstanden, kam man in eine mächtige Halle mit acht weißen Ledersofas, die sich in Viererreihen gegenüberstanden. Georgie setzte sich auf eins davon und zog ihre Stiefel aus. Ich hatte meine Schuhe schon an der Tür abgestreift, wie es sich gehört, aber Georgies Stiefel waren kompliziert. Am hinteren Ende der Hallen wuchs eine riesige Treppe aus dem Boden, zwei Teile führten in verschiedenen Richtungen, um sich dann im Obergeschoss wieder zu treffen. Oben sah ich hinter dem Holzgeländer einer Galerie eine Reihe von Zimmertüren. Ein winziger Mann, nicht größer als ein Kind, nahm unser Gepäck und verschwand nach oben. Unten, links von der Eingangshalle, war ein offener Raum mit erhöhtem Fußboden, einem goldenen Teppich und langen, lapislazuliblauen Sitzkissen. Hier saßen vier braune Männer mit braunen Pakuls und braunen Patus. Sie starrten auf einen Breitbildfernseher und schienen sich ganz zu Hause zu fühlen.

Als wir zu dem Fernsehbereich gingen, erhoben sich die vier Männer und reichten Georgie die Hand. Sie kannte sie offensichtlich: Die Männer schienen sich zu freuen, sie zu sehen, und schalten sie sanft dafür, dass sie so lange nicht da gewesen war. Dann bedeuteten sie ihr, sich auf den Ehrenplatz auf dem Sitzkissen, das am weitesten von der Tür entfernt war, zu setzen. Ich folgte ihr ans Ende des Raumes und ließ mich in ihrer Nähe nieder, aber nicht zu nah bei ihr, weil ich kein Baby mehr war und die Männer das sehen sollten.

Grüner Tee und Glasteller mit grünen Rosinen, Pistazien, Mandeln und Bonbons wurden gebracht, und Ismerai setzte sich zu uns. Die übrigen Gäste rückten näher an den Fernseher heran, obwohl der Ton jetzt aus war.

Außerhalb unseres Hauses und des Schutzes seiner Mauern verhielt sich Ismerai Georgie gegenüber anders, förmlicher. Ich wusste, das war hauptsächlich wegen der anderen Männer im Raum. Obwohl Georgie und Ismerai seit Jahren befreundet waren, war es doch eine Freundschaft in Afghanistan, und deshalb waren bestimmte Regeln zu befolgen, vor allem die, nicht zu freundschaftlich mit Frauen umzugehen, ob sie nun Ausländerinnen waren oder nicht. Es war nun mal so: Mit Frauen zu scherzen und zu lachen gab kein gutes Bild ab, es war ein Zeichen von Schwäche. Es war fast schon auf einer Stufe damit, sich am Armreifenklimpern afghanischer Tanzknaben zu erfreuen.

Wenn mich auch Ismerais Verhalten nicht weiter wunderte – er war schließlich Paschtune –, verblüffte mich doch die Veränderung, die mit Georgie vor sich gegangen war. Bei uns zu Hause neckte sie Ismerai, wo sie konnte, aber jetzt war sie zurückhaltend und respektvoll, und mit den anderen Männern sprach sie gar nicht mehr, es sei denn, sie luden sie durch Blicke ein, am Gespräch teilzunehmen, was aber praktisch nicht vorkam.

In unserer Kultur darf eine Frau gewöhnlich nur bei den Männern sitzen, mit denen sie verwandt ist. Georgies Anwesenheit wurde lediglich deshalb geduldet, weil sie Ausländerin war. Wenn sie nicht aus England gewesen wäre, hätte man sie bei den übrigen Frauen im hinteren Teil des Hauses versteckt.

Haji Khan sei in Shinwar, erklärte uns Ismerai. »In den Bergen gibt es kein funktionierendes Netz«, sagte er mit einem verlegenen Lächeln zu Georgie und blickte dabei auf ihr stummes Handy.

Georgie zuckte die Achseln, als ob es ihr nichts ausmachte, und ich hätte ihr schon fast geglaubt. »Ich bin einfach nur dankbar, dass wir hierherkommen konnten«, erwiderte sie, »vor allem so kurzfristig.«

Als sie das sagte, wurde mir plötzlich klar, dass sie Ismerai am Morgen angerufen haben musste, ohne dass ich es mitgekriegt hatte, und meine Wangen glühten vor Scham, weil jetzt offenbar alle wussten, was ich getan hatte, sogar meine Freunde im weit entfernten Jalalabad.

Als das Essen aufgetragen war und Ismerai witzelte, die Haushaltshilfen »sollten wohl lieber die Messer vor dem Jungen verstecken«, lachte ich nicht.

»Also, möchtest du drüber reden?«

Georgie machte eine Zigarettenpause, nachdem sie mich zum fünften Mal beim Carrom geschlagen hatte, einem aus Indien stammenden Spiel, bei dem zwei Spieler auf einem Holzbrett farbige Scheiben in die Löcher in den vier Ecken schnipsen. Für eine Frau war sie darin unfassbar gut.

»Ich weiß nicht«, antwortete ich wahrheitsgemäß. Ich spürte, dass Georgie Gründe für mein Verhalten suchte. »Vielleicht.«

»Manchmal hilft es, über Dinge zu reden, vor allem über schwierige Dinge«, setzte Georgie behutsam nach und spielte dabei mit einer Streichholzschachtel, auf der ein Bild vom Khyber-Pass war. »Man kann dadurch die bösen Geister aus seinem Kopf vertreiben.«

»Möglich«, sagte ich, obwohl ich mir sicher war, dass die Dämonen dort drinnen zu stark für die Magie der Worte waren. »Okay. Ich versuch's.«

Lange vor meiner Geburt heiratete meine Mutter meinen Vater, und sie machten Bilal, meinen ältesten Bruder. Drei Jahre später, als die Russen zusammenpackten, um sich in den Panzern, die sie mitgebracht hatten, auf ihren langen Heimweg zu machen, feierten meine Eltern das damit, dass sie die Familie um Mina erweiterten. Ihr Name ist das Paschtu-Wort für »Liebe«. Ein paar Jahre danach kam Yosef, mein anderer Bruder, und dann schließlich, als sie schon fast allen Platz in unserem Haus eingenommen hatten, wurde ich geboren.

Das war meine Familie, so vollständig und glücklich, wie sie nur sein konnte.

Dann, wie Blätter von einem Baum fallen, starb einer nach dem anderen.

Der Erste, der uns verließ, war Yosef. Am Tag, nachdem er von einem Hund gebissen worden war, hörte er auf zu essen. Ich war da noch ein Baby, deshalb kann ich mich nicht an ihn erinnern, aber meine Mutter sagt, ich sei ein bisschen wie er, und Allah habe ihn zu sich genommen, weil er im Paradies mehr Sonne brauchte.

Ein Jahr nach Yosefs Tod verließ uns auch mein Vater. Er war Lehrer, legte aber seine Schulbücher weg und nahm ein Gewehr, um mit einer Gruppe anderer Männer aus unserem Dorf für die Soldaten der Nordallianz zu kämpfen. Mutter sagt, sein Herz sei voller Zorn gewesen, als er mit ansehen musste, wie die Taliban unser ganzes Leben veränderten, und als ehrenhafter, mutiger Mann und Sohn Afghanistans habe er es als seine Pflicht angesehen, dem ein Ende zu machen. Leider stellte sich heraus, dass mein Vater im Unterrichten besser war als im Kämpfen, und er fiel in einer Schlacht bei Mazar-e Sharif im Norden des Landes.

Damit war meine Mutter Witwe, eine Witwe mit einem

Baby und zwei kleinen Kindern. In ihrer Trauer und ihrem Schmerz klammerte sie sich an unser Zuhause, weil dort immer noch der Geruch meines Vaters war und das Lachen meines toten Bruders. Sie blieb in dem Haus, obwohl alle sagten, dass sie bei ihrer Schwester besser aufgehoben wäre.

Aber da wir hier nun mal in Afghanistan sind, wurde das Schlimme noch schlimmer.

Einige Zeit nach dem Tod meines Vaters, als mein Gehirn bereits die Bilder meines Lebens zu speichern begann, kamen die Taliban nach Paghman. Ich war jetzt kein Baby mehr – ich konnte schon laufen und sprechen – und hörte die Angst in der Stimme meiner Mutter, als sie mich eines Nachts wachrüttelte, auf den Arm nahm und von meinem Bett in die Ecke der Küche trug, wo schon meine Schwester und mein Bruder warteten. Ich erinnere mich jetzt ganz deutlich: Meine Mutter zitterte durch die Kleider hindurch, und draußen erfüllte das Motorengeräusch schwerer Lastwagen die Straße.

»Was ist das?«, fragte ich.

»Bitte, Fawad, sei bitte still«, flehte meine Mutter. Sie weinte, und draußen drangen jetzt Rufe und Schreie durch die Stille der Nacht, und das Licht, das zum Fenster hereinkam, hatte die Farbe von Flammen.

Während wir uns in der Ecke verkrochen, kam der Lärm von Panik und Schmerz immer näher, als ob er uns suchte. Die ganze Zeit betete meine Mutter flüsternd zu Allah, hastig und leise, während sie uns alle drei auf ihren Knien schaukelte.

Dann atmete sie plötzlich scharf ein, als unsere Haustür aufbarst und das Gebrüll von Männern, die wir nicht kannten, unser Haus erfüllte.

Es war kein großes Haus, und sie brauchten nicht lange, um uns zu entdecken – fünf schwarze Schatten stürzten sich auf unser zusammengedrangtes Häuflein, rissen meine Schwester von meiner Mutter weg und schrien uns ihren Hass ins Gesicht. Als meine Mutter aufsprang, warf sie einer der Talibankämpfer zu Boden und setzte ihr den Stiefel auf den Kopf, um sie niederzuhalten. Mein Bruder Bilal, der das Herz eines Löwen hatte, stürzte sich sofort auf den Mann, hämmerte ihm mit den Fäusten auf den Rücken und trat nach seinen Beinen. Da packte ein anderer Mann meinen Bruder, als wäre er ein Spielzeug. Er hieb Bilal die Faust ins Gesicht und warf ihn durch die Küche. Bilals Kopf prallte gegen die Ecke eines Küchenschranks.

Als mein Bruder zu Boden sank, nicht mehr wach und nicht mehr in der Lage, uns zu helfen, schrie meine Mutter unter dem Stiefel des Mannes und wehrte sich mit aller Kraft, um zu ihrem ältesten Kind zu gelangen. Als sie Bilal fast erreicht hatte, stürzte ihr Peiniger hinterher und zog sie wieder zu Boden. Aber diesmal war es nicht sein Stiefel, der sie niederhielt, es war sein Körper. Ich sah seine Hände an ihren Kleidern reißen, während von irgendwo hinter uns Brandgeruch in meine Nase drang.

»Lauf, Fawad, lauf!«

Der Mann schlug meiner Mutter ins Gesicht, doch in dem Moment kam ein weiterer Schatten hereingestürmt. Seine schwarzen Augen entdeckten mich, und er starrte mich an, es schien mir wie eine Ewigkeit. Wenn ich jetzt daran zurückdenke, glaube ich, dass in seinen Augen Traurigkeit stand. Sein Blick ließ mich los, und er drehte sich zu dem Mann hin, der auf meiner Mutter lag, zog ihn von ihr herunter und brüllte etwas, barsch und zornig.

»Lauf, Fawad!«

Weil ich Angst hatte und nicht wusste, was ich tun sollte, und weil mein Bruder schlief und weil einer der Männer meine Schwester am Arm hielt und weil meine Mutter es gesagt hatte, rannte ich davon. Ich rannte, so schnell ich konnte, vom Haus weg und fand ein Versteck im nahen Gebüsch.

Tief in die Dornenzweige geduckt, sah ich, wie die ganze Welt Feuer fing. Als die Häuser unserer Nachbarn Flammen spuckten, wurden die Angstschreie in meinen Ohren nach und nach zu Klagegeheul, weil die schwarz gekleideten Männer unser Leben in Stücke zerfetzten, die Alten mit Stöcken prügelten und ihnen die Kinder aus den Armen rissen. Im orangeroten Licht jener Nacht sah ich, wie diese Männer meine verängstigte Schwester mit zwanzig anderen Mädchen aus unserem Dorf auf einen Lastwagen zerrten und wegbrachten.

Als die Motorengeräusche in der Ferne verklangen und in der Luft um uns herum nur noch Feuer und Tränen zu hören waren, sah ich meine Mutter aus dem Haus kommen, meinen Bruder über der Schulter. Ihr Gesicht war bleich, und aus einem Riss an ihrem Mund strömte Blut.

»Fawad?«, rief sie. »Fawad?«

Ich stand auf, und sie sah mich. Ich fühlte ein kurzes Flackern der Erleichterung in ihren Augen, ehe sie in die Knie brach und aus ihrem Mund ein Schrei kam, der noch das Blut des Teufels selbst hätte gefrieren lassen.

Da unser Haus jetzt nur noch eine kaputte schwarze Außenhülle war und unseren Nachbarn auch nicht mehr blieb, gingen meine Mutter, Bilal und ich zu Fuß von Paghman zum Haus meiner Tante. An den Marsch kann ich mich nicht erinnern, also nehme ich an, dass ich wohl die meiste Zeit geschlafen habe. Und ich erinnere mich auch nicht, was gesprochen wurde, als wir bei meiner Tante ankamen, aber ich sehe noch deutlich den Blick meiner Mutter. Tod stand darin. Und die Leere, die er mit sich bringt, spiegelte sich in Bilals Augen.

Sicher wusste ich nur, dass die Taliban meine Mutter gepeinigt und meine Schwester mit nur elf oder zwölf Jahren verschleppt hatten und dass mein Bruder jetzt vom afghanischen Rachedurst besessen war.

Als Bilal aufwachte, empfingen ihn das geschundene Gesicht meiner Mutter und das Loch in unserer Familie, da, wo unsere Schwester gewesen war. Dicke Zornestränen quollen aus seinen Augen und fielen in den Dreck, der einst unser Garten gewesen war. Da Bilal nach dem Tod unseres Vaters der Mann in der Familie war, machte er sich ganz verrückt damit, sich einzureden, dass er mehr hätte tun müssen, um uns zu beschützen. Aber er war doch nur ein Junge – ein Junge gegen eine Armee von Teufeln mit schwarzen Turbanen. Er hätte nicht mehr tun können, für niemanden von uns. Doch die nächsten Wochen hüllte sich Bilal in Schweigen, brachte vor Scham kaum noch ein Wort heraus, bis dann eines Tages sein Platz einfach leer war. Mein einzig lebender Bruder hatte das Haus unserer Tante verlassen, um sich der Nordallianz anzuschließen.

Da war er vierzehn, in dem Alter, in dem er sich Gott hätte zuwenden sollen, weil er jetzt groß genug war, um in der Moschee zu beten und im Ramadan mit den Erwachsenen zu fasten. Stattdessen verschrieb er sich dem Krieg und der Rache, und wir sahen ihn nie wieder.

Nachdem dann die Amerikaner die Taliban aus unserem Leben gebombt hatten, fragte ich mich, ob Bilal zurückkommen würde, doch als die Nordallianz in Kabul einmarschierte, war er nicht dabei. Obwohl wir es nie aussprachen, wussten meine Mutter und ich, dass er tot war.

II

Es war Nacht, als mich das Scheinwerferlicht weckte, die Zeit, in der man zwischen gestern und heute feststeckt und alles so still und schlafdumpf ist und nichts darauf hindeutet, dass der Morgen kommt, um einen da rauszuholen. Die Zeit, zu der man sich einmal kurz recken und lächelnd wieder einschlafen möchte.

Und es war die Zeit, die Haji Khan wählte, um nach Hause zu kommen.

Es begann mit dem Schrappen von Metall auf Zement, als das Tor geöffnet wurde, die drei Land Cruiser mit verdunkelten Fenstern in die Einfahrt preschten, Leibwächter heraussprangen und Haji Khan vom Fahrersitz eines der Wagen stieg. Während zwei Bewaffnete das Tor wieder zuzogen, sprang ein anderer an Haji Khans Stelle hinters Steuer, und die Wagen wendeten auf dem Rasen, so dass sie jetzt mit der Schnauze zum Tor standen.

Während ich diesen Scheinwerfertanz von meinem Fenster aus beobachtete, sah ich Haji Khan eine Gruppe Männer ins Haus führen. Sein Gesicht wirkte grimmig, und ich fragte mich, ob er gerade herausgefunden hatte, dass Ismerai Georgie und mir erlaubt hatte, hierherzukommen.

Ich schlich zur Zimmertür, öffnete sie einen Spalt und blinzelte in das jähe Licht, das von unten kam. Gemurmel drang herauf, leise Männerstimmen, die ich erst mal nicht richtig verstehen konnte. Dann hörte ich über alldem Haji Khans Stimme wie Donnergrollen.

Ich öffnete die Tür etwas weiter und beugte mich an den Spalt, so dass ich durchs Galeriegeländer sehen konnte, was unten vor sich ging. Haji Khan stand jetzt gleich an der Eingangstür, und in seiner Nähe unterhielten sich fünf Männer leise miteinander. Ich kannte keinen, aber sie wirkten alle ziemlich reich, in gebügelten Salwar Kamiz und mit dicken Uhren am Handgelenk.

Haji Khan sprach mit dem kleinen Mann, der mein Gepäck nach oben gebracht hatte. Der Mann deutete mit dem Kinn dorthin, wo Georgie schlief, ein Stück neben dem Zimmer, in dem ich jetzt eigentlich hätte schlafen sollen, und Haji Khans Blick folgte der Kopfbewegung des Mannes, was mich die Luft anhalten und ein Stück ins Dunkel meines Zimmers zurückweichen ließ.

Wenn er vor seiner Ankunft nicht gewusst hatte, dass wir da waren, wusste er es jetzt auf jeden Fall.

Als ein paar Sekunden lang niemand heraufkam, um uns aus unseren Betten zu werfen, wagte ich mich langsam wieder vor.

Haji Khan saß jetzt auf einem der Sofas, seinen Pakul auf dem Knie und in der Hand eine Tasse grünen Tee. Als er die Hand nach den kandierten Mandeln ausstreckte, die vor ihm auf einem Tischchen standen, kam ein Mann herbei und gab ihm ein Handy. Haji Khan hielt es sich ans Ohr, und obwohl er nicht schrie, schallte seine Stimme so laut durch die Halle, dass die anderen Männer ihr Gespräch unterbrachen und sich mit gesenkten Köpfen unter dicken Augenbrauen hervor ansahen.

»Wie Sie es machen, ist mir egal, machen Sie's einfach«, befahl Haji Khan. »Ich will, dass er morgen früh draußen ist.«

Er klappte das Handy zu und gab es dem Mann, der es ihm gebracht hatte, zurück. Ich fragte mich, ob das der Grund war, warum Haji Khan Georgie nie anrief: Er hatte sein Handy verloren und musste sich immer eins borgen.

Am Morgen ging ich, auf der Suche nach Frühstück, hinunter und fand in der Halle anstelle der stattlichen Männer vom Vorabend jetzt drei kleine, die mit Putzlappen und einem Staubsauger an der Arbeit waren. Ein Junge, etwas älter als ich, spielte auf dem Podest, wo der Fernseher stand, mit sich selbst Carrom.

»Salam«, sagte ich und ging zu ihm. »Ich bin Fawad.«

Der Junge sah von seinem Spiel auf.

»Salam«, antwortete er. »Ahmad.«

Dann spielte er weiter, und da ich sonst nichts zu tun hatte, setzte ich mich auf ein Sitzkissen und schaute ihm zu. Er war sehr gut, schoss die Spielsteine mühelos in die Löcher gegenüber. Er sah sehr sauber aus, fast wie neu. Er hatte die Haut der Reichen – von einem sanften, sahnigen Braun –, aber sein Blick war der eines alten Mannes.

Wir waren die einzigen Kinder im Raum, aber der Junge namens Ahmad schien nicht sonderlich gesprächig, also war ich froh, als mein Frühstück kam, weil es mir wenigstens etwas zu tun gab. Außerdem hatte ich einen Riesenhunger, was mich wunderte, weil mein Appetit sonst nicht so groß war. »Du isst wie ein Vogel«, hatte meine Mutter mal gesagt, und ich hatte mich sofort gefragt, wie Würmer wohl schmeckten.

Als ich meine Eier gegessen und meinen süßen Tee getrunken hatte, schubste Ahmad das Carrombrett in meine Richtung und forderte mich durch eine Kopfbewegung zum Mitspielen auf. Ich ging hin, um die Herausforderung anzunehmen, und er stellte die Steine auf und ließ mich anfangen.

»Du bist mit Georgie gekommen, oder?«, fragte er schließlich.

»Ja«, gab ich zu und verfehlte die Ansammlung von Steinen, die ich sprengen musste, um ein ganzes Stück. Der Junge winkte ab und ließ mich den Schuss wiederholen, was ich ein Zeichen von sehr guten Manieren fand.

»Ich hab dich letzte Nacht gesehen«, sagte er, während ich sorgfältig zielte, »wie du meinen Vater belauscht hast.«

Die Steine klackten übers Brett, als ich diesmal traf, und Ahmad nahm den Schussstein, um sein Glück zu versuchen.

»Ich hab dich durch die Halle beobachtet«, fuhr er fort, während er lässig einen blauen Stein im rechten Loch auf der anderen Seite versenkte. »Mein Zimmer ist gegenüber von dem, wo du übernachtet hast.«

»Und wer ist dein Vater?«

»Haji Khan. Wer sonst?«

Ich sah überrascht auf. Obwohl ich wusste, dass Haji Khan Kinder von seiner verstorbenen Frau hatte, war es doch ein kleiner Schock, einem davon gegenüberzusitzen. Georgie hatte gesagt, sie lebten bei seiner Schwester.

»Ich dachte, du wohnst woanders«, sagte ich.

»Tu ich auch. Normalerweise schlafe ich bei meiner Tante, aber der Krach dort ist der reinste Albtraum. Zu viele Frauen im Haus, das ist das Problem. Hier, du bist dran.«

Ich nahm den Schussstein und schaffte es, einen von meinen weißen Steinen nah an ein Loch heranzuschießen.

»Nicht schlecht«, sagte Ahmad. »Aber du brauchst dringend Übung.«

»Ich spiele erst seit gestern.«

»Ja, und du brauchst dringend Übung.«

Als Ahmad lachte, sah ich etwas von Haji Khan in seinem Gesicht.

»Dein Vater war wohl heute Nacht ein bisschen ärgerlich«, bemerkte ich, während Ahmad das Spielbrett vor mir nach und nach leerte.

»Ha! Er war stinksauer.«

»Wegen uns?«

»Wem?« Ahmad blickte verdutzt vom Spiel auf.

»Georgie und mir«, erklärte ich. »Ist er sauer, weil wir einfach uneingeladen hier aufgetaucht sind?«

»Nein, natürlich nicht.« Ahmad schüttelte den Kopf. »Georgie ist hier immer willkommen. Das hier ist ihr Haus, sagt mein Vater.«

»Ach.«

»Nein, wenn du's unbedingt wissen willst, er war sauer wegen einer Familienangelegenheit, aber das wird bald geregelt sein, wie immer.«

Etwa drei Stunden, nachdem ich gefrühstückt hatte, und etwa zwei Stunden, nachdem Ahmad in einem der Land Cruiser seines Vaters wieder in das Haus voller Frauen entschwunden war, kam Georgie herunter, sichtlich schlechter Laune. »Komm, Fawad, Zeit, jemanden wegen seiner Ziegen zu besuchen«, sagte sie, und wir schnappten uns unsere Stiefel, sprangen in ein anderes von Haji Khans Autos und fuhren aus Jalalabad hinaus.

Es war ein wunderschöner Tag, mit einem leuchtend blauen Himmel ohne die Staub- und Abgaswolken, die immer über Kabul hingen, und indischen Liebesliedern von einer Kassette. Im Auto befanden sich außer Georgie und mir noch ein Fahrer und ein Wächter, der, das Gewehr zwischen den Beinen, auf dem Beifahrersitz saß. Da er nicht von uns war, musste er wohl von Haji Khan sein.

Als wir die Stadt in Richtung Pakistan verließen, kamen wir an einem großen Bild des Märtyrers Haji Abdul Kadir vorbei, des ehemaligen Vizepräsidenten, der acht Monate nach der Flucht der Taliban ermordet worden war. Jalalabad war seine Heimatstadt, und ich dachte, dass ihn die Leute hier wirklich geliebt haben mussten, um dieses Bild aufzustellen.

Wir fuhren immer bergauf, durch ein Lehmhüttendorf und auf eine weite braune Ebene, ehe wir wieder hinabtauchten, fuhren zwischen vorbeisausenden grünen Reihen von Olivenbäumen und in einen Tunnel aus riesigen Bäumen, die sich über die Straße zu neigen schienen, um ihre Freunde auf der anderen Seite zu umarmen. In einem weiteren Dorf bogen wir von der Hauptstraße rechts ab, fuhren durch einen kleinen Basar und dann auf einen unasphaltierten Fahrweg, der nach Shinwar führte. Hier irgendwo würden wir anscheinend den Mann und seine Ziegen finden.

Als wir ins freie Land hinauskamen, fuhren wir durch Unmengen ehemaliger Schlafmohnfelder. Ich hatte kürzlich Fotos von solchen Feldern in einer Kabuler Zeitung gesehen, die ich Pir Hederi hatte vorlesen müssen. Wunderhübsch hatten die Blüten auf den Bildern geleuchtet, und ich hatte gedacht, wenn sie so schmeckten, wie sie aussahen, war es kein Wunder, dass die Leute süchtig danach wurden.

Als wir einem alten Mann begegneten, dessen Esel hoch mit Reisig beladen war, kurbelte Georgie ihr Fenster herunter und fragte, nachdem sie den Mann begrüßt und sich nach seiner Familie erkundigt hatte, wo wir einen gewissen

Baba Gul Rahman fänden. Der Alte zeigte mit der Hand und erklärte, den würden wir in der Hütte hinterm nächsten Feld finden, am Fuß des Hügels. »Wenn er noch eine Hütte hat«, brummelte er. Georgie bedankte sich und sah mich achselzuckend an, und wir machten uns alle auf den Weg in Richtung des Hügels hinter dem nächsten Feld, um nachzusehen, ob Baba Gul seine Hütte noch hatte.

Als wir am Fuß des Hügels ankamen, sahen wir zu unserer Erleichterung, dass die Hütte noch stand, aber leider war da kein Baba Gul. Eins der Kinder, die wohl seine sein mussten, rannte zum nächsten Dorf, um ihn zu suchen.

Wir saßen im Gras, beobachteten eine Herde grasender und spielender Ziegen und tranken Tee, den uns ein Mädchen brachte, das wohl so alt war wie ich oder ein bisschen älter. Sie sei Baba Guls älteste Tochter, erklärte Georgie, die sie schon vorher getroffen hatte. Das Mädchen hieß Mulallah und hatte die hübschesten grünen Augen, die ich je gesehen hatte.

»Wie geht es euch?«, fragte Georgie, als Mulallah sich zu uns setzte. »Eure Ziegen sehen gut aus.«

»Ja, den Ziegen geht es gut«, antwortete sie, warf sich das Haar aus dem Gesicht und runzelte die Stirn.

»Ist irgendwas, Mulallah?«

Das Mädchen zuckte die Achseln. »Das hier ist Afghanistan, Khanum Georgie. Das Leben ist manchmal nicht so einfach. Das wissen Sie doch besser als wir.«

Georgie nickte, aber ich sah die Fragen in ihren Augen.

Da ich nicht wusste, was sagen, hielt ich den Mund.

»Mein Vater spielt wieder Karten«, erklärte das Mädchen schließlich in unser Schweigen hinein. »Und wenn er verliert, müssen wir dafür bezahlen. Das ist wohl Allahs Strafe für die Sünde, die er begeht. Gucken Sie sich doch an, wo wir jetzt wohnen.« Das Mädchen deutete auf die Hütte, die eigentlich eher ein Zelt war, eine wackelige Holzkonstruktion, bedeckt mit Plastikplanen, auf denen in Großbuchstaben UNICEF stand.

Noch während Mulallah sprach, kam ihre Mutter herbei. Sie war eine kleine, dünne Frau mit einem Gesicht, das aussah wie aus den zerfurchten Bergen hinter uns herausgehauen. Sie begrüßte Georgie herzlich, blieb aber nicht bei uns. Nachdem sie ihrer Tochter zugenickt hatte, gingen die beiden die Ziegen zusammentreiben, aber als sich die Frau abwandte, sah ich ihr Gesicht und darin stand tiefe Scham. Da begriff ich, dass es die jahrelange Erniedrigung durch ihren Mann war, die diese hässlichen Falten in ihr Gesicht gekerbt hatte. Und jetzt, wo das Mädchen so gut wie fremden Leuten von der Schande der Familie erzählte, nützte es nichts mehr, etwas anderes vorzugeben.

Wenn man nichts besitzt, ist das Einzige, woran man sich klammern kann, die eigene Würde. Aber die können einem schon Worte nehmen, wenn man nicht aufpasst.

»War Haji Khan froh, dich zu sehen?«, fragte ich Georgie, während wir weiter im Gras saßen und auf Baba Gul warteten.

»Er war müde, aber ja, ich glaube schon«, antwortete sie und spielte an den ausgefransten Säumen ihrer Jeans herum.

»Du *glaubst?*«

»Ja.«

»Du weißt es nicht?«

»Na ja …« Georgie atmete tief ein und wieder aus. »Nein, nicht wirklich.«

Ich schüttelte ungläubig den Kopf. Wie Laila und Majnun klang das nicht gerade.

Das war eine Geschichte, die mir Jamilla eines Tages in der Chicken Street erzählt hatte, nachdem ihre Mutter sie ihr eines Abends erzählt hatte, um sie über die Schläge ihres Vaters hinwegzutrösten. Laila, so heißt es in der Geschichte, war ein wunderschönes Mädchen aus einer reichen Familie. Als sie heranwuchs, wollte ihr Vater natürlich, dass sie einen reichen Mann heiratete, aber sie verliebte sich in Majnun, einen sehr armen Mann. Als es ans Licht kam, war die Hölle los, und Laila und Majnun wurde verboten, sich je wiederzusehen. Laila wurde von ihren Eltern gezwungen, einen sehr wohlhabenden Mann zu heiraten, und dieser nahm sie mit fort. Doch obwohl sie ein sehr schönes Zuhause hatte, liebte sie Majnun immer noch, und als sie es nicht mehr ertrug, von ihm getrennt zu sein, brachte sie sich um. Als Majnun von Lailas Tod erfuhr, wurde er vor Schmerz wahnsinnig und starb schließlich auf ihrem Grab.

Nirgends in der Geschichte war die Rede davon, dass Majnun ein bisschen müde war und sich *vielleicht* freute, Laila zu sehen.

»Warst du denn froh, ihn zu sehen?«, fragte ich.

»Fawad, ich bin immer froh, wenn ich Khalid sehe, aber du weißt doch, das Leben ist kompliziert.«

»Nein, weiß ich nicht. Ich bin noch ein Junge, ich habe noch viel zu lernen.«

Georgie lächelte.

»Entschuldige, Fawad, manchmal vergesse ich, wie jung du bist, weil du so wunderbar erwachsen wirkst! Aber du hast recht, es gibt komplizierte Dinge im Leben, von denen du noch nichts wissen kannst. Also, ja, natürlich habe ich mich gefreut, ihn zu sehen, aber dann haben wir uns ein bisschen gestritten, und es fielen hitzige Worte, und darüber bin ich gar nicht froh.«

»Worüber habt ihr gestritten?«

»Ach, ich weiß gar nicht … das Übliche. Früher haben wir uns nie so gestritten, anfangs, als wir uns kennenlernten. Damals war alles ganz toll. Aber die Dinge ändern sich nun mal, oder?«

»Ja, ich schätze schon«, antwortete ich. Dann neigte ich den Kopf, sah sie aus den Augenwinkeln an und fragte: »Willst du drüber reden? Ich meine, manchmal hilft Reden. Es vertreibt die bösen Geister aus dem Kopf.«

»Geschieht mir wohl recht.« Georgie lachte, weil sie ihre eigenen Worte vom Vortag wiedererkannte. »Okay, ich versuch's.«

»Als ich Haji Khan kennenlernte, arbeitete ich daran mit, dass hier in deinem Land zum allerersten Mal Wahlen stattfinden konnten. Es war eine aufregende Zeit, eine Zeit der Hoffnung und der Möglichkeiten, und mitten hinein in diesen ganzen Erwartungstaumel spazierte der schönste Mann, den ich je gesehen hatte. Bis dahin hatte ich nie an Liebe auf den ersten Blick geglaubt, und man kann das auch nicht so leicht erklären, aber es ist ein Zustand des Geistes und des Herzens, der dazu führt, dass sich der ganze Körper lebendig anfühlt und einem jeden Morgen das Aufstehen lohnend erscheint.

Da waren wir also, ich und eine Gruppe von internationalen Helfern und ein Team von Afghanen, die wir alle in den Distrikt Shinwar gekommen waren, um die Wahlen vorzubereiten. Damals galt Shinwar als eine ziemlich gefährliche Gegend, voll mit versteckten Taliban und blutrünstigen Banditen, also bot uns Khalid eine Unterkunft an und gleichzeitig seinen Schutz.

Wenn man aus London kam, war das alles schrecklich aufregend – wir haben dort keine Männer mit Kalaschnikows, die uns durch die Gegend fahren. Und dein Land war für mich von Anfang an ein einziges Wunder: die unglaubliche Landschaft, die wunderschönen Gebetsrufe, die um fünf Uhr morgens in meine Träume drangen, die Menschen, denen wir begegneten und die ein so schweres, gebrochenes Leben hinter sich hatten und sich trotzdem eine so großartige Geisteshaltung bewahrt hatten. Weißt du, einmal besuchte ich ein Flüchtlingslager, um dort über die bevorstehenden Wahlen zu sprechen, und die Leute waren so bettelarm, dass sie Dung als Brennmaterial für den Winter sammelten, und doch boten sie uns sofort Tee und ihr letztes bisschen Brot an, weil wir Gäste waren. Für mich war das eine beschämende Erfahrung, und ich entwickelte eine ganz besondere Zuneigung zu diesem Land.

Natürlich waren nicht alle Afghanen, die wir trafen, so arm, und Khalid war schon damals ein reicher Mann. Aber es war nicht sein Geld, das mich anzog, ganz egal, was dein Freund Pir Hederi sagt, es war seine Person, seine Warmherzigkeit, sein Humor, seine liebevolle Art. Er war wirklich nett, Fawad, und damals lehrte er mich so vieles über dieses Land und über eure Sitten und Gebräuche, ohne dass ich es merkte. Einem Mann wie ihm war ich noch nie begegnet, und im Rückblick glaube ich, dass ich mich praktisch sofort in ihn verliebt habe.

Obwohl meine Kollegen und ich in seinem Haus wohnten, das nicht so groß war wie das in Jalalabad, sahen wir ihn tagsüber kaum, weil wir alle mit unserer Arbeit beschäftigt waren und er immer in Gesprächen mit irgendwelchen Ältesten, Politikern oder Militärs steckte. Aber wenn wir nach Hause kamen, saß er manchmal im Garten, in einem Kreis von Männern mit Turbanen und luxuriösen Gewändern, und wenn wir auf dem Weg in unsere Zimmer an ihm vorbeikamen, guckte ich zu ihm rüber und unsere Blicke trafen sich, und ich sah ein kleines Lächeln um seine Lippen spielen.

Nach Sonnenuntergang, wenn die Gäste gegangen waren, kam Khalid zu uns, um eine Weile mit uns zusammenzusitzen und zu reden, mit den Männern zu witzeln und die Frauen mit seinem Charme zu bezaubern, und ich glaube, wir verliebten uns alle in ihn – sogar die Jungs! Doch obwohl der Raum voller Menschen war, fühlte es sich an, als wären wir allein. Natürlich wusste ich damals noch nicht genau, ob er sich wirklich für mich interessierte, es war nur so ein Gefühl. Aber ich brachte meine Tage damit zu, mich nach seiner Gesellschaft zu sehnen, und nachts war sein Gesicht in meinen Träumen.

Und dann, eines Tages, als ich ein Dorf etwa dreißig Kilometer von seinem Haus besuchte, hielt ein Wagenkonvoi, und Haji Khan stieg aus. Die Dorfbewohner, zu denen wir sprachen, rannten alle sofort hin, um ihn zu begrüßen, behandelten ihn wie einen König und führten ihn ins Haus des Ältesten, damit er dort süßen Tee trank. Ich hielt diskret Abstand, doch als er an mir vorbeikam, blieb er stehen, schüttelte mir die Hand und flüsterte: ›Sehen Sie, was ich tue, nur um Sie zu treffen?‹ Ich fiel von der Wärme seiner Worte fast in Ohnmacht, Fawad, und jetzt wusste ich, dass da etwas zwischen uns war, nicht nur in meinem Kopf.

An diesem Tag, als Khalid Tee getrunken hatte, bis nichts mehr reinging, bedankte er sich bei allen, während sein Fahrer Geld verteilte, und bot mir dann an, mich nach Hause mitzunehmen. Ich weiß noch, wie ich meinen Fahrer anguckte, weil ich nicht wusste, ob das ging, da wir mit unserer Arbeit in dem Dorf noch nicht mal halb fertig waren, aber dann sprach Khalid mit ihm. Damals konnte ich noch kein Paschtu und nicht mal Dari. Mein Fahrer zuckte nur die Achseln und nickte, also fuhr ich mit Khalid los. Er stieg vorn ein, und ein Wächter hielt mir die Tür auf, damit ich mich hinten reinsetzen konnte. Als wir aus dem Dorf fuhren, merkte ich, wie Khalid den Rückspiegel so stellte, dass er mich sehen konnte. Sooft ich den Mut fand, ihn im Spiegel anzusehen, waren seine Augen so dunkel und glühend, dass es sich anfühlte, als ob meine Haut brannte. Ich wollte, dass die Fahrt ewig dauerte. Aber das war natürlich nicht möglich.

Als wir dann nach Hause kamen, stellte ich erleichtert fest, dass meine Kollegen noch nicht zurück waren. Khalid und ich nutzten die Gelegenheit, um zusammen im Garten Tee zu trinken – im Haus konnten wir natürlich nicht allein beisammensitzen, also mussten wir draußen bleiben, wo uns jeder sehen konnte. Aber die Wächter hielten Abstand, und wir konnten ausnahmsweise mal reden, ohne dass alle anderen mitreden wollten.

Während wir dort saßen und an unseren Keksen knabberten, erzählte mir Khalid ein bisschen von seinem Leben: wie er, sobald er alt genug gewesen war, an der Seite seines Vaters gegen die Russen gekämpft hatte, wie seine Familie wütend und ungläubig nach Pakistan gegangen war, als sich die Freiheit in den Bürgerkrieg verwandelte, wie er zurückgekehrt war, um wieder zu kämpfen, als die Taliban die Macht ergriffen hatten, und wie er eines Nachts beim Versuch, nach Pakistan zurückzugelangen, gefangen genommen worden war. Du musst wissen, Fawad, er saß sechs lange Monate in einem Talibangefängnis in Kandahar, wo sie seine Fußsohlen fast täglich mit Elektrokabeln peitschten. Darunter leidet er noch heute. Er hat so schlimme Beinkrämpfe, dass er kaum gehen kann.

Dank eines mitleidigen Aufsehers und eines ordentlichen Bestechungsgeldes konnte Khalid schließlich aus dem Gefängnis entkommen, und er floh in den Iran, zusammen mit einem anderen Mann, der ums Leben kam, als ihr Wagen auf eine Landmine fuhr. Wie durch ein Wunder kam Khalid mit Schnittwunden und Prellungen davon. Danach ging er nach Usbekistan und traf sich dort mit führenden Mitgliedern der Nordallianz. Er erklärte sich bereit, ihren Kampf zu unterstützen, einzubringen, was ihm über seine Kontakte in Pakistan möglich war. Leider war das wohl der Grund, warum seine Frau und seine Tochter ermordet wurden.

Nach ihrem Tod, sagte Khalid, sei er vor Schmerz ganz taub gewesen, aber er hatte ja noch eine Tochter und einen Sohn, an die er denken musste. Du musst wissen, Khalid hat seine Frau sehr geliebt. Sie waren Cousin und Cousine und zusammen aufgewachsen, und obwohl es eine Liebesverbindung war, durften sie heiraten – was in Afghanistan eher selten ist. Und dann seine Tochter, sein erstes Kind – Khalid war so stolz auf sie, weil sie ein so gescheites kleines Mädchen war.

Na ja, du kannst dir vorstellen – nach ihrer Ermordung war Khalid außer sich vor Wut und schlich sich regelmäßig nach Afghanistan hinüber, um zu kämpfen, notfalls bis in den Tod. Als dann die Taliban schließlich flohen und sich in den Bergen von Tora Bora verkrochen, verfolgte er sie sogar dorthin. Doch da war der Krieg schon so gut wie vorbei, und als die Fährte der Taliban und der al-Qaida erkaltete, konnte er heimkehren in das Land, das er liebte, in dem Wissen, dass er alles getan hatte, um das Andenken seiner Frau und seiner Tochter zu ehren.

Als er mir das alles erzählte, Fawad, war ich wie gebannt.

Khalid hatte in seinem Leben so viel getan, verglichen mit mir. Er hatte so viele Dinge erlebt, die man in meinem Land nur in Büchern liest. Ich fand ihn unglaublich tapfer und ehrenhaft, und während sich dieser Mann mir gegenüber öffnete, mir seine Lebensgeschichte in den Schoß legte, damit ich sie bestaunen konnte, sagte er plötzlich, aus dem Nichts heraus, dass er mich liebe.

Ich lachte ihm zuerst ins Gesicht, was nicht die Reaktion war, die er erwartet hatte, und erklärte ihm, dass das unmöglich sei, dass wir uns doch erst fünf Minuten kannten und kein vernünftiger Mensch sich so schnell verlieben könne. Aber er antwortete: ›Es ist mir ernst, Georgie. Ich kenne mein Herz, und mein Herz sagt, dass ich dich liebe.‹ Und in dem Moment war mir klar, dass ich den Rest meines Lebens mit diesem Mann verbringen wollte.

Nach diesem Gespräch war es für mich fast unerträglich, mit ihm zusammen zu sein, wenn uns so viele Leute beobachteten und wir uns nur mit Blicken berühren konnten. Aber im Laufe der Wochen schienen dann alle zu merken, was los war, und man ließ uns mehr und mehr Raum, allein zusammen zu sein, bis ich mir sicher war, dass seine Worte nicht nur so dahingesagt waren, sondern aus seinem Herzen kamen.

Es war eine magische Zeit – Gespräche bis spät in die Nacht, beim Zischen der Gaslichter oder auf seinem Dach, unter den Sternen. Alles war so wunderbar: das Funkeln der Sterne, der riesige Mond, der am Himmel hing, und natürlich Khalid. ›Siehst du, wie nah der Stern dort dem Mond kommt?‹, fragte er mich eines Nachts. ›Weißt du, du bist wie dieser Stern, und ich bin wie dieser Mond, aber bald schon wird sich der Stern vom Mond entfernen und langsam im Dunkel verschwinden und für den Mond verloren sein.‹

Wir saßen schweigend auf dem Teppich, der auf dem Dach für uns ausgelegt worden war, und er griff sachte nach meiner Hand – jetzt mutig, weil nur noch der Tee-Boy bei uns war, um uns bei Bedarf nachzuschenken, und der Junge brauchte das Geld zu dringend, um jemandem etwas zu erzählen.

Es war ein wunderschöner Moment, aber auch ein trauriger, denn wir wussten beide, dass die Geschichte vom Mond und dem Stern wahr war. Ich würde wirklich bald wegmüssen, weil mein Job fast beendet war. Und wenn wir auch versuchten, jeden gemeinsamen Augenblick, der uns noch blieb, zu genießen, fühlten wir doch, dass die Tage verrannen wie Sand, der einem durch die Finger rieselt.

Doch weil die Welt sich immer weiterdreht und man nichts tun kann, um sie anzuhalten, kam schließlich der Tag, an dem ich wieder nach Kabul und von dort zurück nach London musste. Khalid fuhr mit uns, und wir konnten uns vor meiner Abreise noch ein paar gemeinsame Tage in der Hauptstadt stehlen. Einen Abend waren wir sogar in deinem Heimatstadtteil.

Als wir an dem alten Golfplatz vorbei und über die Brücke fuhren und ich Paghman sah, war ich verblüfft von seiner Schönheit. Wir hätten irgendwo am Mittelmeer sein können – das ist eine warme Gegend, wo Leute aus meinem Land ihren Urlaub verbringen. Und dort in Paghman, als wir auf einer Mauer am See saßen, sah Khalid mich an und flüsterte, dass er mich von ganzem Herzen liebe. Ich sagte ihm zum ersten Mal, dass ich ihn auch liebte, aber da wurden seine Augen traurig, und er sah mich eindringlich an und sagte: ›Danke, Georgie, aber ich weiß, dass ich dich mehr liebe. Du bist meine Welt, Georgie.‹ Etwas Schöneres kann einem niemand sagen, weil das ja wohl das Höchste ist, was man sich im Leben wünschen kann – jemanden zu finden, für den man die Welt ist.

Und dann, als wir weiterredeten, sagte er, es könnte Zeiten geben, in denen ich nichts von ihm hören würde, und dann solle ich ›kein Gelüst nach anderen Männern entwickeln‹. Ich lachte, weil ich verstanden hatte, ›keine List nach anderen Männern entwickeln‹, aber er sah mich an und sagte: ›Ich meine es ernst, Georgie. Du bist jetzt mein. Wenn du mich verlässt, werde ich dich töten.‹ Und da lachte ich natürlich wieder, doch obwohl er lächelte, war ich mir nicht sicher, ob seine Augen auch lächelten. Ja, ich bin mir bis heute nicht sicher, ob das nur ein Scherz war.

Jedenfalls, als ich wieder in London war, fühlte sich mein Leben ziemlich leer an. In meinem Land redet niemand vom Mond und von Sternen, und alles schien so fade und gewöhnlich, verglichen mit Afghanistan. Ich glaube, ich war in dieser Zeit fast schon besessen von Afghanistan und allem, was damit zu tun hatte: Ich guckte jeden Dokumentarfilm über dein Land, las jedes Buch, half in einem Zentrum für Asylbewerber mit, lernte sogar Dari. Für Dari entschied ich mich, weil es wesentlich leichter war als Paschtu, und außerdem sind die Paschtunen so gescheit, dass sie beide Sprachen können. Aber eigentlich wartete ich nur, verstehst du, wartete und schlug die Zeit tot, bis ich einen anderen Job finden würde, der mich wieder zurückbrächte, zu Khalid und in dieses Land, in das ich mich so schnell verliebt hatte.

Obwohl es, in den ersten Monaten zumindest, wie eine Folter war, rief mich Khalid etwa zweimal die Woche an und telefonierte stundenlang mit mir, und wir schmiedeten spielerisch Zukunftspläne, sprachen darüber, dass er mindestens fünf Kinder mit mir haben wollte, und malten uns aus, wie wir unsere Tage damit verbringen würden, in der Sonne von Shinwar Granatapfelsaft zu trinken.

Was soll ich sagen? Nach sechs Monaten konnte ich das Getrenntsein nicht mehr aushalten und flog wieder nach Afghanistan, einfach nur für einen kurzen Urlaub. Zwei Wochen wohnte ich in Khalids Haus in Shinwar und in seinem neuen Haus in Jalalabad. Wir reisten herum, besuchten alte Freunde und knüpften neue Freundschaften. Ich lernte seine Familie kennen, und er zeigte mir all die Projekte, an denen er arbeitete. Wir gingen über riesige Felder voller knöchelhoher Schösslinge, die eines Tages Obstbäume, Olivenbäume und Parfümsträucher sein würden. Alles war genauso, wie ich es verlassen hatte, nur noch schöner, und ich spürte noch stärker den Drang, für immer zu ihm zurückzukehren.

Als ich wieder zu Hause war, bewarb ich mich für jeden nur möglichen Afghanistan-Job, und Khalid rief weiterhin regelmäßig an und beteuerte per Satellitenverbindung seine Liebe. Doch dann, als die Monate ins Land gingen, wurden seine Anrufe immer seltener, zuerst war es noch einer in der Woche, dann einer im Monat, und als ich dann endlich eine Jobzusage bekam und meine Sachen packen konnte, um nach Afghanistan zu gehen, hatte ich ihn schon drei Monate nicht mehr gesprochen. Ich war sauer auf ihn, wollte aber einfach nicht glauben, dass alles, was er gesagt hatte, Lüge gewesen war, also blieb ich bei meinem Plan und kehrte nach Afghanistan zurück, ohne es ihm gesagt zu haben.

Während des ersten Monats in Kabul war ich nur deprimiert. Ich weinte Unmengen von Tränen und fragte mich, was ich getan hatte, weil es mir wie ein einziger Riesenfehler erschien. Dann klingelte es eines Tages an der Tür des Hauses, in dem ich wohnte, und da stand Ismerai. Ich kannte ihn aus Shinwar und hatte ihn auch während meines Urlaubs wiedergetroffen, aber es war trotzdem ein ziemlicher Schock – auch wenn ich überglücklich war, ihn zu sehen. Er erklärte, Khalid habe ihn ausgeschickt, mich aufzuspüren, nachdem mich einer ihrer Freunde eines Tages an der Straße auf meinen Wagen habe warten sehen. ›Kabul ist eine große Stadt‹, sagte Ismerai, ›aber wenn wir Sie finden wollen, finden wir Sie.‹

Doch obwohl mich Ismerai pflichtschuldig aufgespürt hatte, rief Khalid immer noch nicht an. Zwei Wochen später wurde ich nach Jalalabad bestellt und in sein Haus gebracht, wie ein ungezogenes Schulmädchen.

Als ich ankam, war Khalids Halle voller Gäste, also war unsere Konversation höflich und zurückhaltend, doch als die Neugier der Männer schließlich erlahmte und sie nach Hause gingen, drehte sich Khalid in dem Moment, als die Haustür zuschlug, zu mir um, und seine Augen loderten vor Wut. ›Du kommst in mein Land und sagst es mir nicht einmal?‹, rief er. ›Ich weiß, du bist verärgert, weil ich dich nicht angerufen habe, und ich weiß auch, dass mein Verhalten inakzeptabel war, aber was du getan hast, ist für mich noch viel inakzeptabler! Wenn ich in dein Land käme, wäre mein erster Weg zu deiner Tür!‹

Er hatte ja recht, und ich schämte mich. Ich versuchte Gegenargumente vorzubringen, aber Khalid war so auf die Kränkung, die ich ihm zugefügt hatte, und auf seine eigene Empörung konzentriert, dass ich nicht zu ihm durchdrang.

Zum Glück war er am nächsten Morgen friedlicher und am Tag danach noch friedlicher, und schließlich konnten wir wieder lachen und scherzen und von unserer Liebe sprechen wie früher. Trotzdem spürte ich, ohne es benennen zu können, dass er irgendwie anders war – nicht mehr ganz der, der er gewesen war. Aber ich ignorierte dieses Gefühl und ließ zu, dass meine Liebe zu ihm immer weiterwuchs.

Aber vielleicht hätte ich lieber auf dieses leise Flüstern in meinem Kopf hören sollen als auf die Liebe in meinem Herzen, denn auch jetzt, drei Jahre später, ruft er immer noch nicht so häufig an, wie ich es gern hätte, wie ich es bräuchte, seine Stimme zu hören, und wenn er auch noch so oft sagt, dass es ihm leidtut, und mir noch so oft verspricht, sich zu bessern – nach zwei Wochen ist es wieder genauso. Und das ist der Grund, warum ich mir nicht sicher bin, ob er letzte Nacht wirklich so froh war, mich zu sehen – weil ich ihm erklärt habe, wenn er mich weiter so behandelt, würde er mich für immer vertreiben. Dann würde ich ihn verlassen.

Ich liebe Khalid, und wenn ich mit ihm zusammen bin und ihm in die Augen schaue, weiß ich, er liebt mich auch, aber manchmal scheint diese Liebe so weit weg und fast nicht mehr greifbar.«

Georgie zündete sich eine Zigarette an und starrte zu den Ziegen hinüber, die sich die Bäuche mit dürrem Gras vollschlugen.

»Warum heiratet ihr nicht einfach?«, fragte ich, weil mir das die Ideallösung für alle schien, denn dann würde Haji Khan mindestens einmal die Woche nach Hause kommen müssen – am »Frauenabend«, dem Donnerstag vor dem Freitagsfeiertag, wenn die Männer von ihren Aufenthaltsorten zurückkehren, um Zeit mit ihren Familien zu verbringen.

Georgie sah mich an, die Augen von Tränen gerötet.

»Ich bin eine Ungläubige, Fawad. Khalid ist Muslim. Wie sollte das selbst im heutigen Afghanistan gehen?«

12

So wie das Grau des Winters durch den Frühlingsregen weggespült wird, hellte sich, nachdem Georgie ihre Tränen vergossen hatte, die Welt um uns herum auf.

Baba Gul, der steckendürr war und für einen Mann auf dem direkten Weg in die Hölle ganz schön viel lachte, traf schließlich doch noch ein, bevor die Sonne versank und der Wächter, der die Verantwortung für unser Leben trug, auf die Rückkehr nach Jalalabad drängte. In der Hütte, die ihm bei Georgies nächstem Besuch vielleicht schon nicht mehr gehören würde, zeigte ihm meine Freundin ein paar Papiere – ob er sie lesen konnte, weiß ich nicht – und sprach mit ihm über seine Ziegen, während ich den letzten Rest des Tages draußen mit Mulallah verbrachte, die sehr viel glücklicher schien, nachdem ihr Vater nach Hause gekommen war, ohne noch mehr von ihrem Besitz verspielt zu haben.

Als wir die Ziegen über die Wiese jagten, war bald klar, dass Mulallah nicht wie andere Mädchen war, die ich kannte, wobei das nicht allzu viele waren. Sie hatte einen festen Blick und eine gradlinige Art zu reden, und sie konnte – noch erstaunlicher für ein Mädchen – sehr schnell rennen, was in Afghanistan eine nützliche Gabe ist. Als sie über die Felder sauste und ihr rotes Tuch um ihren Hals flatterte, dachte ich, dass sie aussah wie eine Feuerwerksrakete.

Ich hoffte sehr, Mulallah wiederzusehen, wenn Georgie wieder herkommen würde, um mit ihrem Vater zu reden, sobald uns der Winter verlassen hatte. Ich weiß nicht, warum, aber dort am Fuß des Hügels, als wir ins Gras fielen und sie mir half, den Ziegendung von meinen Knien zu wischen, beschloss ich, Jamilla nichts von ihr zu erzählen.

»Du und Mulallah, ihr seht aus, als hättet ihr euch gut amüsiert«, bemerkte Georgie, als wir wieder im Auto saßen.

Ich sah ihr Augenzwinkern und wusste, dass sie mich necken wollte.

»Ja«, gab ich zu. »Sie ist schon ganz lustig – für ein Mädchen.«

»Oh-oh«, machte Georgie, »du bist in sie verknallt. Du möchtest sie küssen und in den Armen halten und heiraten.«

»Georgie«, sagte ich kopfschüttelnd, »für eine Frau, die so alt ist wie meine Mutter, bist du manchmal ganz schön unreif.«

Bei unserer Rückkehr in das große Haus schien auch Haji Khan besserer Laune, als ich nach Georgies Worten über den Streit letzte Nacht erwartet hatte, und nachdem wir die Schuhe abgestreift bzw. die Stiefel ausgezogen hatten, verbrachten wir den Rest des Abends damit, unsere Bäuche mit Essen zu füllen, das aussah wie ein Gemälde. Es war ein Festmahl aus grünem und rotem Salat, Schalen mit cremigem weißem Joghurt, gebratenem Huhn in einer Kruste aus orangefarbenen Gewürzen, Reis und Fleisch, dunkelgrünem Spinat und warmem Nan-Brot, gefolgt von bitzelndem Pepsi und Platten, vollgetürmt mit gelben Bananen, roten Äpfeln und rosa Granatapfelsamen.

Nach dem Essen, sobald wir trotz der Mengen, die wir verzehrt hatten, wieder einigermaßen gerade sitzen konnten, spielten wir abwechselnd Carrom. Georgie war die klare Siegerin, nachdem Haji Khan ein paar leichte Schüsse danebengesetzt hatte, weil sie ein Gast war und er ihr »nicht wieder Grund zum Klagen geben« wollte. Dann machten wir es uns, in flauschige Wolldecken gehüllt, auf den Sitzkissen bequem, um eine Comedy-Show auf Tolo TV zu gucken, und ich trank so viel grünen Tee, dass mein Bauch wie ein Ballon war.

Doch obwohl ich mit den anderen über die Witze im Fernsehen lachte, brach mir unter der Decke mit den roten Wirbeln und leuchtend gelben Blumen schier das Herz, weil immer wieder Georgies Worte in meinem Kopf erschienen und meine Kehle hinabwanderten und in meinem Inneren stachen, als hätte ich Glasscherben zu Abend gegessen.

Es war ja schon schlimm genug, dass sie Alkohol trank und rauchte wie ein Soldat der Nationalarmee und dass sie in mein Land gekommen war, weil sie auf der Suche nach einem Mond war, der seine Tage damit zubrachte, sich im Sonnenlicht zu verstecken, aber mir war überhaupt nie der Gedanke gekommen, dass sie keinen Gott haben könnte. Ich hatte immer gedacht, sie sei eine Anhängerin des Propheten Jesus. Aber dass sie nichts, gar nichts hatte – an gar nichts glaubte –, das war wohl das Schlimmste, was sie mir hätte sagen können.

Georgie war meine Freundin, und ich hatte sie wirklich sehr gern, aber sie würde auf ewig in die Hölle kommen, so viel stand fest. Und in der Hölle fühlt sich ein einziger Tag an wie eine Million Jahre. Meine Mutter beschrieb mir die Hölle einmal als einen Ort schrecklichen Leids, wo die Flammen tausend Jahre angefacht worden waren, bis alles rot glühte. Und danach waren die Flammen weitere tausend Jahre angefacht worden, bis alles weiß glühte, und dann noch einmal tausend Jahre, bis alles nur noch schwarz war. Und wenn mir Georgies Worte wieder und wieder in den Sinn kamen, sah ich, ohne dass ich etwas dagegen tun konnte, ihr hübsches Gesicht vor Schmerz schreien, sah ihre Haut vom Feuer zerfressen und ihren Mund gefüllt mit der Frucht des Dornstrauchs, die wie Öl in ihrem Bauch sieden und ihr unvorstellbare Pein bereiten würde.

Natürlich würde so ziemlich jeder von uns wenigstens eine Zeitlang in die Hölle kommen, es sei denn, er wäre der frömmste aller Mullahs, denn im Islam gibt es viele Gebote, und nicht alle sind leicht zu befolgen. Aber Allah ist gnädig, und selbst wenn Ismerai fürs Rauchen in der Hölle büßen würde und Baba Gul fürs Kartenspielen und ich fürs Biertrinken und Stehlen und Haji Khan dafür, dass er eine Frau liebte, die nicht seine Ehefrau war, und vielleicht auch für sein mögliches Drogenimperium, würden wir doch alle irgendwann wieder herauskommen und ins Paradies gelangen, weil wir Muslime waren. Aber Georgie hatte keine Chance. Sie hatte keinen Gott und folglich niemanden, der willens und in der Lage war, sie zu retten. Und sie konnte nicht mal ans Licht hinausklettern, denn wenn man einen Stein in die Hölle wirft, braucht er siebzig Jahre, bis er auf dem Grund ankommt. Die Hölle ist so groß, dass alle Sünder der Welt sie niemals füllen werden, und man kann ihr nicht entfliehen. Und was noch schlimmer war: Georgie würde allein leiden müssen, weil ihre Freunde sie schließlich alle verlassen würden. Selbst der Warlord Zardad und sein hodenfressender menschlicher Hund würden irgendwann ins Paradies gelangen.

Und wenn man das alles weiß, so wie ich, ist es schwer, der Person, die man gern hat, in die Augen zu blicken und nicht ihren Tod vor sich zu sehen.

»Ich bete für dich«, flüsterte ich nach einer quälenden Nacht Georgie beim Frühstück zu.

Sie sah von ihren Spiegeleiern auf und lächelte: »Das ist nett von dir, Fawad, danke.«

Ich schüttelte den Kopf. Sie verstand überhaupt nichts.

Als Haji Khan ebenfalls aus seinem Schlafzimmer herabkam, um mit uns zu frühstücken, sah er aus, als käme er gerade von einem Film-Set. Sein Gesicht war entspannt und schön, und über seinem hellgrauen Salwar Kamiz trug er einen dunkelgrauen Pullover, der so weich wie Wolken wirkte.

Ich beobachtete ihn genau, suchte nach Anzeichen für weitere hitzige Worte während der Nacht, aber wenn er Angst hatte, Georgie zu verlieren, ließ er es sich jedenfalls nicht anmerken – obwohl mir auffiel, dass er sie ein bisschen mehr neckte als sonst, ihr Komplimente machte, die ihre Wangen rot werden ließen, und ihr länger in die Augen sah, als es in unserer Gesellschaft eigentlich erlaubt ist.

Während ich sie beide beobachtete, betete ich im Stillen, dass Haji Khan tatsächlich versuchen würde, sein Verhalten zu ändern, wie er es immer versprach, denn wenn er sich wirklich bemühte und wenn er, wie meine Mutter sagte, mit seinem Charme die Vögel aus den Bäumen herabschwatzen konnte, dann konnte er doch Georgie sicher dazu bringen, den Islam in ihr Herz zu lassen. Er musste sie nur genug lieben – und sie öfter anrufen.

Nach seinem Frühstück, zwei Tassen Tee und vier Zigaretten, verschwand Haji Khan in einer Staubwolke, die seine drei Land Cruiser aufwühlten, zum Tor hinaus, und Georgie ging nach oben, duschen. Also verbrachte ich den restlichen Morgen mit Ahmad, der kurz vor der Abfahrt seines Vaters gekommen war, draußen im Garten. Gemeinsam ärgerten wir die Kampfrebhühner, die in kleinen Holzkäfigen am Rande des Rasens saßen, und Ismerai sah uns zu und rauchte.

Ich brannte darauf, mit Ahmad über Georgie und seinen Vater zu reden, aber das ging nicht. Obwohl wir alle wussten, was mit ihnen los war, war es doch völlig ausgeschlossen, darüber zu sprechen, denn damit hätte man es irgendwie akzeptiert, und das konnten wir ja nicht, weil wir uns doch alle bemühten, gute Muslime zu sein, und mehr noch, so zu tun, als wären unsere Freunde auch gute Muslime. Und darüber, dass Georgie ganz und gar ungläubig war, konnte ich deshalb nicht reden, weil das zu viel Schande über sie brachte und ich doch wenigstens versuchen musste, sie vor dem zu schützen, was alle über sie denken würden, wenn sie die ganze schreckliche Wahrheit erführen. Also sprachen Ahmad und ich hauptsächlich darüber, welche Lebewesen wir schon mithilfe von Sonnenhitze und Glasscherben verbrannt hatten.

Als Ahmad mir gerade erzählte, wie er mal einen Skorpion hatte Selbstmord begehen sehen – jemand hatte ihn in einer Blechschüssel aufs Feuer gestellt, und als ihm klar geworden war, dass es kein Entkommen gab, hatte er den Schwanz gegen sich selbst gekrümmt und sich mit seinem Giftstachel gestochen –, hupte es draußen vor dem großen Tor, das schnell geöffnet wurde und einen schwarzen Land Cruiser mit einem aufgemalten Adler auf der Heckscheibe hereinließ.

»Ah, mein Onkel ist wieder da«, sagte Ahmad zur Erklärung und stand auf.

Als die Wagentüren aufgingen, stieg ein Mann, der viel kleiner war als Haji Khan, vorne aus und ging auf Ismerai zu, der ihm am nächsten stand. Er ergriff Ismerais Hand, lächelte breit und entblößte dabei eine dunkle Lücke, wo einst einer seiner unteren Zähne gesessen hatte.

»Willkommen, Haji Jawid«, begrüßte ihn Ismerai.

»Danke. Ist mein Bruder da?« Haji Jawids Gesicht war glatt rasiert, und seine Wangen sahen aus, als ob er sie einsaugte.

»Nein, er ist unterwegs«, erklärte ihm Ismerai, »etwas Geschäftliches erledigen.«

»Verstehe.«

Haji Jawids Augen, die so eingesunken waren wie seine Wangen, blickten zur Eingangstreppe hinüber, wo jetzt eine lächelnde Georgie erschienen war. Er erwiderte ihr Lächeln, doch da ich ganz in seiner Nähe stand, hörte ich deutlich, wie er Ismerai zumurmelte: »Wie ich sehe, ist mein Bruder immer noch mit seiner Hure zugange.« Ismerai sah schnell zu mir herüber, und sein Gesicht nahm einen warnenden Ausdruck an, aber er sagte nichts, also machte ich einen wütenden Schritt vorwärts.

Ahmad hielt mich an der Hand fest, noch ehe ich den Fuß wieder aufgesetzt hatte. »Lass es«, flüsterte er, während Haji Jawid zum Haus ging, wo Georgie ihm freundlich die Hände entgegenstreckte. Also ließ ich es. Aber ich hörte höfliches Lachen aus ihrer Richtung, als sie sich begrüßten, und das machte mich noch wütender, denn Georgie hätte nie mit ihm geredet, wenn sie gewusst hätte, was er wirklich von ihr hielt.

»Tut mir leid«, sagte Ahmad und ließ meinen Arm los. »Er wusste nicht, dass du ein Freund von Georgie bist. Er hat dich wohl für einen Freund von mir gehalten.«

»Darum geht's ja wohl nicht, oder?«, sagte ich.

»Nein«, gab Ahmad zu. »Was er gesagt hat, war unmöglich, aber was soll ich machen? Er ist nun mal mein Onkel.«

»Spricht er Haji Khan gegenüber auch so von Georgie?«

»Nein, natürlich nicht«, sagte Ahmad schockiert. »Das würde er nie wagen.«

Wir versammelten uns alle im warmen Haus, weil der kalte Wind von Kabul, als ob er der Ankunft von Haji Khans Bruder beiwohnen wollte, nach Jalalabad herübergeweht war und uns als unbehagliches Gefühl bis in die Knochen drang. Während die Erwachsenen in dem erhöhten Raum miteinander redeten, sah ich von einem der weißen Sofas aus zu, zusammen mit Ahmad, der zu meiner Erleichterung nicht gerade begeistert von seinem Onkel schien.

»Er war schuld daran, dass mein Vater so schlechte Laune hatte«, erklärte er. »Die Polizei hat ihn gestern fast den ganzen Tag festgehalten.«

»Warum? Was hat er denn getan?«

»Wer weiß? Aber was es auch war, wie ich gehört habe, hat es meinen Vater eine Menge Geld gekostet, ihn wieder rauszukriegen.«

Ich nahm die Information mit einem Nicken entgegen und fühlte die Wärme neuer Freundschaft durch meine Adern strömen. Es war ungewöhnlich, dass jemand zu einem Fremden so über einen Verwandten sprach, und ich schloss daraus, dass Ahmad seinen Onkel richtig hasste – was gut war, denn ich hasste ihn auch.

»Von Rechts wegen müsste mein Onkel das Oberhaupt der Familie sein«, fuhr Ahmad fort. »Er ist nämlich der Ältere. Aber er hat nicht gegen die Russen oder die Taliban gekämpft, und er saß jahrelang in einem pakistanischen Gefängnis, weil er einen Mann getötet hatte. Er hat viel Unheil über unsere Familie gebracht, deshalb trat, als mein Großvater starb, mein Vater in dessen Fußstapfen. Haji Jawid ist darüber sehr sauer, das sieht man an seinem Gesicht, aber er kann nichts dagegen machen, weil nun mal mein Vater derjenige ist, der die Unterstützung der Familie und den Respekt der Gemeinschaft genießt und der gerufen wird, um

Streitigkeiten zu schlichten. Mein Vater – und nicht Haji Dawid – hält die Familie zusammen und hilft den Armen. Haji Jawid tut weiter nichts, als das Geld auszugeben, das ihm mein Vater gibt.«

Während die Erwachsenen dasaßen und plauderten, kamen eine ganze Reihe Männer mit dicken Ballonbäuchen unter der Kleidung zur Haustür herein, um Haji Khan auf den Rücken zu klopfen und in ruhigen Ecken des Raumes miteinander zu lachen, doch obwohl die Halle von munterer Unterhaltung summte, fühlte es sich an, als ob wir alle auf irgendwas warteten. Und als draußen das Metalltor quietschte und die Land Cruiser in die Einfahrt preschten, um ihren Tanz auf dem Rasen zu beginnen, wurde mir klar, was es war. Haji Khan.

Als er hereingerauscht kam, wurde alles still, als ob der Raum den Atem anhielte. Ich sah, wie sein Bruder aufstand. Sofort wich die Trägheit aus seinem Lächeln, und seine Augen huschten nervös umher, während er verfolgte, wie Haji Khan die Gäste begrüßte, die gekommen waren, um ein paar Worte mit Haji Jawid zu wechseln. Nachdem er Georgie wegen der vielen Männer im Raum mit einem Händedruck begrüßt hatte, wandte sich Haji Khan seinem Bruder zu und deutete mit einer Kopfbewegung auf einen Raum am anderen Ende der Halle. Haji Jawid senkte respektvoll den Blick und ließ sich von seinem Bruder davonführen. Wir alle beobachteten, wie sich die Tür hinter ihnen schloss.

Nach Haji Khans Gesichtsausdruck zu urteilen, würde sein Bruder heute Abend keine Witze mehr machen.

13

Am Tag, als Haji Khans Bruder aufgetaucht war, fuhren Georgie und ich zurück nach Kabul, wo es jetzt in großen Flocken schneite. Auf den Straßen waren mehr Männer mit Schaufeln als mit Gewehren, da alle den Tag damit zubrachten, Flachdächer frei zu räumen, damit sie nicht einbrachen. Es wundert mich immer, wie etwas so Leichtes, das einen im Fallen an der Nase kitzelt, zu etwas so Schwerem werden kann, dass es einem die Welt auf den Kopf stürzen lässt. Aber ich liebte den Winter, zumal ich jetzt, dank des Lohns, den meine Mutter in Georgies Haus bekam, Socken hatte. Alles sah so anders aus als bei unserer Abreise, so weiß und sauber und neu. Es schien eine Million Jahre her, dass die Cholera meine Mutter überfallen und in Homeiras Haus entführt hatte.

Und als ich durch unsere Haustür trat, hätte ich vor Glück platzen können, weil meine Mutter auf mich zugelaufen kam, um mich in die Arme zu schließen und in ihrer Liebe fast zu erdrücken.

»Ich habe deiner Mutter gesagt, ich nähme dich auf einen kleinen Ferienaufenthalt mit nach Jalalabad«, hatte Georgie erklärt, als wir durch die Berge zurück nach Kabul kurvten. »Sie braucht ja wohl nicht so ganz genau zu wissen, warum wir weggefahren sind …«

»Ja, das stimmt«, hatte ich gesagt.

Doch als meine Mutter mich fest umarmte und ich ihren Herzschlag an meinem fühlte und sie mich fragte, was ich gemacht hätte, vergaß ich es schlichtweg.

»Wir waren in Jalalabad, weil ich hier rausmusste, nachdem ich einem Franzosen ein Messer in den Hintern gestochen hatte«, erklärte ich.

Ich sah ihr entsetztes Gesicht und wollte sie schleunigst beruhigen.

»Ach, ist schon okay, keine Sorge. Ich dachte, er wäre über May hergefallen, aber Georgie sagt, in Wirklichkeit sind sie gute Freunde, und nur weil er total betrunken war, hat er auf ihr gelegen und mit ihr gekämpft, und obwohl er genäht werden musste, hat er es nicht der Polizei gemeldet.«

Hinter mir hörte ich ein Stöhnen, und als ich mich umdrehte, sah ich, wie James sich krümmte und sich mit beiden Händen den Kopf hielt.

Nachdem ich mit allem herausgeplatzt war, verschwanden meine Mutter, Georgie, James und May im Haupthaus, um etwas abzuhalten, was James später »Friedensgipfel« nannte. Da ich also nichts anderes zu tun hatte, ging ich zu Pir Hederi. Er saß vor dem Zigarettentresen am Bukhari, während Jamilla sich an Hunds warmes Fell kuschelte. In der Hand hielt sie ein Handy.

»Ah, gut, dass du wieder da bist!«, rief Pir, als ich sie zu begrüßen versuchte, während ich gleichzeitig Hund davon abhalten musste, an meiner Jungenstelle zu schnüffeln. »Wie findest du das?«, fragte er, holte eine lange Rolle hinterm Ladentisch hervor und entrollte sie. »Es ist ein Schild fürs Schaufenster. Ich habe es in Shar-e Naw machen lassen, um die Ausländer anzulocken.«

Als Pir Hederi die Plastikfolie entrollte, kamen große blaue Buchstaben zum Vorschein. Die englische Aufschrift lautete: »Gratis-Liferservice für Essensachen. Anrufen 0793 267 82224. Wir verkaufen auch *Cak*.«

»Was ist ›*Cak*‹?«, fragte ich.

»Gebäck, Süßigkeiten, du weißt schon. Bald ist Eid. Ich dachte, das macht sich gut.«

»Oh, Sie meinen ›*Cake*‹.

»*Cak*, *Cake*, was macht das schon für einen Unterschied?«

»Keinen vermutlich.«

»Gut. Also, hilf mir, es ans Fenster zu kleben.«

Trotz unseres Schildes, das der Nation Gratislieferung und *Cak* verhieß, lief unser neues Geschäftsprojekt ausgesprochen zögerlich an. Jamilla und ich waren über einen Großteil des Tages damit beschäftigt, auf das Handy zu starren, das einfach nicht klingeln wollte.

So langsam verstand ich, was Georgie so sauer machte.

»Wir müssen Werbung machen«, verkündete Pir Hederi, als wir den Laden vorzeitig schlossen, weil der Schnee auch unsere Stammkundschaft im Haus gefangen hielt und wir kein Holz mehr für den Bukhari hatten. Offenbar verwandelte Pir sich in einen richtigen Geschäftsmann, jetzt, wo wir ein Handy im Laden hatten.

»Werbung? Im Fernsehen?«, fragte ich, ganz aufgeregt bei der Vorstellung, dass uns Fernsehleute filmen würden.

»Natürlich nicht im Fernsehen. Was glaubst du, wer ich bin? Präsident Hamid Karzai? Ich schwimme doch nicht im Geld.«

»Aber wie dann?«

»Keine Sorge, ich habe da eine Idee«, sagte er mit einem Augenzwinkern, das bei seinen milchigen Augen ganz schön gruselig aussah.

Worin Pir Hederis geniale Idee bestand, fand ich am nächsten Tag heraus, als er mir zwei mit Schnüren verbundene Bretter über die Schultern hängte. Auf das vordere hatte er »Gratis-Liferservice« und unsere Telefonnummer geschrieben, hintendrauf stand: »Wir verkaufen auch *Cak*.«

»Soll das ein Witz sein?«, fragte ich.

»Siehst du mich vielleicht lachen?«, antwortete er, ehe er

mich praktisch aus der Tür schob, damit ich durch die eisigen Straßen von Wazir Akbar Khan wanderte.

Mit diesem Schild durch den Schnee zu trotten war wohl die größte Demütigung meines Lebens. Meine Wangen brannten noch heißer als damals, als Jahid Jamilla erzählt hatte, wie ich mir bei unserem Wettkampf, wer am meisten Wasser trinken konnte, ohne auf die Toilette zu gehen, in die Hose gepisst hatte. Bei jedem zehnten Schritt, den ich machte, kam ein Wächter aus seinem Häuschen hervor, um sich über meinen Aufzug lustig zu machen und zu fragen, ob man mich auch als Tisch mieten könne, und es half mir auch nicht gerade, dass James, der mir auf dem Rückweg von irgendwoher begegnete, so haltlos zu lachen begann, dass er sich auch fast in die Hose gepisst hätte.

»Na ja, wenigstens verstößt du nicht gegen die Normen der Werbeaufsichtsbehörde«, rief er mir nach, als ich weiterging.

Ich hatte keine Ahnung, wovon er sprach. »Ja, ja«, sagte ich und marschierte davon, in den Teil von Wazir, wo die einzigen westlichen Ausländer auf den Straßen die sind, die es auf chinesische Huren abgesehen haben.

Zum Glück wurde ich am nächsten Tag überraschend von meiner neuen Aufgabe erlöst, als Pir Hederi brummelnd auftauchte und sich beschwerte, er habe »eine Höllennacht« hinter sich.

»Es war schon nach Mitternacht, aber das Handy hörte einfach nicht auf zu klingeln«, stöhnte er. »Immer, wenn ich dranging, war da so ein verdammter Ausländer am anderen Ende und fragte nach ›Cak‹. Schließlich hab ich's ausgeschaltet.«

»Ich glaube, ich weiß, warum«, sagte ich, während ich zu Jamilla hinüberging, um mich ebenfalls an den wärmenden

Ofen zu setzen. »James hat mir gestern Abend erklärt, dass das, was auf unserem Schild steht, so klingt wie das englische Wort ›*Cack*‹.«

»Und was heißt das?«, fragte Pir Hederi und wischte sich mit einem dreckigen Taschentuch die Nase.

»Das heißt, wir verkaufen *Shit*«, antwortete ich.

14

Siebzig Tage nach dem Ende des Ramadan, etwa zwei Wochen nach dem Neujahrsfest der Ausländer und einen Tag, nachdem die Pilger von der Haddsch zurückgekehrt waren und der Blumen- und Glitzergirlandenschmuck ihrer Autos das Straßenbild aufgeheitert hatte, feierte Afghanistan Eid-e Qorban, eins unserer Lieblingsfeste. Wir feiern es zum Gedenken an Ibrahim, der bereit war, Allah seinen Sohn zu opfern. Für drei Tage wird unser Land der Tränen und des Krieges zu einem Land der Fröhlichkeit, der Schönheit und der vollen Bäuche. Jeder zieht seine besten Kleider an, und wer es sich leisten kann, schlachtet sein bestes Schaf, seine beste Kuh oder seine beste Ziege als Symbol für Ibrahims Opfer. Wie im Koran geschrieben steht, gibt man einen Großteil des Fleisches den Armen. Der Rest ist für das Familienmahl, zu dem Freunde und Verwandte eingeladen werden.

Eid ist zwar immer toll, aber dieses Jahr war es toller denn je, weil es ein ganzes Bündel Überraschungen brachte, die die Festtage noch schneller vergehen ließen als sonst.

Zuerst verkündete Georgie, dass sie das Rauchen aufgegeben habe.

»Ein Neujahrsvorsatz«, erklärte sie.

»Bisschen spät, oder?«, bemerkte James.

»Ich musste mich erst an den Gedanken gewöhnen«, fauchte Georgie und schlug ihn mit dem leeren Füller, an dem sie jetzt den ganzen Tag nuckelte.

Mir persönlich war es egal, ob es spät kam oder nicht. Ich nahm es als Zeichen von Gott, dass meine Gebete etwas nützten und Georgie endlich auf dem Weg in die richtige Richtung war, weg von den Höllenflammen, die darauf warteten, sie zu verschlingen.

Die nächste Überraschung war das Fettschwanzschaf, das plötzlich in unserem Hof auftauchte, zusammen mit einem Metzger aus der Nachbarschaft, der die Halal-Schlachtung vornehmen sollte. Als wir alle dabeistanden und zuguckten, wie er den Namen Gottes aussprach und dem Schaf die Kehle durchschnitt und wie der Blutbach den Schnee rot färbte, drehte sich May plötzlich weg.

»Großer Gott, das kann einen wirklich zur Vegetarierin machen«, murmelte sie.

»Ich dachte, das wärt ihr Lesben sowieso alle«, witzelte James und erntete einen Tritt ans Schienbein.

Wenn einen als Ausländer irgendwas ärgerte, schlug oder trat man anscheinend einfach die nächstbeste Person.

Die nächste freudige Überraschung war, dass Haji Khan Georgie anrief, worauf sie mit ihrem Handy nach oben in ihr Zimmer rannte. Eine halbe Stunde später kam sie wieder herunter, im Gesicht wieder das dümmliche Grinsen, das sie sich speziell für diesen Anlass aufzuheben schien.

Dann erschien eine frisch und hübsch aussehende Rachel in unserem Haus, was ein ähnlich dümmliches Grinsen auf James' Gesicht zauberte.

Am Nachmittag kam Massoud, und ich fuhr mit ihm mit, um Jamillas und Spandis Familien frisch gehacktes Fleisch zu bringen, wofür meine Hände mit kandierten Mandeln und Bonbons gefüllt wurden, die ich den Ausländern bringen sollte.

Eine der größten Überraschungen aber erwartete mich am zweiten Tag von Eid, als plötzlich meine Tante mit ihrem Mann vor unserer Tür stand, gefolgt von meinem Cousin Jahid und seinen beiden Brüdern. Obwohl von Muslimen erwartet wird, das Fest für Verwandtenbesuche zu nutzen, war mir doch nicht klar, dass damit auch Besuche bei Verwandten gemeint sind, die man gerade erst umzubringen versucht hat. Also war ich schon verdutzt, als urplötzlich die Familie meiner Mutter auftauchte, aber das war gar nichts im Vergleich zu dem Schock, meine Tante wiederzusehen, denn sie sah aus, als hätte ihr jemand eine Stecknadel in die Haut gepikt und alle Luft herausgelassen, so dass nur noch eine zusammengeschrumpelte Version von ihr übrig war.

Beim Anblick meiner Tante brach meine Mutter in Tränen aus und schloss ihre Schwester sofort in die Arme, was jetzt, wo sich deren Körpermasse halbiert hatte, natürlich viel leichter war. Da begann auch meine Tante zu weinen, was wiederum May und Georgie ansteckte. Alle vier Frauen kramten Taschentücher aus den Ärmeln ihrer Pullover oder Mäntel, während die Männer, James eingeschlossen, verlegen hüstelnd herumstanden.

Anscheinend war auch meine Tante von der Cholera erwischt worden – und, wie es aussah, viel schlimmer als meine Mutter.

In anderer Hinsicht aber war die Cholera wohl das Beste, was ihr passieren konnte, denn die Krankheit hatte ihr nicht nur das Fett aus dem Körper gesaugt, sondern auch die Gemeinheit aus dem Gemüt. Die Worte, die sonst immer aus ihrem Mund geströmt waren, um meine Mutter zu quälen, waren versiegt. Meine Tante war jetzt nicht nur dünner, sondern auch stiller als vorher. Als sie so dasaß und die Hand meiner Mutter sanft in ihrer hielt, tat es mir ein bisschen leid, dass ich ihr den Tod gewünscht hatte.

»Mann, es war schrecklich«, erzählte Jahid. »Überall Scheiße. Wenn ich's nicht mit eigenen Augen gesehen hätte, ich hätt's nicht geglaubt. Man würde nie denken, dass ein Mensch allein so viel Scheiße produzieren kann.«

»Aber wenigstens hat sie's überlebt«, sagte ich und versuchte, das Bild zu verscheuchen, wie meine Tante in dem kleinen Haus, das wir mal alle geteilt hatten, die Hälfte ihres Körpergewichts ausschiss. »Es ist ganz schön hart, sich da durchkämpfen zu müssen.«

»Stimmt«, sagte Jahid. »Zwei Nachbarn von uns sind dran gestorben, zwei von den älteren Männern, Haji Rashid und Haji Habib.«

»Das tut mir leid«, sagte ich und dachte an die beiden alten Männer, die es geschafft hatten, die russische Besatzung, den Bürgerkrieg und die Talibanzeit zu überleben, nur um dann in ihrer eigenen Scheiße zu sterben.

Manchmal ist es sogar an Eid schwer, Gottes Pläne für uns Menschen zu verstehen.

Als der Glanz des Festes allmählich erlosch und wir uns schon wieder aufs normale Leben vorbereiteten, kam die letzte und größte Überraschung.

Georgie nahm mich an die Hand und führte mich nach oben in ihr Zimmer, den Zeigefinger auf den Lippen. Wir waren offenbar auf einer Art Geheimmission, was als solches schon aufregend genug war. Wir setzten uns auf den Boden, und sie griff nach einem kleinen Radio mit einer Kurbel dran. Als es vom Kurbeln zum Leben erwachte, stellte sie es vor uns hin.

Die leise, tiefe Stimme eines Mannes, der Dari sprach, drang an mein Ohr. Er kündigte Anrufe von afghanischen Hörern an und nannte mehrmals eine Reihe Telefonnummern. Die Anrufe waren allesamt kurz und manchmal wegen der schlechten Verbindung nur schwer zu verstehen, aber sie hatten alle eins gemeinsam: Die gesichtslosen Stimmen baten verschwundene Familienmitglieder oder Freunde, sich zu melden.

Es war alles ziemlich traurig, und ich fragte mich, warum Georgie wollte, dass ich mir am Ende eines so schönen Eid-Festes dieses ganze Elend anhören sollte. Dann kündigte der Mann einen neuen Schwung Anrufer an, und plötzlich war da Georgies Stimme. Ihre Botschaft lautete einfach nur: »Falls jemand etwas über den Verbleib von Mina aus Paghman weiß, der Tochter von Mariya und Schwester von Fawad, bitte Kontakt mit mir aufnehmen. Mina, deiner Familie geht es gut, und sie würde dich so gern wiedersehen.«

15

Georgie und ich verabredeten, meiner Mutter nichts von der Radiosendung zu erzählen, weil wir keine falschen Hoffnungen wecken wollten. Wie Georgie erklärte, war die Chance, meine Schwester zu finden, noch nicht mal so groß wie die, einen ehrlichen Mann in einem Regierungsamt zu finden, aber immerhin war da jetzt doch ein winziger Hoffnungsschimmer, und er leuchtete zweimal die Woche auf, wenn Radio Free Europe die Sendung *In Search of the Lost* ausstrahlte.

Während ich also heimlich auf Minas Heimkehr wartete, schleppte sich die Welt durch den Winter, der unsere Nasen rötete und uns die meiste Zeit im Haus einsperrte. Genau wie der Sommer ruft der Winter große Freude hervor, wenn er kommt, aber dann bleibt er – vielleicht, weil wir ihn am Anfang zu sehr bejubeln – ewig da, nistet sich ein wie ein dickfelliger Besuch, bis man jede wache Minute damit verbringt zu beten, dass er wieder geht.

Für Pir Hederis Geschäft schien die Eiseskälte allerdings gut zu sein. Inzwischen bekamen wir bis zu fünf Anrufe täglich von Leuten, die ihre Einkäufe geliefert haben wollten. Nicht so gut war das Ganze für meine Zehen. Eines Abends, nachdem ich vom Schnee mit Kälte durchtränkt worden war und mich am Bukhari des Ladens wieder aufgewärmt hatte, stellte ich beim Zubettgehen fest, dass sie ganz blau und geschwollen waren. Ich musste an Pir Hederis Geschichte von den gejagten Mudschaheddin in den Bergen denken und weinte mich in den Schlaf, weil ich fürchtete, dort, wo meine Zehen gewesen waren, beim Aufwachen zehn faulige Löcher vorzufinden. Meine Mutter war völlig außer sich, als sie am nächsten Morgen meine Zehen sah, und stapfte sofort zu Pir Hederi, um ihm zu erklären, dass sie eine Million Flüche über ihn verhängen würde, wenn er nicht richtig auf mich aufpasste. Am nächsten Tag gab mir Pir Hederi zwei Plastiktüten, die ich mir um die Füße binden musste, ehe er mich auf meine Lieferfahrt schickte. »Sag deiner Mutter nichts«, sagte er und schenkte mir einen Schokoriegel als Bezahlung für mein Schweigen.

Das ewige Grau des Winters schlich sich jetzt auch in unser häusliches Leben. Nach einem verheißungsvollen Beginn waren Haji Khans Anrufe ebenso selten geworden wie die Sonne, und Georgie wurde immer missmutiger, bekam alle fünf Minuten einen Wutausbruch, weil sie sich mit dem Nichtrauchen und mit Haji Khans Schweigen herumschlagen musste. James machte es ihr auch nicht gerade leichter, weil er weiter qualmte wie ein Bukhari, aber eines Abends verließ er mit einem Rucksack das Haus und erklärte, aus Rücksicht auf Georgie habe er beschlossen, die nächsten paar Nächte in Rachels Haus in Qala-e Fatullah zu verbringen, was ich ja nett von ihm fand. Aber ganz so dumm, wie er anscheinend glaubte, war ich doch nicht. Ich dachte mir schon, dass er in Wahrheit deshalb wegging, weil Rachel jetzt seine Freundin war.

Ein paar Tage später verließ James Kabul ganz – um zwei, drei Wochen in Kandahar auf die Suche nach Sonne und Selbstmordattentätern zu gehen, sagte er. Man konnte manchmal leicht vergessen, dass James eine Arbeit hatte. Ich glaube, er vergaß es selbst oft, bis ihn seine Zeitung anrief, um ihn dran zu erinnern.

Während des ganzen Monats Februar war auch May abends oft weg, obwohl sie nicht rauchte. Später erfuhr ich, dass sie bei Philippe war. Als ich das hörte, fragte ich mich, ob der Franzose sich nicht mehr in unser Haus traute, weil er Angst vor mir hatte, oder ob es die Angst vor meiner Mutter war.

Also war es jetzt praktisch an meiner Mutter und mir, der traurigen Georgie Gesellschaft zu leisten.

»Haji Khan ist wahrscheinlich in den Bergen eingeschneit«, sagte ich eines Abends zu Georgie, als wir mit ihr im Haupthaus aßen, damit sie sich nicht so einsam fühlte.

Georgie lächelte, aber ich bemerkte den Blick, den sie mit meiner Mutter wechselte, und er passte gar nicht dazu.

Als James schließlich wieder zurückkam, hellte er die allgemeine Stimmung auch nicht gerade auf, weil er die ganze Zeit von Raketenangriffen und Kämpfen im Süden redete.

»Der Aufruhr gewinnt an Momentum«, erklärte er Georgie, während sie sich gerade in der Küche ein Sandwich machte. Ich wusste zwar nicht, was »Momentum« war, aber es klang nicht gut. »Ach, übrigens, Georgie, kurz die Gaumenfreude nur, lang der Ärger mit der Figur«, sagte er, was ich wieder nicht verstand.

»Ach, halt die Klappe, James«, fauchte Georgie. Das verstand ich problemlos.

Zwei Wochen, nachdem James zurückgekommen war und uns von den Problemen drunten im Süden erzählt hatte, explodierte im Zentrum von Kandahar eine gewaltige Bombe, die fünf Menschen in Fetzen riss und zweiunddreißig weitere verletzte, was für Pir Hederis Meinung sprach, das Land sei »wieder dabei, vor die Hunde zu gehen«.

»Aber warum verüben die Taliban Bombenattentate gegen Afghanen?«, fragte ich, als ich ihm den Artikel in der *Kabul Times* vorlas.

»Weil sie alle verdammte Pakistanis sind«, antwortete Pir Hederi, was nicht stimmen konnte, schon weil ihr Anführer Mullah Omar war, und der war, auch wenn er nur ein Auge hatte, doch immer noch Afghane.

»Sie sind nicht alle aus Pakistan«, stellte ich richtig.

»Na gut, mag sein«, gab Pir Hederi knurrend zu, »aber die Scheißkerle von Selbstmordattentätern sind dorther. Afghanen jagen sich nicht in die Luft. Das ist nicht unsere Art. Das ist was, was von außen kommt. Zu meiner Zeit haben wir gekämpft, weil wir den Sieg erleben wollten, nicht um zu sehen, wie uns unsere eigenen Beine um die Ohren fliegen.«

»Es ist eine Kombination von Faktoren – viele Dinge, die zusammenkommen«, erklärte James, als wir gemeinsam nach Hause gingen, nachdem er im Laden Zigaretten für sich und eine Packung Kekse, einen Twix-Riegel und Happy-Cow-Käse für Georgie gekauft hatte. »Zunächst mal hat die Koalition – die westlichen Truppen – 2001 weder die Taliban noch die al-Qaida erledigt, sondern ihnen die Möglichkeit gelassen, für eine Weile zu verschwinden und sich wieder zu formieren – zu sammeln. Dann hat sich der versprochene Wiederaufbau nur sehr langsam manifestiert – gezeigt –, vor allem in Gegenden, wo es gefährlicher ist, wie im Süden und Osten. Und dann sind da die wachsenden Ressentiments – Ärger, Wut – gegenüber der Regierung. Die Paschtunen meinen, dass zu viele Mitglieder der Nordallianz Top-Jobs innehaben, die Nordallianz fühlt sich ausgebootet – um die Macht betrogen –, obwohl sie der Meinung ist, dass der militärische Sieg auf ihr Konto geht – dass sie den Krieg gewonnen hat. Dann ist da noch das Korruptionsproblem, die Tatsache, dass Geld überall die lauteste Stimme hat, in Ministerien, auf Behörden und auf der Straße, wo die ganzen Polizisten ihr Bakschisch kassieren. Wenn man das alles zusammennimmt, ist klar, dass die Leute desillusioniert sind – sauer sind. Und dann kommen die neuen Taliban, und die aggressiven Akte – Kämpfe – gehen wieder los, und die Leute fragen sich, wo die ganze versprochene Sicherheit geblieben ist, bis schließlich so ziemlich alle wieder auf Krieg gepolt – eingestellt – sind.«

»Das klingt nicht gut«, gab ich zu.

»Nein, nicht besonders.«

James schnippte seinen Zigarettenstummel auf den tauenden Wall aus Dreck und Müll an der Straße zu unserem Haus.

»Warum macht Präsident Karzai nicht Ordnung und stellt die ganze Korruption ab, damit das Volk mit ihm zufrieden ist?«

»Das ist wohl nicht so einfach, Fawad. Da sind so viele mächtige Männer hier und im Ausland, die er bei Laune halten muss und deren Unterstützung er braucht, wenn er in deinem Land wieder Frieden herstellen will.«

»Aber warum gehen dann die Armee und die westlichen Soldaten nicht einfach hin und erledigen die Taliban endgültig?«

»Tja, auch das ist nicht so einfach. Die verdammten Kerle verstecken sich!«

Plötzlich ging James in die Knie, packte meine Beine und hob mich auf seine Schultern, was mich so überraschte, dass ich beinah hinten runtergefallen wäre, als er sich wieder aufrichtete.

»Auf geht's, Fawad! Vielleicht sollten wir in den Süden ziehen und den Dschihad gegen die Bösen führen!«

»Ja!«, rief ich lachend. »Wir gehen und verpassen Mullah Omar einen Arschtritt!«

»Warum nicht lieber einen Messerstich? Das ist doch sonst dein Modus operandi, oder?«

Obwohl ich nicht alle Wörter verstand, war mir klar, was James meinte, und ich lachte laut, weil mir mein Angriff auf Philippe zum ersten Mal ziemlich komisch vorkam. Dann galoppierten wir nach Hause, so wie die Afghanenkrieger von früher, nur dass ich auf den Schultern eines Engländers ritt, statt ihn töten zu wollen.

Als wir uns dem Tor näherten, sah uns Shir Ahmad kommen und salutierte, als er die Seitentür weit öffnete und wir hindurchstürmten. James kam mit einem lauten Wiehern zum Stehen und stampfte mit den Füßen.

»James?«

Georgies Stimme drang durch die geschlossene Haustür.

»James?«

»Gott, sie hat es aber wirklich eilig, ihre Kekse zu kriegen«, sagte James lachend. »Komme!«

Doch noch ehe er an der Tür war, öffnete sie sich und Georgie fiel uns entgegen. Sie hielt sich den Bauch. Da war Blut an ihrem Rock und ihren Händen.

»James?«, rief sie unter Tränen und streckte die Hände nach ihm aus.

»O Gott, Schätzchen. Großer Gott. Nein.«

ZWEITER TEIL

16

Als Georgie ihr Baby verlor, war es, als ob in uns allen etwas gestorben wäre, auch in denen, die gar nicht gewusst hatten, dass sie ein Baby erwartete.

Doch weil Allah barmherzig ist, selbst Ungläubigen wie Georgie gegenüber, nahm er ihr zwar das Baby, schickte ihr aber dafür Dr. Hugo.

Natürlich brauchte Georgie lange, um den guten Doktor überhaupt wahrzunehmen, weil ihre Augen wochenlang von Tränen und bösen Träumen verschleiert waren. Sie war wie ein Geist in unserem Haus, ein weißer Fleck aus Traurigkeit, der alle Fröhlichkeit aus unserem Leben saugte – und eine Zeitlang war ich überzeugt, dass auch sie uns verlassen würde.

Als James Georgie aus dem Krankenhaus zurückbrachte, führte er sie zu ihrem Bett und rief uns Übrige dann unten im Wohnzimmer zusammen, um uns zu erklären, dass sie etwas erlitten hatte, was sich »Fehlgeburt« nannte. Er sagte, körperlich sei mit ihr zwar so weit alles in Ordnung und Fehlgeburten kämen ziemlich oft vor, wenn das Baby im Bauch noch so winzig sei, aber seelisch würde Georgie noch eine Weile leiden, und sie würde unser aller Hilfe brauchen, damit es wieder besser würde.

Also war es das, was wir in den nächsten Wochen versuchten.

James sprach mit Georgies Boss bei der Kaschmirziegen-Organisation, und sie konnte zu Hause bleiben und bekam ihr Geld trotzdem. May vergaß den Franzosen und blieb abends an der Seite ihrer Freundin, las ihr vor und versuchte sie zu überreden, sich anzuziehen. Am Tag, wenn May zu ihrem Ingenieursjob musste, übernahm es meine Mutter, an Georgies Bett zu sitzen. Die meiste Zeit strich sie Georgie einfach nur übers Haar und flehte sie an, etwas zu essen. Aber Georgie war so voll mit Schmerz, dass da kein Essen Platz hatte, und es war ein täglicher Kampf, sie auch nur dazu zu bringen, ein bisschen Happy-Cow-Käse zu sich zu nehmen, obwohl sie den doch immer so gern gemocht hatte.

Währenddessen stand ich – wenn ich zwischen der Schule, die wieder angefangen hatte, und der Arbeit in Pir Hederis Laden zu Hause war – in der Tür oder saß in Georgies Zimmer auf dem Fußboden und sah zu, wie die Frau, die meiner Mutter und mir ein neues Leben gegeben hatte, immer dünner und dünner wurde, bis ihr blasses Gesicht einfiel und ihre Arme und Beine unter den Kleidern wie Stecken waren.

Als sie schließlich aussah, als genügte ein kleiner Windstoß, um sie mittendurch zu brechen, holte James Dr. Hugo, der anscheinend ein Freund von ihm war und von dem er glaubte, er könne ihr helfen, woran ich meine Zweifel hatte. Groß und selbst ein bisschen dünn, mit kurzem, aber irgendwie wirrem Haar und himmelblauen Augen, erschien Dr. Hugo in Jeans und Mantel, nicht in einem weißen Kittel. Ich hatte die Gesundheitsspots im Fernsehen gesehen, ich wusste wie Ärzte auszusehen hatten. Hugo sah nicht mal annähernd so aus. Trotzdem schienen James und May schon viel beruhigter, als er wenig später wieder herunterkam und erklärte, er habe Georgie »etwas gegeben, damit sie besser schläft«. Mir wäre es lieber gewesen, er hätte ihr etwas gegeben, »damit sie besser isst«, aber was wusste ich schon? Ich war ja noch ein Junge.

»Sie braucht einfach nur Zeit«, sagte meine Mutter, als wir in der Küche saßen und Hühnersuppe für Georgie machten. »Sie ist sehr traurig, und Traurigkeit geht nicht über Nacht weg. Georgie hatte ihr Baby sehr lieb, weil es ihr Hoffnung gab, und jetzt muss sie sich an den Gedanken gewöhnen, dass ihr Baby gestorben ist und damit vielleicht auch ihre Hoffnung.«

»Was meinst du mit ›Hoffnung‹?«, fragte ich, während ich die heiße Suppe behutsam in ein Schälchen schöpfte.

Meine Mutter seufzte, nahm mir den Schöpflöffel aus der Hand, kniete sich hin und hielt mit beiden Händen mein Gesicht.

»Ich nehme an, Georgie hat gehofft, durch das Baby den Vater für immer in ihrem Leben zu behalten, Fawad. Das ist die Hoffnung im Herzen jeder liebenden Frau. Wenn du älter bist und jemals diese Hoffnung in den Augen einer Frau siehst, die dir nahe ist, dann bete ich, Fawad, dass du sie hegst und pflegst, so gut du kannst, denn diese Hoffnung ist das kostbarste und größte Geschenk, das Gott einem Mann machen kann. Sie bedeutet, dass du wahrhaft geliebt wirst, mein Junge.«

Obwohl wir alle wussten, wer der Vater von Georgies Baby war, wurde im Haus nie darüber gesprochen. Es war, als ob das Baby durch einen Zauber entstanden wäre und Gott es Georgie genommen hatte, weil das so nicht recht war. Es gab Regeln, die man zu befolgen hatte, und wenn man – obwohl das in Afghanistan nicht oft vorkommt – gegen diese Regeln verstieß, wurde man bestraft.

Und das war Georgies Strafe: Sie hatte ihr Baby verloren, sie hatte die Hoffnung verloren, und den Appetit hatte sie auch verloren. Und ich war überzeugt, dass wir nun bald sie verlieren würden – unsere Strafe dafür, dass wir Georgies und Haji Khans Geheimnis gehütet hatten.

»Was ist mit dir?« Pir Hederi war fertig damit, auf dem Ladentisch Plastiktüten vollzupacken, und drehte sich – fast – in meine Richtung. »Du sagst in letzter Zeit weniger als ein Stummer.«

»Nichts«, sagte ich. »Mir ist nur nicht so nach Reden.«

»Ich mag ja blind sein, Fawad, aber dumm bin ich nicht«, gab er zurück. Dann kam er an die Tür, um mir die Tüten zu geben, und steckte mir dabei hundert Afs in die Jackentasche. »Hier hast du eine kleine Aufmunterung, Junge. Eine Zulage für die ganzen Lieferungen.«

»Toll«, witzelte ich. »Zwei ganze Dollar. Da kann ich mich ja sofort zur Ruhe setzen.«

»Du undankbarer Esel!«

Pir wollte mir scherzhaft an die Schulter boxen, aber da ich gerade auf mein Fahrrad stieg, erwischte er stattdessen meinen Kopf – ein Berufsrisiko, wenn man für einen Blinden arbeitet.

Es war lange her, dass ich irgendeinen Witz gemacht hatte, und es tat gut, als ob es meinen Kopf ein bisschen lüftete, aber das schlechte Gewissen folgte sofort. Ich schalt mich, wie ich Georgie ein so schlechter Freund sein konnte, wenn doch jederzeit die Gefahr bestand, dass ich nach Hause kam und sie tot und kalt auf ihrem Bett fand.

Trotz allem war Georgie keine Afghanin und deshalb nicht so stark wie meine Mutter und ich. Schon der Tod dieses einen Babys, das noch nicht mal einen Namen gehabt hatte, konnte sie umbringen. Doch außerhalb des Hauses konnte ich mit niemandem über meine Angst reden, weil das aus vielerlei Gründen einfach nicht ging. Georgie war nicht verheiratet, hatte aber ein Baby erwartet. Für so etwas waren Frauen bei uns früher gesteinigt worden, und in manchen Gegenden war es immer noch so. Und nicht nur Haji Jawid hätte sie dann eine Hure genannt, weil sie ihren Körper nicht hütete, sondern vor der Ehe Sex mit einem Mann hatte. Also konnte ich meine gedrückte Stimmung nicht erklären, aber verbergen konnte ich sie auch nicht. Zum ersten Mal im Leben wünschte ich schon fast, ich wäre ein Mädchen, weil Mädchen in so was Meister sind und immer so um die Ecke herum reden, dass man kaum je weiß, was in ihnen vorgeht.

»Ach, da bin ich aber froh, dass ihr so viel Spaß gehabt habt«, hatte Jamilla geschnaubt, als mir eines Tages herausgerutscht war, dass ich mit Mulallah Baba Guls Ziegen gejagt hatte. Aber sie hatte dabei gar nicht froh ausgesehen. Dass irgendwas nicht stimmte, hatte ich daran gemerkt, dass sie den Rest des Tages kaum mit mir sprach. Wenn ich sie etwas fragte, sagte sie immer nur: »Warum fragst du nicht Mulallah?«

Meine Mutter war genauso. Obwohl ich das Gefühl hatte, dass sie Shir Ahmad inzwischen lieber mochte, weil er jetzt Bücher über Computer las und nachmittags in einen speziellen Unterricht ging, sagte sie doch, wenn ich sie danach fragte, immer nur: »Mein einziger Wunsch ist, dass du glücklich bist, Fawad«, was so nicht ganz stimmen konnte, denn sie hatte angefangen, sich die Augen zu schminken und mehr auf ihre Kleidung zu achten, und mir war es nicht besonders wichtig, wie sie aussah.

Im Grund war Georgie die einzige Frau, bei der man das

Gefühl hatte, dass sie offen redete. Schließlich hatte sie mir von ihrer Liebe zu Haji Khan erzählt und auch, dass May lesbisch war. Die Vorstellung, dass sie buchstäblich verschwinden könnte, war einfach unerträglich, zumal die Tatsache, dass sie das Rauchen aufgegeben hatte, nicht reichte, um der Hölle zu entkommen.

So kam es, dass, als ich die letzte Tüte in einem Haus beim Krankenhaus abgegeben hatte und ihn dort klar und unverwechselbar, umringt von all seinen Leibwächtern, auf der Straße stehen und mit einem dicken Mann lachen sah, auf einmal heißes Rot vor meinen Augen war. Und schon war ich vom Fahrrad gesprungen und stürzte mich auf ihn.

»Du Scheißkerl! Du verdammter, verlogener Scheißkerl! Du bringst sie um!«

Meine Fäuste hämmerten auf seine Brust, und ich fühlte, wie sich sein Körper unter meinen Schlägen anspannte, aber er rührte sich nicht, überhaupt nicht, also trat und schlug ich noch heftiger zu, legte mein ganzes Herz hinein, ließ meinen ganzen Hass explodieren.

»Sie stirbt, und du lachst!«, schrie ich. »Du bringst sie um, und es kümmert dich nicht mal, du elender Bastard von einem hurenfickenden Kamelschwanz! Du bringst sie um!«

Und ich stieß mich von ihm ab und rannte los.

17

Ich rannte von Wazir Akbar Khan, durch das Chaos aus Menschen und Autos stolpernd, über die Flussbrücke und ins Dunkel von Old Makoyan. Ich wusste nicht, wo ich hinrannte, bis ich dort war: vor Spandis Haus.

Spandi saß auf den Stufen seines Wohnblocks und spielte

mit einem Handy herum, das er sich kürzlich gekauft hatte. Es hatte einen Bollywood-Lovesong als Klingelton und eine eingebaute Kamera, und das war ganz schön beeindruckend, aber er legte es weg, als ich in sein Blickfeld platzte, keuchend und tränenüberströmt.

»Du hast was?«

»Ich habe Haji Khan verprügelt«, wiederholte ich.

»Du hast Haji Khan verprügelt und kannst immer noch laufen?«

»Sieht so aus …«

Spandi pfiff leise durch die Zähne.

»Hey, das ist ja irre. Warum hast du's getan?«

»Weil er …« Als ich zu einer Erklärung ansetzte, stürzte das, was ich erzählen wollte, als Bild auf mich ein: Georgie auf ihrem Bett, das tote Baby an ihrem Rock, die zerschlagene Hoffnung rings um sie verstreut. Ich konnte sie nicht verraten, nicht mal Spandi gegenüber, der ja schon mindestens die Hälfte der Geschichte kannte. »Weil er mit jemandem Witze gemacht hat«, erklärte ich schließlich und merkte, noch während ich es sagte, wie blödsinnig es klang.

»Mann«, sagte mein Freund. »Muss ein ganz schön schlechter Witz gewesen sein.«

»Ja, war es auch«, sagte ich.

Die nächsten drei Stunden redeten Spandi und ich darüber, ob ich jetzt wohl ein toter Mann war und was mein Angriff auf seinen Boss für seine Geschäfte bedeutete. Schweren Herzens befanden wir, dass ich mir eine neue Bleibe suchen musste und Spandi sich einen neuen Job.

»Hier in der Gegend gibt es leer stehende Wohnungen, wo du dich erst mal verstecken könntest. Ich kann dir ja einmal oder zweimal am Tag was zu essen bringen, während ich was Richtiges für dich suche«, schlug Spandi vor. Nachdem er den ersten Schock und die Aussicht, sich eine neue Spand-Dose beschaffen zu müssen, verwunden hatte, erwärmte er sich allmählich für die Idee. »Und eine Pistole brauchst du auch.«

»Ich kann doch gar nicht mit einer Pistole umgehen«, sagte ich, erschrocken, aber auch erregt bei der Vorstellung.

»Das kann doch nicht so schwer sein, oder? Wir sind Afghanen, da fällt uns das wahrscheinlich leichter als Fahrradfahren.«

»Mein Fahrrad!«, rief ich, weil mir plötzlich wieder einfiel, dass ich es, als ich auf Haji Khan losgestürmt war, mit kreisenden Rädern irgendwo in Wazir hatte liegen lassen. »Ich hab's vergessen, als ich weggerannt bin.«

»Jammerschade«, sagte Spandi mitleidig und tätschelte mir die Schulter. »War wirklich ein tolles Rad.«

»Vielleicht sollte ich noch mal hingehen und gucken, ob es noch da ist.«

Spandi zuckte die Achseln. »Einen fahrbaren Untersatz wirst du schon brauchen«, räumte er ein.

»Und von meiner Mutter sollte ich mich auch verabschieden«, sagte ich, weil ich gerade zum ersten Mal, seit ich Haji Khan öffentlich geschlagen hatte, an sie dachte und mir vorstellte, wie traurig sie sein würde, wenn ihr letztes Kind sie verließ.

»Vielleicht überwacht Haji Khan das Haus«, warnte mich Spandi. »Warte doch lieber, bis es dunkel ist … und wir dir eine Pistole beschafft haben.«

»Und wie lange dauert das?«

»Weiß nicht«, gab Spandi zu. »Ich hab noch nie versucht, eine Pistole zu beschaffen.«

»Nein, ich muss es riskieren«, beschloss ich und stand

auf, da in meinem Kopf jetzt nichts mehr war als das Bild meiner Mutter.

»Soll ich mitkommen?«, fragte Spandi, was ich nett von ihm fand.

»Nein«, sagte ich nach kurzem Nachdenken. »Allein bin ich schneller. Außerdem ist Haji Khan vielleicht auch hinter dir her, weil du ein Freund von mir bist.«

»Mist! Daran hab ich noch gar nicht gedacht.« Spandi stand ebenfalls auf. »Meinst du, ich sollte mich auch verstecken?«

Ich zuckte die Achseln. »Wäre vielleicht keine schlechte Idee.«

Es war praktisch dunkel, als ich wieder in Wazir Akbar Khan ankam. Jetzt, wo ich allein war, hatte sich mein Heldenmut in Luft aufgelöst, und ich war vor Angst so schreckhaft wie ein Hase. Ich drückte mich jedes Mal in den Schatten, wenn ein Land Cruiser in Sicht kam, weil ich dachte, er könnte Haji Khan gehören und mit heruntergekurbeltem Fenster neben mir anhalten, damit mir jemand eine Kugel in den Kopf jagte.

Als ich in unsere Straße einbog, wuchs die Angst, die auf meiner Haut gekribbelt hatte, mit einem Schlag ins Riesenhafte, als ich seine drei Land Cruiser vor dem Haus stehen sah. Ich machte auf der Stelle kehrt, um dem Hinterhalt und dem sicheren Tod zu entfliehen – und rannte genau gegen Ismerais Beine.

»Hey!«, rief er und packte mich an den Schultern.

»Lass mich! Lass mich!«, rief ich und kämpfte gegen die mächtigen Hände an. »Hilfe! Er will mich ermorden!«, schrie ich, und eine Handvoll Leute hielten in dem, was sie gerade machten, inne, um das Verbrechen zu beobachten.

»Lass den Unsinn!«, blaffte mir Ismerai ins Ohr. »Niemand will dich umbringen.«

»Klar, solange alle zugucken nicht! Hilfe! Mörder!«

Ismerai schüttelte mich so grob, dass meine Augen schmerzhaft in ihren Höhlen herumhüpften, und brachte mich so zum Schweigen.

»Hör zu! Hör mir jetzt zu!«, befahl er. »Wir haben uns Sorgen um dich gemacht, Fawad. Wir alle, und damit meine ich auch Haji Khan. Er hat mich in Pir Hederis Laden geschickt, um nachzusehen, ob du dort bist.«

»Klar, damit Sie mich finden und töten!« Ich schrie immer noch, wenn auch nicht mehr ganz so laut, da Ismerais Worte in meinem Kopf umherwanderten und ein Plätzchen suchten, um sich niederzulassen.

»Nicht, um dich zu töten, um dich nach Hause zu bringen. Das ist alles, Fawad. Wir wollten einfach nur, dass du nach Hause kommst.«

Ich hörte auf, mich zu wehren, und sah Ismerai genau in die Augen. Sie sahen nicht aus wie die Augen eines Killers. Sie sahen aus wie die Augen von jemandem, der gern Witze erzählt und Haschisch raucht.

»Ehrlich, Junge. Niemand ist zornig auf dich. Wir sind beunruhigt, weiter nichts. Es war für uns alle ein Schock.«

Ich sah ihn an, suchte in seinem Gesicht nach irgendwelchen Hinweisen darauf, dass es eine Falle war. »Okay«, sagte ich schließlich, als ich zu dem Schluss gekommen war, dass es wahrscheinlich stimmte. Aber ein Junge wie ich kann gar nicht vorsichtig genug sein, deshalb wandte ich mich, als er mich an die Hand nahm, an die immer noch glotzenden Leute und rief: »Wenn ich morgen tot bin, war er's!«

»Jetzt reicht's aber«, zischte Ismerai und zog mich davon.

Und ich ließ mich nach Hause schleppen.

Als wir an den Wächtern vorbeikamen, von denen einer vor mir salutierte, und durchs Tor traten, war das Erste, was ich sah, mein Fahrrad, das an der Hauswand lehnte. Haji Khan musste es mitgenommen haben, als ich aus Wazir geflohen war.

Das Zweite, was ich sah, war das besorgte Gesicht meiner Mutter.

Ismerai ließ ihr Zeit, mich zu umarmen und mir ein paar Worte zuzuflüstern, die auf ein Dutzend Arten und Weisen »Hab keine Angst, mein Junge« besagten. Dann bat er sie, uns Tee zu bringen, und führte mich in den Garten.

Von Haji Khan war nichts zu sehen, aber da sein Onkel und seine Armee von Leibwächtern da waren, musste er wohl oben bei Georgie sein, zweifellos, um ihrer ohnehin schon gebrochenen Seele noch mehr falsche Versprechungen einzuflüstern.

Ismerai forderte mich auf, mich zu setzen, ließ sich dann auf dem Stuhl mir gegenüber nieder und zündete sich eine seiner Zigaretten an. Sein Gesicht sah trauriger und älter aus, als ich es in Erinnerung hatte: Die Zeit kerbte allmählich tiefe Falten um seine Augen.

»Er liebt sie wirklich, Fawad.«

Bei diesen Worten sah mich Ismerai an, aber ich sagte nichts, weil ich ihm nicht glaubte.

»Ich weiß, du glaubst mir im Moment nicht«, fuhr er fort, »aber es stimmt. Ich kenne Haji Khan schon fast mein ganzes Leben lang. Wir haben als Kinder zusammen gespielt, als Männer zusammen gekämpft, und wir haben beide gelernt, was Liebe ist.«

»Aber warum ruft er sie dann nicht an, Ismerai?« Ich hörte Tränen in meiner Stimme, und Angst, Sorge und die

Erleichterung, am Leben bleiben zu dürfen, bebten in meiner Kehle. »Warum macht er sie so unglücklich, dass ihr Baby stirbt und sie nichts mehr essen kann? Warum?«

Ismerai seufzte und ließ den Rauch zwischen den Lippen heraus, während meine Mutter mit dem Tee kam. Als er sich bedankt hatte, wartete er, bis sie wieder weg war, ehe er antwortete: »Du kennst doch unsere Kultur, Junge. Wir sind hier nicht im Westen, wo Mann und Frau ihr Leben wie eine Person leben. Wir sind hier in einer Männergesellschaft, wo die Frau im Haus wartet und sich um die Familie kümmert. Die Männer hier sind es nicht gewöhnt, Frauen gegenüber Rechenschaft abzulegen und schon gar nicht, sich dauernd bei ihnen zu melden. Und Haji ist zwar ein Freigeist und kennt die Gebräuche des Westens, aber er ist doch immer noch Afghane. Und er ist zu alt, um diesen Teil von sich zu verändern, selbst wenn er es wollte, selbst für eine Frau wie Georgie. Und Georgie ist zwar wie ein Mitglied unserer Familie und kennt unsere Gebräuche sehr gut, aber sie ist doch immer noch Ausländerin, und ihr Herz und ihre Erwartungen sind von ihrem Land bestimmt.«

»Aber sie gibt sich so viel Mühe …«, sagte ich aus dem Drang heraus, sie zu verteidigen.

»Ich weiß, Junge. Uns allen ist klar, dass Georgie um Hajis willen Opfer bringt, und dieser Respekt ihm gegenüber macht sie zu der, die sie ist und die wir lieben. Aber auch wenn wir wissen, dass sie mehr im Haus bleibt als andere Ausländerinnen und sich besser hütet als andere Frauen aus dem Westen, die hier trinken und Party machen, als wären sie in Europa, trennen sie doch Welten von uns, und daran wird sich auch nichts ändern. Jedes Mal, wenn Haji den Abend mit Georgie verbringt, jedes Mal, wenn sie in sein Haus kommt, geht er ein Risiko ein. Und er begeht eine schreckliche Sünde, die danach tagelang auf seinem Herzen lastet. Tatsache ist nun mal, dass die Leute reden, Fawad, und für einen Mann, der innerhalb der Gemeinschaft eine so wichtige Stellung innehat wie Haji, ist dieses Gerede gefährlich. Man kann es nicht einfach ignorieren. Macht ist ein empfindliches Gleichgewicht aus Reichtum, Ehre und Respekt, den man genießt. Wenn man eins dieser drei Elemente verliert, läuft man Gefahr, alles zu verlieren.«

»Dann hat er also Angst, seine Macht und sein Geld zu verlieren? Ist es das, was Sie sagen wollen? So sieht sie also aus, seine Liebe zu Georgie?«

»Nein, das will ich ganz und gar nicht sagen«, erklärte Ismerai, während er seinen Tee nahm und fest darauf blies, was der Islam eigentlich wegen der Krankheitskeime nicht erlaubt. »Haji liebt Georgie. Aber was kann er ihr denn wirklich geben? Und was kann sie ihm geben? Nein, sie hätten einander schon vor langer Zeit loslassen sollen, aber es hat ihnen zu viel Angst gemacht oder sie waren zu dickköpfig, und jetzt sind sie beide in etwas gefangen, das keine Zukunft hat. Sie können nicht vorwärts und nicht zurück, also bleiben sie auf der Stelle stehen und halten einander fest, ohne irgendwohin zu können.«

»Aber warum gibt es für sie keine Zukunft, wenn sie sich doch lieben?«

»Welche Zukunft könnte es denn ernsthaft für sie geben? Heirat? Hier in Afghanistan?« Ismerai lachte rau und zündete sich die ausgegangene Zigarette wieder an.

»Warum nicht?«, fragte ich.

»Es ist unmöglich, und das weißt du, Fawad. Sie sind zu verschieden, und beide sind viel zu starke Persönlichkeiten, um sich füreinander zu verändern. Haji hat Georgie mal mit einem Vogel verglichen, einem wunderschönen, leuchtend gefärbten Vogel, dessen Gesang schon ausreicht, um einem ein Lächeln ins Gesicht und Fröhlichkeit ins Herz zu zaubern. Soll er diesen Vogel in den Käfig unserer Sitten und Gebräuche sperren? Kannst du dir Georgie, selbst wenn sie den Islam annehmen sollte, als Ehefrau eines hochgestellten Paschtunen vorstellen, in den Mauern ihres Hauses eingesperrt, ohne die Möglichkeit auszugehen, ohne ihre männlichen Freunde sehen zu können, ohne arbeiten gehen zu dürfen? Es würde sie umbringen. Das weißt du genau.«

»Sie könnten woanders hinziehen …«, wandte ich ein, weil ich im Stillen bereits zugab, dass Ismerai recht hatte und Haji Khan Georgie, wenn sie ihn hier in Afghanistan heiratete, wahrscheinlich binnen einer Woche erschießen müsste, weil sie Schande über die Familie gebracht hatte.

»Wo sollten sie denn hinziehen?«, fragte Ismerai. »Nach Europa?«

Ich zuckte die Achseln, nickte dann.

»Kannst du dir vorstellen, dass Haji Khan so leben könnte, weit weg von dem Land, für das er gekämpft hat, für das er seine Familie verloren hat, dessen Erde ebenso Teil von ihm ist wie seine Haut und seine Knochen? Wenn er von hier fortginge, um mit einer Ausländerin zusammenzuleben, wie könnte er dann je wieder zurückkehren und immer noch den Respekt genießen, den er und seine Familie sich in all diesen schrecklichen Jahren erworben haben? Er würde praktisch im Exil leben müssen, und das würde ihn zugrunde richten.

Nein, Fawad, Tatsache ist nun mal, dass Haji und Georgie zwei Menschen sind, die sich zur falschen Zeit am falschen Ort ineinander verliebt haben. Die Frage, die sie sich stellen müssen, lautet: Was machen wir jetzt?«

Während Ismerai sich die zweite Zigarette anzündete, trat Haji Khan in den Garten hinaus. Sein braunes Gesicht war blass, und in seinen Augenwinkeln hingen Tränen, die nur darauf warteten, freigelassen zu werden. Als ich ihn sah, gefror mir das Blut in den Adern, und ich senkte den Kopf, als er zu uns herüberkam, um Ismerai die Zigarette aus der Hand zu nehmen.

»Ich wusste es nicht«, hörte ich ihn Ismerai zuflüstern, der jetzt aufgestanden war. »Sie hat mir nichts davon gesagt, und jetzt kann ich sie nicht erreichen.«

»Sie braucht Zeit«, antwortete Ismerai, und ich sah auf, weil es genau die Worte meiner Mutter waren.

»Nein«, sagte Haji Khan, und seine Stimme klang rau und wund. »Sie braucht jemand Besseren als mich ... das wissen wir beide. Aber wie könnte ich das je zulassen? Sie ist mein Leben.«

Als Haji Khan sich abwandte, blieb sein Blick an mir hängen, und in dem Moment lösten sich die Tränen, rannen lautlos aus seinen dunkelbraunen Augen wie zwei Bäche und streiften seine Nasenflügel auf dem Weg zu seinen Lippen.

18

»Was in Allahs Namen ist das für ein Krach?«, fragte ich den offenbar in den Hof geflüchteten James, als ich vom Vormittagsunterricht zurückkam. Der Nachmittagsunterricht war für die Mädchen.

»Das, mein lieber Fawad, sind die Sex Pistols«, informierte er mich, und ich nahm an, dass es der Name des englischen Geschreis war, das aus Georgies Zimmer kam. »Du solltest dich glücklich schätzen«, setzte James hinzu. »Heute Morgen war es Bonnie Tyler.«

»Bonnie wer?«

»*Solche* Haare, *solche* Schulterpolster, *solche* Kopfschmerzen …«

»Hey! Ich mag Bonnie Tyler!« Georgie war in der Tür erschienen. Sie trug Bluejeans und ein enges langärmliges T-Shirt und aß gerade ein Stück Nan-Brot, das, wenn ich mich nicht täuschte, dick mit Happy-Cow-Käse beschichtet war.

»Gott, ich bin am Verhungern«, sagte sie.

Als sie an uns vorbeiging, unter einem Arm einen Karton und in der anderen Hand ihr Mittagessen, bemerkte ich, dass an ihrem Ringfinger und an ihrem Hals der Schmuck fehlte, den ihr Haji Khan erst vor wenigen Monaten geschenkt hatte. Und ich bemerkte auch, dass aus der Gesäßtasche ihrer Jeans ein Päckchen Zigaretten hervorguckte.

»Was ist da drin?«, fragte James, als sie den Karton neben die Mülltonne stellte.

»Zeug«, sagte sie. »Ich mache Frühjahrsputz.«

Sobald sie wieder im Haus und im Lärm verschwunden war, sahen James und ich uns an und rannten zu dem Karton. James war zuerst dort. Seine Beine waren doppelt so lang wie meine, und außerdem hatte er mich umgestoßen, bevor wir losgerannt waren.

»Ach«, sagte er, als er den Karton öffnete und ihn mir hinhielt.

»Ach«, sagte auch ich.

Drinnen lagen ein Stapel sorgsam gefalteter Blusen aus feinster Seide, mehrere Parfümflaschen, zu viele bunte Tücher, um sie zu zählen, und ein aus Elfenbein geschnitztes Schmuckkästchen.

Und ganz obendrauf lag das Foto von Haji Khan.

Während Georgie den Frühling damit empfing, dass sie sich von ihren Erinnerungsstücken trennte, begrüßte ihn meine Mutter, indem sie mir die Haare abrasierte. Das passierte jedes Jahr, was es aber nicht leichter machte.

May lachte, als sie mich sah. »Entzückend, Baby!«

»Kojak«, erklärte James, was aber nicht wirklich etwas erklärte.

»Das ist für die Gesundheit«, wehrte ich mich und fasste mir an den Schädel, um die Demütigung, zu der meine sogenannten Freunde noch beitrugen, wegzureiben.

»Es ist gegen Läuse, meinst du«, korrigierte mich May.

»Wen juckt's«, sagte ich und machte mit Daumen und Zeigefingern das W-Zeichen, wie James es mir mal in der Küche beigebracht hatte, nachdem ihn Georgie wegen Rachel aufgezogen hatte.

May lachte wieder.

»Da«, sagte sie und warf mir einen blauen Schaffellmantel zu, »guck mal, ob du für den ein gutes Zuhause findest!«

»Der ist aber schön«, sagte ich, als ich ihn auffing, das weiche Leder befühlte und das gestickte gelbe Muster an den Kanten bewunderte. »Warum willst du ihn nicht?«

»Ich will ihn ja, und ob!«, sagte May. »Aber Ismerai hat ihn für Georgie gebracht, und sie will ihn nicht. Leider glaube ich nicht, dass es ihr gefallen würde, wenn ich ihn trüge. Frauen können unberechenbar sein, wenn sie wütend sind.«

»Du bist doch selbst eine Frau«, bemerkte ich.

»Ein Grenzfall«, murmelte James, wofür ihn May aufs Ohr boxte.

»Warum gibt ihn Georgie dann nicht einfach zurück?«

»Ismerai wollte ihn nicht zurücknehmen«, erklärte May.

»Aber wem soll ich ihn denn geben?«

»Egal, nur jemandem, der nicht hier in der Nähe wohnt«, sagte sie und ging wieder ins Haus. Im selben Moment öffnete sich hinter uns das Tor, und Shir Ahmad steckte den Kopf herein.

»Fawad«, rief er leise und winkte mich zu sich. »Da will wohl jemand zu dir.«

»Wer?«

»Sieh selbst. Ich glaube, er ist verkleidet.«

Ich folgte Shir nach draußen, und er zeigte auf eine dunkle Gestalt auf der anderen Straßenseite, ein Stück weiter. Es war ein Junge, der fast in einem riesigen Patu ertrank. Er trug eine Sonnenbrille und gab vor, die *Kabul Times* zu lesen. Er sah verdächtig aus, wie ein Spion, aber kein besonders guter, denn die ganze Straße beobachtete ihn.

Als sich die Zeitung senkte, erkannte ich meinen Freund.

»Spandi!«, rief ich, worauf er die Zeitung ganz fallen ließ, sich den Patu vors Gesicht zog und sich schnell zur Mauer drehte.

Ich rannte lachend zu ihm hinüber. Ich hatte ganz vergessen, dass er ja immer noch untergetaucht war.

»Ich war völlig mit den Nerven runter«, stöhnte Spandi, als wir in Richtung Shar-e Naw spazierten, nur weil wir nichts Besseres zu tun hatten. Wir waren vorher bei Pir Hederi gewesen, aber Jamilla hatte keine Bestellungen aufgenommen, bevor sie zur Schule gemusst hatte, also hatte der Alte gesagt, wir sollten »den Sonnenschein genießen, bevor die Regierung darauf auch noch Steuern will«.

»Ja, tut mir leid«, sagte ich zu Spandi. »Hab einfach nicht mehr dran gedacht.«

»Ehrlich, ich war überzeugt, dass du tot bist, aber ich

musste einfach nachgucken. Bin froh, dass du noch lebst und alles.«

»Danke«, sagte ich. »Du bist ein guter Freund, Spandi.«

»Der beste, den du je haben wirst.«

Er lachte. Und wenn ich auch mitlachte und ihn einen Homo nannte, wusste ich doch tief drinnen, dass er recht hatte.

Nachdem wir am Ministerium für Frauenangelegenheiten vorbeispaziert waren und versucht hatten, einen Blick auf die Frauen zu ergattern, einfach nur, weil es die Wächter ärgerte, gingen wir weiter zum Chief Burger, um uns ein »Beef« zu holen – ein gebratenes Sandwich mit Hackfleisch, Kartoffeln und Ei, von dem man ganz glitschige Lippen bekam. Nach dem Winter waren wir am ganzen Körper ausgedörrt wie alte Zweige, und das Fett fühlte sich gut an, wie Medizin.

Mit gefüllten Bäuchen spazierten wir zum Park hinüber, wo sich die Armen und die Hungrigen versammelten, um ihr Elend zu teilen und jeden anzupöbeln, der so dumm war, sich zu ihnen zu gesellen. Dort an der Mauer, gegenüber dem A-One-Supermarkt, trafen wir Pir den Verrückten, der mit den übrigen streunenden Hunden der Stadt einen stinkenden Müllhaufen durchwühlte. Er hatte keine Schuhe an den rissigen, schwarzen Füßen, und seine wilde Lockenmähne war so verfilzt, dass es aussah, als trüge er einen schlecht gemachten Helm.

»Flöhe!«, rief er, als er uns kommen sah. »Die Flöhe kehren zurück, um den Hund zu beißen!«

»Die einzigen Flöhe hier sind deine«, sagte Spandi lachend.

»Meine Flöhe, deine Flöhe, jeder Floh ist froh, Floh zu sein«, sang der Irre und kratzte sich dabei am Kopf. »Stimmt's, kleiner Floh?«

»Ich schätze schon«, antwortete ich, als mir aufging, dass er mit mir sprach, und ich fragte mich, wie man wohl so tief sinken konnte, dass man seine Tage knöcheltief in der Scheiße verbrachte.

Die Geschichte von Pir dem Verrückten kannte niemand wirklich. Er war einfach nur der Irre, der es schaffte, alles zu überleben, was Kabul ihm nur entgegenschleudern konnte. Aber ich nahm an, dass es eine schlimme Geschichte war, und ich fand die Vorstellung traurig, dass er irgendwann mal ein Junge wie ich gewesen sein musste, dem noch alles offenstand.

»Hier, Pir«, sagte ich, trat auf ihn zu und hielt ihm den Mantel hin, den mir May gegeben hatte, nachdem Ismerai ihn Georgie gegeben hatte, »ein Mantel für den König der Flöhe.«

Pir riss ihn mir aus der Hand, klemmte ihn unter seinen Arm und verdrückte sich schnell zum Park hin, als ob er befürchtete, ich könnte es mir anders überlegen. An der Mauer drehte er sich um, legte den Kopf schief und sah mich auf eine Art an, die ich nicht deuten konnte. Dann sprang er über die Mauer und rannte im Zickzack über das matschig braune Gras.

»Ein Mantel für den König der Flöhe!«, brüllte er. »Heil dem König! Dem König der Flöhe!«

»Plemplem«, sagte Spandi, als wir kehrtmachten, um wieder nach Wazir Akbar Khan zu gehen.

»Ja«, stimmte ich ihm zu.

»Trotzdem, das war eine gute Tat von dir, Fawad.«

»So gut auch wieder nicht«, sagte ich. »Es war nur ein Mantel, den niemand wollte.«

19

»Los, komm, Fawad!«, sagte Spandi, der mir entgegengerannt kam, als ich zu Pir Hederis Laden radelte, um meinen Arbeitsnachmittag zu beginnen. »Kabul brennt, und wir verpassen es noch!«

»Was heißt ›brennt‹?«, fragte ich und hielt an, um den Himmel nach Rauch, Flammen oder sonstigen Anzeichen für Feuer abzusuchen.

»Die Amerikaner haben einen Haufen Leute getötet, und jetzt herrscht überall Aufstand«, erklärte er und sank erschöpft gegen meinen Gepäckträger. »Im Radio heißt es, Hunderte von Menschen ziehen durch die Straßen und stecken alles in Brand, was ihnen begegnet. Jemand hat mir erzählt, in Shar-e Naw hätten sie sogar einen Chinesen angezündet.«

»Nein!«

»Doch, wirklich!«, beteuerte Spandi, und seine einst grauen Wangen waren jetzt rot vor Aufregung.

»Warum?«, fragte ich.

»Warum nicht?«, fragte er zurück. »Es ist ein Aufstand! Da gibt's keine Regeln.«

»Okay, dann komm, bevor wir's noch verpassen.«

Spandi schwang sich auf meinen Gepäckträger und hielt sich an meiner Jacke fest, und schon rasten wir los, auf der Suche nach dem Aufstand.

Man sollte meinen, dass es ziemlich leicht sein müsste, Hunderte von Aufständischen, die Chinesen anzünden, zu finden, doch als wir in Shar-e Naw ankamen, war dort niemand, der auch nur ein bisschen wütend aussah. Nur die verkohlten Überreste von Polizei-Kontrollpunkten, eingeworfene Schaufensterscheiben und weggeworfenes Plündergut zeigten, dass hier etwas Schwerwiegendes passiert war. Doch indem wir der Spur folgten und ein paar Jungen fragten, wo denn alle seien, fanden wir schließlich in Taimani einen kleinen Zug Menschen, die »Nieder mit Karzai!« und »Tod den Amerikanern!« riefen und Plakate mit dem Bild des toten Nordallianzführers Ahmad Shah Massoud in die Höhe reckten. Wir sagten uns, dass mehr wohl nicht zu erwarten war, und beschlossen mitzumarschieren.

Als wir uns schließlich am Ende der Schlange einreihten, waren es nicht mehr besonders viele Leute, und die meisten sahen aus wie Schüler und Studenten, aber wir wollten ihnen trotzdem helfen und schrien auch »Tod den Amerikanern!«, weil das alles zu sein schien, was man tun musste, um bei einem Aufstand mitzumachen. Ein schwarz gekleideter Mann vor uns drehte sich lächelnd um, als er unsere Stimmen hörte, was uns ermutigte, noch lauter zu schreien. »Tod den Amerikanern! Tod den Amerikanern!«, schrien wir aus vollem Hals und lachten, weil alles so aufregend war.

Während wir durch die Straßen zogen wie eine ausgeflippte Gang von Amerika-Hassern, versuchten ein paar ältere Jungen, Wächterhäuschen vor Häusern mit ausländischen Schildern einzureißen. Spandi und ich waren zwar weder stark noch mutig genug, ihnen dabei zu helfen, aber wir machten unsere Schwäche durch Lautstärke wett und verzerrten das Gesicht zu einer Maske des Hasses, wie wir es bei den anderen sahen.

»Tod den Amerikanern!«

»Ja! Sterben sollt ihr, ihr Amerikaner! Ihr seid Müll!«, schrie Spandi.

»Und ihr stinkt nach Kohl!«, schrie ich.

»Und nach Hundescheiße!«, setzte Spandi hinzu.

»Und ihr kämpft wie Mädchen!«

»Und heult wie Weiber!«

»Und fresst kleine Kinder!«

»Und fickt verwurmte Eselsärsche!«

»Und …«

Etwas packte mich am Genick.

»Was zum Teufel machst du hier?«, brüllte eine wütende Stimme an meinem Ohr.

Ich drehte mich um und sah James. Ich hatte schon wieder vergessen, dass er ja manchmal sein Geld verdienen musste. Hinter uns an der Straße war noch eine Handvoll Weißgesichter mit Kugelschreibern, Notizbüchern und Kameras.

»Wir demonstrieren, weil die Amerikaner fünfhundert Afghanen ermordet haben«, schrie ich gegen die anderen Aufständischen an, deren Stimmen in Gegenwart der Journalisten noch lauter zu werden schienen.

»Du hast ja keine Ahnung, wovon du redest«, brüllte James zurück, was ja auch stimmte. »Das ist kein Spiel, Fawad. Mach jetzt sofort, dass du nach Hause kommst, oder ich bringe dich eigenhändig hin – und erzähl deiner Mutter haarklein, was du getrieben hast.«

»Aber, James …«

»Nichts da ›aber, James‹«, herrschte er mich an, was zwar kein Argument war, aber die Diskussion beendete.

Spandi und ich befanden, dass wir unser Teil dazu getan hatten, das Andenken der ermordeten Afghanen zu ehren, und wenn es auch Spaß gemacht hätte, noch weiter bei den Aufständischen mitzumachen, hatten die doch vermutlich zu Hause keine Mütter, die sie und ihre Freunde mit Schweigen und strengen Blicken foltern würden.

Und nur für den Fall, dass James uns doch verriet, beschlossen Spandi und ich, uns an meiner Straßenecke zu trennen.

»Deine Mutter kann ganz schön grimmig werden«, sagte Spandi.

»Wem sagst du das?«

Langsam trottete ich heimwärts. Ich fürchtete mich jetzt davor, dass James nach Hause kam, obwohl er doch sonst immer derjenige war, mit dem man am leichtesten auskam. Aber als er dann zwei Stunden später auftauchte, bedeutete er mir einfach nur mit einer Kopfbewegung, mich mit ihm in den Garten zu setzen.

»Hör zu, Fawad, was du da heute getan hast, war ziemlich dumm«, erklärte er mir. »Bei diesen Unruhen sind Leute zu Schaden gekommen, und viele Familien haben geliebte Menschen verloren. Es war eine sehr gefährliche Situation, die leicht noch weiter außer Kontrolle hätte geraten können. Tut mir leid, dass ich dich angebrüllt habe und so, aber ich hatte Angst um dich. Wenn du verletzt worden wärst, hätte ich es mir nie verziehen. Aber jetzt bist du ja in Sicherheit, und das ist die Hauptsache. Also, alles cool zwischen uns?«

»Ja, alles cool«, sagte ich, und mein Herz wurde weit beim Gedanken, dass ich ihm so viel bedeutete. »Alles total cool.«

Als James nach drinnen verschwunden war, um seine Story zu schreiben, ging ich in die Küche zu meiner Mutter. Sie hörte gerade im Radio einen Bericht über die Unruhen, während sie ein Schmorgericht aus Hammelkeule und Karotten zubereitete. Georgie und May waren nicht nach Hause gekommen. Meine Mutter sagte, sie hätten Shir Ahmad und Abdul – die beide unser Tor bewachten und dabei furchtlose Reden führten, denen ihre Gesichter widersprachen – angerufen und gesagt, man habe sie angewiesen, hinter den hohen Mauern ihrer Bürogebäude zu bleiben, bis man sicher wisse, dass die Aufrührer genug hätten und nach Hause gegangen seien. Als May und Georgie schließlich um neun Uhr abends erschienen, wirkten sie ernst und ein bisschen betrunken und redeten davon, dass das »das Ende« sei.

Am nächsten Tag, als ich auf einer Kiste mit iranischem Joghurt saß und Pir Hederi den Artikel aus der *Kabul Times* vorlas, erfuhr ich, was wirklich passiert war. Offenbar war in Khair Khana, wo wir mal gewohnt hatten, ein US-Militärlastwagen wegen »technischen Versagens« außer Kontrolle geraten. Er war in mehrere Autos gerast, und dabei war jemand ums Leben gekommen. In dem Artikel stand, ein paar Soldaten – amerikanische oder afghanische – hätten das Feuer eröffnet, als Leute Steine aufhoben und nach ihnen warfen. Dabei seien weitere fünf Menschen getötet worden. Als dann die Demonstranten ins Zentrum gezogen seien, habe es weitere Tote gegeben und Büros ausländischer Hilfsorganisationen sowie ein Bordell seien in Brand gesteckt worden. Von einem Chinesen war allerdings nicht die Rede. Außerdem stand da noch, die Aufrührer seien gar keine echten Demonstranten gewesen, sondern »Opportunisten und Kriminelle«, die nur Unruhe stiften wollten. Und die Regierung habe versprochen, sie zu fassen – eine Information, die mir das Herz im Halse schlagen ließ, weil das hieß, dass Spandi und ich jetzt von der Polizei gesucht wurden.

Wegen der Unruhen erließ die Regierung den Befehl, dass nach zehn Uhr abends alle in ihren Häusern bleiben mussten. Das nenne man »Sperrstunde«, sagte James, und es sei das erste Mal seit vier Jahren, dass es in Kabul so was gebe. Ich persönlich war ganz froh, dass niemand nach draußen durfte, weil dann alle meine Freunde im Haus bleiben mussten, was nützlich sein konnte, falls die Polizei kam und mich suchte.

»Da draußen ist die Atmosphäre ganz schön gespannt«, erklärte James Georgie eines Abends, als sie im Garten in der warmen Nachtluft saßen und die Kichererbsen und Kartoffeln aßen, die meine Mutter für uns alle gekocht hatte. »Man spürt förmlich, wie der Hass auf beiden Seiten wächst.«

»Das geht wieder vorbei«, sagte Georgie, klang aber nicht sehr überzeugt.

»Ach, ja?«, fragte James. »Die Afghanen sind nicht gerade bekannt für ihre Toleranz gegenüber Besatzern.«

»Wir sind keine Besatzer!«, schrie Georgie schon fast. »Niemand sieht uns so.«

»Noch nicht«, sagte James ernst. »Aber wenn noch ein paar Leute Mist bauen, kann die Situation schnell kippen.«

Ich sagte nichts, vor allem, weil ich nicht wollte, dass die Erwachsenen ihre Unterhaltung ins Haus verlegten, wo ich nicht hören konnte, ob James mich bei Georgie verpfiff. Aber ich wusste, er hatte recht. In den letzten zwei Wochen hatte ich in der Zeitung immer wieder etwas über Kämpfe zwischen den internationalen Truppen und den Taliban gelesen. In der Woche, bevor der amerikanische Lastwagen diesen Mord durch technisches Versagen begangen hatte, waren etwa dreißig Afghanen durch Bombenabwürfe getötet worden. In Kunar war eine Familie auf die gleiche Art gestorben, und am Straßenrand versteckte Sprengsätze und Selbstmordattentate verursachten überall Tod und Leid.

Vielleicht hatten May und Georgie ja recht gehabt, als sie nach den Unruhen nach Hause gekommen waren. Vielleicht war das ja wirklich »das Ende«.

20

»Also, Haji Khan sieht wirklich toll aus«, sagte Jamilla in dem singenden Ton, den sie manchmal anschlug, um mich zu nerven, »wie jemand aus einer Geschichte.«

»Er ist schon ganz okay«, gab ich zu.

»Wenn man auf diesen gut aussehenden Reich-wie-ein-König-Typ steht«, räumte Spandi ein.

»Oh, ja«, sagte Pir Hederi, »er ist ein richtiger Herzensbrecher.«

»Wie können Sie das beurteilen?«

Wieder mal verblüffte mich die Gabe des Alten, alles über alles zu wissen, obwohl er doch nichts sah.

»Ich rieche es«, sagte Pir lachend. »Er riecht wie ein Mann, für den die Frauen sterben würden … und auch Männer.«

»Urgh«, sagte ich.

»Pfui Teufel«, stimmte mir Spandi zu.

»Ich würde ihn heiraten«, gestand Jamilla.

»Ach, ja?«

Spandi rutschte vom Ladentisch und ging zu ihr hinüber.

»Na ja, er ist ein bisschen alt und so, aber wenn mich sonst keiner fragen würde, würd ich's tun.«

»Keine Bange, Jamilla, ich glaube nicht, dass es dir an Anträgen fehlen wird«, erklärte Spandi und half ihr von dem Stuhl, auf dem sie gestanden hatte, um die Konservendosen in den Regalfächern abzuwischen. »Du bist ein Stern, der am dunkelsten Himmel leuchtet, Mädchen. In ein paar Jahren werden dir die Männer zu Füßen liegen.«

»Ehrlich? Glaubst du das wirklich?«

»Ich weiß es.«

»Oh, jetzt geht das los«, brummte Pir Hederi, während

Jamilla kicherte und ihr Kopftuch so hinzupfte, dass es den blauen Fleck in ihrem Gesicht verdeckte – die jüngste Spur der Fäuste ihres Vaters. »Aufhören, alle beide. In meinem Laden wird kein Süßholz geraspelt.«

»Ich glaube, ich muss kotzen«, sagte ich.

»Sei nicht so kindisch!« Jamilla lachte.

»Nein, ich glaube wirklich, ich muss kotzen«, wiederholte ich.

Und ich tat es, genau auf Hunds Schwanz.

Mir war schon den ganzen Tag heiß und schwitzig gewesen, und die letzten zwei Stunden hatte ein Teufel in meinem Kopf gesessen und Tabla gespielt, als plötzlich Haji Khan in Pirs Laden spaziert war und erklärt hatte, er wolle Zigaretten kaufen. Sofort unterbrach jeder von uns das, was er gerade tat – wobei wir ohnehin nicht allzu viel getan hatten –, und folgte ihm mit den Augen. Wenn uns jemand beobachtet hätte, hätte er annehmen müssen, wir schützten den Laden vor Kabuls bestgekleidetem Ladendieb.

Das mit den Zigaretten war natürlich gelogen: Er hatte Leute, die sie ihm stangenweise aus Europa mitbrachten. Noch nie hatte ich ihn den chinesischen Pferdemist rauchen sehen, den hier sonst jeder rauchte.

»Na? Alles in Ordnung?«, fragte Haji Khan, während wir ihn beobachteten und Pir ihn eilfertig wie eine Frau umkreiste, ihn zum Tee einlud, ihm Gebäck anbot und sogar, als er seine Seven Stars bezahlen wollte, »Nicht der Rede wert« sagte, was ich zum ersten Mal über seine rissigen Lippen kommen hörte.

Ich nickte auf Haji Khans Frage. Mir war klar, dass er mehr wollte, aber ich weigerte mich, es ihm zu geben.

»Keine Probleme«, versuchte er es noch mal, »im Haus?«

Ich schüttelte den Kopf.

»Gut. Ja, das ist sehr gut. Dann sind also alle wohlauf?«

Ich nickte.

»Niemand durch die Unruhen beeinträchtigt worden?«

Ich zuckte die Achseln und schüttelte wieder den Kopf.

»Und James? Läuft es gut mit seiner Arbeit? Und May?«

»Es geht ihr gut!«, platzte ich plötzlich heraus, weil mir das ganze Gespräch peinlich war: Meine Freunde sahen und hörten gebannt zu, da ich ihnen noch nicht gesagt hatte, dass Georgie Haji Khan aus ihrem Leben geworfen hatte. Ich merkte, dass sie ein bisschen unsicher waren, was hier vor sich ging. Große Männer kommen selten grundlos in kleine Geschäfte.

»Gut, gut«, sagte Haji Khan wieder. Er wirkte riesig und verloren in Pirs engem, vollgestopftem Laden. »Ich wollte nur, na ja, du weißt schon …«

»Ja«, sagte ich. »Ich weiß.«

Und Haji Khan nickte und ging hinaus, ohne das Päckchen Seven Stars mitzunehmen.

»Wahrscheinlich hat er nur irgendwas Falsches gegessen.« Dr. Hugo berührte meine Stirn, um zu fühlen, wie heiß sie war, und legte mir dann zwei Finger seitlich an den Hals, wozu war mir schleierhaft. »Viel Wasser und ein Weilchen Ruhe«, sagte er, richtete sich wieder auf dem Sitzkissen auf und griff nach seinem Tee.

Ich drehte den Kopf zur Seite und sah ihn an. Ich hatte ihn jetzt zweimal bei seiner ärztlichen Arbeit erlebt, einmal an Georgie und jetzt an mir, und alles, was ein Mensch in seinen Augen je zu brauchen schien, war ein Weilchen Ruhe. Ich wollte wirklich gern mal hören, was er sagte, wenn jemandem die Beine abgerissen worden waren.

»Ja, da hast du wohl recht«, stimmte ihm Georgie zu.

Ich verdrehte die Augen.

»Was sollte dieser Blick bedeuten?«

»Welcher Blick?«, fragte ich und fühlte, wie meine Wangen noch heißer wurden, weil sie es nicht hatte mitkriegen sollen.

»Dieser Blick!« Georgie rollte mit den Augen.

»Ach, dieser Blick«, sagte ich und verdrehte wieder die Augen.

»Ja, genau der«, sagte sie und machte mich wieder nach.

»Nichts.«

»Jungs!«, sagte sie lachend und zog mich in ihre Arme, die jetzt, wo sie wieder aß, allmählich wieder weicher wurden.

»Frauen!«, äffte ich sie nach.

»Seid ihr beide immer so?«, unterbrach uns Dr. Hugo, der gerade einen Keks in seine Teetasse tunkte. Der Keks brach ab, bevor er ihn zum Mund brachte, und fiel ihm auf die Hose.

»Reizend«, sagte Georgie und verdrehte die Augen.

Dr. Hugo kam in letzter Zeit ganz schön oft zu uns, sogar noch nach der Sperrstunde, weil ihm die Regierung ein spezielles Passwort gegeben hatte, damit er an Polizeikontrollpunkten nicht erschossen wurde.

Ich war mir immer noch nicht sicher, wie gut er als Arzt war, aber ich war mir sicher, dass er gut für Georgie wäre, wenn sie ihn nur ließe. Er war ein bisschen schmuddelig, klar, aber er hatte ein gutes Herz. Er hatte mir erzählt, dass er kürzlich geweint hatte, als er einer Frau den Arm amputieren musste, weil ihr Mann im Streit auf sie geschossen hatte. Und wenn Georgie und ich auch nie über ihn gesprochen hatten, ging ich doch davon aus, dass sie Dr. Hugo wenigstens ein bisschen mochte, weil sie jetzt wieder richtig geschminkt war. Sie berührte ihn nicht, streichelte nie sein Knie und redete auch nicht mit den Augen mit ihm, so wie sie es mit Haji Khan gemacht hatte, aber sie lächelte, wenn er da war, und verschwand mit dem Handy, wenn er anrief, was, gemessen an dem, was sie gewohnt war, ziemlich oft vorkam.

Aber es gab auch die anderen Momente, in denen Georgies Handy klingelte und sie es einfach seine Melodie dudeln ließ. Wir taten alle, als bemerkten wir es nicht, weil wir dachten, dass es Haji Khan war, der ihre Stimme zu erreichen versuchte, und dass es ihre Sache war, ob sie sie vor ihm versteckte oder nicht. Aber wenn sie wirklich über ihn hinweg wäre, das wusste ich in meinem Herzen, würde sie es ihm einfach sagen.

»Ich glaube, Dr. Hugo möchte Georgie gern zu seiner Freundin machen«, erklärte ich meiner Mutter, während wir im Fernsehen *Tulsi* guckten, die Seifenoper aus Indien. Tulsi war eine junge Frau, die in eine reiche Familie eingeheiratet hatte, und alle schienen hauptsächlich damit beschäftigt, sich gegenseitig zu ruinieren oder zu heulen.

»Da hast du wohl recht«, antwortete meine Mutter, während die Folge in einer weiteren Explosion von Tränen und trauriger Musik endete.

»Und glaubst du, sie lässt ihn irgendwann?«

»Ich weiß nicht, aber ich finde, sie verdient es, glücklich zu werden.«

»So wie Tulsi?«

»Ja, wie Tulsi.«

»Aber Tulsi ist doch nie glücklich.«

»Das ist nur Fernsehen, Fawad. Keine Wirklichkeit.«

»Das weiß ich! Ich bin ja nicht blöd.«

»Dann benimm dich auch nicht so.«

Ich sah meine Mutter an, die jetzt eine Näharbeit unter einem der langen Sitzkissen hervorzog, wo sie sie aufbewahrt hatte. Manchmal war es wirklich ganz schön schwer, ein normales Gespräch mit ihr zu führen, weil sie nicht besonders gut zuhörte. Ich fragte mich, ob es daran lag, dass sie keine richtige Schulbildung hatte.

»Ich sage ja nur, dass ich mir nicht sicher bin, ob Georgie Dr. Hugo so lieben kann, wie sie Haji Khan geliebt hat, und dass ich nicht weiß, ob sie's je können wird.«

»Wie kommst du darauf?«

»Nur so ein Gefühl …«

Meine Mutter zog eine Augenbraue hoch und sah mir direkt in die Augen.

»Okay, okay, ich hab neulich zufällig mitgekriegt, wie Dr. Hugo sie küssen wollte, aber sie hat den Mund weggedreht, und der Kuss ist auf ihrem Ohr gelandet.«

»Fawad! Ich möchte wirklich nicht, dass du den Leuten immer hinterherspionierst. Das gehört sich nicht.«

»Ich hab nicht spioniert. Ich war nur zufällig dort!«

Das war natürlich gelogen, weil es schwer ist, zufällig irgendwo zu sein, wenn es schon fast Mitternacht ist und man eigentlich im Bett liegen sollte, aber meine Mutter ließ es durchgehen.

»Na ja, es ist noch früh«, sagte sie. »Mag sein, dass Georgie Haji Khan immer noch liebt, aber so was verändert sich – Menschen verändern sich. Sie brauchen nur ein wenig Zeit.«

»Das mit der Zeit ist ja gut und schön«, sagte ich und stand auf, weil ich ein bisschen sauer war über dieses ganze Gerede von Zeit und Ruhe und Schlaf und allem, womit einen die Erwachsenen sonst noch abspeisen, wenn sie selbst nicht weiterwissen. »Aber das Problem ist doch, dass Georgie nicht mehr viel Zeit hat und dass sie sich bald jemanden aussuchen muss, der sie glücklich macht, weil sie schließlich nicht jünger wird. Und du im Übrigen auch nicht.«

»Ich bitte um Verzeihung?« Meine Mutter sah verdutzt auf.

»Ich will's ja nur mal sagen.«

»Was genau willst du sagen?«

»Also, da draußen vor dem Tor« – ich zeigte mit dem Finger aufs Fenster, um klarzustellen, welches Tor ich meinte – »steht ein Mann, der in den Computerunterricht geht und sich weiterbildet, und ich glaube nicht, dass er's tut, um der gescheiteste Wächter von Wazir Akbar Khan zu werden, oder glaubst du das etwa?«

»Jetzt hör mal zu, junger Mann …«

»Nein! Hör du zu! Denkt eigentlich jemals irgendjemand an mich? Daran, wie es mir geht? Denkt ihr jemals drüber nach, warum ich morgens die Augen nie richtig aufkriege? Das kommt daher, dass ich die ganze Nacht wach liege und mir Gedanken mache, wer für die ganzen verflixten Frauen in diesem Haus sorgen soll!«

»Ich verbitte mir solche Ausdrücke!«

»Ausdrücke! Ausdrücke! Ist doch egal! Das sind doch nur Wörter. Es geht doch darum, was man tut, nicht darum, was man redet. Wenn ich mir nicht Sorgen um dich mache und mich frage, wer dich glücklich machen wird, wenn ich groß bin und heirate, dann mache ich mir Sorgen um Georgie, deren Kopf einen Mann nett findet und deren Herz bei einem anderen ist, und wenn es nicht Georgie ist, um die ich mir Sorgen mache, dann ist es May, die nicht die kleinste Chance hat, irgendjemanden zu heiraten, wenn sie nicht vom Lesbischsein runterkommt. Also, wirklich! Hat irgendjemand hier auch nur die leiseste Ahnung, was das für mich für ein Stress ist?«

Und damit stapfte ich hinaus und ließ meine Mutter einfach dort sitzen, starr wie Stein, mit offenem Mund, aber ausnahmsweise mal sprachlos.

21

Nach meinem Ausbruch strafte mich Allah mit einer Elendsnacht, in der alle Übel dieser Welt den Weg in unser Haus fanden, um in meinen Magen zu schlüpfen und aus meinem Hintern zu explodieren. »Ruhe«, hatte Dr. Hugo gesagt, was für mich mehr als hundertprozentig bewies, dass er ein Scheißarzt war, der keine Scheißahnung hatte – schon gar nicht, was die Scheiße anging, die jede Viertelstunde aus mir herausspritzte wie aus einem offenen Wasserhahn.

Zum Glück hatte meine Mutter mehr Ahnung. Nachdem sie davon aufgewacht war, dass mein Stöhnen und Furzen zum hundertmillionsten Mal von den Wänden der Toilette widerhallte, gab sie mir einen Löffel Granatapfelpulver und ein Glas warme Milch zum Runterspülen, brachte mich wieder ins Bett und sang mich mit ihrer sanften Stimme in den Schlaf.

»Ich hab dich lieb, mein Sohn«, war das Letzte, was ich hörte.

Wir haben nicht viel hier in Afghanistan – außer Drogen, Waffen und eine großartige Landschaft –, aber im Laufe der Jahrhunderte haben wir gelernt, ohne die ganzen bunten Pillen und summenden Maschinen auszukommen, mit denen sich die Kranken im Westen umgeben.

Wenn uns schwindlig ist, trinken wir ein Glas Zitronensaft mit Wasser und Zucker. Wenn wir Halsschmerzen haben, stecken wir uns morgens dreimal die Faust in den Mund, um den Kanal zu unserem Magen zu öffnen. Und wenn wir die Scheißerei haben, essen wir getrocknete Granatapfelschale. Natürlich ist unsere Selbstverarztung nicht perfekt. Kürzlich habe ich in einem Comic von einer Hilfsorganisation gelesen, dass man, wenn man Asche vom Feuer auf eine Wunde tut, sogar dran sterben kann, und ich weiß, dass ich mindestens drei Tage lang keine Toilette von Nahem sehen würde, wenn ich Medizin meiner Mutter genommen hatte. Aber im Großen und Ganzen funktioniert es.

Zum Beispiel bei den Drogensüchtigen und den Verrückten. Wenn es der Familie zu viel wird, kettet sie denjenigen einfach vierzig Tage an einem Heiligtum an, damit Gott das Problem löst. Okay, für die Junkies und die Irren ist es nicht so toll, weil sie über einen Monat nur Brot und grünen Tee kriegen, aber es funktioniert. Und wenn nicht, dann stirbt derjenige, und das muss dann Gottes Plan gewesen sein, weil dieser Mensch ja sonst gar nicht erst verrückt oder drogensüchtig geworden wäre. Er wäre gut in der Schule gewesen und Anwalt oder so was geworden. Oder, wie im Fall von Pir dem Verrückten, König der Flöhe.

Aber das mit Abstand Beste am Kranksein ist, dass man am nächsten Tag nicht in die Schule muss. Nicht, dass ich den Unterricht nicht mochte, es war alles ziemlich leicht, und ich bekam immer noch gute Noten für meine Schrift. Aber wenn ich die Wahl habe zwischen einem warmen Bett und einer Holzbank, die ich mit einem Jungen teile, dessen

Achselhöhlen nach Bohnen riechen, dann wird das Bett immer Sieger bleiben.

Und wenn das Tor draußen nicht andauernd auf- und zugegangen wäre und mich mit seinem Scheppern aus meinen Träumen gerissen hätte, dann hätte ich garantiert bis Mitte der nächsten Woche geschlafen und noch mehr Unterricht versäumt. Aber das Tor ging dauernd auf und zu. Also stand ich schließlich auf, um nachzusehen, was zum Teufel da los war.

Ich trat hinaus ins Sonnenlicht, das mir schmerzhaft grell in die Augen stach, und folgte dem Gemurmel von Erwachsenenstimmen, während ich mir das Gesicht rieb und die weiche Pelzschicht, die jetzt meinen Kopf überzog, kratzte. Im Garten sah ich Georgie, James und May auf einer Decke sitzen und Teller und Brot auf einer Plastikmatte verteilen, offenbar fürs Mittagessen. Bei ihnen waren Dr. Hugo, Rachel und eine Frau, die ich noch nie gesehen hatte. Sie hatte kurzes, dunkles Haar, und ihr Gesicht sah auch ein bisschen behaart aus.

»Habt ihr nicht Jobs, wo ihr hinmüsst?«, fragte ich.

»Ein Mittagessen lang wird Afghanistan wohl ohne uns auskommen«, antwortete May und winkte mir, mich neben sie zu setzen.

»Ich denke schon.« Ich grinste. »Vor allem ohne James.«

»Uns geht's wohl wieder besser, was?«, erwiderte James und lachte mit den anderen mit.

Es tat gut, wieder mit diesen weißgesichtigen Menschen zusammen zu sein, die es zu mögen schienen, mit mir zusammen zu sein.

»Wie fühlst du dich, Kleiner?«

Dr. Hugo beugte sich zu mir, und ich bemerkte, wie Georgie sein Knie berührte, was nicht nur mich überraschte, sondern – seiner schnellen Kopfdrehung nach zu urteilen – auch den Arzt selbst.

»Gut, danke.«

»Fawad, das ist Geraldine«, unterbrach uns May und legte die Hand auf Geraldines Knie.

»Hallo«, sagte ich.

»Hallo«, sagte auch Geraldine.

Ich sah zu James hinüber und bemerkte, dass er Rachels Knie berührte. Irgendwas war hier im Gang.

Hinter mir hörte ich das Tor wieder scheppern, und Shir Ahmad kam herein, gerade rechtzeitig, um meiner Mutter zu helfen, uns Glasteller mit Mantu und Salat zu bringen.

»Salam«, begrüßte er alle.

»Salam«, grüßten alle zurück, und James rückte näher an Rachel heran, damit Shir Ahmad auch noch Platz auf dem Teppich hatte.

Ich beobachtete meine Mutter genau, als sie zu uns kam und sich geschmeidig neben Georgie niederließ, die bedeckten Knie weit genug weg von Shirs Händen, dass ich mich nicht gezwungen sah, eine Szene zu machen.

Ja, irgendwas war hier eindeutig im Gang.

»Das ist der Frühling«, erklärte Pir Hederi, »auch bekannt als die Paarungszeit.«

»Oh, bitte …«, protestierte ich.

»Ich sag's nur, wie es ist, Junge.«

Ich sah Pir an, etwas irritiert durch das Bild, das er mir gerade ins Gehirn gepflanzt hatte, und noch irritierter durch das orangerote Leuchten seines Barts, den er gerade frisch mit Henna behandelt hatte. Warum Männer das machten, war mir ein Rätsel, und im Moment hatte ich auch so schon genügend Rätsel im Kopf.

Nach dem Essen, als alle anderen Leute sich auf die Beine gemacht hatten, um wieder an ihre Arbeit zu gehen, hatte ich meiner Mutter klarmachen können, dass mir ein bisschen frische Luft guttun würde, also war ich zum Laden gegangen, um noch ein bisschen mit Jamilla zusammen zu sein, bevor sie in den Nachmittagsunterricht musste, und um den alten Mann über das seltsame Verhalten der Erwachsenen auszufragen.

Dass das ein Fehler war, wusste ich, kaum dass die Worte aus meinem Mund waren.

»Ja«, sagte er, »klingt, als ob die Erwachsenen munter würden.«

»Munter?«

»Ja. So wirkt es sich nun mal aus, wenn wieder ein herrlicher afghanischer Frühling anbricht: Die Sonne scheint hell, die Haut wird warm und das Blut heizt sich nach dem Winter auf. Und wenn sich das Blut aufheizt, strömt es direkt ins Herz und treibt alle Welt dazu, sich zum Narren zu machen.«

»Nennt man das nicht Liebe?«, fragte Jamilla, die gerade das, was noch von Hunds Zähnen übrig war, mit dem Reinigungszweig zu putzen versuchte, den Pir für seine eigenen Zähne benutzte. Er hätte einen Tobsuchtsanfall gekriegt, wenn er es hätte sehen können.

»Manche nennen es Liebe, andere nennen es Wahnsinn, Kleine.«

»Wer nennt was Wahnsinn?«

Spandi kam, seine Kette aus Plastikkarten hinter sich herschwingend, zur Tür hereinspaziert. Er war in letzter Zeit ziemlich viel bei uns, und Pir Hederi hatte neulich schon gesagt, der Laden habe derzeit mehr von einem Waisenhaus als von einem Geschäft.

»Liebe«, antwortete der Alte. »Der Lebensinhalt von Dichtern, jungen Mädchen, indischen Tänzerinnen und überbezahlten westlichen Ausländern.«

»Waren Sie nie verliebt?«, fragte ihn Jamilla.

»Hatte nie Zeit dazu«, antwortete er. »Ich war immer damit beschäftigt ...«

»... im Dschihad zu kämpfen!«, führten wir drei den Satz für ihn zu Ende.

»So war es!«, blaffte er. »Außerdem ist es schwer, sich zu verlieben, wenn die Frauen alle von Kopf bis Fuß verhüllt sind und man am Ende seine eigene Cousine heiratet.«

Trotz Pirs seltsamer Altmänneransichten und obwohl er beschlossen hatte, wie eine Fanta-Dose auszusehen, war an dem, was er sagte, doch immer etwas Wahres.

An einem der letzten Freitage zum Beispiel hatte mich meine Mutter zu ihrer Schwester mitgeschleppt, weil sie ja jetzt wieder miteinander redeten. Als wir dort ankamen, stellten wir schockiert fest, dass meine Tante ein weiteres Kind im Bauch trug. Da sie seit dem letzten nicht schöner geworden war, musste wohl auch mein Onkel die Wirkung des Frühlings im Blut gespürt haben, als er ihr dieses Kind gemacht hatte.

»Es ist so unsagbar widerlich«, hatte Jahid geschnaubt, als ich ihm dazu gratulierte, dass er bald noch einen Bruder bekommen würde. »Ich mag gar nicht dran denken.«

Ich konnte es ihm nicht verdenken. Er tat mir aufrichtig leid, weil Sex normalerweise das Einzige war, woran Jahid denken wollte.

»Es muss schrecklich sein, nie zu erleben, was Liebe ist«, sagte Jamilla, als Spandi und ich sie zur Schule begleiteten.

»Muss es wohl«, sagte ich.

»Wahrscheinlich schon«, sagte Spandi.

»Ob wir wohl mal aus Liebe heiraten?«, fragte sie, was ein ziemlicher Schock war.

»Wer? Du und ich?«

»Nicht du und ich«, sagte sie lachend. »Wir alle.«

»Oh, keine Ahnung«, sagte ich.

»Ich hoffe schon«, gestand Spandi, und wir verstummten, weil wir uns das, wenn wir ehrlich waren, alle im tiefsten Herzen wünschten.

Das Problem ist, dass Heiraten in Afghanistan immer ein Deal ist. Der Vater, oder in meinem Fall die Mutter, arrangiert die Ehe, manchmal schon bevor man geboren ist, und dann muss man sie einfach eingehen – meistens mit jemandem aus der eigenen Verwandtschaft, deshalb war ich mir nicht sicher, mit wem ich verheiratet werden würde, wo ich doch nur Cousins und keine Cousine hatte. Aber Spandi hatte Cousinen, also würde er womöglich eine von ihnen nehmen müssen, und Jamilla, na ja, das war eine andere Geschichte. Je älter sie wurde, desto größer wurde die Gefahr, dass ihr Vater sie jemandem für Drogen verkaufte. Darüber wollte ich gar nicht zu viel nachdenken, weil sie eine Freundin von mir war und ein nettes Mädchen, also hoffte ich wirklich, dass sie irgendwann aus Liebe heiraten durfte. Ich wusste, dass es das war, wovon sie träumte, was verhinderte, dass das Dunkel in ihrem Leben sie ganz verschlang.

»Okay, bei aller Liebe, ich muss euch jetzt verlassen«, sagte Spandi augenzwinkernd, als wir am Massoud-Platz waren. »Ich werde ein Weilchen hier herumhängen und gucken, ob ich ein paar Karten an die Amerikaner losschlagen kann.«

»Okay«, sagte Jamilla. »Vielleicht treffe ich dich ja nach der Schule wieder.«

»Höchstwahrscheinlich«, sagte Spandi.

»Bis dann.«

Ich winkte und ging mit Jamilla weiter, weil ich nichts zu verkaufen und auch sonst nichts zu tun hatte.

»Wenn du heiraten könntest, wen du wolltest, wen würdest du dann heiraten?«

»Jamilla!«, stöhnte ich. »Ich bin nicht eine von deinen Freundinnen.«

»Ach, komm, du musst doch schon drüber nachgedacht haben«, quengelte sie mit ihrer besten Mädchenstimme.

»Hab ich nicht, das ist viel zu widerlich«, log ich.

Noch während ich es sagte, tauchte plötzlich Georgie in meinem Kopf auf, gefolgt von Mulallah und dann Jamilla, was beunruhigend war.

»Ich würde Shah Rukh Khan heiraten.«

»Den Schauspieler?«

»Ja, den. Der sieht so toll aus. Gestern Abend habe ich *Asoka* geguckt. Das war so romantisch! Shah Rukh Khan spielt einen Prinzen, der sich in eine schöne Prinzessin namens Kaurwaki verliebt. Aber dann denkt er, sie ist tot, und wird ein böser Gewaltherrscher, weil sein Herz mit ihr gestorben ist. Am Ende heiratet er eine andere Frau, die auch schön ist, aber nicht so schön wie Kaurwaki.«

»Ein böser Gewaltherrscher. Der? Der ist doch sicher schwul.«

»Ist er nicht!«, kreischte Jamilla.

»Er ist Schauspieler«, provozierte ich sie weiter. »Nicht mehr als ein sehr gut bezahlter Tanzknabe.«

»Nimm das zurück!«, schrie Jamilla wieder los. »Nimm es zurück, oder …«

»Oder was?«

Als Jamilla mich gegen einen hoch mit Orangen beladenen Karren stieß, explodierte die Luft um uns herum von einem Knall, der lauter war als alles, was ich je gehört hatte, und uns beide umwarf. Unter unseren Händen und Knien zitterte der Boden vor Schmerz, während unsere Ohren von dem Schock bummerten und unsere Herzen vor wissender Furcht barsten.

Fast noch im selben Moment, während die Welt in Stille erstarrte, erfüllte der Geruch von verbrannter Haut die Luft. Ich guckte zurück, zurück zum Massoud-Platz, wo die verbogenen Überreste eines Land Cruisers und eines Toyota Corolla von Flammen verzehrt wurden, dorthin, wo wir vor ein paar Sekunden noch gestanden und uns von Spandi verabschiedet hatten.

Spandi!

Mein Blick glitt panisch über die glutroten Flammen, die emporzuckten wie Eidechsenzungen, vorbei an den schwarzen, blutigen Gesichtern von Leuten, die ich nicht kannte, um den Brei aus Haut und Knochen am Boden herum, über schockstarre Soldaten, bis ich ihn fand, weit weg und doch zum Greifen nah, denn meine Augen konzentrierten sich jetzt auf ihn, erfassten ihn, zogen an ihm.

Er stand dicht beim Wrack des Corolla. Ein kleiner Junge, gefangen in einem ungeheuren Albtraum. Um ihn herum war die Luft dunkel von Rauch, und ich sah Metallfetzen und schwarzrote Körperfetzen herabschweben wie Federn, als sich unsere Blicke trafen und unser beider Leben stillstand. Ich hörte kein Geräusch, nur das Hämmern unserer Herzen, die unser Blick verband.

Spandi war am Leben, und ich fühlte meine Liebe zu ihm durch meine Adern schießen, fühlte, wie sie ihre Botschaft in meinem Körper trommelte, von meinem Herzen bis in meine Ohren, mit lauten Schlägen. Er war so etwas wie mein Bruder, und ich sah ihn mit aller Kraft an, um diese Botschaft direkt in seinen Kopf zu senden, als plötzlich Schreie gellten.

Ich fühlte, wie Jamilla neben mir aufsprang, und im Hall der Bombe und des Grauens hörte ich sie seinen Namen flüstern.

»Spandi …«

Beide rannten wir auf ihn zu – genau in dem Moment, als die ersten Schüsse krachten. Da war keine Zeit, Angst zu haben, weil keine Zeit zum Denken war – und nur darin besteht ja Angst: dass das Schlimmste, was man sich vorstellen kann, im Kopf plötzlich Wirklichkeit wird –, also rannten wir weiter, Seite an Seite, so schnell, dass die Welt um uns verschwamm, nur vorwärts in diese Hölle, die unseren Freund verschlingen wollte.

Dann, weit weg, begann das Gebrüll, afghanische und ausländische Laute. Es waren die schrecklichen Stimmen panischer, wütender Männer, die ihren Hass und ihre Angst hinausbrüllten, während Menschen vor ihnen flüchteten oder, von unsichtbaren Kugeln getroffen, zu Boden fielen. Aber wir rannten trotzdem weiter, und die ganze Zeit heftete ich meinen Blick auf Spandi, beschwor ihn, am Leben zu bleiben, bei mir zu bleiben, keine Angst zu haben, weil wir gleich da waren, um ihn da rauszuholen, und ich fühlte, wie er meine Worte ergriff und sich daran festhielt. Wir waren jetzt so nah bei ihm, dass es schon fast wahr war.

Doch dann waren seine Augen, diese Augen, die ich fast mein ganzes Leben lang kannte und die so sehr Teil von mir waren wie Teil von ihm, plötzlich weg, als sein Kopf nach hinten ruckte. Ich sah, wie in seiner Brust ein Loch aufriss und Blut auf sein Hemd spie, während er umfiel wie ein kaputtes Spielzeug.

»Nein!«, schrie Jamilla und rannte zu ihm, um ihn zu retten, während meine Beine versagten, gelähmt von Schmerz und Schock und tiefstem Schwarz. »Nein! Bitte nicht! Er ist doch noch ein Junge!«

22

Nachdem ihn sein Vater im Krankenhaus gefunden hatte, brachte er Spandi nach Khair Khana, damit er für immer neben seiner Mutter schlafen konnte.

Das war gut, das wusste ich, und es freute mich für ihn, weil er mir immer gesagt hatte, wie sehr er seine Mutter vermisste, wenn er mich mit meiner gesehen hatte.

Doch, ja, ich war froh, dass er nicht allein sein würde.

War ich wirklich.

Aber andererseits, im anderen Teil meines Kopfes, war ich nicht froh, weil Spandi mein bester Freund war und weil er jetzt nicht mehr da war und weil ich, während er schlief, mein Leben weiterleben musste, wach und allein.

Ich konnte mir gar nicht vorstellen, wie das gehen sollte.

Von jetzt an würde da ein Loch in unserem Leben sein, noch ein Loch zu all den Löchern, die die Welt schon in unser Inneres gestanzt hatte, und je länger ich drüber nachdachte, je öfter ich an die Stelle dachte, wo mein Freund hätte sein sollen, aber nie mehr sein würde, desto stärker wurde das Gefühl, dass mein Körper in sich zusammenbrach.

Ich wurde von Löchern gefressen.

Ich wollte ja stark sein – für ihn und für seinen Vater und für Jamilla, die vor Schmerz fast wahnsinnig war –, aber ich fand einfach nicht mehr die Kraft. Es war alles zu viel. Es war alles so ungerecht. Und ich konnte vor Tränen kaum noch atmen.

Spandi war tot.

Gestern war er noch da gewesen, hatte über die Liebe geredet und seine Karten hinter sich hergeschwungen. Jetzt wurde er auf den Schultern seines Vaters und dreier anderer Männer zur Moschee getragen.

Und zu allem schien auch noch die verflixte Sonne, lachte vom Himmel herab, wo sie doch mit uns hätte weinen sollen.

Das war nicht richtig. Aber alles war ja nicht richtig, und ich konnte mir nicht vorstellen, wie es je wieder richtig sein sollte.

Es war ein Selbstmordattentäter gewesen, hatte James gesagt, ein weiterer Selbstmordattentäter, der seinen ganzen Hass in einen Konvoi von ausländischen und afghanischen Soldaten gelenkt hatte.

Laut James war durch die Explosion ein Amerikaner in seinem gepanzerten Land Cruiser eingeklemmt worden und verbrannt. Einen hatte er also erwischt. Eine Leistung.

Aber um diesen einen Soldaten zu töten, hatte der Selbstmordattentäter auch sieben Afghanen ermordet. Und dann hatten die Soldaten, als sie sich angegriffen fanden, in ihrer Panik noch mehr unschuldige Menschen erschossen.

»Wer was getan hat, ist äußerst unklar«, hatte James gesagt. »Das Innenministerium und die ISAF haben Ermittlungen eingeleitet, und bis jetzt wissen sie offenbar nur, dass irgendwelche Soldaten das Feuer eröffnet haben, weil sie dachten, es sei ein Hinterhalt. Wer zuerst geschossen hat, ob Afghanen oder Internationale, weiß kein Mensch.«

Ich hatte genickt und James für die Information gedankt, aber eigentlich interessierte es mich nicht. Für mich war das nebensächlich. Das einzig Klare für mich war Spandis Überraschung, als ihm die Kugel in die Brust gedrungen war. Und jetzt lag er im Hof unserer alten Moschee, und ich konnte nichts weiter tun, als durch meine Tränen und die hellen Vorhänge, die ihn umgaben, die Schemen von Männern zu beobachten.

Unter geflüsterten Gebeten nahm Spandis Familie die Waschung seines kleinen Körpers vor, damit er sauber ins Paradies eintreten konnte. Dann hüllten ihn die Schemen von Kopf bis Fuß in die weiße Baumwolle des Kafan. Als das getan war, teilten sich die Vorhänge, und Spandi wurde herausgebracht, das Gesicht und alles, was ihn ausgemacht hatte, jetzt vor uns verborgen. Sein Vater, der etwa hundert Jahre älter geworden schien und wie ein Greis ging, bettete Spandi auf die am Boden liegende Bahre, damit der Mullah das Gebet für ihn sprechen konnte, das ihn auf den Weg ins nächste Leben schicken würde. Danach wurde Spandi auf die Schultern derer gehoben, die ihn liebten, und zum Friedhof getragen.

Viele Leute waren gekommen, um Abschied zu nehmen, und die Menge von traurigen Gesichtern teilte sich vor Spandi und seiner Familie und schloss sich dann hinter ihnen wieder. Wir waren alle da: ich, Jamilla, meine Mutter, Shir Ahmad, Georgie, May, meine Tante und ihre Familie und James, der Pir Hederi führte.

Und vor uns allen, bei den Männern aus Spandis Dorf, gingen Haji Khan und Ismerai. Wie sie von Spandis Tod erfahren hatten, wusste ich nicht, aber in Afghanistan verbreiten sich schlechte Nachrichten schnell.

An der Moschee, bevor wir auf den Friedhof mit den verschlissenen Fahnen gefallener Mudschaheddin und den mit Steinen gespickten Hügeln über den anderen Toten kamen, passierte es, dass Haji Khan und Georgie sich zum ersten Mal seit dem Tod ihres Babys sahen. Ich beobachtete, wie ihre Blicke sich trafen, aber sie traten nicht aufeinander zu, um sich an den Händen zu berühren. Der Abstand zwischen ihnen machte mich noch trauriger, weil ich sah, wie schwer es für sie beide war. Ganz kurz glitt ein Gedanke als Rot durch meinen Kopf, und ich spürte den Drang, sie anzuschreien, ihre Hände zu packen und sie zueinander zu zerren, ihnen zu sagen, sie sollten alles, was passiert war, vergessen, weil nur das Heute zählte und es morgen schon zu spät sein konnte, irgendetwas in Ordnung zu bringen. Aber ich tat es nicht. Konnte es nicht. Meine Kehle war voller Tränen, und ein Loch fraß mein Inneres. Vor allem aber konnte ich mich nicht dazu aufraffen. Sie waren alt genug, sich selbst um sich zu kümmern.

Als wir auf dem Friedhof waren, blieben die Frauen und die Ausländer ein bisschen zurück, während die Männer dem Mullah folgten. Dann rief der Heilige Mann Spandis Vater nach vorn und forderte ihn auf, seinen Sohn in das bereits ausgehobene Grab zu legen.

Es brach mir schier das Herz. Als Spandis Vater vorwärtsstolperte, dämmerte mir zum ersten Mal, wie schwer der Tod war – als ob eine Million Mauern auf einen stürzten. Obwohl über die Hälfte meiner Familie diesen Weg auch schon gegangen war, war es mir doch nie wirklich erschienen, eher wie eine Fernsehsendung, die plötzlich abbrach, oder ein ausgelöschtes Bild. Aber das hier war anders. Das hier war das schreckliche Ende von allem, und ich konnte es kaum ertragen.

Mit tränennassem Gesicht nahm Spandis Vater das weiße Bündel, das mein Freund gewesen war, auf die Arme und stieg damit behutsam hinab in die Erde, bettete seinen

Sohn mit der linken Körperseite nach unten in das kleine Loch, wo er jetzt für immer liegen würde. Als er ihn losließ, bückte er sich und wiederholte an seinem Ohr die Worte des Koran, die der Mullah droben sprach. Dann langte er hinauf, nahm die flachen Steine, die dort bereitlagen, und legte sie auf Spandis Körper, schloss ihn in seinem Grab ein. Ich sah, dass es ihn seine ganze Kraft kostete, denn bei jedem Stein verharrte seine Hand zitternd über dem Körper seines Sohnes, und er musste sie hinabzwingen.

Schließlich trat ein Mann, der wohl ein Onkel väterlicherseits sein musste, ans Grab und half Spandis Vater wieder hinauf ans Licht, wo wir Übrigen auf ihn warteten. Der Mann fasste ihn an den Armen, grub die Finger in die Ärmel seines Salwar Kamiz, um ihn aufrecht zu halten, weil seine Beine schwach vor Schmerz waren. Dann gingen die Leute einer nach dem anderen an Spandis Vater vorbei, um ans Grab zu treten und drei, vier Schaufeln Erde auf die Steine zu werfen.

Während die lange Schlange von Männern vorrückte, sah ich plötzlich aus den Augenwinkeln etwas leuchtend Blaues und drehte den Kopf, um genauer hinzugucken. Da stand Pir der Verrückte und starrte zurück. In seinen Augen standen Tränen, und als sich unsere Blicke trafen, verschwamm alles, und die Form seines Gesichts löste sich auf.

Ich wäre nie auf die Idee gekommen, dass ein Verrückter einen Jungen vermissen könnte, und plötzlich schämte ich mich für alles, was wir ihm je angetan hatten, denn jetzt war mir klar, dass er ein Herz hatte wie jeder andere.

Als ich mir die Tränen aus den Augen wischte, sah ich Pir vortreten und die Schaufel von einem anderen Mann entgegennehmen, um drei kleine Häufchen Erde auf Spandi zu kippen. Und als er das tat, sah ich Haji Khan mit verwirrtem Gesichtsausdruck zu Georgie hinübergucken. Auch sie schien verdutzt über den Mann dort vor ihnen, mit den rissigen schwarzen Füßen, dem dreckigen, filzigen Haarhelm und dem prächtigen blauen Schaffellmantel, der offensichtlich für eine Frau gemacht war.

23

Ich glaube, nach Spandis Tod war ich ein bisschen verrückt, weil meine Gedanken und Gefühle einfach nicht zur Ruhe kommen wollten. Auch wenn ich mich mit ganzer Kraft darauf konzentrierte, sie anzuhalten, drehten sie sich immer weiter. Im einen Moment war ich trauriger als traurig, im nächsten war ich wütend wie ein Stier, den eine Biene gestochen hat, und gleich darauf war mein ganzer Körper so taub, dass ich mich fragte, ob das Gottes Art war, den Schmerz abzustellen, so wie wenn eine Ratte den Finger eines Leprakranken abfrisst.

Ich war immer entsetzt gewesen über die Lepra-Geschichten, die mir Jahid erzählte – wie die Nasen der Kranken über Nacht verschwanden, weil sich alle möglichen Tiere über ihre Gesichter hermachten –, aber jetzt schien es mir gar nicht so übel, einfach stückchenweise im Schlaf zu verschwinden. Als ich das am Tag nach Spandis Beerdigung Pir Hederi erzählte, war klar, dass er es nicht verstand.

»Ich glaube, du solltest erst mal ein paar Tage zu Hause bleiben«, sagte er nur.

Da Jamilla vor lauter Tränen auch noch nicht wieder in den Laden kommen konnte, nahm ich das Angebot an.

Seltsamerweise schienen alle Erwachsenen bei mir im

Haus der Meinung, Beschäftigung sei das Beste für mich, weshalb sie mich die ganze Zeit nervten, ich solle doch dies oder jenes tun, bis ich mich schließlich, als sie ein Spiel namens Twister hervorholten und sich auf dem Fußboden zu verknoten begannen, gezwungen sah zu sagen: »Nein. Ganz einfach nein.« Und wegging, um meine Ruhe zu haben.

In meinem Zimmer versuchte ich, mich in ein Buch zu flüchten, das mir Shir Ahmad gegeben hatte, über lauter berühmte Leute mit Namen wie Einstein, Nightingale, Pasteur, Picasso, Tolstoi, Jeanne d'Arc, Sokrates und Kolumbus. Den Seiten zufolge, die ich schon gelesen hatte, hatten sie alle ziemlich beeindruckende Dinge vollbracht, in der Mathematik, in der Medizin, als Krieger und als Reisende und manche sogar einfach nur als Denker. Leider sagte das Buch aber auch, dass sie alle tot waren, was auch nicht gerade geeignet war, mich von Spandi abzulenken.

»Das braucht Zeit, Herzchen«, erklärte May, als ich sie in der Küche traf.

Ich nickte.

»Zeit, Fawad, das ist alles, was du brauchst«, erklärte auch James, als er im Garten von seinem Laptop aufblickte.

Ich nickte wieder.

»Was hilft, ist Zeit«, bestätigte Georgie, als sie mir auf dem Weg zur Arbeit auf der Treppe begegnete.

»Wie viel Zeit?«, fragte ich.

»Oh, das ist wohl individuell verschieden, aber da Spandi so ein guter Freund von dir war, kann ich mir vorstellen, dass es schon einiges an Zeit braucht.«

Damit war das also klar: Ich brauchte nur Zeit, aber davon brauchte ich einiges.

In diesen Tagen merkte ich, dass nur meine Mutter wirklich verstand, was ich durchmachte, denn sie sagte gar nichts. Sie nahm mich einfach nur in die Arme, wenn ich in ihr Zimmer kam und mich zu ihr setzte, und ließ mich ansonsten allein.

Nach Spandis Beerdigung waren wir alle in unser Haus zurückgekehrt, um im Garten Tee zu trinken, nur Georgie war durchs Tor verschwunden, um mit Haji Khan in seinem Land Cruiser zu sitzen. Er war kurz nach uns gekommen und hatte Abdul geschickt, Georgie nach draußen zu holen.

Normalerweise wäre ich schrecklich neugierig gewesen, was sie da redeten, aber mein Interesse war weg, und ich war mir nicht sicher, ob es je wiederkommen würde. Ja, ich dachte sogar, dass Erwachsene trotz ihrer Körpergröße einfach unglaublich dumm waren: Leute sprengten andere Leute in die Luft, Soldaten schossen auf Kinder, Männer kümmerten sich nicht um Frauen, die sie doch angeblich liebten, die Frauen, die wiederum sie liebten, taten so, als liebten sie sie nicht, und wenn ich Pir Hederi aus der Zeitung vorlas, schien jeder, um den es dort ging, viel mehr an Regeln und Streitereien und der Parteinahme für irgendeine Seite interessiert zu sein als am eigentlichen Leben.

Der indische Schauspieler Salman Khan, der nicht ganz so berühmt ist wie Jamillas Traumehemann Shah Rukh Khan, hatte einmal in einer Zeitschrift, die ich beim Shar-e-Naw-Park gefunden hatte, erklärt, im Leben müsse man »immer den geraden und den rechten Weg nehmen«. Ich dachte eine Weile darüber nach und kam zu dem Schluss, dass das nicht richtig sein konnte. Da aber Salman Khan ein berühmter Schauspieler war und ich nur ein Junge, den ein paar Leute aus der Chicken Street kannten, beschloss ich, es auszuprobieren. Ich ging die Hauptstraße von Shar-e Naw geradeaus, bog dann rechts in Lane Three ein. Als ich wieder geradeaus und nach rechts ging, landete ich in Kooch-e Kusab, der Straße der Metzger. Ich befolgte die Anweisung ein drittes Mal und gelangte in Lane Two. Ich ging geradeaus und nach rechts und kam wieder auf die Hauptstraße von Shar-e Naw, wo ich losgegangen war. Da wusste ich: Egal, was Salman Khan sagte, und egal, wie viele Männer er getötet und wie viele Frauenherzen er erobert hatte, manchmal musste man im Leben einfach nach links gehen.

Am dritten Tag nach Spandis Beerdigung kam Haji Khan wieder zu unserem Haus. Aber diesmal schickte er Abdul nicht nach Georgie, sondern nach mir.

Er stand auf der Straße, bewacht von einem seiner Leibwächter.

»Ich dachte, wir könnten vielleicht zusammen zu Spandis Familie fahren«, sagte er.

»Okay, ich sag meiner Mutter Bescheid«, antwortete ich.

In Afghanistan gibt es, wenn Leute sterben, genau festgelegte Zeiten für Gebete. Zuerst werden natürlich am Tag der Beerdigung Gebete gesprochen, dann noch mal drei Tage später, dann wieder, wenn eine Woche vorbei ist, dann vierzig Tage nach der Beerdigung und schließlich nach einem Jahr. Das war das erste Mal, dass ich richtig an dem ganzen Vorgang des Abschiednehmens von einem Toten beteiligt war, und ich fragte mich, wie oft ich das noch würde tun müssen, bevor mein eigenes Leben endete.

Ich freute mich nicht gerade darauf, wieder nach Khair Khana zu gehen, aber am Ende war ich froh, dass ich es getan hatte, weil es fast schon schön war. Im Hause seines Bruders fand ich Spandis Vater umgeben von Leuten, die gekommen waren, um die Worte Allahs nachzusprechen und um eigene Worte des Beistands und der Hoffnung an den Trauernden zu richten. Als sie ihm durch ihren Händedruck und durch leises Zureden ihre Liebe einflößten, sah ich, wie es ihm half, denn er wirkte jetzt kräftiger als bei der Beerdigung und nicht mehr annähernd so gebrochen. Und mir half es auch, weil es mir zeigte, dass, abgesehen von den Politikern und ihrer Streiterei, abgesehen von den Selbstmordattentätern und ihrem Morden und abgesehen von den Soldaten und ihren Gewehren, die Menschen gut waren. Die gewöhnlichen Afghanen waren gute Menschen. Obwohl ich Mühe hatte, mein Gehirn zu kontrollieren, wusste ich doch, dass ich mich an dieser einen Wahrheit festhalten musste.

Im kleinen Wohnzimmer von Spandis Onkel stellten Dutzende von Menschen, die ich nicht kannte, ihr eigenes Leben und ihre eigenen Probleme eine Zeitlang beiseite, um eines kleinen Jungen zu gedenken, der mein bester Freund gewesen war. Ich sah die Trauer in ihren Augen, und ich sah, dass sie echt war. Ich hörte ihr leises Murmeln, und ich wusste, dass es aufrichtig war.

Ich nahm diese Bilder und Geräusche und speicherte sie in meinem Kopf, damit ich immer wusste, dass da mehr war an Afghanistan und den Afghanen als nur Krieg und Töten.

»Als ich etwa so alt war wie du, starb einer meiner besten Freunde.«

Haji Khan fuhr den Wagen und rauchte. Neben ihm saß ein Mann mit einem Gewehr, das genauso furchterregend aussah wie er selbst. Ich saß hinten und kam mir klein vor.

Als er das sagte, sah ich auf und ertappte ihn dabei, wie er mich im Rückspiegel beobachtete. Seine Augen waren schwarz wie die Nacht, und seine Stirn über den dicken schwarzen Augenbrauen durchzogen Falten. Er sah gleichzeitig furchteinflößend und nett aus, was man eigentlich für unmöglich halten sollte. Ich musste an Georgies Geschichte denken, wie er vor so vielen Jahren in ein abgelegenes Dorf in Shinwar gefahren war, nur um sie zu sehen.

»Wie?«, fragte ich. »Wie ist Ihr Freund gestorben?«

»Wir haben am Fluss gespielt, in Shukrud, einem Dorf bei Jalalabad, wo das Wasser rot aus den Bergen kommt. Er ist reingefallen und ertrunken.«

»Das muss ja ein tiefer Fluss gewesen sein.«

»Nein, gar nicht mal. Ich glaube, er war mit dem Kopf auf einen Stein geschlagen, als er ausrutschte, denn als ich merkte, dass er nicht nur Blödsinn machte, und ihn herausziehen wollte, hatte er eine tiefe Platzwunde am Kopf.«

»Sie dachten, er tut nur so?«

»Ja, ich fürchte, das habe ich gedacht. Hey! Mutter einer Kuh!«

Haji Khan fuhr einen jähen Schlenker, um einem einbeinigen Mann auszuweichen, der auf einem Fahrrad fast in der Mitte unserer Spur fuhr. Nachdem er den Krüppel, der, wenn er nicht besser aufpasste, bald auch das andere Bein verlieren würde, angehupt und mit einem finsteren Blick bedacht hatte, sah mich Haji Khan im Rückspiegel reuig an.

»Entschuldigung«, murmelte er. »Erzähl Georgie lieber nicht, dass ich das gesagt habe.«

»Was?«, fragte ich.

Und er sah mich wieder im Spiegel an, und seine Augen lächelten.

»Und wie haben Sie sich gefühlt, als Ihr Freund gestorben ist?«, fragte ich.

»Nicht gut.«

»Ich fühle mich auch nicht besonders«, gestand ich.

»Das wird sich auch so schnell nicht ändern«, sagte Haji Khan achselzuckend, »und vielleicht ändert es sich nie. Ich denke heute noch an meinen Freund.«

»Oh … das ist ganz schön lange.«

»Ja«, stimmte mir Haji Khan zu. »Manchmal denke ich, die Toten haben es leicht. Das Schwierige ist, am Leben zu bleiben, und vor allem, am Leben bleiben zu wollen.«

Als wir unser Haus erreichten, griff Haji Khan zwischen die Vordersitze seines Land Cruisers, wo ein kleines Fach war. Er zog ein Buch heraus und reichte es mir nach hinten. Es war in ganz weiches Leder gebunden, so weich wie Babyhaut, und enthielt ungefähr hundert handgeschriebene Gedichte auf Paschtu. Als ich es durchblätterte, sah ich, dass da kein einziges Gedicht war, in dem es nicht um Liebe ging.

Ich sah Haji Khan an, wusste nicht, was sagen.

»Das ist nicht für dich.« Er lachte, als hätte er den beunruhigenden Gedanken gelesen, der sich in meinen Kopf schlich. »Es ist für Georgie. Aber vielleicht kannst du ihr diese Gedichte ja ab und zu mal vorlesen, weil sie immer noch zu faul ist, um Paschtu zu lernen.«

»Okay«, sagte ich erleichtert. »Haben Sie die geschrieben?«

»Ich?« Er lachte wieder. »Nein. Die sind von einem Mann aus meinem Dorf. Er hat die Gabe. Ich habe nur das Geld, um ihn dazu zu bringen, seine Worte niederzuschreiben.«

»Aber Georgie versteht doch kein Wort Paschtu«, rief ich ihm in Erinnerung.

»Nein, das stimmt. Aber sie kennt den Klang der Liebe, und sie kennt das Wort für Liebe.«

Mina. Liebe. Meine Schwester.

»Und«, unterbrach Haji Khan meine Gedanken, »würdest

du ihr sagen, dass ich das Haus für sie hergerichtet habe, dass alles für ihr Kommen bereit ist? Ismeral wird dort sein.«

»Und wo werden Sie sein?«, fragte ich.

»Ich werde … ihr Zeit lassen.«

Ich konnte es nicht ausrichten, weil Georgie nirgends zu finden war. Da es noch ziemlich früh war, sagte ich mir, dass sie wahrscheinlich noch in ihrem Büro saß und Pläne fürs Ziegenkämmen machte. James dagegen war schon da, was mich nicht sonderlich überraschte. Als ich mir ein Glas Wasser holte, stürzte er sich sofort auf mich.

»Psst! Fawad! Komm her!«

Ich seufzte tief und theatralisch, damit er begriff, *wie* leid ich es war.

»Ich will keins von euren blöden Spielen spielen«, erklärte ich. »Und außerdem verstoßen sie garantiert gegen den Islam.«

»Was in aller Welt meinst du?«, fragte James und guckte ein bisschen gekränkt. »Twister, mein lieber Junge, verstößt nicht gegen den Islam. Es ist ein Wettspiel, bei dem es um Geschicklichkeit geht, um Agilität – Beweglichkeit – und Mut.«

Ich sah James an und hob die Augenbrauen, wie May es immer tat, wenn sie wusste, dass er Quatsch redete.

»Okay, okay«, räumte er ein, »und außerdem erlaubt es einem, Frauenhintern zu berühren.«

»Na, bitte! Ich sage doch, es verstößt gegen den Islam!«

»Spitzfindigkeit, Fawad, reine Spitzfindigkeit. Und jetzt komm mit, ich will dir was zeigen.«

Wie geheißen folgte ich James ins Wohnzimmer und zu dem Tisch, an dem May am liebsten arbeitete. Auf dem Tisch stand ein kleines Kästchen, und daneben lag ein Stück grün-silbernes Papier.

»Okay«, sagte er, »guck mal rein und sag mir, was du davon hältst.«

Er gab mir das Kästchen. Ich klappte es auf und fand darin einen wunderschönen Ring, einen Silberreif mit einer Schicht Gold darauf, in die winzige Blumen eingeritzt waren.

Ich sah James an, wusste nicht, was sagen.

»Guck mich nicht so an!« Er lachte. »Der ist für Rachel. Ich wollte nur wissen, ob du glaubst, dass er ihr gefällt, bevor ich ihn einpacke.«

»Er gefällt ihr bestimmt. Wollt ihr heiraten?«, fragte ich, und vor Überraschung rutschte meine Stimme nach oben.

»Was? Nein! Nein, natürlich nicht.« James schien noch überraschter als ich. »Er ist ein Geburtstagsgeschenk.«

»Oh.«

»Mist! Du glaubst doch nicht, sie wird denken, ich mache ihr einen Antrag, oder?«

Ich zuckte die Achseln.

»Oh, Mist!«, flüsterte James und raufte sich das Haar, das wirklich mal wieder gewaschen gehörte. »Mist! Mist, verdammter!«

Kurz nachdem sich der Ruf zum Abendgebet durch die Luft geschwungen hatte und meine Mutter über die Straße gegangen war, um mit Homeira »etwas zu besprechen«, kam Georgie nach Hause, Dr. Hugo im Schlepptau. Das stellte mich vor ein Problem. Ich mochte den Arzt wirklich – er war sanftmütig und nett, und er flickte Kinder zusammen, denen Landminen die Beine abgerissen hatten –, aber ich war ein bisschen im Zwiespalt, wen ich lieber mochte, ihn oder Haji Khan. Dr. Hugo rettete Afghanen, aber Haji Khan war Afghane. Jedenfalls hatte ich das Gefühl, dass ich Georgie das Buch mit den Gedichten besser nicht in seiner Anwesenheit geben sollte, und da ich wusste, dass meine Augen immer verrieten, was in meinem Herzen war, und dass ich noch nicht mal den Mund halten konnte, blieb ich in meinem Zimmer.

Keine zehn Minuten später klopfte Georgie an.

»Warum verkriechst du dich hier drinnen?«, fragte sie, nachdem ich »Herein!« gerufen hatte.

»Ich ruhe mich ein bisschen aus«, log ich.

»Ach? So einen anstrengenden Tag gehabt?«

Und natürlich rutschte mir die Wahrheit heraus.

»Ja, heute war wirklich ganz schön viel los. Haji Khan hat mich abgeholt, und wir sind in seinem Auto nach Khair Khana gefahren, mit einem Mann mit einem Gewehr, weil wir dort für Spandi beten wollten. Dann hat er mich wieder hergebracht und mir von seinem besten Freund erzählt, der als Junge gestorben ist, weil er sich in dem roten Fluss den Kopf angeschlagen hat, und dann hat er mir ein Buch gegeben und gesagt, ich soll dir ab und zu draus vorlesen, weil du so faul bist.«

»Ach, das hat er gesagt?«

»Ja.«

»Verstehe.«

Ich langte nach dem Buch unter meinem Kopfkissen und gab es ihr. Georgie nahm es behutsam in die Hände und strich mit ihren langen Fingern über den Einband, ehe sie es vorsichtig aufschlug.

»Wunderschön«, flüsterte sie, und ich nickte.

»Und er hat mir noch gesagt, dass das Haus für dich bereit ist und dass Ismerai dort sein wird.«

Georgie nickte. »Das ist nett«, sagte sie.

»Ich wusste gar nicht, dass du nach Jalalabad willst.«

»Ich habe dort zu tun. Ich fahre morgen hin, weil ich noch mal mit Baba Gul über seine Ziegen reden muss.« Georgie sah ein bisschen traurig aus. »Hey! Sollen wir deine Mutter fragen, ob du mitdarfst?«

Ich dachte kurz darüber nach, und weil mir eigentlich nicht nach einer Reise war und ich das Gefühl hatte, ich sollte mich lieber ein bisschen mehr auf Spandi konzentrieren, wollte ich schon Nein sagen, aber dann dachte ich an Salman Khan und bog links ab statt rechts.

»Okay«, sagte ich schließlich.

»Toll!« Georgie lächelte und machte einen Schritt rückwärts in Richtung Tür, in der einen Hand das Buch von Haji Khan, während sie mir die andere hinstreckte. »Und jetzt komm mit«, befahl sie. »Ich glaube, wir werden etwas Interessantes erleben.«

Im Wohnzimmer des großen Hauses lag eine Matte auf dem Fußboden, und Essen aus der Taverne du Liban stand, auf Pappteller verteilt, vor May, ihrer haarigen Freundin Geraldine, Dr. Hugo, James und Rachel, die sich heimlich ins Haus geschlichen haben musste, als ich gerade nicht hingeguckt hatte, was bewies, dass ich noch nicht wieder ich selbst war.

James sah aus wie der leibhaftige Tod.

»Hallo, Rachel, alles Gute zum Geburtstag!«, sagte ich.

»Hallo, Fawad, vielen Dank. Wie geht es dir?«

»Ach, geht so, ganz okay«, sagte ich.

»Gut«, sagte sie mit ihrer speziellen singenden Stimme. »Manchmal brauchen wir alle einfach nur ein bisschen Zeit.«

Da heute Rachels Geburtstag war, verkniff ich mir das tadelnde Zungenschnalzen und lächelte. Ich setzte mich neben sie, da sie ein Stück gerutscht war, um mir Platz zu machen. Das war ein richtiger Glücksfall, weil James uns gegenübersaß und ich sein Gesicht genau im Blick hatte. Seine Haut war weißer als Papier.

Wie immer verschwand das Essen aus dem libanesischen Restaurant im Nu in unseren Mündern – ein Junge, der vor seinem Vater zur Welt kommt, ist langsam dagegen. Nur James rührte kaum etwas an, und während wir das Mahl mit sprudelndem Pepsi hinunterspülten – lachend, weil Geraldine dabei den lautesten Rülpser losließ, den ich je von einer Frau gehört hatte –, wurde der Journalist immer stiller und stiller, und sein Gesicht war jetzt so grünlich, dass ich dachte, er würde sich gleich übergeben.

»Zeit für die Geschenke!«, rief Georgie und zwinkerte James zu.

»Ja, ja«, sagte James, aber es klang, als wäre er gar nicht einverstanden.

Als Rachel in die Hände klatschte und quietschte wie ein kleines Mädchen, zuckte er zurück, als wäre er gerade gebissen worden.

Allmählich fand ich es ziemlich lustig.

Georgie überreichte als Erste ihr Geschenk, ein hübsches grünes Tuch, das Rachel wirklich gut stand. Dann bekam Rachel von Dr. Hugo einen kleinen Plastikkasten mit Verbandszeug, ein paar Spritzen, Salben und anderen Sachen, die im Notfall ganz nützlich sein mochten, aber wohl kaum das Geschenk waren, das man sich erträumte. Als Nächste schenkte ihr May ein gerahmtes Foto von Buzkashi-Spielern aus Mazar-e Sharif, wobei sie erklärte, es sei von ihr »und Geri«.

»Und hier, äh, eine Kleinigkeit von mir«, sagte James schließlich. »Herzlichen Glückwunsch.«

Er klang nicht allzu überzeugend, und sein Arm schien aus Wackelpudding, als er ihr das grün-silbern eingepackte Kästchen hinstreckte. Rachel schien es allerdings nicht aufzufallen.

»Oooh«, sagte sie, riss das Papier auf und öffnete vorsichtig das Kästchen.

Als ihr das Silber und Gold entgegenfunkelten, hielten alle den Atem an. Rachel nahm den Ring langsam heraus und drehte ihn in den Fingern.

»Der ist wunderschön, James«, sagte sie leise. »Und ich fühle mich wirklich sehr geehrt. Das ist so süß von dir. Aber … weißt du … tut mir leid … ich kann dich einfach nicht heiraten.«

James stöhnte. »Das habe ich befürchtet«, sagte er. »Es ist einfach nur ein Ring, Rachel, ich wollte nicht …«

Er brach mitten im Satz ab, weil alle lachten, Rachel am allerlautesten.

»Ich weiß, James!«, sagte sie. »War nur ein Witz! Georgie hat mir von deiner kleinen Panikattacke erzählt!«

James stöhnte wieder und schlug sich an die Stirn, was etwas Farbe in sein Gesicht zurückbrachte.

»Aber der Ring ist wirklich schön«, erklärte Rachel. »Danke. Ich werde ihn immer in Ehren halten.«

»Gern geschehen – unterm Strich.«

James grinste, als er sich über die Matte beugte, um ihr einen Kuss zu geben.

»Hey«, sagte er, als er sich wieder aufsetzte, »was heißt, du ›kannst mich einfach nicht heiraten‹?«

Rachel kicherte. »Sieh dich doch an! Du bist ein Chaot, Schatz, ein struppiger – und meistens betrunkener – Chaot. Wie sollte ich dich je meinen Eltern vorstellen?«

»Also hör mal …«

»Und außerdem ist dein Nachname Allcock!«

»Das ist ein sehr ehrbarer, alter englischer Name.«

»Mag schon sein, James, aber ich kann unmöglich als Mrs Allcock durch mein restliches Leben gehen!«

Und alle prusteten los, außer James, der ein bisschen enttäuscht schien, und mir, weil ich dachte, dass Rachel eine tolle Mrs Allcock abgeben würde. Nach den Schatten zu urteilen, die jetzt über James' Gesicht huschten, schien er das auch zu denken.

24

Als wir die grauen Berge hinabkurvten, dem Blau von Surobi entgegen und dem Grün der Ebene, die nach Jalalabad führte, ging mir plötzlich auf, dass diese Reise immer auf irgendeine Katastrophe in meinem Leben folgte – beim ersten Mal war es der Messerstich in den Hintern des Franzosen gewesen, und jetzt war es Spandi –, und ich konnte den Gedanken nicht abschütteln, was wohl passiert sein würde, wenn ich je wieder hier entlangfuhr. Würde meine Mutter gestorben sein? Würde Jamillas Vater seine Tochter für eine Haschisch-Nacht verkauft haben? Würde ich eines Morgens aufgewacht sein und festgestellt haben, dass jetzt eine Ratte mit meiner Nase im Magen durch Kabul lief?

Diese Gedanken verdarben mir die Reise, ehrlich gesagt, ziemlich. Außerdem schwitzte ich hinten im Wagen wie ein fetter Mann in einem Patu, weil die Klimaanlage kaputt war. Obwohl man von Kabul nach Jalalabad nur ein paar Stunden fuhr, war die Sonne hier etwa hundertmal stärker, und im geschlossenen Innenraum des Land Cruisers, der uns vor dem Mittagessen abgeholt hatte, nahm mir ihre Hitze fast die Luft.

Georgie tat auch nicht viel, um die Fahrt lustiger zu machen, da sie fast die ganze Zeit vorn auf dem Beifahrersitz mit ihrem Büro telefonierte, was daran lag, dass der Handyempfang immer wieder mitten im Gespräch abbrach.

»Hast du Hunger?«, fragte sie mich schließlich und klappte ihr Handy zu, als wir vor dem Durunta-Tunnel anhalten mussten. Zwei riesige Lastwagen steckten im Tunnel fest, weil sie nicht aneinander vorbeikamen, aber wegen all der anderen Autos, Taxis und Land Cruiser, die hinter ihnen standen, auch nicht zurückkonnten.

»Hunger ist untertrieben«, antwortete ich.

Am Morgen hatte ich nur ein bisschen Brot mit Honig gegessen, weil Eier von unserem Speisezettel gestrichen waren, seit meine Mutter eine Nachrichtenmeldung gehört hatte. Anscheinend würden wir demnächst alle an Vogelgrippe sterben, also war jetzt alles, was mit Hühnern zu tun hatte, aus unserem Haus verbannt.

»Gut, dann komm, steig aus«, sagte Georgie.

Wir ließen den Wagen in der Obhut des Fahrers, weil klar war, dass er sich so schnell nicht vom Fleck rühren würde, und sprangen hinaus ins Chaos der Straße. Um uns herum war die Luft erfüllt von gereizten Rufen und wütendem Hupen, während mehrere Polizisten das Durcheinander zu entwirren versuchten. Wie üblich beachteten die Leute sie so gut wie gar nicht, ja, manche stiegen sogar aus, um ihre eigenen Anweisungen zu brüllen, während andere Autos sich aneinander vorbeiquetschten, um vielleicht doch irgendwie in den Tunnel zu gelangen.

Ich stellte mir vor, wenn ich ein Vogel wäre und aus der Luft auf die Straße herabblickte, würde sie aussehen, als wäre eine riesige Decke aus Metall darübergebreitet.

Wir schlängelten uns durch das Brummen und Knattern

von Motoren und erreichten schließlich eins der Fischrestaurants an der Straße. Draußen stand ein Mann vor einer Blechschüssel mit zischendem, spritzendem Öl. Er winkte uns nach drinnen, weg von dem Geruch von brennendem Fett und Autoabgasen.

Wir gingen an ihm vorbei, durch einen kleinen Raum, wo ein paar Männer auf dem Boden saßen und mit ihrem Brot Fischstücke zerlegten oder sich nadelfeine Gräten aus dem Mund zogen. Wir nickten ihnen zu, sie nickten zurück, und wir traten durch eine Tür auf der Rückseite des Restaurants.

Vor uns leuchtete der blaugrüne Durunta-See vor einer zerklüfteten Kette von braunen Bergen. Es war unglaublich schön. Und es wäre auch unglaublich friedlich gewesen, hätte man nicht die ganzen Männerstimmen gehört, die anderer Männer Mütter beleidigten.

Ein kleiner, dünner Mann mit einem kleinen, dünnen Oberlippenbart und ohne Kinnbart winkte uns in einen weiteren kleinen Raum, der direkt auf dem Ufer des Sees balancierte. Der Raum hatte ein riesiges Fenster, und der Mann machte sich daran, mit einem Geschirrtuch eine Wolke von Fliegen aufzuscheuchen, die ein paarmal im Kreis herumschwirrten, ehe sie sich wieder an ihrem ursprünglichen Platz niederließen.

Wir setzten uns auf leuchtend rote Kissen voller fettiger Fingerabdrücke, und Georgie bestellte zwei Dosen Pepsi, einen Teller Nan-Brot und Fisch.

Ich guckte aus dem Fenster und sah ein winziges Boot mit hübschen farbigen Bändern auf dem Wasser dümpeln. Und unter uns sah ich einen schmächtigen Jungen, etwa so alt wie ich, das Ufer heraufklettern. Sein Oberkörper war nackt, und seine aufgerollten Hosenbeine hatten nasse Flecken.

»Na ja, wenigstens ist der Fisch frisch«, bemerkte Georgie, denn der Junge trug eine Plastikschüssel voller zuckender, magerer Fische.

»Ja, das ist schon mal was«, sagte ich und machte es mir wieder auf den dreckigen Sitzkissen bequem. »Und warum musst du noch mal zu Baba Gul?«

»Ich muss noch ein paar Einzelheiten regeln«, antwortete Georgie. »Die Organisation, für die ich arbeite, hat gerade einen Haufen Geld gekriegt, und es hat sich eine große Chance aufgetan, dieses Kaschmirprojekt voranzubringen.«

»Was für eine Chance?«

»Na ja, wir versuchen schon seit Längerem, Geschäftsleute dazu zu kriegen, in das Projekt zu investieren, und jetzt hat eine italienische Firma Interesse daran gezeigt, sich hier an einer Fabrik zu beteiligen. Das würde eine Menge Arbeitsplätze schaffen, Fawad. Und es würde zugleich eine gewisse Nachfrage nach Kaschmir erzeugen, was für Tausende von Bauern eine zusätzliche Einkommensquelle bedeuten würde. Ich will, dass Baba Gul und seine Familie dabei mitmachen. Und außerdem dachte ich, es wäre eine Gelegenheit für dich, deiner Freundin Hallo zu sagen.«

»Sie ist nicht meine Freundin!«, protestierte ich und schlug Georgie mit einer Fliegenklatsche, die auf dem Boden herumgelegen hatte.

»Aber du weißt, wen ich meine, oder?«

»Ach, halt den Mund, Georgie!«

»Ach, halt den Mund, Fawad!«

Lachend begannen wir, an dem grätigen Fisch herumzupicken, der jetzt auf Papptellern serviert wurde. Und beim Essen dachte ich an Mulallah, wie sie über die Ziegenweide rannte, das flatternde rote Tuch wie der Schweif einer Feuerwerksrakete, und ich fragte mich, ob Georgie recht hatte und Mulallah wirklich meine Freundin werden würde.

Nach dem Mittagessen hielten wir nicht bei Haji Khans Haus, sondern fuhren, indem wir uns hupend durch das Gewimmel von Menschen, Autos und Tuk-Tuks auf den gelben Straßen arbeiteten, quer durch Jalalabad und dann weiter, vorbei am Bild von Haji Abdul Qadir und in den Tunnel aus Bäumen, bis wir schließlich zur Abzweigung nach Shinwar kamen.

Jetzt, wo wir fast da waren, kribbelte es in meiner Magengegend, wenn Mulallahs Gesicht in meinem Kopf auftauchte, und ich betete, dass Baba Guls Hütte noch dort stand, wo wir sie vor ein paar Monaten zurückgelassen hatten.

Als wir den steinigen Fahrweg – die Hauptstraße hier, soweit ich sehen konnte – entlangrumpelten, glaubte ich die Ziegenweide wiederzuerkennen, wo wir in der Wintersonne herumgetollt waren, aber von den Ziegen des alten Mannes oder von meiner Freundin war nichts zu sehen. Mein Herz pochte schneller, als wir an der Abzweigung vorbeifuhren, die meiner Meinung nach zu Baba Guls Hütte führte. Ich sah Georgie an, die ebenfalls verwirrt schien.

»Zalmai«, sagte sie zum Fahrer, »wo fahren wir hin?«

»Baba Gul wohnt jetzt woanders«, war alles, was er sagte.

Vor uns wurden die Berge, in denen Pakistan begann, immer größer, und wir fuhren an seltsamen steinigen Feldern vorbei, die wie uralte Treppenstufen aussahen, bis wir schließlich bei ein paar Steinmauern, die ein Blumenfeld einfassten, nach links abbogen. Etwa zehn Minuten später, am Ende eines staubigen Fahrwegs, der uns Sandschwaden in den Mund schleuderte, weil Georgie das Fenster zu spät hochkurbelte, hielten wir bei einem kleinen Haus. Davor standen Reihen von jungen Bäumchen, umzäunt gegen die hungrigen Ziegen, die gleich daneben grasten. Es waren

Baba Guls Ziegen, und sie wirkten viel dünner als beim letzten Mal, weil man ihnen in der Zwischenzeit ihre Wollmäntel weggenommen hatte, um daraus Wollmäntel für Menschen zu machen.

Zalmai stieg aus, und wir folgten ihm.

»Agha Baba Gul Rahman!«, rief er.

Mulallahs Mutter trat aus der Vorhangtür in die Sonne hinaus. Sie sah dicker aus, als ich sie in Erinnerung hatte, und das zusätzliche Fleisch schien einen Teil der Falten in ihrem Gesicht ausgebügelt zu haben. Sie kam mit einem breiten Lächeln auf Georgie zu, um sie zu begrüßen. Als sie bei ihr ankam, stellte sie sich auf die Zehenspitzen, nahm Georgies Gesicht zwischen die Hände und küsste sie dreimal auf jede Wange.

Georgie erwiderte die Begrüßungsküsse, aber ich sah die Verwirrung in ihren Augen, als Mulallahs Mutter schnell und fröhlich auf Paschtu auf sie einsprach.

»Sie sagt, möge Allah dir tausend Wünsche erfüllen – du bist ihre Schwester«, erklärte ich, während Georgie ins Haus gezogen wurde.

»Sag ihr, das ist sehr nett, und ich hoffe, Gott lohnt ihr ihre Freundlichkeit mit einer Million weiterer positiver Dinge«, erwiderte Georgie, also sagte ich es ihr.

An der Tür streiften wir unsere Schuhe ab und folgten dann Baba Guls Frau nach drinnen, wo Mulallah und zwei ihrer Brüder gerade den Staub von den langen Sitzkissen wischten, damit wir uns setzen konnten.

»Salam aleikum«, sagte Mullalah und umschlang Georgies Taille, ehe sie mir die Hand gab. Ihre Brüder streckten uns schüchtern die Hand hin und brachten ihren Gruß nur kichernd heraus.

Baba Gul war nirgends zu sehen.

»Hier wohnt ihr jetzt?«, fragte ich, erstaunt und froh über diese Entwicklung. Entweder hatten sie dieses Frühjahr eine Menge Ziegen gekämmt, oder Baba Gul hatte beim Kartenspiel den Teufel auf seiner Seite gehabt.

»Ja, schön, was?«, antwortete Mulallah. »Wenn man bedenkt, dass ich vor ein paar Monaten noch sterben wollte.«

Bei nassem Tee und trockenem Kuchen teilten Mulallah und ich uns den Job, Georgie zu übersetzen, was Baba Guls Frau sagte. Es war schier unglaublich, was sich bei ihnen in so kurzer Zeit alles ereignet hatte, und ich war froh, dass die Geschichte gut ausging, denn eine weitere Tragödie hätte ich wohl nicht verkraftet.

Nach dem Winter war Baba Gul durch die Kartenspielerei ernsthaft in Schwierigkeiten geraten, und eines Tages, als er nach Hause kam, konnte er seiner Frau nicht in die Augen blicken. Wortlos nahm er Mulallah an der Hand und zerrte sie regelrecht ins nächste Dorf. Seine Frau blieb in der Holzhütte zurück, schlug sich mit den Fäusten auf die Brust und weinte Ströme von Tränen.

Während er sie die steinigen Wege entlangzog, sprach Baba Gul kein Wort mit Mulallah. Je länger er sich weigerte, auf ihre Fragen zu antworten, desto größer wurde ihre Angst, bis ihr schließlich ebenfalls die Tränen kamen, ohne dass sie hätte sagen können, warum.

Im Dorf stellte sich heraus, warum ihr Vater nicht reden konnte: Er war stumm vor Scham, weil er seine Tochter gegen den Erlass seiner Spielschulden eingetauscht hatte. Mulallah wurde vor Entsetzen fast ohnmächtig, als ihr klar wurde, was mit ihr passierte. Ihr Vater hatte sie an einen Mann verkauft, den sie demnächst ihren Ehemann würde nennen müssen.

Während sie sich gegen die Wand des Hauses drückte, in

dem sie von jetzt an leben sollte, wechselte der Mann einen Handschlag mit ihrem Vater. Seine Finger waren dünn und dunkel und vom Alter gekrümmt. Bei der Vorstellung, dass diese Finger sie berührten, stieß Mulallah einen panischen Schrei aus, riss die Tür des Hauses auf und rannte um ihr Leben, obwohl sie wusste, dass sie ihrem Vater keinen schlimmeren Ehrverlust zufügen konnte, von dem Mann, der ihr Ehemann werden sollte, ganz zu schweigen. Und sie wusste auch, dass sie so gut wie tot war, wegen der Schande, die sie durch ihre Flucht über die Familie gebracht hatte.

Als sie die Felder außerhalb des Dorfs erreichte, duckte sie sich und kroch auf allen vieren durch die sprießenden Pflanzen, wagte stundenlang nicht, den Kopf zu heben, kroch immer weiter, obwohl sie sich Hände und Knie an den scharfkantigen Steinen aufriss. Zwei Nächte schlief sie unter Sträuchern und in Löchern, die die Zeit in die Berge gehöhlt hatte, und ernährte sich von den Beeren und rohen Kartoffeln, die sie stahl, während alles schlief.

Am dritten Tag wurde Mulallah klar, dass sie nicht ewig so weiterleben konnte, aber sie konnte auch nicht zurück zu ihrer Familie oder dem Mann, an den sie verkauft worden war. Also sah sie tief in sich hinein und beschloss, sich das Leben zu nehmen. Das war zwar eine schlimme Sünde, eine der schlimmsten sogar, aber sie betete, dass Gott ihr verzieh, weil sie doch noch ein Kind war.

Während sie in einer hinter Sträuchern verborgenen Höhle saß und wartete, dass es Nacht wurde, legte sie sich ihren Plan zurecht. Sie würde sich, sobald es dunkel war, ins Dorf schleichen und einen Kanister Benzin aus einem der Häuser stehlen. Dann würde sie sich befreien, indem sie in Flammen aufging.

Natürlich hatte Mulallah schreckliche Angst vor dem,

was sie vorhatte. Sie wusste, dass es schmerzhaft sein würde, und fürchtete, Gott würde ihr vielleicht doch nicht verzeihen und sie würde im nächsten Leben immer weiterbrennen. Außerdem brach es ihr das Herz, dass sie ihre Mutter nie mehr wiedersehen würde. Während sie leise vor sich hinweinte, glaubte sie plötzlich, ihre Mutter nach ihr rufen zu hören. »Zuerst dachte ich, es wäre ein Traum«, erklärte Mulallah, »obwohl ich gar nicht schlief. Und ich dachte, vielleicht fühlt sich so ja das Sterben an, wenn man sich dazu entschlossen hat. Aber es klang so echt. Es war wirklich, als ob meine Mutter nach mir rief.«

Als sie das Gefühl von Wahnsinn, dass die Stimme ihrer Mutter in ihrem Kopf erzeugte, nicht mehr aushalten konnte, trat Mulallah aus der Höhle, wo sie sich versteckt hatte, und blickte ins Tal hinab. Eine kleine Frau in einem grünen Kleid wanderte durchs Gras. Sie rief Mulallahs Namen, und da begriff Mulallah, dass sie gar nicht geträumt hatte. Ihre Mutter suchte sie.

Obwohl sie sich sicher war, dass man sie zu dem alten Mann, der ihr Ehemann werden sollte, zurückbringen würde, weil ihre Mutter sich ja niemals ihrem eigenen Ehemann widersetzen würde, konnte Mulallah nicht anders, als zu ihr zu rennen und sich in ihre Arme zu werfen. Eingehüllt in die Liebe ihrer Mutter, weinte sie, bis ihre erschöpften Augen keine Tränen mehr hervorbrachten.

»Ist ja gut, ist ja gut«, sagte ihre Mutter ebenfalls unter Tränen und bedeckte ihr Gesicht mit sanften Küssen. »Jetzt sind wir in Sicherheit. Dir kann nichts mehr passieren.«

Als Mulallah sich beruhigt hatte, nahm ihre Mutter sie an die Hand und führte sie nach Hause. Unterwegs erzählte sie ihr, wie sie geglaubt hatte, vor Schmerz zu sterben, als ihr klar geworden war, was ihr Mann getan hatte, und sie dann auch noch erfahren hatte, dass Mulallah weggelaufen war. Aber bald schon hatte sich der Schmerz in rasenden Zorn verwandelt, und in einem Anfall von blinder Wut war sie zu Fuß den ganzen Weg bis in Haji Khans Dorf gegangen, fast einen halben Tag, um ihn anzuflehen, etwas zu tun. Er war der mächtigste Mann in der Gegend, und wenn er sich einmischte, war Mulallah ja vielleicht doch noch zu retten.

Wie durch ein Wunder war Haji Khan da gewesen, und als er an die Tür seines Hauses gekommen war, war ihm Mulallahs Mutter erschöpft zu Füßen gesunken und hatte ihn um Hilfe angefleht. Als Haji Khan gehört hatte, was passiert war, hatte er ihr sanft erklärt, sie solle sich keine Sorgen mehr machen, sondern einfach nur ihre Tochter suchen und nach Hause bringen. Dann war er zu dem Mann gefahren, der Mulallah gekauft hatte, und hatte sie mit Geld ausgelöst.

Aber das war noch nicht alles. Baba Guls Frau sagte, Haji Khan sei zu ihnen in die Hütte gekommen und habe so streng mit ihrem Mann gesprochen, dass der von der Furcht des Herrn erfüllt worden sei und von diesem Tag an keine Spielkarten mehr angerührt habe. »Jetzt verbringt er fast jede wache Minute in der Moschee, um Allah um Vergebung zu bitten, solange ihm noch Zeit bleibt, sich vor der Hölle zu retten«, erklärte uns Mulallah lächelnd.

Und nachdem Haji Khan nicht nur Baba Guls Tochter, sondern auch noch die unsterbliche Seele des Alten gerettet hatte, war er es gewesen, der die Familie in dieses neue Haus umgesiedelt hatte. Baba Guls Frau sagte, er nehme dafür so wenig Pacht, dass ihr Leben hier »fast so kostenlos wie die Luft« sei, und er habe ihnen genug Reis, Öl und Bohnen gegeben, um die ganze Familie einen Monat lang mehr als satt zu machen. Vor allem aber waren wenige Tage nach ihrem Umzug ein paar Männer gekommen, um die Bäume zu pflanzen, die wir draußen im Garten gesehen hatten. Anscheinend würden ihre Äste eines Tages voller Orangen, Pflaumen und Granatäpfel hängen, was für Mulallahs Familie eine weitere Einkommensquelle sein würde.

»Es ist alles Haji Khans Werk und alles nur Ihnen zu verdanken«, schloss Mulallahs Mutter und hob die Hände, um Georgies Gesicht zu sich herabzuziehen. Sie küsste sie liebevoll auf die Stirn.

Auf der Rückfahrt nach Jalalabad platzte ich fast von all den Geschichten über Haji Khans Güte, und im Rückspiegel sah ich Zalmai lächeln, als ich ihm aufgeregt erzählte, was er bestimmt längst wusste.

Komischerweise sagte Georgie gar nichts. Ich konnte zwar nur ihren Hinterkopf sehen, hatte aber das Gefühl, dass ihre Augen die Landschaft vor uns absuchten, als hätte sie etwas verloren, und ihre Lippen blieben wie zugenäht, sosehr ich mich auch bemühte, sie in mein Geplapper einzubeziehen.

Genau wie Haji Khan gesagt hatte, wurden wir, als wir schließlich bei seinem Haus in Jalalabad ankamen, dort bereits von Ismerai erwartet. Inzwischen war die Sonne hinter den Bergen versunken, und das Haus war ein Lichtball im Dunkeln. Und es war sehr still, nur mit uns dreien und dem Zwerg, den wir schon kannten und der umherflitzte, um uns Essen und süßen Tee zu bringen.

Nach den aufregenden Ereignissen des Tages und den vielen Stunden Autofahrt wurden meine Lider bald schwer vor Müdigkeit. Was aber vielleicht auch mit dem dichten Qualm von Ismerais Spezialzigaretten zu tun hatte. Ich lehnte mich auf einem der Sitzkissen im goldenen Fernsehraum zurück, um kurz meine Augen auszuruhen.

»Möchtest du ins Bett gehen?«, hörte ich Georgie fragen. Ihre Unterhaltung mit Ismerai brach für einen Moment ab.

»Gleich«, sagte ich, weil ich es zu gemütlich fand, um mich zu rühren.

»Okay, dann eben gleich«, sagte sie und zog mich so zu sich, dass mein Kopf auf ihren Knien lag.

Zufrieden schloss ich die Augen wieder und fühlte die weiche Wärme des nahenden Schlafes, während ich dem leisen Gemurmel der Erwachsenen lauschte. Georgie und Ismerai sprachen über Politik und die zunehmenden Probleme im Süden und Osten.

»Wir leben in schwierigen Zeiten«, erklärte Ismerai. »Ich persönlich kann Karzais Pläne nicht nachvollziehen. Ich sehe ja die Notwendigkeit einer starken Zentralregierung, aber wir sind hier in Afghanistan – da kann man die Leute nicht einfach herumschieben wie Figuren auf einem Schachbrett. Wenn man die traditionellen Autoritäten eines Gebietes ausschaltet, die Männer, die die Kultur und Geschichte ihrer Leute teilen, erzeugt man ein Vakuum. Dann gibt es keine moralischen Schranken mehr, dann gibt es keine Loyalität mehr, dann gibt es nur noch das Geld.«

»Ist Khalids Position gefährdet?«, fragte Georgie.

Ich hörte Ismerai verneinend mit der Zunge schnalzen. »Haji kriegen sie nicht weg«, sagte er. »Wie auch? Er hat keinen Staatsposten, er ist unabhängig. Aber das heißt nicht, dass er nicht eine Million politischer Probleme hat.«

»Zum Beispiel?«

»Ach, du weißt doch, dass er sich hinter den Mohnausrottungsplan des Gouverneurs gestellt hat?«

»Nein«, gestand Georgie, »das wusste ich nicht.«

»Hat er aber. Auf seinem Land wird in diesem Jahr kein Mohn angebaut, und in den Schuras vertritt er den Plan ebenfalls und bemüht sich, andere Grundbesitzer und Älteste dafür zu gewinnen, aber das ist nicht leicht. Haji versucht, den richtigen Weg zu finden und zu gehen, zum Wohl aller und zum Wohl Afghanistans, aber diesen Weg versperrt ein vielköpfiger Feind, Georgie. Da sind die Bauern, die einen Rückgang ihres Einkommens um mindestens zwei Drittel fürchten, da sind die Schmuggler selbst, und da sind die Aufständischen, denen eine ihrer wichtigsten Geldquellen zu versiegen droht.«

»Was werden sie tun?«

»Was schon, außer ihm nach dem Leben zu trachten?«

»Das meinst du nicht ernst, oder?«

»Na ja, ich stelle es wohl zu dramatisch dar«, beschwichtigte Ismerai. »Aber dies sind für ihn keine leichten Zeiten, Georgie. Das muss dir bewusst sein.«

Trotz der Traurigkeit in Ismerais Stimme sagte Georgie gar nichts. Ich vermutete, dass sie seine Worte erst mal in ihrem Kopf drehte und wendete, bevor sie antwortete. Doch als sie dann fast zwei Minuten später wieder sprach, blieb mir in meinem scheinbaren Schlaf beinah die Luft weg.

»Khalid hat mich gefragt, ob ich ihn heirate«, sagte sie.

25

Also, ich hatte ja wirklich fest vor, nichts zu sagen, rein gar nichts, und stundenlang sagte ich tatsächlich kein Wort – was die reinste Folter war, wenn man bedenkt, wie viele Fragen in meinem Kopf herumschwirrten und dringend Antwort wollten. Aber wie das Sprichwort sagt: »Ein Baum bewegt sich nicht, solange kein Wind weht.« Und am nächsten

Vormittag wurde mir schließlich klar, dass ich wohl ein bisschen blasen musste.

»Gibt's irgendwas, was du mir erzählen willst?«

Georgie saß vorn auf dem Beifahrersitz. Da ich ziemlich schlau für mein Alter und ein Meister in der Kunst der Spionage war, sprach ich Englisch, damit Zalmai nichts verstand.

»Warum fragst du?«, fragte sie zurück und drehte sich zu mir um.

»Na ja ... so halt ...«, klaute ich James eine Allzweckantwort, die ich ihn eine Million Mal hatte benutzen hören, wenn er möglichst nichts sagen wollte.

»Oh ... so halt ...«, wiederholte Georgie schnippisch.

»Ja ... so halt ...«, gab ich zurück.

Georgie gähnte, lehnte sich in ihrem Sitz zurück und zog ihre Sonnenbrille von der Stirn auf die Nase herab.

»Nein, eigentlich nicht, Fawad. Aber wenn du was Interessantes hörst, weck mich, ja?«

Was so viel hieß wie: »Halte keinen Esel an, der nicht deiner ist.«

Ich schüttelte den Kopf. Manchmal nervte sie wirklich.

Als wir wieder in Kabul waren, fühlte ich meinen Drang zu reden wie eine innere Flohplage – juckende Wörter, die auf winzigen Beinchen meine Nasengänge hinaufkrabbelten, in meinem Kopf herumwieselten und in meinem Mund darauf lauerten, bei der kleinsten Gelegenheit rauszuhüpfen. Aber da war niemand zum Reden!

Spandi wäre meine erste Wahl gewesen, als mein bester Freund und jemand, der Geheimnisse für sich behalten konnte. Aber Jamilla – na ja, ausgeschlossen. Sie hatte ja schon gestanden, ein bisschen in Haji Khan verliebt zu sein, und obendrein war sie ein Mädchen, was es ziemlich unmöglich machte, ihr zu vertrauen, zumal, wenn es um ein Thema wie Heiraten ging. Und Pir Hederi war zwar ein alter Mann, aber in solchen Dingen noch schlimmer als Jamilla. Hätte ich ihm erzählt, was ich wusste, hätte es mich nicht gewundert, wenn am Ende des Tages, wenn er das vergammelte Obst rausstellte, damit es die Ziegen am nächsten Morgen fressen konnten, in seiner Version Georgie und Haji Khan schon ein altes Ehepaar waren und ihr sechstes Kind erwarteten.

Also beschloss ich am Abend, noch einen Vorstoß bei Georgie zu machen.

Und das hätte ich auch getan, wenn Dr. Hugo mir nicht in die Quere gekommen wäre.

Nach einem köstlichen Kabuli Palau, zubereitet von der Meisterhand meiner Mutter, ging ich gerade in den Garten, wo, wie ich wusste, Georgie in der letzten Sonne saß und ein Buch las, als es plötzlich klingelte und das Tor geöffnet wurde, um den Arzt einzulassen.

Schon bevor ich gewusst hatte, dass Haji Khan den Kampf um Georgie wirklich aufnahm, war es mir schwergefallen, mit Dr. Hugo zusammen zu sein, weil er so nett war und weil unübersehbar war, dass er Georgie sehr gern mochte, da er den Blick kaum je von ihrem Gesicht wandte. Aber »Nettigkeit« und »Mögen« waren für einen verliebten Afghanen keine echte Konkurrenz, und ich ahnte, dass das Einzige, was verhinderte, dass Haji Khan und Georgie wieder zusammenkamen, Georgie selbst war. Und wenn Haji Khans Verhalten auch Georgies Baby getötet hatte, war doch gerade herausgekommen, dass er kürzlich eine ganze Familie gerettet hatte, was ihm, wenn man es wie ein Buzkashi-Spiel betrachtete, ein paar Punkte Vorsprung gab.

Da ich Dr. Hugo also nicht ins Gesicht sehen konnte, ohne mit den Augen zu verraten, dass er aus meiner Sicht den Kampf verloren hatte, drückte ich mich in den Schatten der Hauswand, als sein wirrer Haarschopf im Hof erschien. Immer dicht an der Mauer schlich ich mich ums Haus herum zu dem »Geheimgang« auf der Rückseite, der in den Garten führte. Dort bezog ich wie schon so viele Male meinen Beobachtungsposten, indem ich mich hinhockte und durch die Rosensträucher spähte, die die Welt jetzt wieder mit ihren leuchtenden Farben verschönerten.

Als Dr. Hugo zu Georgie hinüberging, legte sie ihr Buch weg, lächelte und hob den Kopf so, dass sie ihm die Wange und nicht die Lippen hinhielt. Dr. Hugo zögerte, küsste sie dann auf die Wange.

»Danke, dass du gekommen bist«, sagte Georgie.

»Danke, dass ich gekommen bin? Das klingt ja sehr förmlich«, sagte Dr. Hugo und versuchte zu lachen.

»Ja, tut mir leid, ich … es ist nur …« Sie seufzte. »Ich glaube, wir müssen reden.«

»Okay, das klingt jetzt nicht mehr nur förmlich, sondern ernst.«

»Ja, ist es auch. Glaube ich wenigstens, vielleicht siehst du es ja anders. Ich weiß nicht. Ich bin mir, ehrlich gesagt, nicht sicher, wie du es finden wirst.«

»Na ja, vielleicht probierst du's einfach mal?«, antwortete Dr. Hugo, und ich hörte Anspannung in seiner Stimme.

Der Arzt nahm sich einen Stuhl und stellte ihn so hin, dass er Georgie gegenübersaß, nicht neben ihr. Es hatte was von einem Vorstellungsgespräch für einen Job. Als ich von meinem heimlichen Beobachtungsposten aus Dr. Hugos Unsicherheit mitbekam, tat er mir fast schon ein bisschen leid, aber ich war froh, dass er die Sache vorantrieb, denn Georgie lief Gefahr, vor lauter Entschuldigungen den Faden zu verlieren, und ich wollte das eigentlich Spannende hören

»Okay, Hugo, lass mich bitte ausreden, bevor du irgendwas sagst.«

»Okay.«

»Gut.« Georgie seufzte wieder, richtete sich auf ihrem Stuhl auf und zog den Patu um sich, obwohl es warm war und sie garantiert nicht frieren konnte.

Ich bemerkte, dass es der graue Patu war, den ihr Haji Khan geschenkt hatte.

»Also«, begann sie, »als Fawads Freund Spandi umgekommen ist, waren wir, wie du ja weißt, auf der Beerdigung in Khair Khana, und dort habe ich Khalid gesehen. Es war das erste Mal seit der Fehlgeburt und, wie du dir vorstellen kannst, in Verbindung mit dem Anlass ein sehr emotionaler Moment. Auf der Beerdigung haben wir nicht miteinander gesprochen, das hätte sich nicht gehört, aber etwas später erschien er dann hier am Haus, und wir haben draußen in seinem Wagen geredet. Er war so verzweifelt, Hugo. Wenn du ihn gesehen hättest, es hätte dir das Herz gebrochen. Es war, als ob …«

»Fawad!«

Die Stimme meiner Mutter peitschte wie ein Schuss durch die Dämmerung, und ich warf mich flach auf den Boden.

»Fawad!«, rief sie wieder. »Fawad!«

Ich verfluchte mein Pech und kroch tiefer in den Schatten, bis ich aufstehen und ungesehen in den vorderen Garten gehen konnte.

»Ah, da bist du ja«, sagte sie, als ich auftauchte. »Komm, ich muss mit dir reden.«

Das passte mir nicht sonderlich, aber ich folgte meiner Mutter in ihr Zimmer. Es war sauber und ordentlich, und zur Abwechslung war der Fernseher mal aus. Ich fand, dass meine Mutter ungewöhnlich nervös wirkte, als ob sie irgendwas falsch gemacht hätte, was doch normalerweise meine Rolle in unserem gemeinsamen Leben war.

»Was ist los?«, fragte ich.

»Wieso fragst du, was los ist?«, fragte sie zurück, ließ sich auf einem Sitzkissen nieder und bedeutete mir, mich zu ihr zu setzen.

»Du siehst so … komisch aus«, sagte ich.

»Hey, findest du es nett, so was zu deiner Mutter zu sagen?«

»Es ist die Wahrheit«, verteidigte ich mich.

»Na, dann ist es wohl okay.«

Sie lachte, und mir fiel auf, wie hübsch ihre Augen an diesem Abend aussahen, wie grüne Lichter.

»Okay, Fawad.« Meine Mutter beugte sich vor und nahm meine beiden Hände. »Ich muss mit dir über etwas reden, und wenn du nichts davon hören magst, dann sag's mir einfach, und ich spreche es nie wieder an, versprochen. Nie wieder.«

»Okay«, sagte ich und fühlte, wie eine plötzliche Kälte in mein Inneres kroch – dieselbe Kälte, die Georgie gefühlt haben musste, als sie ansetzte, Dr. Hugo zu erklären, dass Haji Khan sie zu seiner Frau machen wollte, und die sie veranlasst hatte, ihren Patu enger um sich zu schlagen.

»Moment mal«, setzte ich hinzu, als ein Gedanke das Frösteln in meinem Herzen in etwas Angenehmes, Warmes verwandelte, »hast du vor zu heiraten?«

»Was? Wie …«

Meine Mutter wich sichtlich schockiert zurück, und ich

bereute sofort, etwas gesagt zu haben, was sie dermaßen abstieß.

»Entschuldigung«, sagte ich. »Ich hab nur laut gedacht.«

»Nein, du brauchst dich nicht zu entschuldigen, Fawad. Ich … ich bin nur überrascht, dass du das fragst, weil es irgendwie schon das ist, worüber ich mit dir reden wollte.«

Sie schwieg.

Ich schwieg.

In dem Schweigen sahen wir uns in die Augen, und ich fühlte die ganze Liebe zwischen uns.

»Shir Ahmad hat um meine Hand angehalten«, sagte sie schließlich, »und ich möchte wissen, was du davon hältst, dass er mein Mann und dein Vater würde. Wenn du Nein sagst, dann war es das. Wir werden nie wieder davon sprechen, und ich würde es dir nicht übel nehmen. Aber du musst wissen, Fawad, er ist ein guter Mann, und ich glaube, er kann uns eine echte Zukunft bieten. Es ist die Chance für uns, ein normales Leben zu führen, als Familie, als afghanische Familie, nicht als verrückte Mischung aus Afghanen und Ausländern. Ich wünsche mir geordnete Verhältnisse. Vor allem aber wünsche ich mir für dich geordnete Verhältnisse. Aber du bist mein Sohn, und diese Heirat kann nur mit deiner Erlaubnis stattfinden.«

Als meine Mutter ausgeredet hatte, fühlte ich, wie ihre Finger zitterten, und ich ließ sie los und stand auf. Langsam ging ich ans Fenster und schaute eine Weile hinaus, schüttelte dabei den Kopf und rieb die Augen, als hätte mich plötzlich ein großer Schmerz befallen. Dann seufzte ich tief und laut und drehte mich wieder zu meiner Mutter um.

Sie hielt den Kopf gesenkt und starrte auf den Fußboden.

»Ist schon gut, Fawad«, flüsterte sie, »keine Angst. Ich werde Shir Ahmad sagen …«

»Ja, Mutter! Sag ihm Ja!«, rief ich, stürzte zu ihr und umschlang ihren Hals, um ihr tausend zärtliche Küsse aufs Gesicht zu drücken. »Wird auch Zeit, verflixt noch mal!«, sagte ich und lachte, weil mich meine Mutter um die Taille gepackt hatte und mich zur Strafe am Bauch kitzelte.

26

Ich hatte in meinem Leben noch nicht viele Geheimnisse gehabt, vor allem deshalb, weil die Leute Kindern keine wichtigen Sachen anvertrauen, also hatte ich meistens nur was erfunden. Aber jetzt hatte ich den ganzen Kopf voll mit den verdammten Dingern, und es machte nicht halb so viel Spaß, wie man hätte meinen sollen. Nachdem ich im Bett darüber nachgedacht hatte, bis mir die Augen zufielen, kam ich zu dem Schluss, dass das Hauptproblem an einem Geheimnis darin besteht, dass man mit niemandem drüber reden darf. Und wenn man mit niemandem drüber reden darf, wozu soll es dann gut sein, eins zu haben?

Und ich hatte ja nicht nur eins, ich hatte einen ganzen Haufen. Haji Khan hatte Georgie gefragt, ob sie seine Frau werden wolle, aber das konnte ich nicht ansprechen, weil ich mich schlafend gestellt hatte, als davon die Rede gewesen war. Dr. Hugo hatte mit ziemlicher Sicherheit einen »ernsten und förmlichen« Bescheid bekommen, aber ich konnte ihn nicht fragen, weil ich heimlich gelauscht hatte. Von den Heiratsplänen meiner Mutter konnte ich niemandem etwas sagen, weil sie mir das Versprechen abgenommen hatte, es für mich zu behalten, bis sie in Khair Khana bei ihrer Schwester gewesen war. Ich konnte nicht mal mit Shir Ahmad von Mann zu Mann darüber reden, wie er seine Zukunftsaussichten sah und was er sich vorstellte, wo wir leben würden, denn meine Mutter folterte ihn immer noch mit Schweigen. Ich hoffte für sie, dass er in der Zwischenzeit nicht um eine andere Frau anhielt. Afghanische Männer wollen manchmal einfach nur heiraten, und wer Ja sagt, ist gar nicht so wichtig.

In Afghanistan gibt es verschiedene Möglichkeiten, wie es zu einer Heirat kommt: Die Ehe kann eine arrangierte Verbindung zwischen zwei Familien oder innerhalb einer Familie sein, sie kann ein geschäftlicher Deal sein oder auch, wie es Mulallah beinah erlebt hätte, die Bezahlung einer Schuld, und es gibt sogar ein System namens »badal«, das ein Tauschhandel zwischen zwei Familien ist – die eine gibt ihre Tochter dem Sohn der anderen zur Frau, und dafür gibt die andere ihre Tochter dem Sohn der ersten. So braucht niemand etwas zu bezahlen. Aber auch wenn es billig ist, ist es nicht das beste System der Welt, denn wenn es um sich greift, ist am Ende jeder mit jedem blutsverwandt, und davon sterben die Babys.

Ich glaube, das war auch das Problem bei Pir Hederi und seiner Frau. Er hat mir mal erzählt, sie hätten nie ein Kind gehabt, das älter als zwei Jahre geworden sei, und das liege an dem »schlechten Blut«. Pir sagt, wenn sich ihr Blut vermischt, verwandelt es sich im Körper ihres Babys in Feuer, schädigt sein Gehirn und tötet es schließlich.

Pir tat mir ein bisschen leid, als er von seinen toten Kindern erzählte, weil er wohl, wenn er die Chance dazu gehabt hätte, ein guter Vater gewesen wäre. Man brauchte sich ja nur anzugucken, wie er Jamilla und mich behandelte und wie er sich immer um Spandi gekümmert hatte.

»Man lebt, man trauert, man stirbt«, brummelte Pir eines Tages, als im Radio kam, dass in Kandahar wieder ein Bombenanschlag Löcher in Familien gefressen hatte. »Welcher vernünftige Mensch würde ein Kind in diese Welt setzen?« Es wäre nicht nett gewesen, Pir Hederi daran zu erinnern, dass seine Frau und er genau das versucht und es nur nicht geschafft hatten, also sagte ich nichts.

Natürlich war Pir Hederi nicht der einzige Mann ohne Sohn, bei Shir Ahmad war es genauso. Aber der hatte wenigstens seinen Computerunterricht, der seine Gedanken beschäftigte. Und eines Tages würde er ja vielleicht mit meiner Mutter ein Kind machen. Wer wusste das schon? Wer wusste überhaupt irgendwas mit Sicherheit?

Wenn man mich fragte, war das einzig Sichere in diesem Leben, dass niemand je zwei Wassermelonen in einer Hand würde halten können.

Am nächsten Tag nach der Schule, die so langweilig gewesen war wie ein Zimmer voller Frauen, wartete zu meiner Überraschung vor unserem Tor Haji Khan in seinem Land Cruiser auf mich. Da ging mir auf, dass Spandis Beerdigung genau eine Woche zurücklag und es wieder Zeit für die Gebete war.

Obwohl das ein trauriger Gedanke war, musste ich lächeln: Haji Khan hatte an meinen Freund und mich gedacht, aber das war noch nicht alles, er hatte außerdem Mulallah vor einem alten Mann mit krummen Fingern gerettet und ihrer Mutter dazu verholfen, wieder Fleisch auf die Knochen zu kriegen, er wollte Georgie heiraten, statt sie als seine Geliebte der Schande auszusetzen, und er hatte, ob er nun ein Drogenbaron war oder nicht, zumindest für dieses Jahr beschlossen, keiner zu sein.

»Können wir?«, war alles, was er sagte, als er das Fenster herunterließ.

»Und mein Fahrrad?«, fragte ich.

Haji Khan murmelte etwas über seine Schulter, und der furchterregende Mann mit dem furchterregenden Gewehr, der schon letztes Mal mit uns nach Khair Khana gefahren war, stieg aus. Er nahm mein Rad und legte es vorsichtig hinten in den Land Cruiser. Mit einer Kopfbewegung hieß mich Haji Khan einsteigen.

Im Auto beugte ich mich nach vorn, um ihm die Hand zu geben.

»Wie geht es euch allen?«, fragte er.

»Gut«, sagte ich. »Georgie war sehr froh, dass Sie Mulallahs Familie so geholfen haben.«

»Ach, ja?«

»Ja.«

»Das freut mich. Die Familie hatte ein bisschen Glück verdient.«

Ich wollte einen Witz über Baba Guls fehlendes Glück beim Kartenspiel machen, verkniff es mir dann aber.

»Haji Sahib?«, fragte ich. »Warum haben Sie in letzter Zeit nicht so viele Leibwächter dabei?«

Das war das dritte Mal, dass ich Haji Khan nur mit einem seiner Männer sah statt mit einer ganzen Armee.

»Weil es so besser ist«, antwortete er. Und als er in den Rückspiegel blickte und die nächste Frage in meinen Augen sah, setzte er hinzu: »Wenn man die Leute davon überzeugen will, dass sich dieses Land zum Besseren verändert, muss man irgendwann selbst anfangen, dran zu glauben – oder wenigstens so zu tun.«

Als wir von den Gebeten für Spandi zurückkamen, setzte mich Haji Khan bei Pir Hederis Laden ab, weil ich sowieso schon zu spät zur Arbeit kam. Kaum, dass ich einen Fuß in die Tür gesetzt hatte, merkte ich, dass der Alte wieder einen seiner Pläne ausgeheckt hatte, und sein Grinsen sagte mir, dass ich dabei eine Rolle spielen sollte.

»Wir steigen ins Essensgeschäft ein!«, verkündete er, als ich mich neben ihm auf eine Kiste Pepsi setzte. »Das ist die Zukunft, Fawad – Pir Hederis Essen zum Mitnehmen.«

»Nehmen die Leute nicht sowieso schon Sachen zu essen aus dem Laden mit?«, fragte ich.

»Na ja, schon ... aber ich spreche von fertigen Snacks, verstehst du? Auf die Idee hat mich dein Freund James gebracht.«

Ich stöhnte. James war fast so verrückt wie Pir Hederi, was Im-Handumdrehen-reich-werden-Pläne anging. Kürzlich hatte ihn ein Gespräch mit jemandem zu der festen Überzeugung gebracht, dass es an einem der Berge des Hindukusch eine Geheimtür gab, die zu einer Schatzhöhle führte, und jetzt verbrachte er seine gesamte Zeit damit, alte Unterlagen des Bergbauministeriums zu studieren und im Internet bergsteigen zu lernen. Ich dachte, wenn es in den Bergen von Afghanistan je einen verborgenen Schatz gegeben hatte, wurde er jetzt garantiert auf einem pakistanischen Markt verhökert, wie all unsere alten Sachen.

»Okay, erklären Sie's mir genauer.«

»Na ja, dein Freund James war hier und wollte etwas, was sich ›Sandwich‹ nennt. Offenbar ist das Brot mit irgendwas.«

»Ich weiß, was ein Sandwich ist.«

»Gut! Dann haben wir's ja schon fast! Anscheinend sind alle Ausländer verrückt nach diesen Dingern. Also habe ich mal probeweise ein paar gemacht.«

Pir zog ein Tablett unterm Ladentisch hervor. Es war beladen mit zusammengeklappten Nan-Stücken.

»Was ist mit denen am Rand passiert?«, fragte ich, als ich eins von Pirs selbst gemachten »Sandwiches« in die Hand nahm.

»Lass mal sehen.« Pir streckte die Hand aus, und ich gab ihm das ausgefranste Nan-Stück. »Oh«, sagte er. »Da muss Hund dran gewesen sein. Egal, koste mal und sag mir, was du davon hältst.«

»Das da esse ich nicht«, sagte ich und schob Pirs Hand weg.

»Sei nicht so frech«, erwiderte er, biss ein Stück ab – und spuckte es schleunigst wieder aus. »Da hat Allah geweint. Kein Wunder, dass der alte Junge es nicht aufgefressen hat. Schreib auf, Fawad: Zwiebel und Mango, das passt nicht zusammen.«

»Zwiebel und Mango?«

»Warum nicht? James hat gesagt, je exotischer ein Sandwich ist, desto besser.«

»Da hat er Ihnen nur was eingeredet!«, sagte ich, obwohl ich James tatsächlich schon Brot mit Banane hatte essen sehen, worauf normale Menschen wohl nie kämen.

»Okay«, sagte Pir, der nicht so schnell aufgab, »versuch mal die auf dem Tablett. Die meisten hat Jamilla gemacht, bevor sie zur Schule musste.«

Da ich Hunger hatte und da das hier nun mal mein Job war, tat ich, wie mir befohlen. Fünfzehn Minuten später hatten wir zwei Listen. Käse und Tomate, Erdnussbutter, Gurke und Hammelfleisch, Erdbeermarmelade, Joghurt und Kebab, Ei und Huhn – das alles funktionierte. Salat und Rahm, Apfelbrei, Honig und Zwiebel, Honig und Käse, Ei und Senf und gekochte Karotten funktionierten eindeutig nicht.

Pir klatschte in die Hände und weckte damit Hund, der auf der Eingangsstufe schlief.

»Die Frau soll heute Abend noch mehr von dem ganzen Zeug vorbereiten, Jamilla kann dann morgen die Sandwiches machen, und wenn du aus der Schule kommst, gehst du los und verkaufst sie.«

»Sie haben doch gesagt, wir würden Essen zum Mitnehmen verkaufen!«

»Ach, ja? Na gut, du gehst mittags mit der Hälfte von dem los, was wir gemacht haben, und wenn du das verkauft hast, holst du, was ich noch übrig habe.«

»Toll ...«

»Sag ich ja.«

»Ich ... ach, vergessen Sie's.« Ich sah keinen Sinn darin, mit dem Alten zu diskutieren, weil er offensichtlich wildentschlossen war. »Sie wissen aber schon, dass ich in Trauer bin?«

In Afghanistan sterben immerzu Leute. So ist das nun mal. Und vielleicht ist das ja der Grund, warum die, die noch am Leben sind, nicht viel an die Toten denken. Sie machen einfach ihr Zeug weiter. Und obwohl ich wusste, dass Pir Hederi Spandi sehr gern gehabt hatte – ich hatte bei der Beerdigung sogar Tränen aus seinen weißen Augen rinnen sehen –, machte er jetzt eben sein Zeug weiter. Oder genauer gesagt, er ließ mich sein Zeug weitermachen.

Trotz meiner inständigen Gebete am Abend sah ich ihn, als ich am nächsten Tag nach der Schule in den Laden kam, schon an der Tür auf mich warten. In der Hand hielt er ein Metalltablett, beladen mit seinen »Sandwiches«. Ich fand es ziemlich unhöflich von ihm, dass er mir kaum Zeit ließ, mein Rad nach drinnen zu bringen, ehe er mich schon wieder zur Tür hinausschob.

»Wir dürfen keine Zeit verlieren«, rief er, während er mit

der freien Hand Hunds Schnauze von dem Tablett fernzuhalten versuchte. »Die Mittagessenszeit ist schon fast vorbei. Mach, dass du zur pakistanischen Botschaft rüberkommst. Davor steht immer eine lange Schlange, und ich wette, die Leute sind am Verhungern.«

»*Ich* bin am Verhungern«, erklärte ich ihm.

»Oh.« Pir überlegte kurz, was diese Mitteilung für seinen Plan, das Imbissgeschäft zu übernehmen, bedeuten konnte, und sagte dann: »Okay, du kannst unterwegs etwas essen.« Er reichte mir das Tablett. »Aber nur eins«, ermahnte er mich, als ich aus der Tür trat, »und achte drauf, dass es eins mit Ei ist. Die riechen schon ziemlich.«

Ich ging über die Hauptstraße, vorbei an der Moschee von Wazir und der kleinen Reihe von Läden, die Flugtickets nach Orten der Welt verkauften, von denen ich noch nie gehört hatte und die ich wahrscheinlich nie sehen würde, und bog dann rechts in die Straße zur pakistanischen Botschaft ein. Pir Hederi hatte recht gehabt: Entlang der Mauer standen Massen von Menschen an, alle in der Hoffnung auf ein Visum. Ich betrachtete sie und fragte mich, warum so viele Leute in ein Land wollten, dem sie die Schuld an so ziemlich allem gaben. Aber ich sagte mir, dass wohl jedes Ziel besser war als gar keins, wenn man nichts hatte.

Aber wenn man nichts hatte, verschwendete man natürlich nicht das bisschen Geld, das man hatte, auf Sandwiches.

»Wie viel?« Ein Mann lachte nur, als ich ihm den Preis nannte, den Pir Hederi festgesetzt hatte – zweihundert Afghanis. »Dafür kriege ich ja ein verdammtes Schaf.«

»Ja, aber Sie kriegen es für den Preis nicht geschlachtet, in Scheiben geschnitten und auf Brot gelegt«, konterte ich und wich rasch seinem Handrücken aus.

»Ich gebe dir zehn Afs«, sagte ein anderer Mann.

»Das ist sehr nett von Ihnen«, erwiderte ich, »aber dann müssen Sie immer noch das Sandwich bezahlen.«

Als sich immer mehr Leute um mich scharten – hauptsächlich die, die etwas wollten, ohne was dafür zu bezahlen –, kam ein Polizist und befahl mir weiterzugehen. Angeblich verursachte ich einen Tumult. Und angeblich konnte er mich dafür festnehmen. Da ich zu jung war, um wegen eines Tabletts mit Sandwiches, die niemand wollte, den Rest meines Lebens im Gefängnis zu verbringen, tat ich, wie mir geheißen, und marschierte zu den verbarrikadierten Eingängen des amerikanischen Camps ganz in der Nähe.

Ich setzte mich an den Straßenrand, um auf vorbeikommende Soldaten zu warten, und sagte mir, dass ich, nachdem ich beinah meine Freiheit riskiert hatte, mehr verdiente als nur ein blödes Stück Nan-Brot mit grünlichem Ei. Ich packte ein paar Sandwiches aus dem Zeitungspapier aus und entschied mich für Gurke und Hammelfleisch. Obwohl das Brot am Rand schon ein bisschen hart war, schmeckte es, wie ich zugeben musste, ziemlich gut.

»Hey, Kleiner!«

Ich blickte auf und erkannte vor der gleißenden Sonne mit Mühe Dr. Hugo.

»Hey, Dr. Hugo! Möchten Sie ein Sandwich?«

»Okay«, sagte er.

Er nahm das oberste Sandwich von dem Stapel und packte es aus.

»Erdnussbutter«, sagte ich. »Gute Wahl. Das macht bitte zweihundert Afs.«

Dr. Hugo lächelte und setzte sich neben mich.

»Nein, im Ernst«, sagte ich.

»Oh.« Er langte in seine Tasche und zog fünf Dollar heraus. »Stimmt so.«

»Danke.«

Eine Weile sagten wir gar nichts, weil unsere Münder damit beschäftigt waren, Pir Hederis Sandwiches zu kauen. Da ich einen Vorsprung vor dem Arzt gehabt hatte, war ich zuerst fertig.

»Und was machen Sie hier?«, fragte ich.

Dr. Hugo schluckte einen Mundvoll Sandwich und musste ein bisschen husten. »Ich war bei den Amerikanern wegen medizinischen Bedarfsmaterials – nicht weiter interessant.«

»Ah.«

Er aß weiter. Dann hörte er mittendrin auf zu kauen und schob das, was er im Mund hatte, in die Backentasche, um sprechen zu können.

»Hör mal, Fawad, ich wollte dich schon die ganze Zeit was fragen …«

»Okay.«

Ich betete zu Gott, dass jetzt nicht noch ein verflixtes Geheimnis kam.

»Na ja …« Dr. Hugo schien ein bisschen verlegen, und während er nach Worten suchte und den Rest seines Sandwiches hinunterzwang, fuhr er sich mit den Fingern durchs Haar, das er dabei mit Erdnussbutter verschmierte. »Weißt du, wo Haji Khan in Kabul wohnt?«

Ich sah den Arzt an und versuchte, an seinen Augen abzulesen, was er vorhatte, während ich langsam nickte.

»Gut. Das ist ganz ausgezeichnet, Junge. Könntest du mich vielleicht hinbringen?«

Ich nahm mir noch ein Sandwich und biss hinein. Tomate, Zwiebel, Gurke und Honig – mit Sicherheit keine Kombination von der Liste, die Pir und ich erstellt hatten. Es schmeckte wie Rattenkotze.

»Fawad?«

»Na ja«, sagte ich schließlich, »das scheint mir keine gute Idee.«

»Ich will nur mit ihm reden.«

»Worüber?«

»Über Georgie.«

»Dann ist es wirklich keine gute Idee. Ich glaube nicht, dass ihn das besonders freuen würde.«

»Wie dem auch sei, junger Mann, ich muss es tun. Wenn ich's nicht tue, geht sie von hier weg.«

Ich sah ihn an, überrascht und auch ein kleines bisschen erfreut.

»Georgie will nach Jalalabad ziehen?«

»Nein, natürlich nicht«, antwortete Dr. Hugo und guckte verwirrt. »Sie will zurück nach England.«

»England?«

»Ja, England. Und das willst du doch wohl so wenig wie ich, oder?«

Es war mir gar nie in den Sinn gekommen, dass Georgie Afghanistan verlassen könnte – oder anders gesagt, dass sie mich verlassen könnte.

»Nein, das will ich nicht«, gab ich zu.

»Also, dann bring mich zu Haji Khan.«

Obwohl ich wusste, dass es garantiert keine gute Idee war, Dr. Hugo zu Haji Khan zu bringen, weil das so gut wie sicher sein Tod sein würde, hatte ich jetzt dringendere Sorgen als die um das Leben eines Ausländers. Da war *mein* Leben mit einer Ausländerin. Ich konnte mir nicht vorstellen, ohne Georgie zu sein, und vor allem wollte ich es mir gar nicht vorstellen. Nachdem ich vor Kurzem erst meinen besten Freund verloren hatte, konnte ich noch nicht mal den Gedanken verkraften, noch eine Freundin zu verlieren. Wenn Dr. Hugo also glaubte, er könnte das verhindern, indem er sich umbringen ließ, würde ich ihn bestimmt nicht davon abhalten.

»Hier ist es«, sagte ich und zeigte auf die grüne Metalltür vor uns, wo ein Wächter mit einem Gewehr auf einem grünen Plastikstuhl saß.

»Okay, dann los«, sagte Dr. Hugo.

»Okay, ist ja Ihre Beerdigung.«

Der Arzt sah mich kurz an, um festzustellen, ob ich lachte, aber ich lachte nicht. Erstaunlicherweise stieg er trotzdem aus dem Land Cruiser, und ich folgte ihm ein bisschen beeindruckt, mein Sandwichtablett in den Händen.

Dr. Hugo wies seinen Fahrer an, auf ihn zu warten, und wir gingen auf den Wächter zu.

»Wir möchten zu Haji Khan«, erklärte ich ihm.

»Wer ist der Ausländer?«, fragte er.

»Ein Arzt«, antwortete ich.

Der Wächter nickte und ließ uns draußen stehen, während er nach drinnen verschwand.

Nach zwei Minuten erschien er wieder.

»Okay«, sagte er und trat beiseite, um uns einzulassen.

Haji Khan war im Garten, mit sechs weiteren Männern, die alle teure Salwar Kamiz und dicke Armbanduhren trugen. Er stand auf, um uns zu begrüßen, und streckte zuerst Dr. Hugo die Hand hin.

»Salam aleikum«, sagte er.

»Waleikum salam«, erwiderte der Arzt. »Ich bin Hugo.«

»Freut mich, Sie kennenzulernen, Hugo«, antwortete Haji Khan.

Ganz offensichtlich hatte er nicht die leiseste Ahnung,

wer der Brite war, und ich roch förmlich das Unheil, das sich zusammenbraute.

Während uns Haji Khan zu dem Teppich geleitete, damit wir uns setzten, erkundigte er sich, wie es meiner Mutter ging, und sagte, er hoffe, dass ich wohlauf und glücklich sei und alles zum Besten stehe. »Wenn ihr Hunger habt, hätten wir euch hier etwas vorsetzen können, ihr hättet euer Essen nicht selbst mitbringen müssen«, setzte er mit einem Blick auf mein Tablett mit unverkauften Sandwiches hinzu. Ich wollte lachen, aber wegen der Situation kam es nur als ein Quieken heraus.

Dann saßen wir alle drei auf Haji Khans Teppich, ein Stück neben seinen Freunden, und sahen uns nur schweigend an. Haji Khan muss sich gewundert haben, was ich hier wollte, zusammen mit einem Arzt, den er nicht kannte, aber er fragte nicht, weil das unhöflich gewesen wäre. Er hatte uns in seinen Garten eingeladen, also waren wir seine Gäste.

Wenn wir einfach nur weiter so dasitzen könnten, dachte ich, und still und höflich den Tee trinken könnten, der uns eingegossen wurde, dann hätten wir ganz gute Chancen, heil wieder zum Tor hinauszukommen. Aber dann fing Dr. Hugo an zu reden.

»Sie fragen sich sicher, warum ich hier bin«, sagte er.

Haji Khan zuckte die Achseln auf eine Art, die besagte, doch, ja, gefragt habe ich mich das schon.

»Nun ja«, sagte Dr. Hugo und hüstelte ein bisschen. »Ich bin ein Freund von Georgie.«

Haji Khan sagte nichts.

»Und ich weiß, dass Sie auch ein guter Freund von ihr sind und dass sich daraus im Laufe der Jahre eine, äh, gewisse Nähe entwickelt hat.«

Haji Khan sagte immer noch nichts, und da sein Schweigen die Luft mit etwas Unheimlichem erfüllte, versuchte ich, mich auf meinen Tee zu konzentrieren.

»Nun ja, Fakt ist, ich weiß, dass sich die Situation zwischen Ihnen beiden verändert hat und Sie sich, äh, nicht mehr so nahe sind, wie Sie es waren. Aber es ist ganz offensichtlich, dass Georgie immer noch verflixt viel für Sie empfindet, und ich denke, es ist Zeit, dass Sie, äh, nun ja, Sie wissen schon, ein Stück zurücktreten.«

Haji Khan sagte weiterhin nichts, aber seine Augen wurden noch dunkler, und seine Augenbrauen zogen sich zusammen. Das war kein gutes Zeichen, gar kein gutes Zeichen, und ich betete, dass der Arzt den Mund halten, seinen Tee trinken, sich für die Gastfreundschaft bedanken und gehen würde.

Aber das tat er nicht.

»Ich sage Ihnen das alles, weil Georgie daran denkt, nach England zurückzugehen, und weil ich aus verständlichen Gründen lieber möchte, dass sie hierbleibt.«

»Aus welchen Gründen?«

Es war das erste Mal, seit das Thema angeschnitten worden war, dass Haji Khan etwas sagte, und ich hörte den brodelnden Zorn in seiner Stimme.

»Ich glaube, ich liebe sie«, erklärte ihm Dr. Hugo fast schon sachlich.

Das wäre nicht der erste Grund gewesen, den ich genannt hätte.

»Haben Sie mit ihr geschlafen?«

Haji Khans Ton war ruhig und verhalten, und ich bemerkte, wie seine Freunde aufhorchten.

»Verzeihung, aber das geht Sie wirklich nichts an.«

»Ich sagte, haben Sie mit ihr geschlafen?«

»Na ja, also, nein. Nein, ich habe nicht mit ihr geschlafen, aber darum geht es nicht. Fakt ist, dass wir uns inzwischen recht nah sind, und ich bin mir sicher, wenn Sie ihr nur den nötigen Raum geben, wenn Sie sie endlich loslassen, könnte ich sie glücklich machen. Ich meine, Sie wissen doch selbst – was könnten Sie ihr schon geben, hier in Afghanistan, in Ihrer Kultur …«

Plötzlich stieß Haji Khan einen Schrei aus, dass mir die Teetasse aus der Hand fiel.

Der Arzt sprang erschrocken auf, und Haji Khan stürzte sich auf ihn, packte ihn am Hals und drückte ihn gegen die Hauswand.

»Sind Sie wahnsinnig?«, fuhr er Dr. Hugo an, indem er ihm jedes Wort einzeln ins Gesicht spie. »Hierherzukommen und so mit mir zu reden? Wissen Sie denn verdammt noch mal nicht, mit wem Sie es zu tun haben?«

»Natürlich weiß ich, wer Sie sind«, keuchte Dr. Hugo und zerrte mit beiden Händen an der Hand, die ihn gepackt hielt. »Ich lasse mich von Ihnen nicht einschüchtern!«

Inzwischen war auch ich aufgestanden, und aus meiner Sicht wirkte Dr. Hugo nicht eingeschüchtert – er wirkte zu Tode verängstigt.

»Sie dämliches, dämliches, *dämliches* Arschloch!«, schrie ihm Haji Khan seine ganze Wut ins Gesicht. »Sie glauben, dass Sie Georgie lieben? Sie *glauben*, Sie lieben sie? Dann will ich Ihnen eins sagen: Ich *bin* Georgie! Diese Frau ist mein Herz, sie ist in meinen Knochen, in meinen Zähnen, sogar in meinen Haaren. Jeder Zoll an ihr ist ich, und jeder Zoll an ihr gehört mir. Und Sie? Sie kommen hierher mit ihrer Schuljungenfantasie, mich dazu zu bringen, ›zurückzutreten‹. Sind Sie irre? Sind Sie ein gottverdammter Irrer?«

Haji Khan schleuderte den Arzt zu Boden, überließ es ihm, zu seinen Füßen nach Luft zu ringen.

»Schafft ihn hier raus«, fauchte er auf Paschtu einen der Wächter an, die beim ersten Anzeichen von Ärger lautlos herbeigekommen waren. »Schafft ihn hier weg, bevor ich ihm die Kehle herausreiße.«

Dann ging er in sein Haus.

27

Auf der Heimfahrt war Dr. Hugo im Auto sehr still, was man ja verstehen konnte – immerhin war er gerade beinah erwürgt worden. Seine Hände zitterten, und seine Augen wirkten größer als sonst.

»Dieser Mann ist ein verdammtes Tier«, knurrte er schließlich, »ein Irrer. Was findet sie nur an ihm?«

Ich dachte mir, dass er Georgie meinte.

»Na ja, er sieht sehr gut aus, und letzte Woche haben wir erfahren, dass …«

»Das war eine rhetorische Frage, Fawad.«

»Ah.«

Ich wusste nicht, was »rhetorisch« bedeutete, aber es musste wohl irgendwie darum gehen, dass man auf eine Frage gar keine Antwort wollte.

Eins zumindest hatte mir Dr. Hugos Besuch bei Haji Khan klargemacht: Der Arzt war ja wirklich nett und alles, aber eine Frau brauchte einen Mann, der um sie und für sie kämpfen konnte, vor allem in Afghanistan. Und obwohl ich wusste, dass es nicht richtig war, weil meine Mutter mir immer erklärte, Gewalt sei »keine Lösung«, fand ich Haji Khan allmählich doch – um es mit James' Worten zu sagen – »richtig cool«. Ich sagte aber nichts, und Dr. Hugo sagte während der restlichen Fahrt auch nichts mehr. Er massierte sich nur hin und wieder die Hände und manchmal den Hals.

Nach etwa zehn Minuten hielten wir bei mir zu Hause, und er beugte sich zu mir herab. Seine Stimme an meinem Ohr war kaum mehr als ein Flüstern.

»Ich wäre dir dankbar, Fawad, wenn du Georgie von alldem nichts erzählen würdest.«

»Okay«, sagte ich, weil er mir leidtat. Aber es passte mir gar nicht. Sobald ich in meinem Zimmer war, würde ich die ganzen Sachen aufschreiben müssen, damit ich mir merken konnte, was ich alles nicht weitererzählen durfte.

Ich hoffte, niemandem zu begegnen, damit ich nicht irgendeins der Geheimnisse aus meinem Kopf verlor, aber da das Leben nie so verläuft, wie man es sich wünscht, sah ich alle draußen im Garten sitzen, einschließlich meiner Mutter. Sie sprang sofort auf. Da bemerkte ich neben ihr eine Afghanin, die mir irgendwie bekannt vorkam, aber ich wusste nicht, woher.

Meine Mutter hatte Tränen in den Augen, aber ihr Gesicht war froh – unglaublich froh sogar. Und dann bemerkte ich, dass alle anderen auch unglaublich froh aussahen, und ich dachte, dass meine Mutter wohl endlich Shir Ahmad ihr Jawort gegeben haben musste, was hieße, dass ich wenigstens ein Geheimnis von meiner Liste streichen könnte.

»Fawad!«, rief meine Mutter, packte mich am Arm und zog mich regelrecht in den Garten. »Da ist jemand, den ich dir vorstellen will.«

Ich hatte ja noch nie miterlebt, wie meine Mutter heiratete, also dachte ich, ich sollte jetzt auf irgendeine förmliche Art mit dem Mann bekannt gemacht werden, der mein Vater werden würde. Aber seltsam war es trotzdem. Schließlich redete ich schon fast ein Jahr lang jeden Tag mit Shir Ahmad.

Ja, ohne mich würden sie wahrscheinlich gar nicht heiraten wollen.

Ich ging an Georgie, James und May vorbei, die alle schon fast dümmlich-glücklich dreinschauten, und dann stand die Frau, mit der meine Mutter eben eng beisammengesessen hatte, vom Boden auf, um mich zu begrüßen. Von Nahem sah ich, dass sie wunderschön war. Und sie war jung, viel jünger als meine Mutter, und hatte verrückterweise genau die gleichen grünen Augen.

»Fawad«, sagte meine Mutter mit zitternder Stimme. »Das hier – oh, mein Sohn! –, das ist deine Schwester Mina.«

Tja, wenn jemand noch einen Beweis für die unendliche Liebe und Barmherzigkeit Gottes brauchte, dann musste er nur in das schöne Gesicht meiner lang vermissten Schwester blicken. Nach so viel Dunkel erschien sie in unserem Leben wie die Sonne, und es zeigte, dass Gott zwar manchmal nahm, aber auch zurückgab.

Obwohl es wie ein Wunder war, Mina zu sehen, und ein tolles Gefühl, verschlug es mir erst mal eine volle Stunde die Sprache. Mein Herz war so riesig vor Glück, dass kein Wort den Weg daran vorbeifand, um aus meinem Mund zu kommen. Monatelang hatte ich mich gefragt, ob meine Schwester Georgies Botschaft im Radio hören würde, und als sie nicht auftauchte, hatte ich mich allmählich damit abgefunden, dass sie wohl tot war, genau wie der Rest unserer Familie. Aber jetzt wusste ich, dass sie in einem Haus in Kunar mit jedem Tag größer und schöner geworden war.

Offenbar hatte Georgie schon vor zwei Wochen von Mina gehört, aber niemandem etwas gesagt, weil sie es hatte arrangieren wollen, dass Mina hierher nach Kabul kam, als Überraschung für meine Mutter und mich. Dafür hatte sie wirklich meine Hochachtung, denn *dieses* Geheimnis hätte ich nie und nimmer für mich behalten können.

Jetzt, wo Mina hier war, schien alles Übrige unwichtig, und bei unendlich vielen Tassen Tee, den hauptsächlich James und May zubereiteten, da meine Mutter erst mal eine Menge Muttersein nachzuholen hatte, hörten wir alle staunend zu, wie Mina erzählte, was passiert war, nachdem die Taliban sie verschleppt hatten. Es klang schrecklich, und obwohl ich noch nicht so viel vom Leben wusste, war mir doch ziemlich klar, dass sie eine ganze Menge ausließ, denn wenn sie über ihre eigenen Worte stolperte oder gar nichts mehr herausbrachte, nahm meine Mutter ihre Hand und gab ihr etwas von ihrer eigenen Kraft ab.

Nachdem man sie mit den anderen Mädchen aus unserem Dorf auf den Lastwagen geworfen hatte, sagte Mina, seien sie nach Westen gebracht worden. Mit sanfter Stimme schilderte sie, wie Männer mit Gewehren sie bewacht hatten, so dass sie nicht flüchten konnten. Als ein Mädchen, wahnsinnig vor Angst, doch vom Lastwagen gesprungen sei, habe einer der Taliban es einfach erschossen. »Wir waren wie Schafe, die zum Schlachten gekarrt werden«, sagte sie. »Niemand sagte uns irgendwas. Wir hatten keine Ahnung, wo es hinging, und die meisten von uns dachten, wir würden demnächst getötet werden … oder Schlimmeres.«

Als Mina das sagte, senkte meine Mutter den Kopf. Ich fühlte, wie auch mir die Tränen kamen. Meine Schwester wartete, bis wir uns wieder ein bisschen erholt hatten, und küsste uns dann, ehe sie weitererzählte.

Drei volle Tage waren sie und ihre Freundinnen, die sie vom ersten Tag ihres Lebens an kannte, in dem Lastwagen gefangen und ernährten sich nur von Brot- und Essensresten, die ihnen hingeworfen wurden, wenn die Taliban irgendwo für eine Mahlzeit Halt gemacht hatten. Dann, als sie vor Hunger schon ganz schwach und krank waren und ihre Kleider nach ihrem eigenen Dreck stanken, kamen sie schließlich in der Provinz Herat an, und die Männer, die sie aus den Armen ihrer Angehörigen gerissen hatten, zerrten sie vom Lastwagen – wobei sie die, die schrien, durch Prügel zum Schweigen brachten – und zwangen sie, sich zu waschen.

Als sie sauber waren, wurden die Mädchen in einen Raum mitten im Nichts gebracht, wo sie sich in einer Reihe aufstellen mussten. Männer kamen, sahen sie an und kniffen sie ins Fleisch. Eins nach dem anderen verschwanden die Mädchen, verkauft an Männer, die sie nicht kannten, als deren neue Ehefrauen, als Bräute für ihre Söhne oder als Sklavinnen.

Mina wartete, dass sie an der Reihe wäre, aber als niemand erschien, um sie am Arm zu packen und zur Tür hinauszuzerren, glaubte sie schon, sie wäre vielleicht davongekommen, weil sie so viel kleiner war als die anderen. Aber dann stellte sich heraus, dass sie schon in der Nacht verkauft worden war, als man sie auf den Lastwagen gestoßen und aus Paghman weggebracht hatte.

»Als schon fast alle meine Freundinnen weg waren, kam ein Mann herein. Er sah aus wie einer der Taliban, mit seinem langen Bart und seinem Turban, aber er sagte zu mir, ich bräuchte keine Angst zu haben, und streckte mir die Hand entgegen.«

Da ihr nichts anderes übrig blieb, ging Mina mit ihm.

Der Mann brachte sie zu einem Toyota-Pick-up und hieß sie, sich hintendrauf zu setzen, zwischen die Säcke mit Reis und Bohnen und die Kanister mit Speiseöl, die er geladen hatte. Dann stieg er vorn ein und fuhr los, wieder die Straße zurück, die sie gerade gekommen waren. Sie fuhren und fuhren, und Mina wagte schon fast zu hoffen, dass er sie wieder nach Hause bringen würde, denn er hatte sie kein einziges Mal berührt und keine Anstalten gemacht, sie zu schlagen, ja, er hatte ihr sogar ein Kebab gebracht, nachdem er Rast gemacht hatte. Doch dann bog er, statt nach Kabul zu fahren, nach Süden ab. Als sie schließlich vor einem großen Haus in einem kleinen, staubigen Dorf anhielten, erfuhr Mina, dass sie in Ghazni war.

Der Mann griff sich einen Sack Reis vom Pick-up und bedeutete Mina mit einer Kopfbewegung, ihm ins Haus zu folgen. Drinnen wartete eine ältere Frau mit ihren Kindern. Als sie Mina sah, verdüsterte sich ihr Gesicht, aber sie sagte nichts. Der Mann ließ Mina bei seinen Kindern, die zum Teil älter waren als sie, und ging mit seiner Frau in ein anderes Zimmer. Nach etwa einer halben Stunde kamen beide wieder heraus, und was auch immer der Mann seiner Frau gesagt haben mochte, sie schien es zu akzeptieren. Wenn sie auch nie freundlich zu Mina war, schlug sie sie doch nie. Aber sie ließ sie arbeiten, und die nächsten vier Jahre klebte meiner Schwester praktisch ein Reisigbesen an der Hand.

»Wenn man bedenkt, was hätte sein können, war es nicht allzu schlimm, und die beiden waren eigentlich ganz anständige Leute. Ich war zwar in diesem Haus nie glücklich, aber nach der ersten Woche habe ich mich dort auch nie mehr gefürchtet.«

Der Mann, der Mina gekauft hatte – zu welchem Preis hatte sie nie erfahren –, hieß Abdur Rahim, sagte sie. Seine Frau hieß Hanifa. Sie war eine starke Frau und stolz auf ihren Mann und ihre Kinder. Sie regierte den Haushalt mit der festen Hand eines Königs, wenn ihr Mann nicht da war, was ziemlich oft vorkam. Das ganze erste Jahr ging sie mit Mina um wie mit einem »zugelaufenen Hund«, sie gab ihr Wasser und Essen und einen Schlafplatz in einer Ecke der Küche. Und sie verwarnte sie, niemals nach oben in die Haupträume der Familie zu kommen – es sei denn mit einem Besen in der Hand. Abdur Rahims Kinder waren ganz nett zu meiner Schwester. Sie kamen oft zu ihr und redeten mit ihr und halfen ihr sogar bei der Hausarbeit, wenn sie müde oder krank war. »Es war eine anständige Familie, also war das Leben ganz okay. Man konnte es nur nicht gerade ein Leben nennen.«

Doch dann änderte sich plötzlich alles.

Eines Tages rief Abdur Rahim Mina zu sich und erklärte ihr, sie müsse jetzt gehen. Er sagte, es tue ihm leid, und wirkte auch aufrichtig betrübt. Dann erklärte er ihr, er habe gelobt, sie auf irgendeine bescheidene Weise zu beschützen, um wiedergutzumachen, was er ihr angetan habe – wie sich herausstellte, war Abdur Rahim einer der fünf Taliban gewesen, die in jener Nacht an unsere Tür gehämmert hatten. »Er sagte, er habe dich gesehen, Mutter, habe dich um deine Kinder kämpfen sehen, und als er sich umdrehen und weggehen wollte, hätten ihn die angstgeweiteten Augen eines kleinen Jungen angestarrt, und da habe er sich plötzlich geschämt. Das musst du gewesen sein, Fawad. Abdur Rahim hat mir erklärt, wegen dieser Augen, wegen der nackten Angst und dem Entsetzen, die sich darin spiegelten, habe er beschlossen, mich zu kaufen. Er fühlte die Schändlichkeit dessen, was er in jener Nacht getan hatte, wie einen Mühlstein an seinem Hals, und er musste mich retten, um sich selbst zu retten. Und deswegen war dann auch seine Frau bereit, mir Zuflucht zu gewähren.«

Doch offenbar hielt Hanifas Bereitschaft, ihrem Mann zu helfen, nur so lange an, wie Mina noch ein Mädchen war. Als sich erste Anzeichen dafür zeigten, dass sie zur Frau wurde, verlangte Hanifa, dass sie das Haus verließ. Abdur Rahim beteuerte zwar, dass er Mina als eine Tochter ansehe, aber seine Frau war überzeugt, dass er sie nicht mehr lange so sehen würde. Wenn sich ihre Formen veränderten und ihre Schönheit zur Entfaltung käme, wären da keine Blutsbande, die ihn daran hindern würden, sie zu seiner zweiten Frau zu machen.

Widerstrebend gab Abdur Rahim Hanifas Forderung statt. Aber er erklärte Mina, dass er einen guten Mann gefunden habe, bei dem sie von jetzt an leben werde, und wenn dieser auch ihr Ehemann und nicht ihr Ziehvater sein würde, würde er sie doch nie schlagen, weil er ein guter Muslim sei.

Obwohl sie die Fürsorge des alten Mannes zu schätzen wusste, sagte Mina, und ihm dankbar dafür war, dass er ihr all die Jahre nie etwas angetan hatte, konnte sie doch das ursprüngliche Unrecht, das er begangen hatte, weder vergessen noch verzeihen, und so packte sie, als er ihr sagte, sie werde jetzt in ihr neues Heim umziehen, einfach nur ihr kleines Bündel Kleider und ging ohne ein Wort oder eine Abschiedsgeste – außer einem Nicken zu Hanifa hin – zur Tür hinaus.

Draußen wartete ihr künftiger Ehemann schon in seinem Wagen. Er war gut zehn Jahre jünger als Abdur Rahim, und einer seiner Arme war durch eine Krankheit, die er als Kind gehabt hatte, verkümmert. Wortlos nahm er mit dem gesunden Arm Minas Sachen und lud sie in seinen Toyota Corolla. Dann fuhr er mit ihr nach Osten, bis sie in Kunar waren.

Obwohl es eine lange Fahrt war, erfuhr Mina unterwegs nur, dass ihr Ehemann Hazrat Hussein hieß und dass die Taliban schon seit zwei Jahren nicht mehr an der Macht waren. »Es freute mich zwar, dass die Taliban besiegt waren, aber es machte mich auch wütend, dass sich, soweit ich es mitbekam, nichts geändert hatte. Der Mann, der mich gekauft hatte, wohnte immer noch in seinem großen Haus, und ich war immer noch die Gefangene, zu der sie mich gemacht hatten.«

In Kunar wurde Mina in ein kleines Haus gebracht, und wie sie schon mehr oder weniger erwartet hatte, gab es auch dort bereits eine andere Frau. Ja, es gab sogar zwei Frauen. Die ältere war Hazrats Mutter, und sie war so säuerlich wie die Milch einer vergifteten Ziege. Die andere Frau war Hazrats Ehefrau. Sie hieß Rana. Sie war winzig und sehr krank und hatte ihrem Mann keine Kinder gebären können. Beim ersten Blick auf das bejammernswerte Geschöpf, das sie von jetzt an Schwester würde nennen müssen, wusste Mina, was von ihr erwartet wurde.

Sie enttäuschte die Erwartungen nicht. Nach einem Jahr legte sie Hazrat einen Sohn in die Arme. Sie nannten ihn Daud. »Hazrat war außer sich vor Freude, und er war und ist unserem Sohn ein guter Vater. Und dank unserem Sohn ist auch mein Leben jetzt von einer gewissen Freude erfüllt.« Das Erstaunlichste aber war, dass Hazrats Mutter wie Butter dahinschmolz, sobald sie ihren Enkel in den Armen hielt, was ihr strenges Regiment im Haus milderte. Selbst Rana gewann durch Dauds Ankunft an Kräften und Lebensfreude.

Obwohl sie gegen ihren Willen zusammengespannt worden waren, vereinten sich Rana und Mina bald im Widerstand gegen ihre gemeinsame Schwiegermutter, und da meine Schwester den körperlichen Schmerz in Ranas Augen sah, tat sie, was sie konnte, um ihrer neuen Schwester das Leben leichter zu machen.

Und weil meine Schwester so nett zu ihr war, ging Rana, als sie eines Tages, während Mina in der Küche kochte, Georgies Botschaft im Radio hörte, sofort zu ihr und erzählte es ihr. »Ich konnte es nicht glauben. Ich war mir sicher, dass ihr alle umgekommen wart, denn als wir in jener Nacht aus Paghman weggefahren waren, hatte ich die Häuser brennen sehen, und ich sah noch deutlich den Hass in den Gesichtern der Männer, die uns verschleppt hatten. Und dann höre ich plötzlich, dass ihr doch nicht tot seid, dass ihr mich immer noch sucht, nach all den Jahren.«

In den Tagen, als Mina von Georgies Botschaft erfahren hatte, war ihre Freude immer wieder in Schmerz umgeschlagen, wenn sie an die Entfernung zwischen uns dachte, die für sie nicht unüberwindlicher hätte sein können, wenn sie eine Million Meilen betragen hätte, denn es war ganz und gar unvorstellbar, dass ihr Mann sie nach Kabul fahren ließe.

Aber meine Schwester hatte nicht mit Ranas Einsatz gerechnet. Tag um Tag flehte Hazrats erste Ehefrau ihren Mann an, Erbarmen zu haben, und weinte echte Tränen, wenn sie ihm erklärte, wie glücklich sie diese eine gute Tat machen würde. »Sie, die im Leben nichts gekannt hatte als die Liebe eines anständigen Mannes und die Qualen der Unfruchtbarkeit und eines versagenden Körpers«, flüsterte Mina, »sie war wunderbar. Ich stehe tief in ihrer Schuld.«

Leider war Rana vor einem Monat an der Krankheit, die sie innerlich zerfressen hatte, gestorben. Da Hazrat Hussein wirklich so ein guter Mann war, wie Abdur Rahim gesagt hatte, und den letzten Wunsch seiner toten Frau achten wollte, wählte er die Telefonnummer, die Rana auf einen Zettel geschrieben hatte, und sprach mit Georgie.

28

Nachdem Mina aus Kunar in unser Leben zurückgekehrt war, blieb sie über Nacht und schlief im Zimmer meiner Mutter.

Ich wollte mich nicht von ihnen trennen, wollte meine Schwester nicht verlassen, nachdem ich sie doch gerade erst wiedergefunden hatte. Es war alles so seltsam und verwirrend. Mina war anders. Ich erkannte sie wieder, aber gleichzeitig auch nicht. In meinen Träumen, wenn ich so inständig für ihre Rückkehr gebetet hatte, war sie immer ein kleines Mädchen gewesen. Doch sie war kein kleines Mädchen mehr, sie war eine Frau.

»Du bist so erwachsen!«, sagte Mina zu mir und zog mich an sich, weil ich neben ihr saß und nicht wusste, was tun. »Ich kann es kaum glauben! Mein kleiner Bruder ist jetzt ein kleiner Mann, so still und ernst.«

»Normalerweise ist er nicht so still«, sagte meine Mutter lächelnd.

»Na ja«, sagte Mina und küsste mich auf die Wange, »das will ja auch alles erst mal verdaut sein. Wir müssen uns erst wieder kennenlernen.«

Während Mina das sagte, ließ ich mich gegen sie sinken. Sie hatte zwar recht, unsere Augen und unser Gehirn brauchten erst mal Zeit, alles zu erfassen, aber mein Herz wusste schon alles, was es zu wissen gab, und es liebte sie.

Als ich die Augen nur noch mit Mühe offen halten konnte, sagte meine Mutter, ich solle in mein Zimmer hinübergehen, damit sie allein mit Mina reden könne. Ich wollte bleiben, sagte aber nichts, weil ich sah, dass es meiner Mutter wichtig war.

Während ich darauf wartete, dass der Schlaf über

mich kam, hörte ich sie miteinander reden und weinen. Ich erriet, dass meine Schwester nach und nach unsere Geschichte der letzten Jahre erfuhr – und sich allmählich damit abfinden musste, dass unser älterer Bruder Bilal tot war.

Als die düstere Nacht vorbei war und die Sonne erwachte und das Beisammensein der beiden in ihr heiteres Licht tauchte, befand meine Mutter, die Rückkehr meiner Schwester sei ein Zeichen dafür, dass ihre Verbindung mit Shir Ahmad Gottes Segen hatte. Ich war ganz schön erleichtert, als sie es mir sagte, weil es verhinderte, dass der Wächter doch noch eine andere heiratete, und weil es mir erlaubte, noch ein Geheimnis von meiner Liste zu streichen – na ja, beinah. Offenbar durften wir es immer noch niemandem von unseren Freunden erzählen, weil wir zuerst zu meiner Tante nach Khair Khana mussten.

Für zwei Frauen, von denen jede noch vor Kurzem den Anblick der anderen nicht ertragen hatte, sahen sie sich jetzt wirklich ganz schön oft. Aber diesmal hatte es natürlich einen guten Grund. Schließlich waren wir in Afghanistan, und da gelten nun mal bestimmte Regeln.

Dort im Haus meiner Tante, vor dem Mullah, der die Gebete für Spandi gesprochen hatte, vollzogen meine Mutter und Shir Ahmad die Hochzeitszeremonie, indem sie einander dreimal vor Allah als Ehepartner annahmen. Neben dem Heiligen Mann, der aufpasste, dass sie alles richtig machten, durften auch meine Tante und mein Onkel, zwei von Shir Ahmads Brüdern und meine Schwester und ihr Mann dabei sein.

Hazrat Hussein war an diesem Vormittag bei uns zu Hause erschienen, um seine Frau abzuholen, hatte aber stattdessen eine Hochzeitseinladung in die Hand gedrückt bekommen. Zu meiner Überraschung war er viel größer und kräftiger, als ich gedacht hatte, und sein Gesicht war nett und sanftmütig. Und wenn einer seiner Arme auch komisch aussah, so als hätte Gott einen Kinderarm an seinem Körper befestigt, stellte ich doch erleichtert fest, dass es der linke war, so dass es beim Händeschütteln keine peinlichen Probleme gab.

Während alle Erwachsenen herumstanden und höflich zueinander waren, hörte ich, dass Hazrat in Kabul übernachtet hatte, bei einem Geschäftspartner. Offenbar machte der Mann meiner Schwester irgendwas Cleveres mit Holz – so clever, dass er die Sachen verkaufen konnte. Und in Khair Khana schenkte er meiner Mutter ein wunderschönes braunes Kästchen mit Schnitzereien von Blumen und singenden Vögeln.

Den kleinen Sohn meiner Schwester, Daud, bekamen wir leider nicht zu sehen, weil er in Kunar bei seiner Großmutter war, aber Mina versprach, ihn bei ihrem nächsten Besuch mitzubringen. Während sie das sagte, guckte sie plötzlich ihren Mann an, als hätte sie etwas vergessen, aber er nickte, und ihr Lächeln kehrte zurück.

In der kurzen Zeit, die ich ihn kannte, war mir Hazrat Hussein schon ziemlich sympathisch geworden, was wohl auch gut so war, wo er doch jetzt zu meiner Familie gehörte.

Während meine Mutter und Shir Ahmad die Zeremonie vollzogen, mussten wir Kinder draußen warten, weil die Regeln es nun mal so bestimmten. Jahids Brüder gingen sofort nach draußen, um in einem Graben vor dem Haus zu spielen, weil dort eine tote Katze lag. Jahid und ich verschwanden um die Ecke, weit genug vom Haus weg, dass er mir das Rauchen beibringen konnte.

Obwohl Zigaretten ziemlich eklig waren und wie kalte Bukharis rochen, war mir doch klar, dass ich mich, wenn ich je ein Mann werden wollte, an eine Menge ekliger Sachen gewöhnen musste. Haare untenherum waren laut Jahid eine davon. Und schlimmer noch, eines Tages würde ich beim Aufwachen feststellen, dass mein Schwanz gekotzt hatte.

»Deine Schwester sieht ganz schön toll aus«, sagte Jahid, während er Rauchringe zu machen versuchte. »Ich sag dir, wenn sie nicht gekidnappt worden wäre, hätte ich nichts dagegen gehabt, sie selbst zu heiraten – wo wir doch verwandt sind und alles.«

Ich musterte Jahid mit seinem umherrollenden Auge, seinem lahmen Bein und seinen braunen Stummelzähnen und dachte, wenn meine Schwester seinen Antrag angenommen hätte, hätte ich sie eigenhändig den Taliban übergeben.

»Wie läuft's denn in deinem Job?«, fragte ich, um das Thema zu wechseln, bevor Jahid sich noch vergaß und anfing, unanständige Sachen über die Schwester zu sagen, die ich gerade erst wiederbekommen hatte.

»Zäh«, gestand er, »aber ich fange jetzt an, mehr Ablage zu machen, Papierkram und so was alles, und mein Boss sagt, bald schickt er mich in einen von diesen Computerkursen.«

»Shir Ahmad geht schon eine ganze Weile zum Computerunterricht.«

»Na ja, das ist die Zukunft«, sagte Jahid nickend. »Gibt heutzutage in Kabul kein Büro mehr, das keinen Computer hat. Und du glaubst gar nicht, wie viel Pornozeug man auf den Dingern finden kann. Fotos und sogar Filme von Sachen, auf die du nicht im Traum kommen würdest. Frauen, die es mit Männern treiben, Frauen, die es mit Frauen treiben, Männer, die es mit Männern treiben, Frauen, die es mit

Zwergen treiben, Frauen, die es mit Hunden treiben, und einmal habe ich sogar gesehen, wie eine Frau Flaschenkürbisse in ihre …«

»Fawad!«

Die Stimme meiner Mutter schnitt laut und klar durch die Luft, und Jahid und ich drückten schnell unsere Zigaretten aus. »Hier«, sagte er und gab mir einen Kaugummi, der angeblich nach Banane schmecken sollte, in Wirklichkeit aber nach Plastik schmeckte. Die Dinger waren auch ganz schön eklig. Wir hatten sie immer den Ausländern auf der Chicken Street für einen Dollar verkauft. Die Leute kaufen alles, wenn man nur traurig genug guckt.

Nach der Hochzeit meiner Mutter verabschiedeten wir uns von Mina, die zu ihrem Baby zurückmusste. Als wir uns alle noch mal fest umarmten, war das schön und traurig zugleich, aber Hazrat Hussein gab meiner Mutter eine Telefonnummer, damit wir meine Schwester jederzeit anrufen konnten, und das machte es doch mehr schön als traurig.

Shir Ahmad ging zu sich nach Hause, und meine Mutter ging zu uns nach Hause. Am nächsten Tag nach dem Hochzeitsfest würde meine Mutter in ihr neues Zuhause umziehen, und ich würde erst eine Woche später nachkommen – warum, wollte ich gar nicht wissen. Meine Mutter meinte, während der Woche, in der sie mit dem beschäftigt war, was ich gar nicht wissen wollte, würde ich doch vielleicht gern bei meiner Tante wohnen wollen. Falscher hätte sie gar nicht liegen können.

»Mutter, als ich zuletzt in diesem Haus war, hat mir Jahids Vater einen Wasserkrug um die Ohren geschlagen, und eins von den Kindern hat in mein Bett gepinkelt, und vergiss nicht, dass dich meine Tante mit ihrem Essen beinah umgebracht hätte. Also, ich glaube nicht, dass du dir das richtig überlegt hast. Aber das ist ja auch verständlich, ich weiß ja, dass du nicht klar denken kannst, jetzt, wo du nur deinen neuen Ehemann im Kopf hast und nicht das Wohl deines Sohnes und seine Chancen, diese Woche zu überleben.«

Meine Mutter lächelte mich an – was zeigte, wie gründlich sie sich verändert hatte, seit sie ihrer Schwester vor die Füße gespuckt und Khair Khana verlassen hatte – und spielte mit meinem Haar.

»Okay, Fawad, du hast gewonnen. Wenn Georgie einverstanden ist und wenn sie verspricht, auf dich aufzupassen, kannst du die Woche über dort bleiben. Das gibt dir dann wohl auch Zeit, dich zu verabschieden.«

In Afghanistan haben wir das Sprichwort: »Heute siehst du einen Freund, morgen siehst du einen Bruder.« Nach fast einem Jahr bei den Ausländern hatte ich jetzt zwei Schwestern und einen Bruder, und wenn auch ihre Art zu leben manchmal seltsam war und ihr Verhalten für einen guten Muslim alles andere als nachahmenswert, liebte ich sie doch alle von ganzem Herzen. Und als meine Mutter und ich nach Hause zurückkehrten und sie ihnen auf Dari (mit meiner Übersetzung) erklärte, dass sie geheiratet habe und am nächsten Tag ausziehen und mich in einer Woche nachholen würde, sahen sie uns alle entgeistert an.

Ich glaube, sie nennen das Schock.

Georgie war die Erste, die sich fasste und auf ihre guten Manieren besann. Sie umarmte meine Mutter.

»Herzlichen Glückwunsch, Mariya«, sagte sie. »Das sind ja tolle Neuigkeiten.«

»Ja, großartig. Glückwunsch«, schloss sich James an.

»Und ob! Gratuliere. Ich wünsche euch ein glückliches

gemeinsames Leben«, sagte May. Und dann, als sich alle gerade einigermaßen an den Gedanken gewöhnt hatten, setzte sie hinzu: »Dann kann ich es euch ja auch gleich sagen. Ich werde auch bald weggehen. Ich bin schwanger.«

Wenn die Mitteilung meiner Mutter ein Schock gewesen war, dann schlug Mays Eröffnung ein wie eine Bombe. Ich übersetzte sie meiner Mutter. Ihre Augen weiteten sich, aber sie sagte nichts.

Wieder erholte sich Georgie als Erste.

»Glückwunsch, May! Das ist ja … eine Überraschung.«

»Es ist nicht nur eine Überraschung, es ist ein verflixtes Wunder«, sagte James und trat auf sie zu, um sie zu umarmen. »Wer ist denn der Vater?«

»Na ja …« May lächelte verlegen. »Das Baby wird Geris und mein Kind sein, aber es besteht eine gewisse Wahrscheinlichkeit, dass es mit einem französischen Akzent zur Welt kommt.«

Ich schüttelte den Kopf. In vielem waren die Ausländer ja genau wie wir Afghanen. Sie lachten und weinten, sie versuchten, gut zueinander zu sein, und sie liebten ihre Familie. Aber in anderen Dingen waren sie schlicht und einfach verrückt und taten alles dafür, auf ewig in der Hölle zu schmoren. Und was das Schlimmste war, sie schienen es auch noch gut zu finden.

29

In meinem Land trägt man den Salwar Kamiz – ein langes Hemd über weit geschnittenen Hosen. Das ist unsere traditionelle Kleidung, und dabei ist eine Menge Stoff im Spiel, mehr als man denken würde. Ich trage heutzutage meistens

Jeans, so wie die älteren Jungen, die es den iranischen Popstars aus dem Fernsehen nachmachen, aber es gibt Situationen – zum Beispiel das Hochzeitsfest der eigenen Mutter –, da drückt einem der Hosenbund in den Bauch, weil der vom vielen Essen Ausmaße hat wie Kandahar, und man hat das Gefühl, dass einen das Ding jeden Moment mittendurch schneidet. In diesen Momenten wird einem klar, dass die Afghanen viel schlauer sind als die Ausländer aus dem Westen. Nicht nur, dass wir an den einzig wahren Gott glauben, nein, wir machen unsere Kleidung auch noch so weit, dass Kandahar *und* Helmand reinpassen.

»Was hast du?«, fragte James, als ich auf den Platz neben ihm plumpste.

»Ich glaube, ich sterbe. Ich hätte nicht so viel essen sollen.«

Etwa eine Stunde, nachdem wir im Restaurant Herat in Shar-e Naw angekommen waren, hatten wir angefangen, uns die Bäuche vollzuschlagen. Zuerst gab es Ash – eine Suppe mit Nudeln, Joghurt, weißen Bohnen und Kichererbsen –, dann Kartoffeln und Bolani mit Lauchzwiebeln, Auberginen in Joghurt, Kabuli Palau, Lammkebab und schließlich Firni, einen köstlichen Pudding. Kein Wunder, dass jeder hier gern auf ein Hochzeitsfest geht. So viel kriegen die meisten sonst das ganze Jahr nicht zu essen.

Als ich unter der Last des Kebabs in meinem Bauch stöhnte, beugte sich James herüber und griff an meine Hose.

»Was machst du da?«, fragte ich, nicht *so* vollgefressen, dass ich nicht schockiert gewesen wäre.

»Dir den Gürtel aufmachen, damit du besser atmen kannst.«

Ich sah James ungläubig an. »Lieber nicht, James«, sagte ich und zog ihm meinen Hosenbund aus den Fingern.

Also wirklich, diese Ausländer kannten keine Scham, nicht mal auf einer Hochzeit.

Natürlich war ich selbst schuld, weil ich pausenlos gegessen hatte, von dem Moment an, als ich mich an den Tisch meiner Mutter gesetzt hatte, bis ich gerade eben aufgestanden war, um mich im Männerraum neben James fallen zu lassen. Wie es sich gehörte, waren die Männer und die Frauen auf dem Fest getrennt. Nur meine Mutter und Shir Ahmad saßen zusammen in einem eigenen kleinen Raum, wo sie die eingeladenen Verwandten begrüßen konnten.

Es war zwar kein riesiges Fest, und es gab weder Musik noch Tanz, weil es ja für beide schon die zweite Hochzeit war, aber meine Mutter sah trotzdem unglaublich schön aus, in ihrem hübschen rosa Kleid und mit kunstvollen Locken unter dem rosa Kopftuch. Ihre Augen waren riesengroß, rosa und schwarz geschminkt, mit Glitzer drum herum und langen Wimpern, die ihr eine Frau bei uns zu Hause angeklebt hatte.

Als ihr Sohn sah ich ihr an, dass sie glücklich war, auch wenn sie nicht viel lächelte, weil sich das nicht gehörte. In Afghanistan muss eine Braut bei der Hochzeit unglücklich aussehen. Ihre Traurigkeit beweist allen, wie sehr sie die Familie, die sie jetzt verlässt, liebt und respektiert. Aber manchmal ist die Traurigkeit natürlich auch echt, weil die Braut schreckliche Angst vor der Familie hat, zu der sie ab jetzt gehören wird. In jedem Fall aber hat eine gute Braut eine unglückliche Braut zu sein, und wenn sie an diesem Tag ein paar Tränen hervorquetschen kann, macht es sie noch besser. Im Fall meiner Mutter schien dieser Brauch allerdings ein bisschen überholt, weil sie ja meine Großeltern schon vor langer Zeit verlassen hatte und die sowieso beide nicht mehr lebten. Aber dass sie sich trotzdem an die Regeln hielt, kennzeichnete sie als »gute Frau«. Eine »gute Frau«, die einen »guten Mann« heiratete – das sagten alle die ganze Zeit. Und damit hatten sie auch sicher recht, weil Shir Ahmad meine Mutter schon ewig liebte und weil er, um sie heiraten zu können, sein Leben geändert hatte. Weil er in den Computerunterricht gegangen war, um es im Leben weiter zu bringen, und weil er sein Haus für sie hergerichtet hatte, bevor er ihr überhaupt einen Heiratsantrag gemacht hatte.

Ja, er war ein guter Mann, und ich war froh. Er sah bei dem Hochzeitsmahl sehr gut aus in seinem weißen Anzug und mit den weißen Schuhen, und wenn er meiner Mutter Essen aufgab, um ihr seine Achtung zu erweisen, sahen alle anderen Frauen lächelnd zu und nickten billigend.

Außer mir saßen im Hochzeitszimmer noch meine Tante, Jamilla, Georgie, May und Mays weiblicher Ehemann Geri. Von allen anwesenden Afghanen wussten nur meine Mutter und ich von dem Baby in Mays Bauch, und bevor wir aus dem Haus gegangen waren, hatte meine Mutter die Ausländer inständig gebeten, nicht öffentlich darüber zu sprechen. Wenn es herausgekommen wäre, hätte man uns womöglich alle miteinander gesteinigt, was kein besonders gutes Ende für diesen großen Tag meiner Mutter gewesen wäre.

Obwohl James fast ein Jahr mit meiner Mutter auf einem Grundstück gewohnt hatte, durfte er nicht ins Hochzeitszimmer, weil er nicht mit ihr verwandt war und weil er ein Mann war. Als ich zu ihm stieß, saß er mit Ismerai, Pir Hederi und ein paar Freunden von Shir Ahmad zusammen und wirkte ziemlich verloren, weil da niemand war, der für ihn übersetzen konnte. James war jetzt schon über zwei Jahre in Afghanistan, aber sein Dari ging immer noch nicht über die paar Brocken hinaus, die er ganz zu Anfang gelernt hatte, Sachen wie »Hallo«, »Wie geht's?«, »Wo ist die Toilette?« und »Bringen Sie mich zu Ihrem Anführer«. Er verständigte sich hauptsächlich mit den Händen und einem Taschenwörterbuch, das er immer dabeihatte.

Ich konnte mir vorstellen, wie lange er gebraucht haben musste, um Pir Hederi den Floh mit dem Sandwich-Geschäft ins Ohr zu setzen.

Als ich mich wieder etwas besser fühlte – nicht mehr den Drang hatte, halb nackt im Restaurant herumzulaufen –, bat mich Ismerai, Shir Ahmad in den Männerraum zu holen, weil er ein Geschenk für ihn habe. Ich tat, wie mir geheißen, weil Ismerai ein würdiger älterer Mann war. Außerdem war ich gespannt auf das Geschenk. Georgie hatte meiner Mutter bereits ein Handy geschenkt, damit sie jederzeit Mina anrufen konnte, was ich verflixt toll von ihr fand. Aber was Ismerais und Haji Khans Hochzeitsgabe sein mochte, konnte ich mir nicht denken.

Shir Ahmad entschuldigte sich bei den Frauen, dass er sie verlassen musste, aber ich merkte ihm an, dass er insgeheim froh war, weil ihm ihr Gerede wohl allmählich ein bisschen auf die Nerven ging. Ich führte ihn zu Ismerai, was eine ganze Weile dauerte, weil er unterwegs zu viele Hände schütteln musste.

Im Männerraum bat Ismerai Shir Ahmad, sich zu setzen, und überreichte ihm einen weißen Umschlag. »Von Haji Sahib Khan«, sagte er. »Er bedauert, dass er nicht persönlich hier sein kann, um eure Hochzeit mitzufeiern, aber er musste in dringenden Geschäften nach Shinwar.«

Shir Ahmad antwortete mit ein paar höflichen Worten und öffnete den Umschlag. Darin waren vier oder fünf offiziell aussehende Papierbögen.

Mein neuer Vater sah Ismerai verdutzt an. Ich sah Ismerai enttäuscht an. Ich hatte Geld erwartet.

»Es ist ein Vertrag«, erklärte Ismerai.

»Oh, ein Vertrag«, sagten wir und starrten Ismerai weiter an.

Lachend nahm der alte Mann Shir Ahmad die Papiere aus der Hand und erklärte langsam, was darauf stand. Demnach waren Shir Ahmad und Haji Khan jetzt Geschäftspartner – gemeinsame Besitzer des neuesten Internetcafés von Kabul.

30

Nach dem Hochzeitsfest ging meine Mutter mit zu ihrem Ehemann, um unser neues Haus für unser neues Leben vorzubereiten, und wir Übrigen fuhren nach Wazir Abar Khan zurück.

Zu Hause machten Georgie, James und May eine Flasche Wein auf, weil sie offenbar alle »erst mal was zu trinken brauchten«. Nacheinander versuchten sie, mich zu überreden, für die Woche mit in James' Zimmer zu ziehen.

»Dann bist du nicht so allein«, erklärte Georgie, als sie mir meinen Tee aus der Küche brachte.

»Deine Mutter würde auch wollen, dass du dort schläfst«, versuchte es May.

»Das wird lustig!«, rief James.

Aber nicht mit mir. Ich war kein Kind mehr, und meine Mutter war nur woanders hingegangen, sie war nicht beinah gestorben oder was – nicht wie das letzte Mal, als sie mich mit den Ausländern allein gelassen hatte. Und außerdem war im Zimmer meiner Mutter ein Fernseher, und da wollte ich so lange wohnen.

Ein bisschen sauer auf meine Freunde, weil sie mich die ganze Zeit nervten, nahm ich meine Teekanne und ließ alle bei ihrem Wein sitzen, um mich im Zimmer meiner Mutter häuslich einzurichten und endlich meine Ruhe zu haben. Und während ich ein bisschen umräumte, um die bestmögliche Sicht auf den Fernseher zu haben, kam ich mir ganz schön erwachsen vor.

»Das ist das wahre Leben«, sagte ich vor mich hin, als ich mich auf dem Bett meiner Mutter ausstreckte und von meinem Tee trank.

Ich knautschte mir das Kopfkissen unter den Kopf und sah entspannt dem Film entgegen, der gleich anfangen würde.

Acht Stunden später wurde ich davon wach, dass mich Georgie zum Frühstück rief. Der Fernseher schwieg, weil der Strom ausgefallen war, und als ich die Orientierung wiedergefunden hatte, wurde mir klar, dass ich eingeschlafen war, bevor ich auch nur fünf Minuten des Films gesehen hatte, was mich ein bisschen ärgerte, weil es mir eine solche Vergeudung meiner neuen Freiheit schien.

Ich stieg aus dem Bett, wusch mich, zog frische Sachen an und ging ins große Haus hinüber, um zu frühstücken. Da war nur Georgie, weil May schon zur Arbeit gegangen war und James frühestens in drei Stunden aus seinem Zimmer kommen würde.

»Gut geschlafen?«, fragte Georgie und schob mir einen Teller mit Brot und Honig hin.

»Ja, danke. Und du?«

»Auch, danke.«

Ich goss mir eine Tasse süßen Tee ein.

»Und? Hat dir das Hochzeitsfest gefallen?«, fragte Georgie.

»Ja, ich fand's ziemlich toll. Und du?«

»Ja«, stimmte sie mir zu, »es war toll.«

Dann aßen wir schweigend weiter, bis Massoud erschien, um Georgie in ihr Büro zu bringen, und ich auf mein Fahrrad sprang, um zur Schule zu fahren. Obwohl es immer schön war, mit Georgie zusammen zu sein, waren wir doch beide nicht gerade »Morgenmenschen«.

Wie üblich fuhr ich nach der Schule zum Laden, um mein bescheidenes Geld zu verdienen und Jamilla zu necken, bevor sie in die Schule musste.

»Gestern habe ich gelesen, dass Shah Rukh Khan einen Mann geheiratet hat«, sagte ich zu ihr.

»Wo?«, fragte Jamilla. »In Fawads Spezialzeitung für Lügen?«

»Nein, in einem indischen Tempel natürlich.«

»Sehr komisch«, sagte sie und band ihr Kopftuch um, ehe sie zur Tür hinausging.

»Fand ich auch.« Ich lachte. »Bis nach der Schule, Jamilla.«

»Wen juckt's?«, sagte sie auf Englisch und machte das V-Zeichen, das James mir und ich ihr beigebracht hatte.

Als sie zur Tür hinausging, fiel mir auf, dass sie plötzlich größer war als ich, was mir gar nicht gefiel. Ich hatte mich, als wir zu den Ausländern gezogen waren, am Türpfosten meines Zimmers gemessen und eine Markierung eingeritzt, und seither schien ich überhaupt nicht mehr zu wachsen. Das beschäftigte mich so sehr, dass ich mich in letzter Zeit schon fragte, ob ich mal so sein würde wie Haji Khans

Zwerg. Selbst Jahid hatte bei der Hochzeit darüber gespottet.

»Hey, Knirps«, hatte er mich begrüßt.

Ich hatte es ignoriert, weil er ja in Gottes großem Plan für uns alle auch nicht besonders gut weggekommen war. Aber geärgert hatte es mich doch.

»Wie alt bist du jetzt?«, fragte Pir Hederi, als ich es im Laden ansprach.

»Weiß nicht«, sagte ich achselzuckend. »Zehn vielleicht oder elf.«

»Ach, na dann besteht ja kein Grund zur Sorge, Junge. Komm wieder, wenn du fünfundzwanzig oder sechsundzwanzig bist und immer noch nicht größer als ein kümmerliches Kalb.«

»Wenn ich fünfundzwanzig oder sechsundzwanzig bin, bin ich ja wohl kaum noch hier, oder?«

»Wo zum Teufel solltest du sonst sein?«

»Na ja …« Ich hielt inne, um drüber nachzudenken, und musste feststellen, dass mir nichts einfiel. »Irgendwo anders«, sagte ich schließlich, jetzt noch beunruhigter beim Gedanken, dass ich womöglich mein Leben lang als Zwerg in Pir Hederis Laden arbeiten würde.

»Hör zu, wenn es dir ernsthaft Sorgen macht, sag deiner Mutter, sie soll ein Huhn in Wasser kochen und ein paar Kichererbsen und einen Löffel Skorpionsaft dazugeben, und trink dann jeden Morgen nach dem Aufwachen ein Glas von der Brühe.«

»Bei uns gibt's zurzeit kein Huhn zu essen und Skorpion schon gar nicht«, erklärte ich.

»Tja, dann bist du aufgeschmissen«, sagte er nur.

»Du brauchst dir da wirklich keine Gedanken zu machen«, erklärte mir Georgie, als ich später an diesem Nachmittag zu Hause mit ihr im Garten Tee trank. »Mädchen reifen nun mal schneller als Jungen – das ist eine Tatsache. In zwei, drei Jahren wirst du Jamilla einholen und dann überholen. Und außerdem, Fawad, bist du viel zu gescheit, um dein Leben in Pir Hederis Laden zu beschließen, also bleib ganz ruhig.«

»Findest du mich wirklich gescheit?«, fragte ich.

Georgie lachte. »Fawad, du bist der intelligenteste Junge, der mir je begegnet ist! Du bist … wie drückt man das auf Dari aus? Ich weiß nicht. Auf Englisch würde man sagen, du bist ein fixes Kerlchen, was heißt, du bist erstaunlich klug und aufgeweckt für dein Alter. Ehrlich, ich kenne Erwachsene, die nicht deinen Verstand haben. Du bist ein ganz besonderer Junge, der eines Tages ein ganz besonderer Mann sein wird. Und außerdem siehst du sehr gut aus.«

»Wow, dann bin ich ja ganz schön toll, was?«, sagte ich lachend.

»Und ob du das bist, Fawad.«

Als ich Georgie ansah, ihr hübsches Gesicht, das in der Sommersonne schwitzte, legte sich plötzlich eine Wolke von Traurigkeit über mich. Alles veränderte sich so schnell und würde nie wieder so sein, wie es gewesen war: May würde bald in ihr Land zurückkehren, um ihr Baby zu kriegen, ich würde bald nach Kart-e Seh ziehen, um mein neues Leben zu beginnen, James fragte sich besorgt, wer jetzt, wo meine Mutter weg war, für ihn kochen würde und warum Rachel ihn nicht heiraten wollte, und Georgie – tja, was Georgie vorhatte, wusste niemand.

»Wirst du aus Afghanistan weggehen?«, fragte ich und beobachtete sie genau.

»Wer hat das gesagt?«, fragte sie zurück, und ihre Stimme war ganz hoch vor Überraschung.

»Dr. Hugo, bevor ihm Haji Khan an die Kehle gegangen ist.«

»Was? Was hat Khalid getan?«

Mir blieb das Herz stehen. Ich hatte es wieder getan.

»Es war ja nur, weil er dich liebt«, sagte ich schnell. »Und Dr. Hugo war wirklich selbst schuld, weil er ihn dazu bringen wollte, ›ein Stück zurückzutreten‹, und da hat Haji Khan gesagt, du bist in seinen Zähnen, und dann hat er Dr. Hugo ein Arschloch genannt und ist richtig wütend geworden. Aber er hat Dr. Hugo nicht getötet und nichts, obwohl er zu seinen Wächtern gesagt hat, er würde ihm die Kehle rausreißen.«

Georgie starrte mich durch ihre Sonnenbrille an.

»Ich bin in seinen Zähnen?«, fragte sie schließlich.

»Na ja, das hat er gesagt.«

»Wie romantisch«, sagte sie, aber in einem Ton, als wäre es gar nicht romantisch.

»Und? Gehst du jetzt weg aus Afghanistan?«

Georgie zuckte die Achseln. »Im Moment weiß ich es ehrlich nicht. Vielleicht klärt es sich am Freitag, wenn ich nach Shinwar fahre.«

»Du triffst dich mit Haji Khan?«

»Ja.«

Ich sagte nichts, weil ich's nicht konnte, aber mir war ziemlich klar, dass sie Haji Khan ihre Antwort geben würde.

»Kann ich mitkommen?«, fragte ich.

»Tja … ich weiß nicht. Ich habe einiges zu besprechen.«

»Bitte, Georgie. Und wenn du doch weggehst? Vielleicht ist das ja meine letzte Chance, Mulallah zu sehen.«

»Ehrlich gesagt, Fawad, ich weiß nicht, ob ich Zeit haben werde, Mulallah und ihre Familie zu besuchen.«

»Okay, dann eben Haji Khan.«

Meine Freundin sah mich durch ihre Sonnenbrille an.

»Ich weiß nicht …«

»Bitte, Georgie. Ich bin auch ganz brav und mache keine Probleme und spiele allein, wenn du mit Haji Khan reden musst, und …«

»Okay, okay, du kannst mitkommen!«

»Toll!«

»Aber nur, wenn deine Mutter einverstanden ist.«

Auf Georgies Handy rief ich sofort meine Mutter an und fragte sie, ob ich am schulfreien Freitag mit nach Shinwar dürfe. Sie sagte Ja, was ich gewusst hatte, denn vor die Wahl gestellt, mich nach Shinwar fahren oder aber mit James und einer schwangeren Lesbe allein zu lassen, würde sie sich immer für Shinwar entscheiden.

»Vergiss nicht zu beten, und sei brav!«, schrie sie mir ins Ohr.

»Nein, ja«, versprach ich und nahm mir vor, ihr, wenn wir uns das nächste Mal sahen, zu zeigen, wie man telefoniert. Sie schrie so laut, dass ich sie noch in Tadschikistan gehört hätte.

Wie bei unseren anderen Reisen kam Zalmai, um uns nach Shinwar zu bringen, aber diesmal begleitete uns Ismerai, und wir fuhren in einem Toyota-Pick-up mit einem Wächter vorne drin und zwei weiteren hintendrauf.

»Ärger zu erwarten?«, fragte Georgie, als sie unsere Eskorte sah.

»Nein, nicht direkt«, antwortete Ismerai. »Haji wollte nur besonders sichergehen, weil ihr so besondere Gäste seid.«

»Ach, erzähl mir nichts.« Georgie lachte. »Was ist passiert?«

»Über das Übliche hinaus?«

Ismerai nahm seinen Pakul ab, um sich die paar Haare zu richten, die er noch hatte.

»Okay. Letzte Woche ist der Gouverneur einem Sprengsatz am Straßenrand entgangen, und es gab noch ein paar Vorfälle, aber alles kein Grund zur Aufregung.«

»Wegen des Mohnanbauverbots?«, fragte Georgie.

»Mohn, Macht, die Jahreszeit … wer weiß? Das hier ist Afghanistan. Wir kriegen das mit dem Frieden nicht so leicht hin, wie du weißt.«

Auf der Fahrt nach Shinwar versuchte uns Ismerai von möglichen Sprengsätzen am Straßenrand und »anderen Vorfällen« abzulenken, indem er uns auf Stellen hinwies, wo schon mal Leute in die Luft gejagt worden waren. »Hier haben die Mudschaheddin gegen Ende des Dschihad einen russischen Konvoi aus dem Hinterhalt überfallen«, sagte er, als wir aus Kabul heraus- und in die Berge kamen. »Hier gab es eine große Schlacht, die eine volle Woche dauerte … hier hatten wir Heckenschützen postiert … hier haben wir Tunnel in die Berge gegraben, um den Kommunisten zu entkommen …« Dann zeigte er uns die Sterbeorte gefallener Freunde und vergessener Helden, was dafür sorgte, dass wir schließlich alle ganz schön deprimiert waren.

Als wir in die Provinz Nangahar hinab- und dann nach Shinwar kamen, brannte die Sonne so heiß durch die Autofenster, dass Reden viel zu anstrengend war, also versank jeder in seinen eigenen Gedanken und Tagträumen, bis wir Haji Khans Haus erreichten.

Ich war noch nie in seinem Haus in Shinwar gewesen, und wenn es auch kleiner war als das in Jalalabad, war es doch viel wohnlicher – eher ein Heim als ein Palast. Wobei es natürlich ein Heim voller bewaffneter Wächter war, aber die blieben hier mehr im Hintergrund als in dem anderen Haus.

Als der Toyota in der Einfahrt hielt, stieg Georgie als Erste aus. Sie bückte sich tief, um ihren Rücken zu dehnen, reckte dann die Arme in die Luft und ließ sie einen Moment oben, als ob sie die Luft befühlte.

»Gott, wie gern ich hier bin«, seufzte sie, an niemand Bestimmten gerichtet. Dann wandte sie sich mir zu und sagte: »Weißt du, Fawad, das hier ist der Ort, wo ich mich in Afghanistan verliebt habe.«

»Und in Haji Khan«, ergänzte ich.

»Ja«, räumte sie ein, »in Haji Khan auch.«

Ich lächelte, weil das wichtig war. Wenn Georgie die richtige Zukunftsentscheidung treffen sollte, musste sie an all das erinnert werden, was sie liebte, nicht an die Sachen, die sie traurig gemacht hatten.

Ismerai kam zu uns herüber.

»Setzt euch dort auf den Teppich, ich komme gleich zu euch«, sagte er. »Ich muss nur ein paar Anrufe erledigen.«

Georgie und ich nickten und gingen zu einem roten Teppich, der unter einem riesigen Baum lag. Unter den Blättern des Baums war die Luft wesentlich kühler, und über uns sangen Vögel. Besser konnte das Leben nicht sein.

»Es wäre doch traurig, nie mehr hierherzukommen«, sagte ich zu Georgie, als sie ihre Sandalen abstreifte und sich zurücklehnte, um die Beine zu strecken.

»Ja, wäre es«, gab sie zu. »Weißt du, es ist wirklich ein Jammer, dass so viele Leute nie solche Tage erleben.«

»Ja, stimmt«, sagte ich. Und dann, nachdem ich ein bisschen drüber nachgedacht hatte, fragte ich: »Warum?«

Georgie lächelte. »Na ja, es gibt hier in deinem Land so viel mehr als nur Krieg, das siehst du ja selbst, aber leider erfährt man kaum je etwas davon. Ich glaube, die Leute bekommen einfach ein verzerrtes Bild – von Afghanistan und von den Afghanen.«

»Ja, es ist schon ziemlich toll hier«, sagte ich, »solange man nicht hungert.«

»Und einen niemand zu töten versucht.«

»Und man nicht von seiner Familie verkauft wird.«

»Und man nicht gerade Strom oder sauberes Wasser braucht.«

»Und … und …« Jetzt musste ich schon suchen. »Und einem nicht ein Gaskocher den Kopf abreißt.«

Georgie senkte das Kinn auf die Brust und sah mich über ihre Sonnenbrille hinweg fragend an.

»Das ist mal passiert, einer Frau aus unserer Straße«, erklärte ich.

»Oh«, sagte Georgie und blickte wieder in den Baum hinauf, wo die Sonne durch die Blätter flimmerte, »na ja, dann hast du recht. Es ist ein ganz schön tolles Land, wenn einem nicht der Kopf abgerissen wird.«

»Oder die Beine«, ergänzte ich. »Bei uns liegen immer noch jede Menge Landminen herum.«

»Oder die Beine«, stimmte mir Georgie zu.

»Und was ist eigentlich so toll an Afghanistan?«, fragte ich, und wir lachten beide.

»Okay«, sagte Georgie, die als Erste wieder mit dem Lachen aufhörte. »Erstens mal, ich war noch nirgendwo, wo der Himmel so blau ist, dass es einen sprachlos macht.«

»Manchmal ist er schon sehr blau«, sagte ich.

»Und wenn das Leben hier auch schwer ist, viel schwerer, als wir es uns in unserem hübschen Haus in Wazir Akbar Khan vorstellen können, verbergen sich in den Mauern dieser Häuser doch Güte und Liebe.«

»Wie meinst du das?«

»Okay, ich will versuchen, es dir zu erklären. Manches ist wie in den Büchern über euer Land. Die meisten vermitteln einem, dass Afghanistan ein Land von edlen Wilden ist, heldenmütigen Männern, die beim geringsten Anlass töten, und in gewisser Weise stimmt das wohl auch. Da ist so ein schnell auflodernder Zorn in euch allen und eine Brutalität, die uns manchmal schockiert, aber die Afghanen, die ich kennenlernen durfte, sind ganz überwiegend einfache, gutherzige Leute, die einfach nur zu überleben versuchen.«

»Also, Haji Khan ist aber nicht gerade ein einfacher Mann.«

»Nein, okay, das stimmt«, gab Georgie zu. »Aber obwohl er nicht arm ist, hat er doch ein gutes Herz. Khalid meint es gut, das weiß ich, das Problem ist nur manchmal … Hey, lass uns gar nicht erst damit anfangen.«

Georgie griff nach ihren Zigaretten, und ich beschloss, mich dran zu halten, nicht »damit anzufangen«, für den Fall, dass mit »damit« all die schlechten Erinnerungen gemeint waren.

Als Georgie den ersten Rauch ausblies, kam Ismerai. Sein Handy war zugeklappt, und er lächelte.

»Kommt«, sagte er, ein bisschen außer Atem. »Wir möchten euch etwas zeigen.«

Zalmai fuhr uns etwa eine Viertelstunde weit. Nachdem wir vom Hauptfahrweg abgebogen und noch ein Stück weitergeholpert waren, hielten wir vor einem halb fertigen Haus, wo Arbeiter noch Mauern errichteten und Schubkarren umherschoben.

Als wir gerade ausstiegen, trat Haji Khan aus dem Haus,

im Gespräch mit einem Mann, der ein großes Notizbuch in der Hand hielt. Als Haji Khan uns sah, gab er dem Mann die Hand und kam dann lächelnd auf uns zu. Er sah eindeutig fröhlicher aus als bei unserer letzten Begegnung und trug wie üblich einen edlen hellblauen Shalwar Kamiz und eine graue Weste, passend zu seinem Pakul.

Ich beschloss, falls ich die Jeans je leid würde, unbedingt herauszufinden, wer sein Schneider war.

»Na, was sagt ihr?«, fragte Haji Khan, als er bei uns angelangt war. Er sprach Englisch, vermutlich, damit die Bauarbeiter nicht mithören konnten.

»Eine wunderschöne Gegend«, sagte Georgie. »Du baust also noch ein Haus?«

»Ja, ich baue ein neues Haus«, sagte er, »aber dieses hier ist für dich. Ob du es annimmst oder nicht, ist ebenfalls deine Sache.«

Ich war ganz schön verblüfft und fühlte, wie meine Kinnlade unter dem Gewicht einer Million stummer Fragen herunterklappte.

Georgie sagte nichts.

»Komm«, sagte Haji Khan. »Ich zeige es dir von innen.«

Bevor Georgie sich weigern konnte, ging er schon voraus. Also folgten wir ihm.

Wir stiegen über Säcke mit Sand, betraten das Haus und kamen in eine quadratische Halle mit zementgrauem Boden, zementgrauer Decke und zementgrauen Wänden, aus denen Drähte hingen. »Hübsch« konnte man das nicht gerade nennen.

»Das hier wird der Sitzbereich«, sagte Haji Khan, wobei er Georgie ansah und mit der Hand rundum deutete. »Für deine Gäste, wenn sie kommen. Wenn er fertig ist, werden die Wände grün sein, ein sehr schönes Grün, denke ich mir, so wie die Wiesen von Shinwar, damit du, auch wenn es kalt ist, immer Frühling hast.«

Ohne Georgies Reaktion abzuwarten, ging Haji Khan nach links hinüber, wo zwei Wandöffnungen auf Türen warteten.

»Dieser Raum ist die Küche«, erklärte er, »und der andere ist das Schlafzimmer für die Gäste. Ich mache auch einen sehr schönen Toilettenraum gleich durch die Tür – wie sagt man bei euch?«

»Angrenzend«, sagte Georgie.

»Ja.« Haji Khan nickte. »Ja, an Grenze. Ich glaube, das ist gut. Sehr europäisch. Komm.«

Haji Khan ging durch die Halle dorthin, wo eine Treppe zwischen Erdgeschoss und Obergeschoss entstand. Sie war noch nicht fertig, und für die Bauarbeiter lehnte eine Leiter an der Galerie.

»Das wird die Treppe«, sagte Haji Khan, und ich musste lachen, weil wir ja nicht dumm waren. »Deine Zimmer werden oben sein. Eins ist dein Schlafzimmer, eins ist ein großer Sitzbereich, und das andere ist vielleicht für die Kinder.«

Unter seinen dicken Augenbrauen hervor sah er Georgie an. Das mit den Kindern war ganz schön gewagt, wo er doch ihr letztes Kind praktisch umgebracht hatte.

»Hier kannst du dich entspannen und einen wunderschönen Blick auf die Berge genießen, damit dein Geist froh bleibt«, setzte er hinzu, und Georgie lächelte, worauf auch Haji Khan lächelte, und weil sie beide lächelten, lächelte ich ebenfalls.

Bis jetzt lief es sehr gut. Ich dachte, wenn das neue Haus mit dem Zimmer für ihre zukünftigen Kinder Georgie nicht in Afghanistan halten konnte, dann konnte sie gar nichts halten.

»Also, was denkst du?«, fragte Haji Khan schließlich.

Georgie sah sich um.

»Ich finde es wundervoll, Khalid, aber …«

»Bitte, Georgie«, unterbrach er sie und zog die Brauen über seinen jetzt plötzlich traurigen Augen zusammen, »jetzt noch kein ›Aber‹. Bitte, lass mich dir zuerst noch etwas zeigen.«

Haji Khan ging zur Tür und sprach dann im Hinaustreten weiter.

»Siehst du diesen Garten bis zum Fluss und zu der Straße dort drüben? Das wird alles dir gehören. Wir werden Mauern bauen, damit du ungestört bist, und wir werden wunderschöne Rosen pflanzen, hier« – er zeigte auf die linke Seite des Gartens – »und hier« – er zeigte nach rechts – »und hier« – er zeigte geradeaus. »So wirst du den ganzen Tag von Farbe und Schönheit umgeben sein.«

Georgie sah sich langsam um, stellte sich wohl vor, wie die Farben leuchteten und wie ihr Leben sein könnte, wenn sie im Garten von Blumen und in der Halle von Frühling umgeben war.

Während sie alles auf sich wirken ließ, ging Haji Khan ein Stück von uns weg, den Kopf gesenkt und die Hände hinterm Rücken zusammengelegt. Er bemühte sich wirklich, das sah doch jeder. Ich fühlte schon fast die Hoffnung, die er zwischen seinen Händen hielt. Ich wusste, wenn Georgie ihn wirklich liebte, konnte sie unmöglich Nein sagen, aber als ich in ihrem Gesicht forschen wollte, blickte sie in die Ferne, und ich sah Beunruhigung in ihren Augen, als sie die Hand gegen die blendende Sonne hob.

»Verdammt!«, rief sie plötzlich.

Ich sah dorthin, wo sie hingeguckt hatte, und sah auf dem Dach eines anderen Hauses etwas Dunkles, das sich bewegte. Ich guckte wieder Georgie an, aber sie war weg, rannte zu Haji Khan und schrie ihm zu: »Runter!« Als er sich zu ihr umdrehte, warf sie sich mit Wucht gegen ihn. Er taumelte rückwärts, ehe er sie mit beiden Armen auffing, genau in dem Moment, als irgendwo Schüsse krachten und Kugeln über unsere Köpfe pfiffen.

Ich warf mich auf den Boden, und im selben Moment begannen Haji Khans Leibwächter, ohrenbetäubend laut zurückzuschießen.

Außer mir vor Angst hob ich den Kopf, um zu schauen, was mit Georgie war, und sah sie in Haji Khans Armen liegen. Ihre Kleidung war voller Blut, ihr Gesicht zog er an seine Brust. Er schrie auf die schießenden Wächter ein. »Holt den Wagen!«, rief er, aber im Krachen der Schüsse waren seine Worte kaum zu verstehen.

»Georgie!«, schrie ich, rappelte mich hoch und rannte zu ihr.

Haji Khan packte mich und zog mich zu Boden. »Unten bleiben, Fawad!«, brüllte er. Seine Augen waren schmerzgeweitet, und ich sah Blut aus seiner Schulter sickern.

»Georgie«, flüsterte ich und robbte näher an ihren Kopf heran, um ihr Gesicht zwischen die Hände nehmen zu können.

Das Leben strömte aus ihr heraus wie ein Fluss. Rot stach von ihrer Haut ab, die jetzt ganz weiß war. Unter meinen Fingern zitterte sie, als wehte plötzlich ein eisiger Winterwind über sie hinweg.

Ich wollte es nicht glauben. Ich kniff die Augen zusammen und betete mit aller Kraft zu meinem Gott. Aber ich wusste, sie lag im Sterben. Wir würden sie verlieren.

»Bitte, Georgie, bitte«, bettelte ich, »wir haben keine Zeit. Du musst die Worte sagen. Du musst glauben!«

Noch immer krachten um mich herum Schüsse, pfiffen Kugeln über unsere Köpfe hinweg und schlugen in den Boden, der auf Haji Khans Rosen wartete. Über mir hörte ich ihn seinen Männern Befehle erteilen und immer noch nach dem Wagen rufen, aber alles, was ich sah, war Georgies Gesicht, ihre dunklen Augen, die jetzt meine Stimme hörten und mich zu erfassen suchten.

Wir hatten nur diese eine Chance, und sie entglitt so schnell.

»Georgie, bitte, du musst glauben«, flüsterte ich, fühlte Tränen aus meinen Augen quellen, sah ihr Gesicht nur noch verschwommen. »Du musst glauben, oder du bist verloren! Georgie!«

»Fawad«, hauchte sie mir ins Gesicht, so leise, dass ich mein Ohr dicht an ihren Mund halten musste. »Fawad, hab keine Angst … ich glaube ja … ich versprech's dir, ich glaube.«

»Das reicht nicht«, schrie ich sie an, weil ich nicht behutsam sein konnte. Dafür war keine Zeit. Uns blieben nur noch Sekunden. »Du musst die Worte sagen, Georgie! Bitte, du musst die Worte sagen!«

Und während meine Tränen auf ihre Lippen fielen, sah ich, wie sie irgendeine letzte Kraft tief in ihrem Inneren zusammennahm und mich fest ansah.

»La ilaha«, sagte ich ihr vor, strich ihr das nasse Haar aus dem Gesicht und presste mein Ohr an ihren kaum noch atmenden Mund.

»La ilaha«, sprach sie mir nach.

»Il-Allah«, sagte ich.

»Il-Allah.«

»Muhammad-ur-Rasulullah.«

»Muh … Muhammad-ur-Rasulullah.«

Es gibt keinen Gott außer Allah. Mohammed ist Allahs Prophet.

Als Haji Khans Wagen erschien und vor uns den Staub aufwirbelte, schloss Georgie die Augen und war weg.

NACHWORT

Ein Jahr später

In diesem Sommer wurde der Talibanführer Mullah Dadullah in der Provinz Helmand getötet. Er war ein übler Kerl, der Behinderten und Geisteskranken Geld dafür gab, dass sie in unserem Land Selbstmordanschläge verübten. Und früher hatte er auch schon Tausende von Hazara getötet, einfach nur, weil er sie nicht leiden konnte. Als er dann endlich bekam, was er verdient hatte, waren alle ganz schön verblüfft, so verblüfft, dass der Gouverneur die Leiche im Fernsehen zeigen musste, damit die Leute wussten, dass es wirklich stimmte.

Was mich allerdings noch viel mehr verblüffte, war die Tatsache, dass er nur ein Bein hatte.

»Man würde doch denken, wenn er nur ein Bein hatte, hätten sie ihn viel schneller kriegen müssen«, sagte ich zu James, nachdem er gerade seine Story per Computer nach England geschickt hatte.

»Fawad, seit fünfeinhalb Jahren schafft es niemand, Mullah Omar zu finden, und der ist eins neunzig groß, einäugig und fährt auf einem Motorrad durch die Gegend, da erstaunt einen doch gar nichts mehr. Und wenn man den Gerüchten Glauben schenken darf, läuft Osama bin Laden mit einem Dialysegerät in Waziristan herum. Ich sage dir, Stephen Hawking wäre noch schneller als die zuständigen Leute hier.«

»Wer ist Stephen Hawking?«

»Das ist ein superintelligenter Mann im Rollstuhl, der per Computer spricht.«

»Ehrlich? So wie Professor Charles Xavier in *The X-Men?*«

James setzte die Hantel ab, die er gerade bis in Brusthöhe zu heben versucht hatte – eine seiner jüngsten Strategien, Rachel doch noch dazu zu kriegen, ihn zu heiraten –, und musterte mich, die Hände in die Hüften gestemmt.

»Mein Junge, du siehst zu viel fern«, sagte er keuchend.

Was wahrscheinlich stimmte.

Nachdem Pir Hederis Sandwich-Geschäft nicht die große Geldquelle gewesen war, hatte er die Hälfte seines Ladens in einen DVD-Shop umgewandelt. Verblüffenderweise war das ein Riesenerfolg. Also verbrachte ich jetzt, statt als lebende Werbung für *»Cak«* durch Wazir Akbar Khan zu laufen, meine Nachmittage damit, für ihn Filme Probe zu gucken, damit er keinen Besuch vom Tugendministerium bekam.

Es war der beste Job, den ich je gehabt hatte.

Jamilla war auch erfreut über diese Entwicklung, weil sie jetzt große Teile ihrer Vormittage damit zubringen konnte, Shah Rukh Khan anzuschmachten, was Pir Hederi ziemlich auf die Nerven ging.

»Hört dieser Mensch denn nie auf zu singen?«, brüllte er einmal, als selbst Hund sich weigerte, den Laden zu betreten.

Jamilla stellte den Ton ab, guckte aber trotzdem weiter. Ihr ging es sowieso nicht um seinen Gesang.

Obwohl ich dafür jetzt durch die halbe Stadt musste, arbeitete ich doch an den meisten Tagen immer noch in Pir Hederis Laden, weil ich ja mein Fahrrad hatte und Shir Ahmad mich abholen kam, wenn er in seinem Internetcafé fertig war. Wie ich mir schon gedacht hatte, lief sein Gemeinschaftsunternehmen mit Haji Khan gut – so gut, dass er jetzt ein eigenes Auto fuhr, wir zu Hause einen Generator besaßen und er meiner Mutter letzte Woche sogar einen Kühlschrank gekauft hatte.

Ja, nach afghanischen Maßstäben wurden wir langsam richtig reich, aber ich ging immer noch gern zu Pir Hederi, weil ich bei der Gelegenheit nachsehen konnte, wie es James und Rachel ging, die jetzt zusammen in meinem alten Zuhause wohnten und so taten, als wären sie verheiratet, »nur der Form halber und weil sie kochen kann«, erklärte James.

Er war ja so ein Lügner. Ich wusste, er wollte immer noch, dass Rachel seine Frau wurde, denn sie hatte mir erzählt, dass er immer, wenn er betrunken war – was jetzt nicht mehr so oft vorzukommen schien wie in der Zeit, als ich dort gewohnt hatte –, vor ihr auf die Knie fiel und ihr einen Heiratsantrag machte.

»Warum sagst du nicht einfach irgendwann mal Ja?«, fragte ich.

»Ach, weißt du, Fawad«, antwortete sie mit einem Augenzwinkern, »vielleicht tu ich's ja eines Tages.«

Da ich James mindestens einmal in der Woche sah, bekam ich auch mit, was aus May geworden war, nachdem sie Afghanistan verlassen hatte, um ihr Kind zu bekommen.

»Es ist ein Junge!«, rief James, als ich bei ihnen vorbeifuhr, um *Vier Hochzeiten und ein Todesfall* abzugeben, die DVD, die er bestellt hatte – zweifellos auch so ein Trick, um Rachel herumzukriegen.

»Wer ist ein Junge?«

»Das May-Geri-Philippe-Gemeinschaftskind! Sie wollen ihn Spandi nennen. Was sagst du dazu?«

Ich dachte ein Weilchen darüber nach, wog alle Vor- und Nachteile der Idee ab, den Namen meines besten Freundes einem Jungen zu geben, der vermutlich schon lesbifiziert werden würde, bevor er fünf war.

»Lieber nicht«, sagte ich schließlich. »Es ist ja nett gemeint und alles, aber Spandi war ein guter Muslim, und es könnte entehrend sein. Vielleicht sollten sie das Baby Shahrukh nennen.«

»Shahrukh?« James nickte. »Okay, ich werde ihnen mailen, dass du gegen Spandi bist, aber Shahrukh gut fändest.«

»Ja, das fände ich sehr gut.«

Jamilla würde natürlich toben, wenn sie es erfuhr, und das machte es noch lustiger.

Obwohl Jamilla jetzt einen ganzen Kopf größer war als ich und ihre Gedanken um Sachen wie Lippenstift kreisten, waren wir doch immer noch gute Freunde. Aber was das Wichtigste war, ihr Leben war jetzt längst nicht mehr so qualvoll, weil ihr Vater nicht mehr so viele Spuren in ihrem Gesicht hinterließ. Ich hatte zuerst befürchtet, dass er sich nur nicht die Chancen verderben wollte, sie zu verkaufen, aber Jamilla sagte, die Drogen wirkten sich jetzt auf seinen Verstand aus und nicht mehr auf seine Fäuste, und die Hälfte der Zeit könne er sich nicht mal mehr erinnern, wie er hieß, geschweige denn, dass er Kinder zu verprügeln hatte.

Obwohl es nie jemand aussprach, hatte ich das Gefühl, dass Pir Hederi seinen Laden einmal Jamilla vererben wollte, denn seine Frau gab ihr jetzt Unterricht in Buchführung. Das ärgerte mich zuerst, weil ich im Rechnen genauso gut war wie Jamilla und weil ich ihr ja den Job überhaupt erst besorgt hatte. Aber dann beruhigte ich mich, weil ich sah, wie glücklich es sie machte, und weil ich ja wahrscheinlich irgendwann Shir Ahmads Internetcafé erben würde – wenn ich nicht Journalist wurde wie James. Das schien mir mit Abstand der beste Job, außer DVDs gucken. Ich beobachtete James' Berufsleben jetzt schon ziemlich lange und war zu dem Schluss gekommen, dass man als Journalist den größten Teil seiner Tage im Bett verbringen konnte.

Es gab noch jemanden, der zurzeit meistens schlief – meine Mutter. Insgeheim wusste ich, dass ihre Erschöpfung von meinem Geschwisterchen kam, das in ihrem Bauch heranwuchs, aber ich konnte es niemandem sagen, weil das meiner Mutter gegenüber respektlos gewesen wäre. In Afghanistan sind Babys einfach plötzlich da, wie sie zustande gekommen sind, ist etwas, worüber gute Muslime nicht reden. Deshalb war im Moment der einzige Mensch – außer mir und Shir Ahmad –, der davon wusste, meine Tante, die selbst ein neugeborenes Baby in den Armen hielt. Erstaunlicherweise hatte sie ein Mädchen zur Welt gebracht, was mein Herz natürlich mit Befürchtungen erfüllte. Eines Tages würden sie vielleicht wollen, dass ich diese Tochter heiratete. Immerhin war sie ganz niedlich, für ein Baby und für ein Mädchen, und ihre Augen guckten wenigstens in die gleiche Richtung.

Wie übrigens jetzt auch die von Jahid. Hinter meinem Rücken war er zu Dr. Hugo gegangen und hatte mit ihm über sein rollendes Auge gesprochen, und da der Arzt in diesem Fall schlecht sagen konnte, er müsse sich nur mal ordentlich ausschlafen, hatte er ihn zu einem anderen Arzt geschickt, der tatsächlich wusste, was man gegen rollende Augen tun konnte. Nachdem Jahid ein paarmal bei ihm gewesen war, hatte er schließlich ein Mittel dagegen bekommen: die dickste Brille, die ich je gesehen habe. Durch die Gläser wirkten seine Augen so groß wie Untertassen. Aber Jahid war zufrieden, denn zum ersten Mal konnte er etwas angucken, ohne es gleich dreimal zu sehen.

»Jetzt lasse ich meine Zähne in Ordnung bringen«, erklärte er mir.

»Wie soll das gehen?«, fragte ich, weil ich dachte, dass nicht mal Allah diesen Trümmerhaufen in Ordnung bringen konnte.

»Ich hab im Internet was drüber gelesen. In Amerika hat jeder falsche Zähne, also will ich jetzt auch welche.«

»Wie willst du das bezahlen?«

»Von dem Brautgeld, das ich gespart habe«, flüsterte er. »Jetzt, wo das mit meinen Augen geregelt ist, brauche ich nur noch ein tolles Lächeln, und die Weiber werden sich drum schlagen, Jahids Liebesschlange zu kosten.«

Dabei stieß er mit den Hüften, was wegen seines lahmen Beins nicht ganz so sexy aussah, wie es vermutlich gemeint war.

Wenigstens drehten sich seine Fantasien nicht mehr um meine Schwester.

Seit der Hochzeit meiner Mutter hatten wir Mina noch fünfmal gesehen – viermal in Kabul und einmal in ihrem Haus in Kunar. Dorthin war es zwar eine höllische Autofahrt, aber das ganze schmerzhafte Geholper lohnte sich, weil meine Schwester jedes Mal, wenn ich sie sah, noch schöner geworden war. Es war schon traurig, dass wir um so viele gemeinsame Jahre gebracht worden waren, aber Mina schien ihren Frieden damit gemacht zu haben, wenn da auch manchmal in ihren Augen so etwas Abwesendes war, als ob sie sich gerade an etwas erinnerte. Zum Glück erwies sich Hazrat weiter als guter Ehemann und brachte sie immer mit in die Hauptstadt, wenn er seinem Geschäftspartner seine Holzsachen übergab. Doch was sie wirklich strahlen ließ, war der kleine Daud, ein lautes, dickes, fröhliches Kind, das gut in Homeiras Haus gepasst hätte.

Natürlich war es für meine Mutter und meine Schwester schwer, dass nach so vielen Jahren der Trennung immer noch so viele Meilen zwischen ihnen lagen, aber wenn sie nicht zusammen sein konnten, klammerten sie sich per Handy aneinander. Ich vermute, die ständige Schwatzerei und ihre Kosten machten Shir Ahmad ganz schön zu schaffen, denn wenn er nicht in seinem Internetcafé war, war er unterwegs, um Roshan-Karten zu kaufen. Meine Mutter hätte jetzt Spandi gut gebrauchen können – er hätte ihr wenigstens einen Nachlass auf die Karten geben oder ihr die Tricks zeigen können, mit denen es manche Jungen schafften, umsonst zu telefonieren. Haji Khan hätte es bestimmt nicht gestört. Den schien nämlich gar nichts mehr groß aus der Ruhe zu bringen, jetzt, wo er nur noch seine neue Frau im Kopf hatte.

Zu unserer Überraschung hatte Haji Khan, als der Frühling durch das tote Grau des Winters brach, Aisha Khan geheiratet. Wenn auch manche Leute in seinem Distrikt brummelten, sie sei nicht gut genug für ihn, weil sie nicht – wie es sich für eine Frau ihrer gesellschaftlichen Stellung gehörte – Handschuhe trug, wenn sie in ihrer Burka aus dem Haus ging, und weil sie manchmal für eine Firma in Kabul arbeitete und weil, schlimmer noch, Männer in ihr Haus kamen, die keine Verwandten waren, beachtete Haji Khan das alles nicht weiter, weil er sie liebte. Und die meisten anderen liebten sie auch, weil sie Haji Khan so glücklich machte, wie wir es nie für möglich gehalten hätten, nachdem sein Bruder wegen des Anschlags auf ihn ins Gefängnis gesperrt worden war.

Obwohl es ihm jeder nachgesehen hätte, wenn er Haji Jawid eine Kugel in den Kopf gejagt hätte, als der festgenommen worden war, weil er von Shinwar aus mit Drogen handelte und die, die ihn daran hinderten, zu beseitigen versucht hatte, bestand Haji Khan doch darauf, dass sein Bruder vor Gericht gestellt wurde. Damit wollte er den Leuten ein Vorbild sein. Dann heiratete er seine Braut, und obwohl sie ihm keine Kinder mehr gebären konnte, weil etwas in ihrem Körper beschädigt war, jubelten alle, denn es war eine große Liebesgeschichte, die sie in der ganzen Provinz berühmt gemacht hatte.

Aisha Khan hatte nämlich nicht nur ihr Leben für ihren späteren Mann riskiert, sie war auch zum Islam übergetreten, was ihr den Namen der Frau des Propheten Mohammed (Friede sei mit ihm) eingebracht hatte.

Für mich bleibt sie natürlich einfach nur Georgie.

Was Sie tun können

Lange Kriegsjahre haben bei vielen afghanischen Kindern seelische und körperliche Narben hinterlassen. Eltern wurden getötet oder verstümmelt, ganze Familien mussten fliehen oder wurden vertrieben, und die Armen Afghanistans kämpfen nach wie vor ums tägliche Überleben, weshalb viele Kinder, statt zur Schule zu gehen, zum Lebensunterhalt beitragen müssen.

Die Nichtregierungsorganisation ASCHIANA mit Sitz in Kabul wurde 1995 gegründet, um Straßenkindern und kriegsgeschädigten Kindern eine Schul- oder Ausbildung zu ermöglichen. Und schon für 20 Dollar im Monat können Sie das Leben eines afghanischen Kindes wirksam verändern.

Nähere Informationen erhalten Sie per E-Mail über *info@aschiana-foundation.org* oder auf der Website *www.aschiana-foundation.org*.

Dank

So viele Menschen haben mich durch ihr Leben und ihre Geschichten inspiriert, eine Seite Afghanistans zu zeigen, die nur zu oft unbeachtet bleibt. Auch wenn das Leben hier in vielfältiger Weise hart und gefährlich ist, ist Afghanistan doch ein Land des Lachens und des Lichts, des Mitgefühls und des Lebensmuts. Es ist ein Land, das viele Menschen vor mir begeistert hat und noch viele nach mir begeistern wird. Und es ist ein Land, in das ich mich mit Haut und Haar verliebt habe.

Den Afghanen

An erster Stelle danke ich der Familie und den Freunden Haji Abdul Qadirs, die mich ab dem Moment im Jahr 2001, als ich zum ersten Mal afghanischen Boden betrat, mit Freundlichkeit, Herzlichkeit und Zuneigung überschüttet haben. Besonderen Dank auch meinen »Brüdern« Fida und Israr, Haji Daud, Zalmai, Bilal, Tiger, Mustafa Khan, Ahmad, Daoud, Nadar, Pir Hederi, Fareydoon, Pir Bakhsh, Ibrar, Haji Almas, Massoud und Familie, Monir, Qasi Naeem, Safi, Gulbaz, Bashir, Zaman, Assad, Sayeed, Anwar, Sharab, Sayed Ikram, Koochi, Najib, Mohammad Sharif und der Familie Mohseni.

Von Herzen danke ich auch den drei Kindern, die einen ganz besonderen Zauber in mein Leben gebracht haben – Fawad, Ali Reza und Shabnam. Obwohl zwischen ihrer Lebensgeschichte und der Geschichte, die ich geschrieben habe, keinerlei Ähnlichkeit besteht, war mir doch jedes von ihnen mit seinem ansteckenden Lächeln und seinem riesengroßen Herzen ein unendlicher Quell der Inspiration, des Staunens und der Freude. *Mauertänzer* ist ein kleiner Tribut an sie.

Den Nichtafghanen
Ich schätze mich glücklich, so großartige, engagierte, mutige und bewundernswerte Freunde und Freundinnen zu haben, die mir durch ihre Unterstützung, ihren Rat und ihren ermutigenden Zuspruch geholfen haben, einen Traum zu verwirklichen. Mein besonderer Dank geht an Frauke, Matthew, Alastair, Jerome, Jeremy, Rhilla, Chris, Tom, Rachel, Tim S., Jo, Nick, Richard, Maghann, Kristian, Marco, Mark, James, Paddy, Tim A. und Dominic.

In England danke ich meinem Agenten Charlie Campbell und seinen Kollegen bei Ed Victor Ltd., meiner Lektorin Rochelle Venables und dem Team von Transworld für die enorme Unterstützung, die mir zuteilwurde, und Janey und Lucy für ihre unerschütterliche Liebe und Freundschaft. Innigsten Dank auch meiner Mutter Jean, meinem Vater Mike und meiner Schwester Louise, die die Entstehung dieses Buchs Kapitel für Kapitel verfolgt haben.

Und schließlich danke ich Lorenz – der das Licht angeknipst und mich zum Schreiben gebracht hat. Ich liebe dich.

Glossar

Af – umgangssprachlich für Afghani, die Währungseinheit in Afghanistan

Bakschisch – Trinkgeld oder Bestechungsgeld

Bolani – mit Spinat oder Kartoffeln gefüllte Teigtaschen

Bukhari – Stahl- oder Aluminiumofen

Buzkashi – Reiterspiel, bei dem es eine tote Ziege in einem Zielkreis abzulegen gilt

ISAF (International Security Assistance Force) – Internationale Sicherheitsunterstützungstruppen unter NATO-Führung; unterstützt auf Basis eines UN-Mandates die afghanische Regierung bei der Herstellung und Wahrung der inneren Sicherheit und der Menschenrechte.

Kafan – weißes Leichentuch

Kafir – Ungläubiger

Kuchi – paschtunische Nomaden

Madrasa – Lehrstätte für islamische Theologie und islamisches Recht

Mantu – in Dampf gegarte Teigtaschen, mit Hackfleisch gefüllt und mit Joghurt übergossen

Pakul – runde Kopfbedeckung der afghanischen Männer, meist aus Wolle

Patu – wollenes Schultertuch

Tschador – Frauenkopftuch